GLEN WELDON

A CRUZADA MASCARADA

BATMAN E O NASCIMENTO DA CULTURA **NERD**

TRADUÇÃO
Érico Assis

Para Bill Finger

INTRODUÇÃO

Batman, Nerd

Ao longo de suas sete décadas de vida fictícia, o flexível conceito "Batman" assumiu diversas formas. Seu começo foi bem simples: um plágio de O Sombra, com arma em punho e mortífero. Desde então, ele atravessa décadas vagando pelo tempo e pelo espaço: Batman pode ser um chefe de escoteiros à moda *Pop Art*, um espião internacional, um criminologista viciado em engenhocas e um implacável ninja sinistro das noites urbanas.

Não existe uma única imagem que defina Batman, pois qualquer imagem é pequena demais para conter as camadas de significados, muitas vezes contraditórios, que vemos nele. Desde sua primeira aparição, projetamos em Batman nossos temores, nossos receios, nossos imperativos morais, e nele vemos o que queremos ver.

É a possibilidade ilimitada de interpretação que o destaca de seus fleumáticos camaradas de trajes colantes. É por isso que tantas versões de Batman conseguiram fugir do território nerd dos quadrinhos para jovialmente coexistirem no consciente cultural dos normais. Qualquer pessoa pode olhar para o Batman de Christian Bale, com seu traje de Kevlar, respirando pela boca e coaxando ameaças como um sapo com laringite e imediatamente nele reconhecer o mesmo personagem representado por Adam West, o Batman dos passos do Batusi, causando na pista da discoteca e sacudindo tudo que a falecida mamãe lhe deu.

Os dois são igualmente reais, pois aproximadamente a cada trinta anos o Batman cumpre um ciclo das trevas à luz e o repete. Já foram duas as vezes, em seus mais de setenta anos de história, em que o Cavaleiro das Trevas deu lugar ao Cruzado Debochado, e duas as vezes em que um pequeno grupo de fãs ardorosos se revoltou e exigiu que Batman voltasse a suas raízes violentas. Esses entusiastas *hardcore* aceitam apenas a versão mais sombria, mais sinistra e mais hipermasculinizada do personagem que se possa imaginar e veem qualquer Bat-iteração alternativa como suspeita, inautêntica, depreciativa e... meio gay.

O Batman de Adam West encerrou um ciclo em 1969; o Batman de Denny O'Neil e Neal Adams iniciou outro ciclo no ano seguinte.

A CRUZADA MASCARADA

O Batman de Joel Schumacher encerrou esse segundo ciclo em meados dos anos 1990. Dez anos depois, o Batman de Christopher Nolan iniciou o ciclo em que nos encontramos no momento.

Para o fã casual, porém, o padrão recursivo não é imediatamente perceptível. Para o grande cenário cultural lá fora, a mistura é o que interessa.

Para a maioria das pessoas, não existe apenas um único Batman, mas um desfile incessante e indistinto de homens-morcego, identificáveis *grosso modo* pelos significantes centrais: o Bruce Wayne milionário, os pais assassinados, o traje de morcego, o covil secreto e a Gotham City. Exatamente como estes significantes se combinam e em qual gênero — *noir* criminal, melodrama gótico, aventura de garoto, thriller de espionagem, comédia pastelão ou ficção científica elaborada — ainda é uma questão infinita e desafiadora de tão mutável. É exatamente essa adaptabilidade proteica (junto à força muscular de marketing de um megaconglomerado multinacional) que tem garantido a longevidade do personagem.

Isso e também porque, pelo que dizem, "dá para se identificar" com ele.

O MITO DA IDENTIFICAÇÃO

"Batman é dos meus", disse um amigo, fã de quadrinhos desde sempre, quando lhe descrevi o projeto deste livro. "Nenhum poder, somente coragem e determinação. Ele é humano. Dá para se *identificar*."

Essa é a máxima que tanto se ouve entre o grupo de pessoas que conversam e pensam sobre super-heróis. Estávamos em uma lanchonete; nosso pedido tinha acabado de chegar. "Eu ou você", ele disse, ora apontando a batata frita para mim, ora para si mesmo antes de mergulhá-la no *milkshake*, "poderíamos ser o Batman".

O problema está aqui: nós não poderíamos.

Mas a gente *pensa* que poderia.

Existe uma tendência disseminada, tanto entre nerds quanto entre pessoas normais, de desconsiderar o impacto que a condição de bilionário de Bruce Wayne tem sobre o conceito de Batman. Mas essa fortuna é certamente o maior superpoder do homem-morcego. Em quaisquer histórias desse personagem, a função narrativa da riqueza é transformar o decididamente impossível em algo vagamente plausível. Ela funciona, essencialmente, como magia.

Ainda assim, poucos fãs reconhecem que a realização do desejo socioeconômico desempenhe um papel, mesmo pequeno, na ligação que sentem com o personagem. Muitos nem consideram a fortuna do herói um de seus elementos-chave.

Levando-se em consideração que é apenas por ter essa fortuna inconcebível que ele consegue empreender a guerra contra o crime — sendo "exército de um homem só" e investindo na temática *Chiroptera* —, ver as pessoas pensando dessa forma é algo: a) doido e b) fascinante. Essa maneira de pensar dialoga com a longa e notória crença estadunidense de que qualquer um pode ficar podre de rico só... só por *querer*. Querer muito.

Essa crença se alinha com a insana — beirando o delírio — convicção aspiracional que aparece mesmo entre os nerds mais preguiçosos: tornar-se Batman é um objetivo alcançável. Basta somar exercícios abdominais e tempo.

Esta é a diferença-chave entre o Batman e muitos de seus outros "supercoleguinhas": o Superman, afinal, personifica um ideal inalcançável e temos consciência de que nunca o alcançaremos. Esse é basicamente seu sentido.

Mas uma das consequências impensadas e traiçoeiras do fato de Batman ser humano é que, conscientemente ou não, estamos fadados a nos compararmos a ele. Isso é inevitável e sempre nos perceberemos querendo tal comparação. Seja no anúncio do regime para ficar em forma, seja na propaganda da dieta miraculosa, seremos eternamente a foto do "antes" e ele sempre será a foto do "depois".

Mas é óbvio que há muito mais do que meia dúzia de DVDs de ginástica nos separando do Batman. Por mais que os Bat-fãs professem, a condição de Batman como humano sem superpoderes não é o motivo para que sintam tamanha afinidade com o personagem. Há algo mais profundo na essência de Batman que dialoga com eles. Algo codificado em seu DNA conceitual.

A afinidade que os fãs sentem com Batman tem menos a ver com a tragédia que lhe deu forma — a morte violenta de seus pais — e tudo a ver com a reação singular que ele teve diante da tragédia.

O que significa dizer: o juramento.

O pequeno Bruce Wayne fez o juramento pela primeira vez em *Detective Comics*, n. 33, de 1939. Ele já existia há algum tempo — sua primeira aparição fora alguns meses antes, em *Detective Comics*, n. 27.

A CRUZADA MASCARADA

O herói precisou de sete edições para merecer uma origem, embora ela tenha sido apressada em doze quadros.

Depois que os pais levaram tiros diante de seus olhos, o pequeno Bruce Wayne fez este juramento à luz de velas: "E juro, pelos espíritos dos meus pais, vingar suas mortes, dedicando o resto da minha vida à guerra contra todos os criminosos."

À primeira vista é um juramento ridículo, tão risivelmente magnânimo e melodramático que somente uma criança poderia fazê-lo.

E é aí que está o seu poder.

O juramento é uma opção, um ato de volição. É uma reação deliberada à injustiça que o arrasou. Mais crucialmente, é um ato de autossalvação. Afinal de contas, são essas vinte e duas palavras que dão propósito à sua vida e direcionam-no a uma existência totalmente dedicada a proteger os outros da sina que o acometeu. É por isso, apesar de todas as apregoadas trevas em torno do personagem, que ele é e sempre foi uma criatura não da ira, mas da esperança. Ele acredita que é um agente da mudança — ele é a encarnação viva da ideia simplória, implacável e otimista do *Nunca mais*.

Nos anos 1970, contudo, algo estranho aconteceu com o juramento da infância de Batman. Ele entrou na puberdade.

Os roteiristas de Bat-gibis passaram os anos 1970 e 1980 empenhados em corrigir a rota do que viam como um "prejuízo solene" que se fez ao personagem com a Batmania *Pop Art* de fins dos anos 1960. Em sentido muito realista, tudo no Batman sombrio e sinistro que hoje existe na imaginação pública nasceu em reação a — e não existiria sem — o Cruzado Mascarado, tonto e descolado, de Adam West.

Muitas das modificações que os roteiristas pós-Batmania introduziram eram óbvias, tais como dar um "chega para lá" no Menino Prodígio Robin e devolver a Batman sua versão mais primordial: a do vingador urbano solitário. Mas eles também pegaram sua guerra incessante aos criminosos (que nunca deixou de fazer parte do personagem, mesmo no auge das suas mais estranhas aventuras interplanetárias) e a submergiram em um caldo de psicologia pop setentista. Assim, um elemento crucial de sua história pregressa, antes visto apenas nas entrelinhas, agora tornou-se o texto central e motivador em cada edição: a jura infantil se solidificou e se tornou uma obsessão patológica.

Nos anos 1980, roteiristas como Frank Miller foram ainda mais longe, amplificando a obsessão de Batman até ela se tornar um estudo da sociopatia violenta.

OS NERDS CHEGARAM

Exatamente na mesma época que Batman estava se tornando um obsessivo, uma nova geração de entusiastas começou a ascender. Eles haviam passado anos espreitando os recônditos sombrios da cultura popular, acompanhando seus nichos apenas entre si, em silêncio, de cabeça baixa, para evitar o olhar inquisitivo e julgador do mundo lá fora.

Eles se autodenominavam fãs, peritos, *otaku*. As demais pessoas os chamavam, claro, de nerds.

Os nerds haviam passado décadas criando e policiando identidades cuidadosamente forjadas em torno de interesses bem específicos: quadrinhos, computadores, ficção científica, videogames, *Dungeons & Dragons*. O que os unia de fato, todavia, não era cada objeto de seu interesse, mas a natureza do interesse em si — tal grau de envolvimento com que eles recusavam a ironia reflexiva que seus pares prezavam. Em vez disso, esses fãs rendiam-se em júbilo à sua paixão.

A ascensão da internet viria alimentar essa paixão, conectando-os a outros que dela compartilhavam. Em poucos anos, esse entusiasmo tão particular — o "nerdear" — suplantaria a ironia, tornando-se o modelo dominante para lidarmos um com o outro e com a cultura à nossa volta.

E foi Batman — o Batman obsessivo, o Batman maior dos nerds — que serviu de catalisador para bilhões de normais adotarem essa cultura que antes eles renegavam ou rejeitavam. É Batman, cujos quadrinhos, programas de TV e filmes continuam a servir de porta de entrada para a vida "nérdica". Pois seja ele tratado como missão altiva ou obsessão motriz, o juramento infantil de Batman é o aspecto do personagem — muito mais central que o "dá para se identificar" — que ressoa profundamente em nós, seja Bat-fã ardoroso ou cinéfilo casual.

O MICROCOSMO COMIC-CON

Julho de 2013. San Diego, Califórnia. A Comic-Con.

Sou um homem de quarenta e cinco anos e estou na fila para comprar um Batmóvel de brinquedo. Mas não estou só.

A CRUZADA MASCARADA

A fila em questão começa no estande da Entertainment Earth, seção 2300 do pavilhão da Comic-Con, dá duas voltas em torno de uma praça de alimentação na qual famílias se amontoam para mastigar languidamente a pizza intragável, depois dá mais uma volta e aí se alonga pelo carpete azul até bisseccionar em não menos que doze corredores, cruza o Pavilhão das Pequenas Editoras (cujos habitantes — barba, camisa de flanela — observam-nos com olhar de cautela) e prossegue pelos Webcomics, até atingir seu término em algum ponto além do horizonte, nos recônditos enevoados da seção 1100, onde jazem dragões. E calabouços. E magos e paladinos, suponho eu, pois acho que a seção 1100 é dos jogos de tabuleiro.

Estou na fila há quarenta e cinco minutos. Ainda não sei, mas ficarei por mais uma hora. Quando finalmente chegar lá na frente, vou ter a alegria de botar sessenta pratas no balcão em troca de um naco de plástico extrudado na forma do Batmóvel "VERSÃO EXCLUSIVA COMIC-CON!" — uma réplica da versão clássica do veículo que aparecia no programa de TV de fins dos anos sessenta.

Tal como muitos dos nerds da minha idade, meu primeiro contato com Batman não foi por meio dos quadrinhos, mas pela televisão. No meu caso, de reprises do programa de *Batman* todas as tardes, às três e meia, no canal 29.

Aos seis anos, eu já havia memorizado os horários de cada canal da Filadélfia. Enquanto outras crianças passavam o tempo depois da escola indo e vindo, para lá e para cá, suando ao sol, eu corria para dentro de casa, me ajoelhava na frente da TV e ficava até a hora do jantar girando o seletor UHF tal como um arrombador de cofres: *Homem-Aranha* nº 17. *Vingadores do Espaço* nº 48. E sempre, todos os dias, *Batman* no canal 29, às três e meia em ponto.

O show é conhecido pelo atrativo duplo: as crianças amavam as cores fortes, as cenas de briga, os atos de bravura, enquanto adultos curtiam a patetice, a cara de pau, a "Santa preciosa coleção de fitas etruscas!", típicas daquela coisa toda.

Mas não é só isso. É que *entre* a infância e a idade adulta, quando a longa e sebosa noite de nossos anos adolescentes nos acomete, algo acontece conosco, nerds. Nosso entusiamo juvenil pelo programa vai caindo até virar repugnância. "Esse aí não é o Batman", começamos a proclamar. "O Batman é 'o cara'. Esse programa não leva o Batman *a sério.*"

Nas últimas três décadas, o super-herói norte-americano está encurralado na adolescência perpétua. Fãs e autores muito irritadinhos afirmam que os personagens fantasiosos que usam colante, criados para entreter crianças, deviam ser levados a sério. Com isso, querem dizer que os heróis devem ficar atolados no niilismo da infelicidade: *sou o cara*.

Foram Batman e seus fãs que fizeram surgir esta era incivilizada. Há sinais de esperança de que Batman e fãs sejam os responsáveis por encerrá-la, em breve.

Por enquanto, contudo, estou na fila interminável, com esperanças de me garantir aquele amado e lindo Batmóvel. Decidi entrar na fila porque esperar em fila é, pode-se dizer, meio que o sentido da Comic-Con. Mas, principalmente, porque eu tinha amor profundo e ardoroso pelo seriado de TV sessentista do Batman.

Não é apenas nostalgia, embora a nostalgia seja o nutriente que faz florescer toda a cultura nerd. Não, eu amo o seriado por conta do que ele representa, ao que ele se opõe: a simples existência do Batman de Adam West opõe-se, de maneira alheia, mas efetiva, à ideia de que o único Batman válido é o Batman "poderoso", sinistro e violento.

É por isso que fico feliz de olhar à minha volta na Comic-Con e, pela primeira vez, ver brinquedos e outros produtos baseados no seriado de 1966, depois de décadas em que parecia que a DC Comics repudiava qualquer rastro da existência do programa.

Os jovens à minha frente na fila estão esperando não pelo Batmóvel, mas por outra coisinha, alguma figura de ação de um robô. Ouço algo familiar no tom apressado das vozes, nas opções de adjetivos — como "superior", marcado pela ênfase na pronúncia do *r* final — os quais nós, nerds, usamos em nossas conversas. Vejo isso iluminar a expressão de cada um, conforme eles assinalavam nomes e dados estatísticos de combate entre seus *mechas* e os *kaiju*. Era o que eu via no rosto do meu amigo na lanchonete enquanto ele falava sobre como e por que ser Batman seria um objetivo alcançável. O mesmo entusiasmo, mas com outra roupagem. É a isto que a Comic-Con se resume: um monte de diferentes uniformes.

NÓS, NERDS, HOJE

Hoje, não são apenas os nerds iguais a mim que amam Batman e coisas do tipo. Todo o contexto cultural em torno dele mudou. Ao longo das últimas décadas, o "geek" se tornou a nova "normalidade", isto é, o modo

A CRUZADA MASCARADA

padronizado que milhões de nós usamos para lidar com o mundo ao nosso redor. Quando amamos uma coisa, amamos profundamente.

Hobbies sempre existiram e são discretamente mantidos naquele cantinho asseado da existência cotidiana, lá onde não atrapalha ninguém. Mas não estou falando disso.[1]

Agora, impulsionados pela internet, que inspira e estimula nichos de interesse, muitos milhões de indivíduos se definem conforme seus entusiasmos específicos: Aficionado por comida! Expert em política! Enólogo esnobe! Musicomaníaco! Isso engana, porque o que importa não é o *objeto* do nosso entusiasmo. O importante — o que compartilhamos — é a natureza delirante, obsessiva e desembaraçada dessa paixão.

A paixão não é nova, mas sua ubiquidade cultural é. E muito!

Converso com alguns moradores de San Diego, para quem a Comic-Con não é o Grande Hajj Nerd que é para mim, mas sim uma anual tradição familiar da qual eles participam desde suas primeiras lembranças. Para eles, vestir as fantasias e chegar à Comic-Con faz parte do CEP, tal como o Mardi Gras em Nova Orleans e o Desfile dos Mascarados na Filadélfia.

É assim para o comediante Scott Aukerman, que cresceu no Condado de Orange e vem à Comic-Con há décadas. Faço-lhe a mesma pergunta que tenho feito a todo mundo este ano: Por que você acha que o que passamos a chamar de "cultura nerd" se disseminou tanto?

Recebo várias respostas e notei, sem surpresa, que elas estão relacionadas à perspectiva da pessoa.

Para os profissionais de quadrinhos com quem conversei, o que aconteceu foi simplesmente que o mundo lá fora descobriu afinal por que os quadrinhos são legais. A mídia gibi carregava um estigma que funcionava como uma barreira de entrada e deixava os normais de fora. Podemos notar que os efeitos especiais cinematográficos de hoje conseguem reproduzir a ação dos quadrinhos com facilidade, então o júbilo e as maravilhas desses personagens e suas histórias podem ser vistos e curtidos por todos.

Para muitos fãs com quem conversei — principalmente os casais que vêm à Comic-Con com fantasia temática e trazendo as crianças — é uma

---

1. Esportes, obviamente, são um setor da vida pública em que a obsessão nerd é respeitada de maneira tão uniforme pela grande massa que esta não a reconhece como "nerdismo". Falar sobre esportes é até considerado sinal de desenvolvimento sadio e normal. Mas essa tampouco é a questão em pauta aqui.

coisa de família. Os pais eram/são nerds que instilaram neles o amor por esse mundo. Eles amam aquilo que os uniu em família; simples assim. Minha família tinha o Uno. A deles tem *Firefly*, de Joss Whedon.

Para os blogueiros com quem conversei, a internet mudou tudo. Eles foram crianças nerds que amavam o que amavam pelos seus motivos e, então, um dia encontraram um fórum ou website que lhes mostrou que não estavam sós. Formaram-se comunidades, comunidades que não só os aceitaram, mas também reforçaram seus traços comportamentais de nerd. Eles encontraram um lar.

É claro que todas essas respostas e tantas outras estão perfeitamente corretas. Culturas são assuntos complexos, que crescem e florescem por conta de uma série de motivos que se sobrepõem. Mas Aukerman é a primeira pessoa com quem converso que posiciona a ascensão da cultura nerd dentro de um contexto sociopolítico maior.

"Somos a primeira geração que não foi convocada a servir nas forças armadas", ele diz sem rodeios. "Não tivemos que nos preocupar com a vida e a morte, então canalizamos todo nosso tempo e energia na obsessão por esse programa de TV ou por aquele gibi."

Essa teoria bem bruta — vamos chamar de "Geração Comandos em Inação" — é a que mais ressoa em mim, e, por isso, passei a maior parte dos últimos dias me perguntando como essas bugigangas coloridas e esses deleites efêmeros da Comic-Con ficariam aos olhos dos meus avós, austeros imigrantes galeses criados durante a Depressão.

Naquela noite, imaginei o fantasma de Norman "Bud" Johnson que, quando era garoto, andava ao largo da via férrea para juntar pedaços de carvão caídos dos trens e aquecer a casa dos pais.

Eu o vi flutuando aos pés da minha cama no hotel, olhando fixa e incredulamente a mesa de cabeceira em que eu, seu herdeiro masculino de quarenta e cinco anos, dispus com todo amor o meu novíssimo Batmóvel de plástico.

1
A Origem e as Agruras de Crescer (1939-1949)

> *Criminosos são um bando de covardes e supersticiosos.*
> *Por isso meu disfarce deve provocar terror em seus corações.*
> *Tenho que ser uma criatura da noite, sombria, horripilante... um... um...*
> **DETECTIVE COMICS, n. 33 (novembro de 1939)**

> *Porém, vindo dos céus, disparando morte... O Batman!*
> **BATMAN, n. 1 (primavera de 1940)**

A primeiríssima coisa que Batman fez na sua existência — e faz bem na pontinha do alto da página 3 de sua primeiríssima aventura, em *Detective Comics*, n. 27, datada maio de 1939, mas que chegou às bancas em fins de março — foi uma pose para sair bem na foto.

Já naquele momento, assim que ele se lançou no mundo da quadricromia, fazer pose já era seu esquema.

Ele está em um telhado, atrás de dois assaltantes. O texto que paira sobre o céu noturno, e acima de sua cabeça, oferece uma introdução alegre-lúgubre que podia ter vindo das revistinhas *pulp* da época: "Enquanto comemoram seu feito, os homens não percebem uma ameaçadora figura atrás deles... O 'BAT-MAN!'"

Realmente. É o Batman que nossos olhos modernos identificam no mesmo instante se levarmos em consideração um século de variação iconográfica. Ele lança um olhar de fúria para os bandidos, com os pés afastados na mesma proporção da largura de seus ombros, os braços cruzados sobre o peito. A despeito da ideia que o texto sobre sua cabeça quer nos levar a acreditar, a postura de Batman é menos de ameaça e mais de impaciência nervosa. Ele parece um pai austero e decepcionado. Em cima do telhado. Vestido de Drácula.

Do ponto de vista contemporâneo, o dito traje não é tão familiar. As orelhas são chifres de diabo, grossas e cônicas — parecem duas cenouras saindo de um boneco de neve — e sua angulação não parece correta. As orelhas salientam-se das laterais da cabeça em ângulos de quarenta e cinco graus, tal como os caras do Village People fazendo o "Y".

A CRUZADA MASCARADA

O capuz em si é aquele com o qual já nos acostumamos: ele deixa descobertos apenas a boca e o queixo perfeitamente comuns do homem lá dentro. O esquema cromático, no geral, confere: ceroulão cinza, cueca preta com sombras azuis, cinto amarelo — e o mais bizarro: luvas roxas.[2] A insígnia no peito ainda é pouco mais que um rabisco preto, mas isso vai mudar.

A capa é onde está toda a dramaticidade da indumentária: ela faz um arco que se distancia dos ombros, pairando sobre eles em parábolas abobadadas (deve haver um arame ali embaixo) que dão às concavidades graciosas da bainha — recortada em concha, pontiaguda — o máximo do impacto visual.

A capa vai provar-se uma constante, um acréscimo ao efeito expressionista, uma rápida injeção de showbiz gótico. Nas mãos dos primeiros desenhistas, como Bob Kane, Sheldon Moldoff e Jerry Robinson, ela vai tomar a forma de asas de morcego ou fluir como seda, conforme as necessidades de cada história. Mais à frente, com Dick Sprang, Win Mortimer, Jim Mooney e outros, ela vai assentar-se um pouco mais; menos quando balançar ao vento para comunicar a velocidade de Batman. Nos anos 1970, quando Neal Adams, Jim Aparo e Dick Giordano impuserem fotorrealismo rigoroso ao Bat-universo, a capa seguirá liberta de preocupações tão mundanas como a Física. Ela seguirá curta ou comprida, diminuirá ou esticará e, até mesmo, dará rodopios em volta do corpo como tentáculos de fumaça. Ainda mais tarde, desenhistas como Marshall Rogers e Kelley Jones prolongarão a capa, literal e figurativamente, até seu papel na narrativa atingir extensões deslumbrantes. Ela se tornará um personagem importante, um narrador silencioso, mas expressivo, que orienta o olho do leitor e infunde a ação com camadas de significado, suscitando uma mortalha que recobre o túmulo, ou asas de demônio, ou os ventos ferozes e uivantes de Éolo.

Mas de volta àquele telhado, nos primeiros meses de 1939: encarando dois bandidos que acabaram de assassinar um empresário rico e de surrupiar seu cofre, o cara estava basicamente usando um guarda-chuva.

O elemento visual que faz tudo funcionar tem menos a ver com a aparência *em si,* e mais com *onde* ele aparece. A meticulosidade de

---

2. As luvas esquisitas não iam durar muito tempo. Sempre que a DC Comics republica essa primeira aparição, as luvas são recoloridas e combinam com a capa.

Batman foi interpor-se entre os ladrões e a lua cheia, que se assoma sobre seu ombro direito como se tentasse dar uma espiada nos dois.

Estas imagens — Batman de silhueta contra o círculo amarelo e redondo da lua — estão incrustradas no DNA narrativo do personagem. Veremos ecos delas no Bat-sinal e na insígnia peitoral que distinguem o Batman sessentista. É um tema que vai ocorrer e recorrer em todas os Bat-licenciamentos, desde quebra-cabeças até toalhas de banho; o filme *Batman* de Tim Burton, de 1989, vai interromper subitamente seu terceiro ato para render uma homenagem a esse tema. Batman e a lua cheia estão inextricavelmente interligados, e assim estão desde sua primeiríssima aventura.

MATÉRIAS-PRIMAS

Os elementos constituintes estavam postos desde o princípio. Ele era um detetive; não havia como não perceber. O título da história, sem muitas delongas, é "O Caso da Sociedade Química"[3], propositadamente suscitando Edgar Allan Poe, Conan Doyle e os livrinhos de detetive. Os beats da história são claros: depois de despachar os dois patifes no telhado[4], Bat-Man lê o contrato que eles garfaram do cofre do ricaço, saca o nefasto plano por trás do assassinato e parte ao covil do vilão principal para defrontar-se com a mente por trás de todo esse horror.

A primeira incursão também define Bat-Man como figura hábil nas artes marciais — no mínimo, ele sabe se virar numa briga. Na prosa do roteirista Bill Finger, tal como nas revistinhas *pulp* que ele amava, nenhum substantivo seria visto em público sem um adjetivo de qualificação a tiracolo; desta forma, somos informados que as chaves de braço do nosso herói são "mortais", que seus cruzados de direita são "tremendos" e que seus golpes são "bruscos" ou "poderosos". Nós o vemos dar um soco potente no queixo do chefe malvadão,[5] que faz o pobre coitado quebrar uma balaustrada e desabar no tanque de ácido que o esperava lá embaixo.

---

3. No original, "The Case of the Chemical Syndicate", já traduzido no Brasil também como "O Caso do Sindicato dos Químicos", "O Caso dos Químicos" e "O Caso da Quadrilha dos Químicos". [N.T.]

4. Um vai a nocaute e outro é jogado do alto da mansão sem que Batman sequer se digne a olhar para trás.

5. Com a onomatopeia "Sock!".

A CRUZADA MASCARADA

Aqui, bem no princípio, o lado justiceiro e anti-heroico do herói recém-cunhado toma uma forma particularmente implacável e frequentemente letal. Os quadros de abertura da história revelam que "esse camarada a quem chamam de 'Bat-Man'" já está na ativa na cidade (ainda não batizada) há tempo suficiente para ter atraído a cólera do Comissário de Polícia Gordon.

A primeira aventura não traz pistas sobre a postura do Bat-Man frente às suas atitudes violentas, nem sobre o que o levou a essa rota sombria. O Bat-Man *Old School* é um sujeito esquisito, lacônico, feito para agir e não para falar. Levará mais algumas edições até termos um vislumbre do nosso herói em repouso. Levará ainda mais tempo até o advento do balão de pensamento, que nos deixará a par de seus monólogos internos.

Ou seja, tudo que sabemos é aquilo que vemos: Bat-Man soca um vilão, que quebra uma balaustrada e cai à morte agonizante, e Bat-Man comenta com uma vítima do bandido: "Um fim perfeito para a sua laia".

Este homicídio prova-se apenas o princípio de sua farra assassina. Em seu primeiro ano de existência, Batman mandará vinte e quatro homens, dois vampiros, uma matilha de lobisomens e vários megamutantes para o mundo sem volta, às vezes servindo-se da ponta de uma arma. Eventualmente — depois que o moleque com botas de duende aparece para dar uma clareada nas coisas — Batman vai recorrer com menos frequência à força letal e, por fim, vai recusar-se terminantemente ao uso de armas de fogo. Naquele momento, contudo, ele é um assassino sem remorso algum.

O último elemento é revelado no quadro derradeiro da história: Bat-Man é a identidade secreta do rico e jovem socialite Bruce Wayne.

A ideia de um justiceiro mascarado e identidade secreta não era novidade. Tampouco eram, naquela época em que os EUA ainda estavam pondo-se de pé, balouçantes, logo após a Grande Depressão, as opções de entretenimento que giravam em torno das vidas dos jovens, belos e ricos. Foi a era de *A Ceia dos Acusados, Topper e o Casal do Outro Mundo, Vidas Particulares* e *Fuzarca a Bordo*. Milhões de norte-americanos passavam longas e felizes horas no cinema assistindo às aventuras de farristas trajando smoking e sílfides em vestido de organza, trocando farpas e tintins de champanhe em cenários de luxo inacreditável.

Muito embora o "quem-matou-na-biblioteca-com-o-candelabro" estivesse saindo de moda, suplantado pelo *noir* urbano *pulp* dos contos de detetive casca-grossa, pairava o fascínio pela fina flor da sociedade.

Em "O Caso da Sociedade Química" — e em muitas de suas primeiras aventuras, aliás — é notável como o roteirista Bill Finger cuidadosamente insere metáforas sobre "revólveres" e "detetives" — extraídas de revistas *pulp* como a *Argosy*, a *True Detective*, a *Spicy Mystery Stories* e a *Black Mask* — no mundinho rarefeito dos privilegiados.

O resultado é uma fusão enigmática: o socialite entediado Bruce Wayne tem uma vida de confortos e mimos, mas veste seu traje mirabolante para quebrar as cabeças de bandidos cruéis. O crucial é que ele faz isso não para defender os direitos do trabalhador honesto da América, como é o caso do populista Superman. É mais comum ao Bat-Man defender os amigos e coleguinhas ricaços — assim como a grana deles.

Em sua primeira aventura, ele resolve uma disputa entre empresários rivais por conta de uma fortuna na indústria química. Na seguinte, ele captura ladrões de joias em flagrante delito. Ao longo do primeiro ano, ele repetidamente encara aqueles que ameaçam vidas ou que tentam extorquir milhões de milionários.

É evidente que a fortuna de Bruce Wayne e, por extensão, o mundo social que ele habita são dogmas centrais da Bat-mitologia, que servem simultaneamente a dois propósitos narrativos. No nível funcional, é um recurso que explica de saída qualquer coisa: os apetrechos, os veículos, o QG, as vastas horas de ócio que possibilitam a obstinação pela justiça. Essa obstinação acabará imiscuindo-se na vida de Bruce Wayne: nas décadas por vir, roteiristas farão Wayne passar de socialite entediado a filantropo ardoroso que utiliza sua grana para financiar programas cívicos que combatem o crime sem vestir colante ou distribuir sopapos.

Mas a segunda função narrativa — e a mais essencial — de sua prodigiosa fortuna é o desejo realizado. Bat-Man foi cria de uma época de privação nacional, na qual os EUA deleitavam-se no escapismo. Ele encarnava um estilo de vida glamoroso, distante de preocupações prosaicas como contracheques e dívidas, execuções de hipoteca e contas vencidas.

Este é o Bat-Man em sua primeiríssima aventura: detetive, artista marcial, justiceiro sinistro, aristocrata. E assim foi ao longo das décadas. Mas em sua primeira aparição, e em boa parte de seu primeiro ano de existência, ele era mais uma coisa:

Um plágio.

A CRUZADA MASCARADA

À SOMBRA DE "O SOMBRA"

Batman plagiou O Sombra. Essa afirmação não tem nada de controversa; os dois Bat-cocriadores a reconheceram em entrevistas. Aliás, "O Caso da Sociedade Química" muito imita o conto "Partners of Peril" de O Sombra, publicado em novembro de 1936. Ao parecer estético contemporâneo, tal cópia renderia um processo com vitória ululantemente garantida.

Bat-Man não era, de maneira alguma, o único plágio de O Sombra que perseguia suas presas pela selva urbana em fins dos anos 1930. Introduzido como o locutor misterioso no programa de rádio *Detective Story Hour* em julho de 1930, O Sombra tornou-se a primeira atração multimídia do mundo do entretenimento assim que o público se mostrou mais fascinado pelo locutor arrepiante do que pelas histórias que apresentava. Os editores da *Detective Story Magazine* encomendaram uma série de contos de O Sombra e encarregaram o escritor Walter B. Gibson (sob o pseudônimo Maxwell Grant) de produzir, em alta rotação, histórias do combatente do crime trajado de preto, que agia sob o manto da noite para aterrorizar suas vítimas.

Nas aventuras impressas, O Sombra era a identidade secreta do famoso aviador Kent Allard, mestre do disfarce que se servia de personas diversas, incluindo um empresário bem-sucedido, um humilde faxineiro e — o mais famoso — Lamont Cranston, um socialite ricaço.

As aventuras *pulp* levaram a uma onda de homens-mistério, todos imitadores, como o Vingador Escarlate, o Besouro Verde (ambos milionários) e o Detetive Fantasma (um socialite rico que era invocado em seu laboratório por meio de um sinal luminoso). A revista *Popular Detective* trazia uma figura misteriosa que caçava criminosos trajando um manto com o brasão de um morcego negro. Ele se autodenominava The Bat — O Morcego.

Em 1937, a *Mutual Broadcasting System* lançou um novo programa, no qual O Sombra saía de seu papel usual de anunciante de antologias para desempenhar um papel central na ação. O programa modernizava a continuidade já rocambolesca do personagem para enfocar a identidade de Lamont Cranston. A nova versão no rádio (que no início teve voz de Orson Welles) também surgia com superpoder novo: a capacidade de "turvar as mentes dos homens" e fazer-se invisível, recurso cuja grande sacada era livrar-se da necessidade de explicar aos ouvintes como que O Sombra sempre conseguia ouvir os planos dos bandidos.

O tema de abertura do programa[6] virou referência cultural, saturando as ondas de rádio e ficando gravada em uma geração de ouvintes.

E assim a sombra de O Sombra prolongou-se ainda mais — tão grandemente que inspirou mais dois imitadores em 1939. Os dois usavam mantos e vagavam pelos telhados das respectivas cidades em capas recurvadas como conchas, que lembravam asas de morcego. Um deles, que apareceu pela primeira vez na edição de julho de 1939 da *Black Book Detective,* autodenominava-se Black Bat, ou Morcego Negro. Ele seguiu aparecendo por aí até início dos anos 1950. O outro, que havia chegado às bancas dois meses antes, em *Detective Comics,* n. 27, provou-se mais duradouro.

Ele atendia por "Bat-Man".

COMO TORNAR-SE UM MORCEGO

Bob Kane criou Batman. Pelo menos é o que Vin Sullivan, primeiro Bat-editor na National Comics, e gerações de fãs acreditavam. Afinal, era o que o próprio Kane dizia.

Na verdade, Kane havia projetado um personagem que não tinha nada a ver com o que acabou vendendo à National. Com a encomenda de criar um personagem de gibi que se equiparasse ao sucesso sem par do Superman da National — que estreara quase um ano antes e já era sensação do licenciamento —, Kane havia desenhado, obedientemente, uma cópia.

Para tanto, ele desenhou por cima de uma tira do *Flash Gordon* de Alex Raymond, a de 17 de janeiro de 1937, na cena que mostrava Flash balançando-se por uma cordinha para resgatar sua companheira de um monstro. Kane manteve a pose de ação, mas desenhou um uniforme novo sobre a figura que basicamente só invertia o esquema cromático do traje de Superman — em vez de colante azul e cueca vermelha, seu personagem usava uma peça única escarlate rente à pele e cuecas pretas com sombras azuis. Superman não usava nada para disfarçar suas feições, então Kane deu uma máscara de festa à fantasia ao seu personagem.

---

6. A melodia de Le Rouet d'Omphale, Opus 31, de Saint-Saëns, acompanhada do bordão tiritante do personagem: "Quem sabe o que se esconde no coração dos homens?"

A CRUZADA MASCARADA

O único aspecto significativo que o distinguia de Superman — o que Kane considerava sua grande magia e que, como ele diria posteriormente em entrevistas, foi inspirado por um esboço de Leonardo da Vinci — eram as asas. Kane desenhou um par de asas de morcego rígidas, negras, afixadas às costas da figura. Tinha algo de dramático. Tinha algum potencial, pensou Kane, porque era diferente, e ainda assim — se a ideia era atrair as crianças que amavam o Superman — não era diferente *demais*.

Ele rabiscou um nome abaixo do desenho: "The Bat-Man".

Em relação a qual era o esquema do Bat-Man, quem ele era, o que fazia, Kane tinha uma vaga ideia. Ele conhecia um cara que podia dar vida ao personagem.

Anos antes, numa festa, ele conhecera um garoto chamado Milton "Bill" Finger. Eles conversaram sobre as tirinhas de jornal de que cada um gostava. Kane e Finger começaram a colaborar em várias tiras, que Kane acabou vendendo para *syndicates*[7] e, por fim, à National Comics, casa do Superman. Era uma equipe eficiente. Finger cumpria suas tarefas com fervor, mas lhe faltava a autoconfiança para circular socialmente. Ele sempre ficava no canto de qualquer recinto. Se Kane — que, como cartunista, era apenas competente — entrasse no mesmo recinto, ele se plantava bem no meio, vivendo só do brio de tapinhas nas costas, apertos de mão e sorrisos. Desenhar era algo difícil para Kane, e sempre seria; para negociar, por outro lado, ele nunca cansava. Era um vendedor nato. Por conta disso, sempre tinha serviço.

Eles tinham um sistema. Ele e Finger trocavam ideias, depois Finger escrevia o roteiro. Kane desenhava. Nenhum dos editores de Kane sabia da existência de Finger, pois as histórias que entregavam só levavam a assinatura "Rob't Kane" — e, mais tarde, "Bob Kane".

Então, quando surgiu a ideia de Bat-Man, Kane achou que seria o mesmo esquema de sempre: ele apareceu no apartamento de Finger, mostrou o desenho e perguntou o que esse achava.

A reação do jovem foi elementar: parecia demais com Superman usando uma roupa feita em casa. As asas pareciam uma coisa desajeitada, pouco práticas, inclusive meio bobas. Finger começou a sugerir várias alterações que introduziram os elementos iconográficos que hoje

---

7. Agências de distribuição de conteúdo, tais como tiras de quadrinhos, para jornais e revistas. [N.T.]

se associa ao conceito "Batman", alterações essas que efetivamente transformaram o Cuecão-Alado de Kane em Cavaleiro das Trevas.

Para início de conversa, era um cara de pijamão vermelho. Ele não metia medo a ponto de merecer aquele nome. Finger mostrou a Kane a ilustração de um morcego no dicionário e apontou para as orelhas compridas. Tire as asas, disse Finger, e troque por uma capa mais fluida, com curvas, que transmitiria a ideia de velocidade. Ele ia precisar de luvas, para não deixar impressões digitais. E que desse um jeito no esquema cromático — se era para ser um homem-morcego, ele teria que atuar à noite; ele ia se misturar às sombras. O colante vermelho virou cinza-escuro, e o manto e o capuz viraram pretos — ou o mais próximo do preto que o processo de impressão da época permitia, que era preto com destaques em azul.

De início, eles não se deram ao trabalho de lhe fornecer uma origem. O Superman tinha uma muito elegante — mas Superman era ficção científica, e o Bat-Man deles seria um detetive porrada igual ao dos *pulps*; heróis *pulp* tinham aventuras, não origens. Levou anos, por exemplo, para os leitores conhecerem a identidade real de O Sombra, de forma que os segredos de Batman podiam ficar para depois. No lugar deles, Finger precisava de uma história que vendesse o personagem. Então, ele surrupiou a que encontrou: *Partners of Peril* ["Parceiros dos Perigos"], conto de O Sombra escrito em 1936 por Theodore Tinsley, enxugando aqui e ali para caber nas seis páginas disponíveis, e para dar espaço a um herói ainda mais extravagante.

Kane, da sua parte, viria a citar várias outras influências em Batman, incluindo Zorro (outro herói dos *pulps*) e o filme de 1930, *O Sussurro do Morcego* (*The Bat Whispers*), no qual uma misteriosa figura encapuzada aterroriza e assassina os convidados de uma mansão.

Mas quando chegou a hora de fazer lápis e arte-final do primeiro roteiro de Batman, as inspirações de Kane estavam muito mais próximas. Ele desenhou a capa, plagiando a mesma pose de Flash Gordon que usara no esboço conceitual. Vários quadros de "O Caso da Sociedade Química" vieram de figuras que ele copiou de um livro infantil de 1938 chamado *Gang Busters in Action* (*Os Caça-Gangues em Ação*). Ele continuaria roubando layouts e poses de outras fontes ao longo do período em que desenhou Batman — um período significativamente mais curto do que seus editores, e mesmo o público, sabiam.

A CRUZADA MASCARADA

DEIXANDO AS SOMBRAS, DEIXANDO O SOMBRA

Quando *Detective*, n. 27, chegou às bancas, pelo jeito ninguém deu bola para o fato de que aquele herói inédito e estranho tinha dívida tão grandiosa, tanto no conceito quanto na execução, com fontes tão diversas. Nem que a tentativa de Kane e Finger de fazer dinheiro com a mania em torno de Superman dera luz a um personagem que, em tantos sentidos, era a antítese do Homem de Aço.

Superman era uma criatura da luz que a cada quadro ganhava o lustre dos raios do amanhecer, tal como se houvesse acabado de sair de um mural neossocialista.

O Bat-Man rondava as sombras urbanas, encoberto — literal e figurativamente — pelas cores da noite. Era uma figura sinistra, lacônica, ameaçadora. Em sua primeira peripécia, ele não trazia nenhuma ideia de segurança ou esperança, não encarnava promessa de um dia melhor, de um futuro mais resplandecente, de "todos-juntos-vamos-nessa". Pelo contrário: ele chegou infundido da violência lúgubre dos filmes de gângster e dos livrinhos baratos, arauto da morte e da destruição.

Em outras palavras: O Sombra.

Durante seu primeiro ano, os elementos disparatados que se tomaram de empréstimo mesclaram-se na forma singular e familiar que hoje chamamos de Batman. É o Batman cru deste primeiro e breve ano que continua a lançar a maior sombra sobre o personagem, mais de três quartos de século depois. Pois é ao proto-Batman, sinistro e violento, que o roteirista Denny O'Neil retornaria nos anos 1970, na tentativa de resgatar o personagem depois que a Batmania televisiva dos anos 1960 esfriou.

As gerações de leitores que se seguiram viriam a considerar a abordagem de O'Neil o Batman "deles" — o Batman de verdade — quando o que ele fazia era descartar as três décadas de aventuras anteriores, renegadas a coisa de criança, deboche, escracho. Era agora que se via o Batman lobo solitário e "poderoso". E são esses dois aspectos do personagem que seguem de atrativo essencial entre a parcela mais sonora de seus fãs.

O'Neil e todos que desde então tentaram reenquadrar, remontar ou reinterpretar a trama de Batman, de Frank Miller a Tim Burton, a Grant Morrison e a Christopher Nolan, remontaram sempre ao Batman lobo solitário e "poderoso" de 1939-40. E, assim, também temos que remontar.

BATMAN: ANO UM

Na segunda aventura do Bat-Man, em *Detective Comics*, n. 28 (junho de 1939), Bill Finger não se desviou muito da fórmula que havia traçado na edição anterior. O Bat-Man detém uma quadrilha de pilantras com pinta de James Cagney[8] que teve a audácia de roubar as joias que pertenciam aos "Vandersmiths" e a outros ricaços da cidade. Nosso anti-herói jogou mais um patife azarão do telhado e extraiu a confissão do chefe de quadrilha, pendurando o pobre palerma pela janela — tudo tirado do manual do alter ego enchapelado de Lamont Cranston, ou de seus muitos imitadores.

Mas Finger já vinha tentando descobrir algo que diferenciasse o personagem. Aqui, pela primeira vez, o Bat-Man parecia justificar seu colante de circo, demonstrando feitos espantosos de acrobacia na busca pela justiça. Lançava-se de arranha-céus para dar piruetas no ar e balançava de prédio em prédio usando uma "resistente corda de seda".

A figura arrojada já estava lá, mas ainda não era Batman. Por um lado, ele havia passado as duas primeiras aventuras praticamente trabalhando de segurança — um Pinkerton de peça única. Por outro, ele ainda tinha que equiparar sua perspicácia com a de um vilão de verdade. Mesmo nos *pulps*, um herói sem nêmese não era herói.

Como Finger tendia a entrar em agonia com suas histórias e deixava muito prazo estourar, Kane contratou em segredo o roteirista Gardner Fox, que martelou os roteiros de mais cinco edições. Essas levaram o personagem a novo rumo, acrescentando floreios góticos vistosos que logo passaram a fazer parte de sua receita permanente. Mas continuou sendo um período de experimentação. Fox propôs flertes com várias outras ideias, incluindo o primeiro supervilão de Batman, mas nada decolou.

Em *Detective Comics*, n. 29 e 30, por exemplo, Batman[9] encarava o Doutor Karl Hellfern, cientista louco e indigno de nota, saído da agência de ator canastrão (tinha até barbicha e monóculo) e que criava um pólen letal[10] usado para ameaçar os ricaços do mundo. O roteiro de Fox poupava no 'investigacionismo' (que era a paixão de Finger), mas fazia a festa ao adornar o herói com cinto de utilidades, bolinhas de gás, luvas

---

8. Chapéu fedora caído para o lado, terno risca de giz.
9. Em *Detective Comics*, n. 30, o "Bat-Man" perde o hífen e as aspas, quase que para todo sempre. A partir daqui ele atende por Batman.
10. Hell fern: samambaia do inferno, sacou?

A CRUZADA MASCARADA

com ventosas e joelheiras para escalar fachadas de prédios. O Batmóvel ainda estava a dois anos de existir, mas o *roadster* vermelho de Batman rodou bastante — assim como sua preocupação constante em onde estacioná-lo com discrição, que continua sendo um dos *leitmotifs* mais estranhos do Batman Ano Um.

Ao trocar sopapos com seu primeiro arquibandido, Batman ameaçou matar assistentes do Doutor Hellfern (ou Doutor Morte) e prontamente levou uma bala no ombro. Parecia fim de jogo para nosso herói, mas ele conseguiu pescar uma bolinha de gás no seu cinto, atravessou uma janela e fugiu usando sua corda.

A mensagem era muito clara: Batman não era Superman. Kane parecia ter um júbilo lúgubre em desenhar o sangue pingando do ombro do nosso herói derrubado. Ele era humano, vulnerável e diferente de nós, não por conta da fabulosa força física, mas pela sua força de vontade.

O leitor mais atento pode ter notado o princípio de uma variação de estilo nessa edição. A linha de Kane era mais grossa e mais confiante, suas composições eram mais taciturnas, demorando-se em retratos do Batman usando sua silhueta distinta, angulosa, para perturbar malfeitores que tivessem o desprazer de notá-lo. A partir dessa edição, Kane passou a dividir as funções de desenho com o arte-finalista Sheldon Moldoff — e deu para ver.

Na edição seguinte (*Detective Comics*, n. 30, agosto de 1939), o roteiro de Gardner Fox nos deu o primeiro indicativo de que demônios talvez rondassem as profundezas insuspeitas da psique de nosso herói. O recordatório de introdução da história informava os leitores, como se fosse algo óbvio, que Batman era a "figura alada da vingança".

Vingança. Era uma opção estranha de palavreado, particular, e um conceito pelo qual o Superman — mesmo o Superman muitas vezes brutal da Era de Ouro — teria desdém fervoroso. Também era um eixo proposital: nas aventuras anteriores, Batman "lutava pelo que é certo" e passava as noites "corrigindo injustiças" — nada mais que o hábito de um herói. Só que... *vingança?*

Essa era nova. E sublinhava os laços que o personagem tinha com anti-heróis com falhas de caráter, conforme a tradição do *noir*. Os leitores não teriam que esperar muito para saber exatamente por que ele ansiava por vingança. No número 33, eles seriam testemunhas da tragédia que o moldou e do juramento que o definiu.

Até lá, contudo, *Detective Comics,* n. 31 e 32, trouxeram Fox e Kane (com a ajuda de Moldoff) enviando Batman em sua primeira aventura internacional. Era uma história verdadeiramente estranha, com uma dama em perigo à la Lois Lane, um misterioso supervilão chamado Monge, hipnotismo, um macaco gigante, lobisomens e vampiros. Não era incomum para os heróis *pulp* depararem-se com inimigos sobrenaturais, mas essa história era tal como um filme de monstro de matinê. Batman deixava seu lar, os telhados de Nova York,[11] e trocava-o por um castelo gótico e sombrio nas montanhas da Hungria. Pelo caminho, o roteirista Gardner Fox apresentou os leitores ao "Bat-Giro"[12] e um "baterangue [*sic*] voador — nos moldes dos bumerangues dos bosquímanos da Austrália!"

Como convém à temática, Kane e Moldoff encheram a página de elementos tomados de empréstimo do cinema expressionista alemão: sombras compridas e árvores digladiavam com a luz. O desenho da capa podia ter saído diretamente do gabinete do doutor Caligari: um castelo solitário no alto de uma montanha coberta pela névoa, sobre a qual a imagem titânica de Batman paira de maneira ominosa. É um quadro vivo de poder primal, icônico, e que inspirou dezenas de homenagens ao longo das décadas, dentro e fora dos quadrinhos.

Neste ponto, as aventuras de Batman eram histórias de doze páginas a cada edição de *Detective Comics,* que continha onze atrações no total, incluindo as aventuras mais prosaicas de brutamontes como Speed Saunders, Slam Bradley e Buck Marshall, Detetive do Oeste. Frente a essas pancadarias de cores tão fortes, as histórias escuras, claustrofóbicas, de nanquim pesado, sobre um cara que pulava pelos telhados com capa e chifre de diabo, provavelmente se destacavam. Depois dessa história, todavia, com seus adereços melodramáticos de terror, não haveria engano quanto a qual personagem era a estrela de *Detective Comics.*

Mas os gracejos de Batman com o sobrenatural foram breves. Já no mês seguinte voltava-se ao esquema de sempre. Ou pelo menos via-se uma mudança de gênero: de terror para ficção científica. Em *Detective Comics,* n. 33, de novembro de 1939, Batman enfrenta o Dirigível da Morte — uma nave armada com raio da morte, cujo piloto é um louco com

---

11. Bill Finger só criaria o nome "Gotham City" dali a dois anos.
12. Um helicóptero com asas, também chamado de Batplano.

A CRUZADA MASCARADA

complexo de Napoleão. A edição também apresentou aos leitores o "laboratório secreto" de Bruce Wayne — o precursor da Batcaverna — onde nosso herói mistura produtos químicos para usar na luta contra o crime.

A *Detective Comics,* n. 33, não interessa tanto pela história dos zepelins mortais, nem pelo fato de Batman voltar a usar armas e, mais uma vez, ficar nervoso com o estacionamento.[13] O que faz esta edição merecer lugar de destaque na história da cultura pop são as duas páginas de introdução escritas por Bill Finger.

"O BATMAN: QUEM ELE É E COMO SURGIU"

Tudo acontece em doze quadros.

Quadro um: uma criança aterrorizada e seus pais são ameaçados por um assaltante de arma em punho, atrás de um poste. Quadro doze: o mesmo garoto, já adulto, acocora-se em um telhado, iluminado pelo luar, vestindo um traje bizarro com asas de morcego. O breve relato que se desenrola entre estas duas imagens, crônica de como o garoto tornou-se a "estranha criatura das trevas", irá se revelar o motor narrativo mais poderoso da história moderna. Esses doze quadros serão reiterados, ornamentados, desconstruídos e parodiados milhares de vezes ao longo das décadas, infiltrando-se no consciente coletivo. Para os olhos modernos, parecem toscos, mas, unidos, eles retêm simples intensidade.

"Há cerca de quinze anos", informa-nos um recordatório, "Thomas Wayne, sua esposa e seu filho voltavam do cinema para casa." Sob essas palavras, na lateral esquerda do quadro, veem-se os Waynes: dois adultos de chapéus chiques, um menino com olhos arregalados de terror. À direita, o assaltante usa um boné azul de vendedor de jornal e acaba de sair de trás de um poste. "Passa o colar, moça!", ele diz, apontando a arma para Thomas Wayne, que parece erguer os punhos para uma pose de boxeador.[14]

A segunda e última página da origem de Batman feita em 1939 por Finger e Kane é delineada em um grid simplista, de nove quadros. Nos

---

13. "O carro estará seguro aqui, onde ninguém da casa vai vê-lo."

14. O colar de Martha Wayne será considerado por muitos recontadores dessa história, para explicar a origem de Batman. O fato de que os assassinatos ocorreram quando a família saía de um cinema também renderão adubo narrativo a muita história.

dois primeiros, assistimos ao pequeno e lacrimoso Bruce reagindo ao massacre dos pais, depois que o assaltante se foi. Mas é o quadro a seguir, marcante em seu aspecto tranquilo, que ocorre no meio da origem e serve de fulcro, de ponto de virada.

Nele, o jovem Bruce Wayne ajoelha-se ao lado da cama, as mãos unidas em oração, olhando para o alto. A parede atrás do menino brilha com a luz de uma vela, mas a metade direita de seu rosto está imersa em sombras.

O garoto fala. É uma só frase, dita na pressa esbaforida da pura emoção.

"E juro, pelos espíritos dos meus pais, vingar suas mortes, dedicando o resto da minha vida à guerra contra todos os criminosos."

É nesse momento que surge o Batman. É o juramento solene feito à luz de velas no quarto da criança só. É essa jura que transforma o turbilhão interno em cruzada pública. É porque se evidencia um pragmatismo esquivo nessa opção, nesse raciocínio, apesar de o objetivo ser absurdamente grandioso.

Perceba a falta de ideais vagos e de substantivos abstratos que os juramentos costumam ter: não se quer Verdade nem Justiça, nem cântico de glória cívica ao *American Way*. O garoto não jura deter o Crime nem proteger os Inocentes. Sim, ele jura vingar a morte dos pais, mas a Vingança em si não é sua meta.

Esse juramento, que reside no cerne de cada iteração de Batman que já existiu ou virá a existir, de anti-herói *pulp* a bufão de TV, é muito mais pragmático e prosaico. É uma declaração de guerra.

O inimigo? "Todos os criminosos."

Meta bastante altiva, com certeza. Mas o jovem Bruce sabe que é. Ele está preparado para dedicar "o resto da [sua] vida" à guerra, sabendo que a vitória não é garantida. A vitória nem é seu objetivo. Na verdade, é à *guerra em si* que ele se dedica naquele quadro. Uma vida de oposição violenta. Ele se consigna, nessa imagem, a décadas de sisifismo travadas em combate perpétuo.

Ou, como diria seu irmão mais velho, o das botas vermelhas: a uma batalha sem fim.

Na sequência final da origem, vê-se Bruce à beira de uma revelação. Ele senta-se, ruminando à lareira crepitante de seu escritório com a ornamentação luxuosa. "Os bens de meu pai me deixaram rico", ele diz, como se o smoking já não entregasse tudo, "e estou pronto. Mas antes preciso de um disfarce."

A CRUZADA MASCARADA

"Os criminosos", ele reflete, "são um bando de covardes e supersticiosos. Por isso meu disfarce deve provocar-lhes terror no coração. Tenho que ser uma criatura da noite, sombria, horrenda..."

No quadro seguinte, Bruce fica atônito quando "Como se em resposta, um imenso morcego entra pela janela aberta!". Kane retrata a criatura com suas asas amplas contra o círculo amarelado da lua.

"Um morcego! É isso! O destino decidiu...", diz o homem que segundos antes zombava das superstições dos bandidos. "Eu me tornarei um morcego!"

No último quadro, Batman está em pose de ação sobre um telhado, à meia-noite, um personagem diferente de tudo que o mundo já viu, um herói novinho em folha lançado ao público.

Exceto que ele não era novo.

Nada no personagem era novo. Ele era uma combinação de clichês de fontes variadas: até sua origem era carregada de plágios.

Kane tirou muitos dos quadros da origem do livro infantil *Junior G-Men*, ilustrado por Henry Vallely. A imagem de encerramento da história de Batman saltando à ação no telhado foi desenhada por cima de um Tarzan de Hal Foster.

Não foi só Kane: Finger fazia empréstimos com a mesma falta de pudor. Esse negócio de Bruce se inspirar com um morcego que entra voando pela janela foi tirado de cabo a rabo de uma edição de 1934 da *Popular Detective*.

E quanto ao juramento proferido pelo jovem Bruce? O elemento-chave da lenda de Batman, aquilo que o diferencia, que o define como personagem e dá a base para seu atrativo tão duradouro?

O Fantasma tinha um igualzinho.

Os detalhes eram mais aterradores — em vez de um garoto jurando à luz de velas, o herói da selva de Lee Falk jurava perante o crânio do assassino de seu pai, e o fraseado era mais abstrato e grandiloquente — "Juro dedicar minha vida à aniquilação da pirataria, da cobiça e da crueldade em todas as suas formas" —, mas o fundamento, a missão declarada, era a mesma.

E aí se tem Batman: um caldo quadricromático de ideias emprestadas e arte surrupiada. E ainda assim havia algo novo, legitimamente novo, nas proporções precisas dessas ideias e imagens que se via nas histórias que Finger, Fox, Kane e Moldoff cozinhavam. As proporções ainda não estavam fixadas — e levaria mais cinco meses, com o acréscimo de Robin, o Menino Prodígio, até o último elemento central do personagem se manifestar. Mas no meio dessa mistura bizarra havia um atrativo potente, feito para durar.

CAVALEIRO DAS TREVAS, ANTES DO AMANHECER

O restante do primeiro ano de vida de Batman foi espasmódico e bizarro, conforme ele se esforçava para se tornar um personagem claro e consistente. *Detective Comics,* n. 34, por exemplo, trazia Fox, Kane e Moldoff improvisando como uma banda de jazz: Batman saía no mano a mano com um maligno duque francês nos esgotos de Paris. O roteiro de Fox voltava a trazer elementos fabulosos, que o sr. Finger "pé no chão"provavelmente consideraria grotescos: um raio misterioso que acaba com as feições das pessoas, uma estufa com flores que, por motivos nada claros, ostentam rostos de beldades. Mas o roteirista aderiu a duas condições da trama que marcaram as primeiras aventuras de Batman: ele ajudava os ricos e matava o bandido.

Bill Finger voltou às funções roteirísticas em *Detective Comics,* n. 35 (janeiro de 1940). E voltou com tudo, trazendo uma história que, em comparação ao que a revista vinha trazendo, era mais "pés no chão": um mistério envolvendo uma estatueta de rubi. A abertura dramática na *splash page* retratava Batman adentrando uma sala com expressão resoluta... e empunhando uma pistola cujo cano exalava fumaça. Era uma imagem independente do resto: Batman não empunhava arma alguma na história que se seguia. Mas ela não deixava de ressaltar as raízes conceituais do personagem como decalque de O Sombra, mesmo quando ele se esforçava para ser uma figura à parte.

Em *Detective Comics,* n. 36 (fevereiro de 1940), Finger começou a tirar Batman da sombra de O Sombra. Pela primeira vez, ele soltou piadas enquanto arrasava uma trupe de bandidos[15] e consolou um refém.[16] Na capa, ele sorria (!) enquanto dava um chute no seu oponente, que ia desabar um lance de escada abaixo.

Finger também introduziu o segundo vilão recorrente de Batman, o "cientista, filósofo e gênio criminoso" Professor Hugo Strange. Foi um

---

15. "Isso, rapazes, é o que o pessoal nas pistas de boliche chama de strike!"
16. "Não se assuste! Eu sou o Batman!"

A CRUZADA MASCARADA

avanço importante, pois a ameaça de Strange (ele gera uma neblina densa que atrapalha a polícia enquanto seus capangas promovem uma onda de crimes) afetava a cidade inteira, não só a alta sociedade. E em outro rompimento significativo com a tradição, Batman não matava o Professor Strange, mas apenas o subjugava para entregá-lo à polícia. O plano era que Strange voltasse com frequência, quem sabe até se tornasse o Moriarty de Batman. Mas não era para ser: dois meses depois, outro arqui-inimigo, ainda mais tresloucado, deu um "chega-para-lá" no Professor.

Kane — acompanhado pela primeira vez na arte-final pelo jovem Jerry Robinson — deixou a atmosfera visual da história mais clara para combinar com o toque mais suave de Finger, dando mais atenção à mecânica da pancadaria nos depósitos, o grande momento da história, do que ao jogo de sombras expressionista.

Em *Detective Comics,* n. 37 (março de 1940), Finger parece tão impaciente para adotar um tom mais cômico que abre a história transformando nosso herói em turista azarado: "O Batman, após perder-se numa estrada sem movimento, para diante de uma casa afastada para pedir informações." A trama a seguir — que o herói teria evitado por completo se estivesse com seu guia — trazia um Batman trapalhão numa trama que envolvia agentes estrangeiros tentando conduzir os EUA à guerra.

Era o Batman em seu décimo primeiro mês, quase totalmente emerso da sombra de O Sombra: conforme suas aventuras flertavam com um tom mais leve, ele deixou de ser um vingador de arma em punho para virar um detetive ao modo Sherlock Holmes. Mas havia mais uma mudança por vir, uma mudança que deitaria por terra qualquer dívida restante com O Sombra de uma vez por todas, uma mudança que alterou a estrutura do estilo do herói para todo o sempre.

E essa mudança usava botinas verdes.

MENINO DOS PRODÍGIOS

Para Bill Finger, era a solução de um problema narrativo. Para Bob Kane, uma sacada de marketing muito astuciosa. Para o diretor editorial da National, Whitney Ellsworth, era a oportunidade límpida e perfeita de rebater atenções indevidas.

Essa coisa que tanto "era" chamava-se Robin, o Menino Prodígio — o primeiro parceiro mirim dos quadrinhos.

Bill Finger estava cansado de mostrar Batman falando sozinho. Como era um detetive, ele sempre acabava tendo que guiar os leitores pelo processo dedutivo da sua mente. Finger percebeu que não havia como basear um personagem em Sherlock Holmes sem um Watson — um suplente de plateia — com quem conversar.

Foi Kane quem veio com a ideia de um garoto cheio de piadas para lutar ao lado de Batman no papel de tutelado, uma versão júnior do herói, na qual ele confiava, "todo garoto no mundo" se identificaria.

Ellsworth estava com um olho voltado para a inquietação nacional do momento. Em 1939, poucos anos após o nascimento da revista em quadrinhos, a garotada norte-americana devorava quase dez milhões de quadrinhos por mês. Pais, professores e paróquias notaram. A preocupação embrionária só viria a desatar uma cruzada antiquadrinhos de monta, inclusive ratificado pelo governo, anos à frente; mas os ataques à violência macabra e aos conteúdos sexualizados dos gibis começavam a brotar em editoriais de jornal e informes de paróquia país afora. Ao perceber tal fato, Ellsworth já havia expressado a Finger e a Kane certo receio em relação a Batman portar armas de fogo. Ele torcia para que o advento de um parceiro mirim impulsionasse Batman a uma rota menos sinistra e menos violenta.

Segundo Kane, o editor de *Detective*, Jack Liebowitz, não se convenceu e expressou duas objeções bem pragmáticas. Uma era de que o Batman de *Detective Comics* fazia tanto sucesso por si só que não havia motivos para mexer na fórmula; e dois, que seriam aliviadas as inquietações dos pais da América mandando um garotinho de cueca brigar com um bandido armado. Finger e Kane concordaram que apresentariam o parceiro mirim em caráter probatório.

Eles montaram uma lista de nomes potenciais do parceiro junto ao jovem desenhista Jerry Robinson — que já exercia influência considerável no visual tanto de Batman quanto de seu mundo, dado que havia tirado de Sheldon Moldoff a arte-final do lápis de Kane. O desenho de Kane tratava a anatomia de forma achatada e quadradona, em dívida com o *Dick Tracy*, de Chester Gould; o nanquim de Robinson imbuía a página de um tom mais rico, mais preenchido, mais arredondado.

Robinson lembrou-se de um livro de histórias ilustradas de Robin Hood que ele amava quando criança, com pinturas de N. C. Wyeth. Ele desenhou um garoto com traje de cores fortes, vagamente medieval —

A CRUZADA MASCARADA

túnica, sapatos e cueca — e projetou um logotipo com tipografia que ficava próxima do gótico: Robin, o Menino Prodígio.

Todo garoto que comprasse um exemplar de *Detective Comics*, n. 38 (abril de 1940), veria que as coisas haviam mudado. Esqueça o meninote mascarado que salta na nossa direção em trajes sumários. Esqueça a empolgação da chamada logo acima de sua cabeça, que o vendia como "o personagem REVELAÇÃO de 1940... ROBIN, o MENINO PRODÍGIO".

A parte mais estranha e desconcertante era a seguinte: Batman sorria.

Não um sorriso de canto, sinistro; não sorrindo com gosto por castigar com violência um pobre malfeitor novinho em folha; sorrindo largamente, beatificamente, o peito projetado como pai da Liga Infantil de Beisebol assistindo ao filho fazer o *home run*. Agora, de uma hora para outra, tudo naquela figura vingativa, naquele ex-lobo solitário das trevas, berrava: "Este é meu garoto!"

Depois da capa, a *splash page* que abria a história reproduzia a imagem — o garoto, o logo, o Batman sorridente — e ainda lançava um pergaminho introdutório de mais promessas exclamatórias que transmitiam de qualquer jeito a missão declarada do novo personagem:

"O Batman, esta fantástica criatura da noite, toma sob seu manto protetor um aliado na luta implacável contra o crime... apresentamos nesta edição... um novo e empolgante personagem, cujos incríveis feitos acrobáticos vão deixar você espantado... um ser ousado, sorridente, batalhador e jovem, que ri do perigo tal como o lendário Robin Hood, aquele cujo nome e espírito adotou... Robin, o Menino Prodígio."

A relação entre Batman e Robin — especificamente a natureza homossexual do laço entre os dois — viria a alimentar décadas de piscadelas, piadinhas sarcásticas, pânico gay, indignação de *fanboy* e desconstrução derridiana.[17] Poucos anos depois de sua primeira aparição, a insinuação gay será usada contra Batman por um defensor do bem-estar infantil, de enorme influência e nada ficcional, em uma cruzada que chegará muito perto de acabar com nosso herói — assim como com toda sua mídia — para sempre.

E aqui, no momento em que nascia essa relação, antes do primeiríssimo quadro da primeiríssima página da primeiríssima aparição de Robin, um descuido de escrita no texto introdutório original omitiu o

---

17. N.E.: Termo originado de Jacques Derrida (1930-2004), filósofo argelino que fala da "desconstrução" não como uma destruição completa, mas como uma contínua ressignificação.

espaço entre as palavras *"an"* ("um") e *"ally"* ("aliado"), o que leva essa passagem a nos informar que Batman *"takes under his protecting mantle anally..."* ou "toma analmente sob seu manto protetor...".

Então. Sim. Pois é.

Fértil desde o instante de seu princípio, a parceria Batman/Robin veio de fábrica com entrelinhas tanto reconhecidas quanto tácitas, entrelinhas essas que diversos públicos já leram e interpretaram de uma carrada de formas.

"EU NÃO TENHO MEDO"

Tal como nos apresentam em *Detective Comics*, n. 38, os Graysons Voadores são uma trupe de acrobatas de circo que consiste no jovem Dick, sua mãe e seu pai. Uma noite, enquanto eles se exibem no trapézio, as cordas se partem e os pais de Dick desabam à morte. Dick entreouve gângsteres gabando-se ao diretor do circo que o "acidente" não teria acontecido se ele tivesse pagado a cota de proteção ao Chefão Zucco, o cacique da máfia que manda na cidade.

Dick está determinado a ir à polícia, mas Batman aparece na sua frente. A figura de capa avisa ao garoto que, se falar com a polícia, os homens de Zucco vão encontrá-lo e, depois, matá-lo. "Vou escondê-lo na minha casa por um tempo", ele diz, porque, afinal, era o ano de 1940.

Batman logo percebe uma afinidade entre si e o garoto órfão: "Meus pais também foram mortos por um criminoso. Por isso que dediquei minha vida a exterminá-los... Tudo bem, vou fazer de você meu assiste [*sic*]. Mas já vou avisando que levo uma vida perigosa."

"Eu não tenho medo", diz o jovem Dick, sem saber das múltiplas décadas em que será vítima de sequestro.

A seguir, em uma cena que lembra o juramento de Bruce, Batman e o jovem Dick encaram-se no escuro diante da luz de uma vela. Os dois erguem a mão direita; Dick põe sua mão esquerda sobre a de Batman. Começamos a acompanhar no momento em que Batman encerra seu novo juramento.

"...e juramos que nós dois lutaremos juntos contra o crime e a corrupção e nunca nos desviaremos dos caminhos da justiça!"

"Eu juro!", entoa o garoto.

E aí já era hora de começar com todo gás, bem ao estilo energiza-

A CRUZADA MASCARADA

do e veloz de Finger: Dick, infiltrado entre os gângsteres, encontra o esconderijo do Chefão Zucco; o Chefão Zucco revela-se um bandido nos moldes de Edward G. Robinson;[18] e depois da luta climática em um prédio em construção, Zucco é acusado de assassinato. É a nova era de Batman nos gibis, na qual o vilão da história termina atrás das grades e não a sete palmos.

A sorte estava lançada: por muitas décadas, Robin continuaria sendo essencialmente o rapaz esperto, mas ingênuo, que é durante sua primeira aventura. Criado para exemplificar os ideais dos anos 1930 quanto à meninice americana — o garoto alegre, atlético e aventureiro que nos olhava das capas da revista *Boys' Life*[19] — ele era exatamente o tipo de garoto que seus leitores de dez anos acreditavam poder ser, caso tivessem a chance de lutar ao lado de seu herói.

Batman era o cara que eles poderiam vir a ser em dez anos, desde que comessem legumes, dessem duro nos estudos e se exercitassem. Para ser Robin, por outro lado, bastava uma cuequinha verde. Nas aventuras do garoto, eles viam um reflexo do "eu" ideal: corajoso, determinado, bom na porrada, ótimo espião infiltrado, rápido nos gracejos ou no trocadilho vergonhoso e indefectivelmente leal (traço que o levaria a se meter em encrencas com frequência).

Ele também tinha um *look* legal, que fazia contraste nítido com o mentor ao seu lado. Se as cores de Batman eram de uma noite lúgubre de inverno, as de Robin eram de uma manhã ensolarada de primavera. Ele se destacava.

Seja lá por que razão, deu certo: as vendas da edição de estreia de Robin duplicaram em relação às do mês anterior. E na moda que ascendeu para todo mascarado nos meses e anos que se seguiram, parceiros-mirins viraram acessórios básicos: o Sandman tinha o Sandy. O Arqueiro Verde tinha o Ricardito. O Escudo tinha o Rusty. O Capitão América tinha o Bucky. O Tocha Humana tinha o Centelha. O Sr. Escarlate tinha o Rosado. O Cavaleiro Andante tinha o Escudeiro. E o Vigilante, para eriçar nossos cabelos, tinha o Sardento, o Garoto China.[20]

---

18. "Isso não é bastante! ENTENDAM! Vocês têm que achacar mais os nossos clientes! ENTENDAM!"

19. Revista da organização que representa o Movimento Internacional dos Escoteiros nos EUA, publicada no país desde 1911. [N.T.]

20. O nome original, "Stuff the Chinatown Kid", tem conotações sexuais no inglês contemporâneo. [N.T.]

Todos haviam saído do molde de Robin: eram expeditos, valentes, tenazes, brincalhões, eminente e dolorosamente sequestráveis.

DUPLA DINÂMICA

Da noite para o dia, o implacável justiceiro lobo solitário tornou-se pai morcego-corujão. Sua marca também mudou: ele trocou o artigo definido por um segundo substantivo e uma conjunção coordenativa: *the Batman* [O Batman] virou *Batman and Robin* [Batman e Robin].

"Batman e Robin" passaram a ser a entidade única que ocupava o mesmo puxadinho do panorama cultural que o Bat-Man havia demarcado por conta própria durante quase um ano. Na imaginação do público, seus nomes logo se tornariam sinônimo de equipes de dois: Lewis e Clark, Abbot e Costello, Burns e Allen. Batman e Robin.

O acréscimo de Robin não foi só um ajuste cosmético; foi uma transformação fundamental e permanente, que fixou Batman em nova função: protetor e provedor. Com essa mudança, assentou-se o quinto e último elemento essencial do herói.

Isso porque, no cerne, Batman é um herói jurado a travar guerra contra o crime. Ele é um detetive. Ele pratica artes marciais. Ele é um milionário.

E é também, enfim, um pai.

A partir do Robin, em 1940, Batman viria a assumir o manto de patriarca e guardião de uma ninhada crescente de colegas combatentes do crime. Nas décadas que se seguiram, aliar-se-iam a ele homens e mulheres, meninos e meninas, um cachorro mascarado, um morcego-humano de peito nu e um duende da quinta dimensão. Para esses, Batman seria mentor, disciplinador, sensei, pai. Para ele, os aliados viriam a ser aquilo que desejava com mais ardor: a família que lhe fora arrancada quando criança.

Superman, Capitão Marvel e outros heróis eventualmente viriam a agregar suas próprias dinastias, mas Batman foi quem fez a bola rolar. Sua relação com Robin constituiria a dinâmica central que todas as superfamílias acabariam adotando.

O Menino Prodígio surgiu em uma época importante e abriu novos potenciais narrativos. A mera presença de Robin na história já aprofunda seu impacto, pois Batman tem algo com que se importar, acima e além de qualquer noção abstrata de justiça. Quando o garoto está em perigo, o risco é maior. Quando o garoto interpreta errado as atitudes de Batman (recurso narrativo confiável na Era de Prata), o melodrama transborda.

Nos trinta anos que se seguiram, Batman e Robin, lépidos e faceiros, lutariam lado a lado em muitas mídias.

Nem mesmo a partida de Robin, em 1970, conseguiu — e nem conseguiria — apagar o aspecto "figura paterna" em Batman. O conceito de "paizão" continuaria sendo fundamental ao personagem, embora nos anos pela frente ele tenha adquirido natureza mais simbólica. Sim, Batman patrulhava Gotham City por conta própria, mas Robin (e a Batgirl, e outros) tinham participação ocasional. Nas páginas de uma das revistas-antologia do Batman, publicada de 1975 a 1978, suas histórias solo se entrelaçavam; as aventuras lembravam muito as boas e velhas dos anos 1940, 1950 e 1960. O nome da antologia diz tudo: *Família Batman* (*Batman Family*).

Os anos 1980 viriam a relação Batman-Robin passar por uma série de contratempos e bifurcações aniquiladoras. Em tempos recentes, a família emprestada de Batman ficou maior e mais difusa do que nunca. O homem-morcego continua fincado no centro, sempre o paizão austero, carinhoso, de orelhas pontiagudas.

"Figura paterna" foi o último dos elementos essenciais de Batman a se manifestar, e é o primeiro aspecto que roteiristas, cineastas e produtores de TV descartam sempre que querem renovar a história de Batman. Tentando simplificar a narrativa, eles o privam do contexto familiar e arrastam-no até aquele primeiro ano de trevas, do lobo solitário e taciturno.

Mas Robin, de um jeito ou de outro, sempre volta. Porque tem que voltar: Robin é metade da história. Apesar do que muito fã crê com ardor, o Batman daquele primeiro ano não é o Batman de verdade — ainda não era. Robin serve para definir e delinear Batman, assim como Batgirl, Asa Noturna, Caçadora e outros. O status de Batman como maior dos mentores é um princípio basilar, pelo fato de dialogar diretamente com o que ele é: Batman salva outros porque, em uma noite tenebrosa, muito tempo atrás, não havia ninguém para salvá-lo.

SOLTA ESSA ARMA!

Com a chegada de Robin, o tom das peripécias de Batman em *Detective Comics* abrandou ainda mais. Mas precisaríamos do advento da

Segunda Guerra Mundial para ele superar a violência e crueldade que tinha nas primeiras histórias.

Na primavera de 1940, o sucesso desenfreado do homem-morcego lhe valeu sua primeira série própria, de publicação trimestral. Quando chegou às prateleiras, *Batman*, n. 1 (primavera de 1940), era apenas a segunda revista em quadrinhos já publicada a dedicar-se unicamente a um personagem.[21] Cada edição trazia quatro histórias com roteiro de Bill Finger, desenhos de Bob Kane e arte-final de Jerry Robinson e George Roussos.[22]

A edição de estreia dá a partida, republicando a origem de Batman contada naquelas duas páginas de *Detective Comics*, n. 33. Também contém uma história na qual Dick infiltra-se em um iate de luxo para proteger um colar inestimável, prestes a ser surrupiado por uma mulher misteriosa conhecida apenas como "a Gata" — primeira aparição da sedutora vilã que, em aparições posteriores, será chamada de Mulher-Gato. Em outra aventura, escrita antes da chegada de Robin, Batman está de volta a suas artimanhas homicidas, dizimando monstros com métodos tenebrosos. Em um quadro de dar arrepios, ele usa a metralhadora do Batplano para executar dois bandidos em fuga. "Por mais que eu deteste tirar vidas humanas", racionaliza ele, "temo que DESTA VEZ seja necessário!"

A National, porém, não topou. Segundo Finger, o quadro no qual Batman devasta oponentes atirando dos céus lançou a repressão editorial às armas de fogo. "Levei uma bela bronca do [diretor editorial] Whit Ellsworth. Ele disse: 'Nunca mais deixe Batman usar arma.'"

Apesar da controvérsia, *Batman*, n. 1, é mais lembrada pelas outras duas histórias da edição, nas quais estreia a maior nêmese do Cruzado Mascarado.

PRÍNCIPE PALHAÇO

Foi Jerry Robinson, então com dezoito anos, que teve a ideia do novo vilão: um assassino de cara pálida com senso de humor aterrorizante. Robinson vinha fazendo cursos de escrita criativa na Universidade de Columbia e ofereceu-se para escrever a história que apresentava o palhaço assassino, que batizou de Coringa. Finger e Kane, temendo que

---

21. Superman, que estreara um ano antes, fora o primeiro.
22. Roussos entrou na edição n. 2.

A CRUZADA MASCARADA

Robinson fosse perder o prazo naquele que teria sido seu primeiro roteiro nos quadrinhos, persuadiram o jovem arte-finalista a deixar que Finger a escrevesse.

O conto que se seguiu é ouro *pulp*, e encaixa-se precisamente no estilo dos contos detetivescos de Finger: um misterioso vilão roubou dos ricaços da cidade e, de alguma forma, em meio a salas rodeadas de cordões de isolamento da polícia, consegue administrar neles um veneno letal que os deixa com "um sorriso repulsivo, medonho, o signo da morte nas mãos do CORINGA!" Leitores assistiram a uma vítima atrás da outra morrer em pânico, e o Coringa só se gabava. Apesar da apreensão que tinha em relação a cenas de violência, Whitney Ellsworth intrometeu-se para garantir que Finger e Kane não se livrassem do Coringa no final da história, tal como planejavam; sabia que eles tinham encontrado um vilão bom demais para se jogar fora.

Mesmo nesse primeiro conto, muito do que vai definir o personagem até hoje já está cinzelado em pedra: o rosto branco, o cabelo verde, os lábios vermelhos; o sorriso ricto, irreal; o veneno Coringa; a risada maníaca; e a *couture* de jogador de cassino do Mississippi: fraque, colete, polainas e chapéu.

Nos primeiros dois anos após sua estreia, o Coringa continuaria sendo um assassino de sangue frio, massacrando cavalheirescamente tanto vítimas inocentes quanto parceiros do crime. Ellsworth acreditava que embora Batman devesse resistir ao emprego de força letal — e ele chegou a fazer o herói desistir do papel de justiceiro para virar membro honorário da polícia em *Batman*, n. 7 (outono de 1941) — fazia todo sentido que vilões não deixassem de ser vilanescos, inclusive homicidas.

Mas depois de abril de 1942 (*Detective Comics*, n. 62), a diretriz editorial que impôs um tom mais suave, mais infantil, consegue atingir até o Arlequim do Arrepio. De repente, os planos do Coringa ficam mais barrocos: pululam roubos de joias cada vez mais elaborados, armadilhas mortais cada vez mais complexas (que nunca conseguem fazer jus ao adjetivo). Sai o Coringa assassino-maníaco, entra o Coringa "galhofeiro-gargalhante-do-mundo-do-crime". Foi só nos anos 1970, quando as histórias precisavam ganhar impulso com o Batman fortificado, lobo solitário e "o cara", que Denny O'Neil e Neal Adams reintroduziram o Coringa como o arqui-inimigo com o qual se podia contar quando o número de mortos tinha que ser levado a sério.

SEM MANEIRISMO NÃO VALE

Ao longo de sua extensa existência dentro e fora dos quadrinhos, o Coringa nunca deixou de ser o primeiro entre seus pares, o vilão primordial, o mais ostentoso na vasta galeria de grotescos oponentes de Batman.

Cada arquivilão que o homem-morcego viria a encarar ao longo de sua primeira década chegava a ele com uma idiossincrasia particular, fruto de uma visão de mundo distorcida: piadas bregas, gatos, o número dois, medo, a combinação críptica de pássaros e guarda-chuvas. Os significantes ajudavam os leitores a guardá-los na mente, mas também serviam de forte sugestão de que esses criminosos eram algo mais que meramente pilantras: eram transtornados. Não meros criminosos, mas loucos.

Nos trinta anos seguintes de gibis do Batman, todavia, suas psicopatologias diversas e pitorescas mantiveram-se em segundo plano e deram vez a furtos: cada pilantra tinha seu maneirismo. O Coringa não fugia do molde — um vilão cujas sacadinhas registradas eram, veja só, exatamente os brinquedos e as traquitranas que os leitores podiam comprar respondendo aos anúncios na mesma revistinha que tinham em mãos: cartas de mágico, o aparelhinho que dá choque quando se aperta a mão, o pó que causa cócegas, os óculos de raios X.

Mas quando Batman foi devolvido às raízes de lobo solitário, nos anos 1970, O'Neil, Adams e os roteiristas e artistas que se seguiram a eles tentaram imbuir o Cavaleiro das Trevas e seu mundo de fundamentação psicológica. Batman ficou profundamente obcecado. E seus arquivilões, que há mais de trinta anos eram rotineiramente despachados para a Penitenciária Estadual de Gotham no fim da história, começaram a ser levados[23] a um lugar até então nunca mencionado: o Hospital Arkham.[24]

Conforme esses indícios tenebrosos de obsessão e sociopatia começam a agarrar-se em Batman, seus vilões ficam cada vez mais atormentados por demência e por violência. O Coringa, acima de todos. A ideia, hoje já antiquada, de que o Coringa é o oposto de Batman não se manifestou até muito tarde nessa história. Foi só nos anos 1980 — quase meio século depois — que os roteiristas postularam explicitamente que o Coringa acolhe o caos da insanidade e da morte, enquanto Batman canaliza sua dor na cruzada infinita pela imposição da ordem.

---

23. A partir de *Batman*, n. 258, de outubro de 1974.
24. É só em 1979 que o nome vira Asilo Arkham para Criminosos Insanos.

A CRUZADA MASCARADA

AVENTUREIRO SERIAL

Com os elementos essenciais finalmente a postos, era hora de Finger, Kane, Robinson e Roussos (ao lado dos outros desenhistas-fantasmas de Kane, como Win Mortimer, Jack Burnley e Charles Paris) passarem a construir o universo ficcional em torno da Dupla Dinâmica.

A Nova York das aventuras do primeiro ano de Batman é renomeada Gotham City nos primeiros meses de 1941, mais ou menos na mesma época em que o Bat-*roadster* vermelho ganha um ornamento de morcego no capô e é chamado pela primeira vez de "Batmóvel". O Bat-Sinal faz sua primeira aparição um ano depois. Aos poucos, com o passar de vários anos, o celeiro abandonado no qual Batman abriga seus veículos evolui e vira uma caverna subterrânea cujo acesso se dá através de uma escadaria secreta na Mansão Wayne, e ganha oficialmente o nome de "Batcaverna"[25] em janeiro de 1944.

Temendo que a relação íntima entre Bruce Wayne e seu pupilo Dick Grayson faça sobrancelhas soerguerem-se, o mordomo Alfred assume residência na Mansão Wayne na primavera de 1943, como uma espécie de acompanhante britânico trapalhão disponível vinte e quatro horas. E por falar em macheza sangue quente 100% heterossexual retíssima dentro da linha, Bruce começa a namorar Linda Page (uma moçoila que vira enfermeira), relação que durou de 1941 a 1945. Ainda mais à frente, Bruce conhece a fotojornalista Vicki Vale, com quem passa a namorar esporadicamente nas duas décadas seguintes.

Enquanto isso, a galeria de vilões infla-se com pilantras pitorescamente vis, conforme Coringa e Mulher-Gato ganham a companhia de Duas-Caras, Cara de Barro, Pinguim, Charada e Chapeleiro Louco.

Batman começou a estrelar seu terceiro título em 1941. A bimestral *Melhores do Mundo* [*World's Finest Comics*] trazia duas histórias à parte: uma da Dupla Dinâmica, uma de Superman.[26]

Ao longo da Segunda Guerra Mundial, muitas capas de *Detective Comics, Batman* (agora bimestral) e de *World's Finest* retrataram Batman e Robin em cenário azul, vermelho e branco, do tipo que podia ter sido recortado de cartaz de propaganda belicista: montados na águia americana ou em canhões de encouraçado, propagandeando os títulos

---

25. O conceito foi surrupiado da cinessérie de Batman de 1943, como veremos à frente.
26. Levaria catorze anos para os heróis encontrarem-se nas páginas da revista.

do governo para "você financiar a guerra", plantando um jardim da vitória etc. Mas apesar das capas patriotas, só meia dúzia de Bat-histórias publicadas durante a guerra fizeram menção, e oblíqua, ao conflito global. Em vez disso, o foco de Batman manteve-se firme nas ruas cruéis de Gotham City, as quais, dado o édito de histórias mais joviais, ficavam menos cruéis a cada mês que passava.

Que Capitão América, Major Vitória e outros brutamontes enrolados na bandeira levassem a guerra até os Ratzis — Batman e Robin tinham mais que suficiente para resolver em casa; e, além disso, as vendas só subiam. Em 1943, os três títulos com Bat-aventuras venderam, juntos, três milhões de exemplares por mês e eram lidos, segundo estimativas, por vinte e quatro milhões de homens, mulheres e crianças.

Era o tipo de sucesso que fazia Batman emplacar outros formatos narrativos, transformando-o em fenômeno multimídia tal como acontecera com O Sombra. Em 1943, Bob Kane deixou os gibis para os desenhistas-fantasmas e dirigiu sua atenção à tira de jornal *Batman e Robin,* com desenhos do próprio, que durou três anos.[27]

O roteiro-piloto da série de rádio *Batman e Robin* chegou a ser escrito — os pais circenses de Dick Grayson viravam agentes do FBI assassinados por nazistas. Apesar da aposta arguta em servir ao pendor patriota da época, o programa nunca foi produzido.

Enquanto isso, em 16 de julho de 1943, Batman estreava na telona cinco anos antes de o Homem de Aço dar o mesmo salto. A Columbia produziu quinze episódios de *Batman,* a cinessérie, e ela se tornou um dos chamarizes essenciais das matinês nos tempos da guerra, repleta de cenas de luta, fantasias baratas (as orelhas de Batman ficavam sempre caindo, como se o cara fosse um rabdomante), maniqueísmo bem discutível, e muitos toques assombrosamente estranhos, embora divertidos: Arma de raios! Soldados-zumbi do Japão! Morte no poço de crocodilo! Avião experimental! Uma sala com pregos nas paredes que se fecham sobre nosso herói! A misteriosa superarma!

A cinessérie *Batman* desviava-se dos quadrinhos de forma bem esquisita: para explicar por que Bruce Wayne não fora convocado a servir, sugeria-se que Batman e Robin trabalhavam para o governo dos EUA.

---

27. Charles Paris fazia a arte-final da tira diária; Jack Burnley arte-finalizava os capítulos de domingo.

A CRUZADA MASCARADA

O Comissário Gordon tornou-se, sem motivo convincente, o Capitão Arnold.

O que as salas de cinema ofereciam aos americanos receosos do período de guerra era uma experiência descomunal e catártica: eles assistiam aos cinejornais para saber do avanço da guerra e seu fervor belicista era atiçado pelos contos hollywoodianos de recrutas e milicos corajosos. Talvez isso explique por que a cinessérie veio com um vilão totalmente inédito que o público — até quem não lia os gibis — podia vaiar à primeira vista. E aí que entra o maligno cientista japonês Dr. Tito Daka, que era do Japão, e também era, não sem motivo, de ascendência japonesa, tinha sotaque japonês e vestia-se conforme a moda japonesa. Porque, no caso, ele era japonês!

A cinessérie também influenciou os quadrinhos de maneira mínima, mas reveladora. O conceito da "Caverna do Morcego" apareceu lá primeiro, meses antes da versão dos quadrinhos, assim como a ideia, que logo virou canônica, de que há uma entrada secreta para o covil de Batman atrás de um relógio cuco no escritório de Bruce Wayne.

A namorada de Bruce nos gibis, Linda Page, ganhou mais espaço nas telas, assim como o mordomo Alfred. Aliás, quando Alfred voltou a aparecer nos gibis depois de passar pelos cinemas de todo o país, o desenhista Jerry Robinson alterou o visual do mordomo para ele lembrar o ator William Austin.

Batman tornou-se uma das cinesséries de maior sucesso até então, e desencadeou um estouro, mesmo que modesto, de produtos derivados — decalques, Batplanos de papel, fivelas de cinto, decodificadores etc. As vendas foram vigorosas, embora a variedade de Bat-produtos fosse ridícula em comparação à bonança de Superparafernália que se via à época nas lojas. Superman tinha um programa de rádio absurdamente popular, que o levava direto às salas de estar da América cinco vezes por semana; Batman, não.

Em 28 de fevereiro de 1945, Batman e Robin tiveram a primeira de suas muitas aparições na série de rádio *Superman*. Conforme os anos avançaram, vários episódios foram entregues à Dupla Dinâmica (a qual, para fins dramáticos, tinha Metrópolis como lar) — era quando Bud Collyer, a voz do Superman, precisava de férias.

Em 1949, seis anos depois de a cinessérie de *Batman* provar-se um sucesso, a Columbia fez uma nova tentativa com uma cinessérie-sequência, chamada *Batman e Robin*.

Dessa vez o orçamento era mais baixo, mas o roteirista se esforçava para ser fiel aos gibis — agora era o Comissário Gordon que trabalhava lado a lado com a Dupla Dinâmica, chegando a acender o Bat-sinal pela primeira vez na tela. Da mesma forma, a namorada de Bruce na época, Vicki Vale, teve um papel maior.

Infelizmente, o esquema todo acabou se parecendo com uma versão de teatro amador da cinessérie de 1943: cenários, objetos de cena e uniformes evidenciavam a estética do feito à mão. Quando finalmente chegou aos cinemas, em 26 de maio de 1949, o auge das cinesséries já havia passado. Apesar do orçamento sovina, *Batman e Robin* não cumpriu as expectativas de bilheteria do estúdio.

CREPÚSCULO DOS SUPER-HERÓIS

Com bilheteria boa ou ruim, Batman conseguiu realizar, na primeira década de vida, o que a maioria de seus colegas dos gibis nunca conseguiu. Graças à tira de jornal, às participações na série de rádio *Superman* e às duas cinesséries, a ideia Batman firmou seu espaço muito além dos quadrinhos, no mundo mais amplo e mais barulhento da cultura pop.

E isso foi muito importante, porque lá nos quadrinhos — nos gibis de super-herói, para ser específico — começava a acontecer uma coisa diferente. Os mascarados (e algumas mascaradas) que haviam prosperado durante os anos de guerra estavam entrando em extinção. A moda dos combatentes do crime com capa esmaeceu rápido no período de paz, e os poucos super-heróis que restaram (Batman, Superman, Mulher-Maravilha — e, de atrações secundárias, Aquaman e Arqueiro Verde) vinham sendo escorraçados por gibis de faroeste, de guerra, de crime e de romance.

A tira de jornal de Batman foi cancelada em 1946, mas *Detective Comics, Batman* e *World's Finest* conseguiram ficar à tona até o final da década, mesmo que as vendas tivessem despencado em relação ao auge da guerra. Enquanto um gibi de Batman continuasse nas bancas, havia a esperança de que o personagem sobreviveria e teria mais uma grande chance — quem sabe até, como seu colega Superman estava se preparando para fazer, saltar para aquela nova e empolgante mídia chamada televisão.

Tudo que ele precisava fazer era ficar lá paradinho e confiar que, mês sim e mês também, seus gibis continuariam saindo. Ele havia resistido a uma guerra mundial sem baixar as orelhas — é óbvio que não tinha nada pela frente que pudesse ameaçar sua existência, certo?

Certo?

2
O Pânico e Os Prolongamentos (1948-1964)

No lar, eles levam vida idílica. São Bruce Wayne e "Dick" Grayson. Bruce Wayne é descrito como "socialite" e, oficialmente, a relação posta é que Dick é tutelado de Bruce. Eles moram em aposentos suntuosos, com belas flores em vasos enormes, e têm um mordomo, Alfred. Bruce às vezes é visto de roupão. Sentados ao lado da lareira, por vezes o garotinho demonstra preocupação quanto ao colega...
É como o sonho realizado da vida conjunta entre dois homossexuais.
— FREDRIC WERTHAM, *A SEDUÇÃO DO INOCENTE*

Se você estivesse fazendo testes de elenco para o papel do cientista maligno que se provaria a nêmese mais letal do Cruzado Mascarado, é provável que você parasse na foto do Dr. Fredric Wertham, psiquiatra de origem alemã, com "óculos de coruja" e fortes traços prussianos, e pensasse: "Não. Muito clichê."

Nos anos 1940 e 1950, Wertham fez campanhas contra o efeito corrosivo que acreditava que os gibis estavam provocando sobre as mentes e a moral da mocidade norte-americana. Nos círculos de discussão sobre quadrinhos, ele é desprezado: um caçador de bruxas que chegou perto de assassinar a indústria dos quadrinhos com acusações sem fundamento.

A cruzada do querido doutor foi um imenso sucesso. O olhar inquisitivo que ele fez a nação lançar à indústria de quadrinhos levou não menos de vinte e quatro editoras a fecharem as portas e afugentou, em definitivo, muitos roteiristas e desenhistas do mercado de gibis.

A luz implacável que Wertham lançou sobre as revistinhas também obrigou editores a reforçar o autopoliciamento. As editoras de quadrinhos já haviam adotado um conjunto de orientações moralizantes que ditavam o que podia e o que não podia ser retratado nas suas revistas. Só que essas orientações, chamadas de *Comics Code*, eram acompanhadas de forma bastante flexível, pois eram, sobretudo, uma tentativa de evitar que o governo se metesse no mercado impondo regulamentação. Na esteira de Wertham, contudo, a indústria decidiu instituir o *Comics Code Authority*, muito mais restritivo. Essa decisão acabou significando

A CRUZADA MASCARADA

a pena de morte para os títulos de terror e de crime, e mudou os quadrinhos de super-heróis — e Batman — para sempre.

Mas em relação à falta de fundamento nas acusações de — sobretudo as que diziam respeito aos gibis de Batman — bem...

O cara não deixava de ter uma pontinha de razão.

DOUTOR DESTINO

Wertham estava longe de ser a primeira autoridade pública a acusar os quadrinhos de promover a delinquência juvenil — fazia anos que o *The New York Times,* a *New Republic,* e, sobretudo, Sterling North, editor de literatura do *Chicago Daily News,* vinham publicando discursos veementes contra os quadrinhos. A genialidade na guerra de Wertham aos gibis estava em como e onde ele a travou. Ele deu o primeiro tiro em março de 1948, com uma palestra para acadêmicos chamada "A Psicopatologia das Revistas em Quadrinhos", proferida à Associação pelo Avanço da Psicoterapia, na Academia de Medicina de Nova York, em Manhattan. A fala foi recebida com cortesia e profissionalismo. Ou seja: em silêncio.

No mesmo mês, contudo, uma matéria na revista *Collier's* deu reforço nacional a seu argumento antigibi. Dali em diante, Wertham passou a levar sua cruzada diretamente ao povo norte-americano. Ele descera da torre de marfim e das revistas acadêmicas que poucos liam (em cujas páginas, à mercê da revisão por pares, sua metodologia provavelmente não prosperaria) e decidiu explorar o poder da imprensa para alcançar pais, professores, líderes eclesiásticos e legisladores quando tomavam o café da manhã. Em maio, ele expôs seu argumento em uma matéria no *Sunday Review of Literature,* a qual — na primeira grande sacada de sua campanha — subsequentemente foi republicada em um periódico que se encontrava no alto da caixa de descarga de milhões de lavabos da América: a *Reader's Digest.*

Na mente do público, o status de Wertham como doutor em medicina valia-lhe um cunho especial, muito diferente do de críticos literários como Sterling North, e conferia maior premência ao que defendia. Foi a primeira faísca: ele começou a palestrar para grupos de pais e associações profissionais, escreveu mais textos na imprensa popular e deu depoimentos como perito em assembleias legislativas estaduais e associações comunitárias, que começaram a apresentar projetos de lei para restringir ou proibir a venda de quadrinhos. Em todo o país, fomentados por manchetes sensacionalistas tais como "Irmão Mata Irmão a Tiros em Briga por Revistas em Quadrinhos" e "Revista em Quadrinhos Inspira Tortura entre Amigos", paróquias fizeram fogueiras de gibis e grupos cívicos organizaram movimentos que levavam os pais a exigir que as lojas de suas cidades parassem de vender gibis para menores.

No segundo semestre de 1953, uma série de teasers no *Ladies' Home Journal*[28] começou a anunciar a publicação vindoura da grande obra de Wertham, *A Sedução do Inocente: A Influência das Revistas em Quadrinhos na Juventude Atual* (*Seduction of the Innocent: The Influence of Comic Books on Today's Youth*), trecho da qual saíra na mesma *Ladies' Home Journal*. Numa sacada de marketing que superou os sonhos mais desvairados de relações públicas do mercado editorial, a publicação do livro no primeiro semestre de 1954 coincidiu com o convite do senador Estes Kefauver para Wertham depor no Congresso e apresentar seu argumento contra os quadrinhos ao público norte-americano, em rede nacional.

No fim das contas, ele não levou só um argumento, pois *A Sedução do Inocente* contém uma cantilena de acusações: Wertham afirmava que as revistas em quadrinhos prejudicavam a alfabetização ao partir as frases em balões de fala. Que promoviam a conduta violenta com imagens pavorosas, as quais ele meticulosamente catalogou e reproduziu no livro, notando que era recorrente em diversos quadrinhos de terror e de crime o "foco na lesão ocular". Que as revistinhas perturbavam a saúde emocional dos leitores, que viam um Superman fascista, impérvio a qualquer dano, mas que jubilosamente repartia violência aos outros. Que elas traziam representações irreais e lascivas do corpo feminino, e que deliberadamente imbuíam contos sobre um homem adulto e um garoto com a "sutil atmosfera de homoerotismo".

O homem e o garoto nesse caso, obviamente, eram Bruce Wayne e Dick Grayson.

REVISTAS EM QUADRINHOS: OS CONTRAS

Vamos combinar que *A Sedução do Inocente* é um livro polêmico e populista, não uma obra de pesquisa acadêmica. Embora tenha sido

---

28. Revista dedicada ao público feminino, com foco especial em donas de casa, publicada nos EUA desde 1883. [N.T.]

A CRUZADA MASCARADA

divulgado pelos editores como uma "investigação científica" e uma "pesquisa técnica", o livro não traz dados. Em vez de dados, Wertham emprega floreios retóricos para encadear trechos de entrevistas que realizou com jovens pacientes psiquiátricos nas três instituições nova-iorquinas onde exerceu sua função: sua própria Clínica Lafargue, o Centro de Reajustamento do Serviço Quacre de Emergências, e a Clínica de Higiene Mental do Hospital Bellevue. Os pacientes sofriam de uma enorme variedade de problemas emocionais, e esses levavam a sociedade a classificá-los como delinquentes juvenis. E todos liam revistas em quadrinhos. Aí está. *Quod erat demonstrandum* [Como se queria demonstrar.].

Mas não era a acusação condenatória que Wertham torcia para que fosse. No início dos anos 1950, entre 80 e 90% dos meninos e meninas dos EUA liam quadrinhos. Seria difícil Wertham encontrar uma criança que não lesse gibi, dentro ou fora da ala psiquiátrica.

Em 2012, Carol L. Tilley, professora-assistente do Programa de Pós-Graduação em Biblioteconomia e Ciência da Informação da Universidade de Illinois, publicou um artigo na revista *Information & Culture* que detalhou diversas maneiras que Wertham usou para manipular suas provas — mesclando entrevistas, inflando amostras e propositalmente deturpando tanto as declarações de seus pacientes estudados quanto dos quadrinhos que liam. Os fãs modernos apoderaram-se diligentemente da obra de Tilley em defesa dos homens e das mulheres cujo ganha-pão Wertham e sua cruzada haviam destruído. Mas Tilley foi apenas a última integrante da comunidade acadêmica a questionar a abordagem do querido doutor. Muito antes de *Sedução do Inocente* ser lançado, os colegas cientistas de Wertham já estavam bem atentos. O professor Frederic M. Thrasher, da Universidade de Nova York, por exemplo, havia retalhado os métodos do homem na edição de dezembro de 1949 do *Journal of Education and Sociology*, em que comentou que, como as alegações de Wertham não tinham suporte de dados de pesquisa e consistiam em pouco mais que incriminação, as "conjecturas [de Wertham eram] preconceituosas e sem valor".

Fora dos círculos acadêmicos, contudo, o livro foi muito bem recebido. O *The New York Times* chamou-o de "meticuloso" e fez louvores a suas "sóbrias reflexões", enquanto a *New Yorker* acolheu-o como "formidável denúncia" da indústria das revistas em quadrinhos.

"SONHO REALIZADO"

Algumas acusações de Wertham doeram mais que outras. O lance do "foco na lesão ocular" que seria excessivo nos gibis? Era justo: nos quadrinhos de terror da época, era infernal a quantidade de agulhas e de facas que se alvoroçavam a córneas desafortunadas. As críticas mais desfavoráveis em relação ao tratamento hipersexualizado das mulheres ainda seriam aceitas, em parte, hoje. E quando a questão era denunciar estereótipos e caricaturas racistas, a voz de Wertham era ardorosa e progressista.

Em relação a seus receios específicos com Batman e Robin, é importante diferenciar o que Wertham escreveu de fato do que muita gente meramente acredita que ele escreveu. Ele nunca chamou Batman e Robin de gays. Ele disse que a dupla podia levar um *garoto* a achar que era gay.

É uma diferença importante. Como comenta Will Brooker, no livro *Batman Unmasked,* a postura de Wertham em relação ao que chamava de "sutil atmosfera de homoerotismo" nos gibis de Batman não passa a impressão de que seria algo estridente ou intolerante, tal como afirmam muitos dos críticos contemporâneos de Wertham. Sim, ele acreditava que a homossexualidade e a misoginia eram sinônimas, mas nisso estava apenas seguindo a cartilha da Associação de Psiquiatria dos EUA. Ele também se permitiu excessos e estereotipias homofóbicas — mas era, afinal de contas, produto daquele que seria um dos períodos de maior fanatismo homofóbico na história dos EUA.

Wertham fez sua estreia nacional na televisão quando as audiências de McCarthy ainda estavam em curso — aliás, as investigações do subcomitê de Kefauver sobre o flagelo da delinquência juvenil seguiram o modelo McCarthy ao pé da letra. E como o próprio Senador Joseph McCarthy disse repetidamente a milhões de norte-americanos durante a primavera e o verão de 1954, homossexuais representavam um câncer moral que ameaçava a segurança dos Estados Unidos, atrás apenas da Ameaça Comunista. *Better Dead Than Red?*[29] Pode ser, mas o Subcomitê de Investigações do Senado, coordenado por McCarthy, também não morria de amores por tons de lavanda; o espectro da homossexualidade era convidado frequente nas salas de audiência do Senado.

---

29. Frase que significa literalmente "melhor morto do que vermelho" e que se disseminou nos EUA durante o período da Guerra Fria, em oposição aos comunistas (vermelhos). [N.T.]

A CRUZADA MASCARADA

O livro de Fredric Wertham e seu depoimento no Senado apareceram no exato momento histórico em que, segundo o historiador Chris York, "a ênfase cultural na família nuclear e a estratégia de contenção quanto a questões estrangeiras e domésticas alimentou uma fogueira homofóbica" que se espalhou por todos os níveis da sociedade. Ela assumiu a forma de uma modalidade inédita e ardorosa de paranoia que tomou a mente norte-americana e efetivamente fundiu comunismo, delinquência juvenil e homossexualidade. Essa *troika* do terror ia pegar nossas crianças e transformá-las em maricas bolcheviques fumando cigarrilha.

O notável, portanto, é o grau de moderação que Wertham demonstra nas míseras quatro páginas que dedica a Batman e Robin. Principalmente se comparado a escritores como Gershon Legman, cujo livro *Love and Death* [*Amor e Morte*], que publicou de maneira independente em 1949, inclui um capítulo de homofobia gloriosa, opondo-se aos "pescoços grossos, os punhos fechados e os suportes atléticos bem estofados; as capas e as fantasias drag" dos gibis de super-heróis. Wertham afirma apenas que, em uma cultura na qual a homossexualidade é "grande tabu", o *medo* de ser gay, que ele acreditava que as imagens de Batman e Robin podiam suscitar, conscientemente ou não, nos jovens leitores masculinos, "pode virar fonte de grande angústia mental" que talvez leve a "sentimentos de dúvida, culpa, vergonha e desafino sexual".

Wertham tinha certa razão. O que ele não gostava, contudo, era que isso só se aplicava a garotos gays.

Para as legiões de gays maduros que, quando garotos, reparavam um pouco mais do que os amigos na coxa nua e musculosa de Robin, o que ele dizia era óbvio. Dúvida? Culpa? Vergonha? Confere, confere, confere. Desafino sexual? A sensação de que você não é *certo?* Confere, total.

Em *A Sedução do Inocente*, Wertham fala de um "jovem homossexual" que lhe mostrou um exemplar de *Detective Comics* na qual se via "uma representação do 'Lar de Bruce e Dick', uma casa com paisagismo belíssimo, luzes calorosas, que mostram o par devoto lado a lado, olhando por uma janela... 'Aos dez ou onze anos,' [disse o menino] 'eu encontrava o que eu gostava, meus desejos sexuais, nos gibis. Acho que eu me coloquei na posição de Robin. Eu não queria ter relações com o Batman.'"

É seguro dizer que, nisso, ele era um ponto fora da curva. É apenas o garoto gay mais raro e precoce que chegará a ponto de imaginar-se tendo *relações* pubescentes com o Cruzado Mascarado. Pode ser que ele admire os braços de Batman, seus deltoides bola de futebol, o V bem aberto do torso e os quadrantes perfeitos de seus músculos abdominais, desenhados de maneira tão quadrada e reta que parecem a janela de uma caixinha de *Chiclets*. Para a maioria das crianças gays, contudo, principalmente naquela era da história dos EUA, qualquer atração confusa que eles possam ter sentido por Batman ficou exatamente no que era — um interesse que parecia brotar de um lugar profundo, abaixo do estômago, uma dor brusca, pré-verbal.

Tente imaginar, por um instante, o "jovem homossexual" paciente de Wertham, no consultório do doutor, de macacão e camiseta com rodelas de suor nos sovacos, com um sorrisinho insolente à la Brando em *O Selvagem*. Ele dá uma tragada no cigarro, faz uma pausa, os olhos disparando flechas contra o rosto circunspecto de Wertham; o garoto é periculoso, volátil, está ali só pela diversão. Ele puxa uma *Detective Comics* enrolada do bolso de trás. Abre com um estalo. (Wertham leva um susto? Prefiro pensar que sim.) Ele folheia até a página que quer. Mostra para Wertham.

E aí começa a tecer *arroubos* às cortinas de veludo no quarto de Wayne. Aquelas meio esmeralda-pardo.

Só tem um problema, que é crítico: como observa Carol Tilley, aquele garoto nunca existiu. Wertham misturou os estudos de caso de dois garotos — os quais, como se descobriu, tinham uma relação entre si. Ele também apagou as declarações dos garotos de que se excitavam com veemência muito maior vendo Tarzan e Príncipe Submarino, mais do que com a Dupla Dinâmica, porque a ideia não dialogava com sua tese.

Mas a história dos dois confere: Tarzan e Príncipe Submarino, dois machos musculosos que desfilavam pelos quadros dos gibis usando nada mais que, respectivamente, uma tanga sumária e um calçãozinho de banho verde, eram objetos sexuais mais relevantes para a libido nascente de dois garotos gays do que Batman e Robin.

Quaisquer sensações rudimentares que um garoto gay dessa época podia alimentar pela Dupla Dinâmica provavelmente seriam mínimas se comparadas à perplexidade que se deu quando ele viu heróis de peito nu, como o Gavião Negro ou o Condor Negro.

Mesmo assim, Wertham tinha certa razão. *Havia* alguma coisa ali entre Batman e Robin.

A CRUZADA MASCARADA

AS ENTRELINHAS PARTICULARES

Em *A Sedução do Inocente*, Wertham apresentava quadros de HQ fora de contexto para vitaminar sua tese. Hoje, a mesma prática é próspera na internet, alimentando centenas de Tumblrs, Twitters e Instagrams dedicados não só a levantar argumentos contra os gibis de super-heróis, mas também a celebrar sua patetice profunda e perene. Por esse motivo, muitos dos mesmos quadros recortados de *Batman* e *Detective Comics* que inspiraram a apreensão de Wertham ainda pipocam em nossas páginas de Facebook e pousam em nossas caixas de e-mail, encaminhados por amigos de colégio cheios de boas intenções, com o assunto "OLHA ISTO Batman Gay rsrsrsrs!!!!!!".

A história "Noites e Noites de Terror", de *Batman*, n. 84,[30] abre com um destes quadros que tanto se compartilham por aí: Bruce Wayne e Dick Grayson acordam juntos, na mesma cama.

A narração introdutória — "Raiar do dia. O início rotineiro de mais uma manhã nas vidas do milionário Bruce Wayne e seu pupilo, Dick Grayson..." — nos informa que dividir a cama é prática comum. Assim como podemos inferir que são os rituais matinais: "Um banho gelado, um café da manhã robusto!".

Entre outros mais-mais do Tumblr está um quadro de *World's Finest*, n. 59 (julho de 1952), no qual Bruce e Dick estão deitados nus e lado a lado, sob lâmpadas de bronzeamento artificial. Em *Batman*, n. 13 (outubro-novembro 1942), vemos o par em um barco a remo no lago da cidade. Sozinhos. À noite.[31]

E não é só a arte, são as tramas. Ao longos dos anos 1940 e 1950, o ciúme de Robin — objeto do qual seria um novo parceiro no combate ao crime ou um novo par romântico para Batman — conduzia as tramas de *Batman* e *Detective Comics* com regularidade metronômica, e podia-se contar com os roteiristas para explorar essas situações até saírem todos *sniffs!* e *chuifs!* possíveis. Além do idílio do barco, *Batman*, n. 13, também mostra o homem-morcego tentando proteger a vida de Robin fingindo

---

30. A capa traz a data junho de 1954, mas a edição chegou às bancas em abril — na época em que Wertham estava depondo diante do subcomitê de Kefauver. [A última publicação desta HQ no Brasil se deu em *Batman Bi* (1ª série), n. 2, (Ebal, junho/julho de 1965) — N.T.]

31. As duas histórias são inéditas no Brasil. [N.T.]

que acaba com a parceria dos dois no combate ao crime, ato que faz o lacrimoso Robin jogar-se no sofá mais próximo e mais fofo que encontra.

Mas ficar catando esses quadros e trechos, como fez Wertham em seus solenes receios de 1954, e como fazem hoje multidões de gaiatos na internet, significa mal interpretar propositalmente o que deve ser visto como um laço familiar, não romântico. O que não é nem um pouco justo. Afinal de contas, se não se *escreveu* que os personagens eram gays, eles não são gays, certo?

Essa pergunta já disparou pilhas de artigos acadêmicos e centenas de páginas na web, e a resposta, evidentemente, é: não interessa.

Ao longo das décadas, perguntou-se a muitos roteiristas de quadrinhos do Batman, incluindo Alan Grant, Devin Grayson, Frank Miller, Denny O'Neil e até Bill Finger se eles escreviam o personagem pensando que ele era gay. Todos, previsivelmente, disseram que não, embora Grayson tenha asseverado que ela conseguia "entender as interpretações gays". A exceção declarada é Grant Morrison, que escreveu o personagem em diversos títulos durante quase trinta anos. "A *gayzice* está embutida em Batman", ele disse à revista *Playboy*. "Batman é muito, muito gay. Não há como negar. É óbvio que, como personagem fictício, intenta-se que ele é heterossexual, mas a base do conceito é absolutamente gay."

Morrison entende a mesma verdade essencial que Wertham — a de que qualquer garoto gay com dez anos de idade entende, muito nervoso, ao fitar um quadro em que Batman pousa a mão amiga sobre o ombro de Robin: intenção não interessa. Imagem, sim.

Os heterossexuais veem-se refletidos na mídia com tanta consistência e minúcia que essas representações deixam de se registrar conscientemente nas suas mentes como as representações que são. Para eles, filmes são só filmes, gibis são só gibis. Isto se dá porque o âmago de suas naturezas existe em um estado de concordância autônomo e perpétuo em relação ao mundo externo da forma como ele é comumente retratado. Esse equilíbrio cognitivo rende um circuito fechado e contínuo de reforço, de harmonia, uma sensação de pertença.

Mas, para leitores gays, essas mesmas representações que se dizem óbvias asseguram uma visão do mundo não só à qual eles não pertencem, mas na qual eles não existem. Gays sempre buscaram reflexos de si na mídia, sempre quiseram a mesma sensação de afinidade e pertença. Até muito pouco tempo, porém, não a encontravam: o circuito de

A CRUZADA MASCARADA

reforço não fechava. Então eles remendavam com o que encontrassem, tentando ver mais fundo. Cada troca, cada olhar, cada toque, é analisado com voracidade, em busca de tudo que eles reconheçam como fugazes vislumbres de si, de seus desejos e do mundo que lhes é conhecido.

É um processo oblíquo, de busca de referentes; não é que os gibis de Batman sejam propositalmente codificados por aqueles que os produzem com pequenas mensagens acanhadas — não é assim que a entrelinha funciona. Na verdade, Batman é um personagem que vem de fábrica já pré-instalado com ideias ricas e variadas — ideias nas quais homens gays historicamente encontram afinidades: a ameaça constante de expor seu eu-secreto — e sim, OK, tudo bem, uma queda pelo design de interiores que chega em cortinas de veludo excepcionais e que na verdade são, agora que a luz ficou melhor, não esmeralda-escuro, mas mais um verde-floresta.

Batman é uma mancha de tinta do teste de Rorschach; vemos nele o que queremos — mesmo que não estejamos prontos para admitir.

Pistas visuais involuntárias, tais como linguagem corporal e detalhes de fundo, dispõem-se mais facilmente a interpretações gays, um dos motivos pelos quais as revistas em quadrinhos foram terrenos particularmente férteis ao longo dos anos. Uma coisa seria a descrição da prosa de dois heroicos combatentes do crime deitados juntos e nus sob lâmpadas de bronzeamento artificial; outra coisa (e muito mais engraçada, mais gay e eminentemente 'tumblrizável') é ver isso desenhado na página de HQ.

No nível prático, as entrelinhas gays que deixavam Wertham aflito nos gibis de Batman derivavam não de Bruce Wayne em si, mas de sua relação com Dick Grayson. Afinal, de um homem sentado em frente à lareira com um suntuoso smoking, lê-se "almofadinha". De dois homens nessa situação, lê-se "New Hope, Pensilvânia". [32]

Vale notar que, embora Robin tenha provado ser absurdamente popular entre leitores assim que foi criado, duplicando as vendas e até ganhando espaço para suas aventuras solo na *Star-Spangled Comics* de 1947 a 1952, o Menino Prodígio não era amado universalmente.

Veja, por exemplo, o garoto que viria a ser o cartunista Jules Feiffer, o qual, em 1940, quando Robin estreou, tinha onze anos e se encaixava

---

32. Cidadezinha histórica na costa leste dos EUA famosa pelo contingente populacional masculino gay e pelo turismo gay. [N.T.]

com perfeição no perfil demográfico-alvo do personagem. "Eu não suportava os companheiros mirins", escreveu ele em seu ensaio, de 1965. "Robin tinha a minha idade. Só de uma olhada você via que ele brigava melhor que eu, pulava de corda melhor que eu, jogava bola melhor, comia melhor, vivia melhor... Era óbvio que ele só tirava nota 10, era o centro das atenções de toda roda, era aquele que se escolhia na turma porque era o melhor... Meu Deus, como eu odiava o Robin!

As intimações bem divulgadas de Wertham preocuparam de fato os editores de Batman. Será que o público veria o que viam Wertham e seu conluio de efeminados delinquentes juvenis? Será que o acréscimo de Robin, que aclarara com sucesso o tom de Batman, também fizera-o usar gola V?

VENTOS DA MUDANÇA

No rastro do olhar inquisidor do subcomitê de Kefauver, em setembro de 1954, a indústria de quadrinhos formou o grupo conhecido como Associação de Revistas em Quadrinhos da América, que criou o *Comics Code Authority* para aplicar um Código dos Quadrinhos novo e reforçado, ainda como autorregulamentação. Os quadrinhos de crime e de terror sumiram das prateleiras; dos 650 quadrinhos de todos os gêneros nas bancas quando o subcomitê Kefauver começou, em 1954, apenas 250 ainda existiriam ao final de 1955.[33]

Mas o efeito do novo Código dos Quadrinhos sobre Batman não foi tão draconiano. Como se comentou, o tom mais família e mais ensolarado fora introduzido muito antes de Wertham, com a estreia de Robin em 1940. Durante e depois dos anos da guerra, os vilões de Batman haviam ficado menos vis, contentando-se em armar roubos de banco complexos e desafiar Batman em duelos de astúcia. Os adereços *noir* deram lugar a aventuras escancaradas, que iam ao encontro do que desejava o público leitor um pouco mais moço, dos sete aos dez anos.

Bill Finger, Jack Schiff e outros roteiristas haviam passado os anos 1940 e início dos 1950 construindo o mundo de Batman, transformando-o em um cantinho mais leve e extravagante de se viver. A Gotham City do desenhista Dick Sprang era uma metrópole ensolarada na qual

---

33. Este processo de abate foi bastante reforçado pela ascensão concomitante da televisão, que, ao competir pelos mesmos globos oculares, desfavoreceu todas as vendas de gibis.

A CRUZADA MASCARADA

cada telhado trazia um outdoor com um objeto imenso, tais como os que se viam na publicidade. Semanalmente passavam pela cidade exposições de objetos avantajados em nível cômico. Quando Batman e Robin não estavam correndo sobre as teclas de uma máquina de escrever gigante, estavam derrubando sobre as cabeças de seus alvos um pino de boliche descomunal ou um livro em capa dura portentoso.

World's Finest Comics, n. 30 (setembro de 1947), anunciou diversos elementos que viriam a definir o Batman dessa era. Em primeiro lugar, trazia um *prop* gigante: uma enorme moeda de um *cent*.[34] A dita moedinha viria a tornar-se acréscimo altamente visível na coleção permanente da Sala de Troféus da Batcaverna. Aliás, sua presença junto a outros dois souvenir — um dinossauro mecânico e uma carta gigante do Coringa — iriam ancorar visualmente todas as representações futuras da Batcaverna. A história também emprega a lógica ridícula e infantil da época quando o bandido atrás das grades, Joe Coyne, jura: "Quando eu sair daqui, vou me vingar dos tiras — com tostões! Vou enfrentar os tiras — com tostões! Todos os meus assaltos vão envolver tostões! O SÍMBOLO DO MEU CRIME SERÁ O TOSTÃO!"[35]

Os roteiristas haviam passado os anos que levaram às audiências de Kefauver servindo as crianças que amavam engenhocas, construindo histórias inteiras em torno das traquitanas de Batman. Com cortes transversais e diagramas explodidos, os ávidos leitores viam todas as especificações técnicas do que continha o cinto de utilidades, do novo Batmóvel, do Batplano, do Bat-Sinal e o layout da Batcaverna.

Embora a visão geral — incluindo as várias histórias do herói — seja de que os gibis de Batman aderiram aos temas mais excêntricos da fantasia e da ficção científica por resultado do Código dos Quadrinhos atualizado e mais rigoroso, a leitura rápida já revela que as revistas vinham firmes nesse rumo desde o princípio. Afinal, ainda no seu primeiro ano, Batman já digladiava com lobisomens, vampiros e raios da morte.

Parcos meses após a chegada de Robin, a Dupla Dinâmica havia enfrentado gigantes de orelhas pontudas em uma viagem à quarta dimensão e caído dentro de um livro de contos de fadas. Em 1944, eles

---

34. A história foi publicada no Brasil em *Batman 70 Anos*, n. 2 (Panini, 2009). [N.T.]

35. No original, o personagem faz um paralelo entre os *coppers* — gíria para policiais, mas também "cobres" — e as *pennies* — as moedas de um *cent*, feitas de cobre. [N.T.]

conheceram o Professor Carter Nichols, historiador/hipnotizador que, utilizando seus "estranhos poderes de hipnose", já fizera a Dupla Dinâmica repicar pelo fluxo temporal em não menos que dezoito aventuras até o início das audiências Kefauver, dez anos depois.

É verdade, todavia, que sob a égide do editor Jack Schiff, os gibis de Batman dobraram a aposta nas tramas de ficção científica na era pós-Wertham, de fins dos anos 1950. Crime e violência ficaram de fora: alienígenas, robôs, monstros e não poucos monstros-robôs-alienígenas começaram a aparecer cada vez mais. Batman os disparava para o espaço sideral sem pestanejar e continuava indo e voltando no tempo como se estivesse trocando de linhas no metrô.

Mas isto tinha menos a ver com Wertham e o Código dos Quadrinhos e mais com o *zeitgeist* prevalente. A Era Espacial se anunciava. O noticiário de repente se encheu de satélites e voos-teste, de foguetes e OVNIs. Hollywood havia praticamente abandonado os filmes de gângster e os contos de detetive *noir* que inspiraram a criação de Batman, agora optando por filmes de monstro, estrelados por atores com armas de raios em capacetes-bolha e bambolês nos ombros. Mas a ficção científica era mais que quinquilharia passável — ela tinha ganhado respeito, deixado as revistas *pulp* e chegado às prateleiras da Shakespeare & Co.:[36] Ray Bradbury acabara de publicar *As Crônicas Marcianas, Uma Sombra Passou por Aqui* e *Fahrenheit 451* em questão de três anos. E embora os programas infantis com aventuras espaciais, tais como *Captain Video* e *Space Patrol,* não viessem a sobreviver às ondas hertzianas depois de meados dos anos 1950, em 1959 eles seriam substituídos por uma abordagem mais sofisticada e autoral da ficção científica com a estreia do *Além da Imaginação,* de Rod Serling.

A Era Espacial foi o motivo pelo qual os gibis de super-heróis, que haviam perdido terreno no pós-guerra, agora estavam passando por uma renascença. Em 1956, o editor da DC Julius Schwartz decidiu tirar sua frota de super-heróis da Segunda Guerra, com cheiro de naftalina, da aposentadoria. Ele reintroduziu os heróis possantes, um de cada vez, nas páginas da revista-antologia *Showcase,* e os fez voltar ao universo de super-heróis da National, preservando os nomes — Flash, Lanterna Verde, Átomo etc. — por questões de marca registrada e incentivando

---

36. Livraria em Paris especializada na literatura em língua inglesa. [N.T.]

A CRUZADA MASCARADA

seus roteiristas a criar heróis novinhos em folha, com origens e aventuras totalmente fundamentadas na ficção científica.

Os tempos e os gostos haviam mudado. Batman mudara com eles.

As alterações no homem-morcego não foram simplesmente de tema e de gênero narrativo. Qualquer um que lembrasse do Batman de 1939 — sinistro, arma na mão, assassino de bandidos — percebia que ele havia se tornado um cara diferente na essência: um aventureiro sorridente, queixudo, disparando piadas, que deixara para trás aquele esquema emo da "criatura da noite". O azul de sua capa e manto indicava um matiz mais claro — o do uniforme do seu policial amigo da vizinhança. A estranheza expressionista de sua primeira aparição era muito extravagante para a época do corte escovinha e da calça cáqui com friso, e gradualmente havia sido erodida. Em seu lugar, agora ele ostentava uma espécie de *couture* super-herói, *prêt-à-porter,* com a capa que não descia mais que a altura das costas do que uma toalha de banho tamanho médio. As orelhas de sua máscara haviam ficado mais modestas, recatadas, até tornarem-se, para todos os propósitos, um par combinante de saliências frenológicas.

O roteirista e editor de Batman, Denny O'Neil, repudia essa versão bem-apessoada do personagem e chama o homem-morcego da era Eisenhower de "chefe de escoteiro". Talvez seja uma crítica justa — mas o mesmo epíteto serve de descrição apta da maioria dos retratos do homem adulto americano na cultura popular da época. A *persona* de Batman não é diferente das de Ward Cleaver, em *Leave It to Beaver*; do Ozzie Nelson, de *Ozzie and Harriet*; do Jim Anderson, de *Papai Sabe Tudo*; do Steve Douglas, de *Meus Três Filhos* — uma figura patriarcal rígida, mas carinhosa, que os pupilos deixam doido, mas que está sempre à disposição quando se precisa de um conselho com lucidez.

Que esse viria a ser o papel de Batman na era pós-Wertham faz mais sentido quando se pensa no desejo do público de limpar do personagem as intimações gays involuntárias. Veio o chamado para "baixar a bola" no "sonho realizado de dois homossexuais vivendo juntos" de Wertham mandando Batman sossegar o facho: torná-lo líder de uma família grande e em crescimento constante, que enche a Mansão Wayne até que cada quarto reverbere com sua heteronormatividade exultante e inegável.

Essa era a ideia, pelo menos.

CORREÇÃO DE RUMO

É evidente que o influxo massivo de novos Bat-pupilos — e a criação resultante do que viria a ser conhecido como "Bat-Família" — não foi apenas reflexo do pânico *gay*. Era mais uma ocasião em que Batman copiava o sucesso do irmão mais velho Superman.

Mort Weisinger, editor das revistas de Superman, começara a povoar seus títulos com novos personagens coadjuvantes que — uma ideia original — não sumiam no fim da edição, mas sim permaneciam em Metrópolis para todo o sempre. Krypto, o Supercão, que apareceu pela primeira vez em março de 1955, foi um porta-estandarte nos títulos de Superman. A ele seguiu-se uma invasão saída do zoológico das capas vermelhas: um gato, um cavalo, a cidade engarrafada, o *doppelgänger*[37] imbecil, o clubinho de adolescentes do futuro, a prima adolescente e — é claro — um macaco, todos com superpoderes. O acréscimo de tantos personagens rendeu continuidade renovada e evolução de maneirismos e conflitos que as crianças podiam analisar com gosto.

Dado que as vendas do Superman continuamente ultrapassavam as de Batman, o editor Jack Schiff instruiu seus roteiristas a seguirem a deixa: assim em Metrópolis, idêntico em Gotham.

A primeira a entrar na Bat-ninhada foi a tia de Bruce Wayne, Agatha, em *Batman,* n. 89 (fevereiro de 1955). A querida senhorinha jararaca, que usava um coque de cabelo grisalho, óculos, vestido com gola de renda e camafeu, serviu de tubo de ensaio em uma edição só: uma presença feminina introduzida na vida de Bruce e Dick para ficar de olho nas peraltices dos dois. Mas se a intenção era dificultar a derivação de entrelinhas duvidosas no laço entre Batman e Robin, o efeito foi solapado pela trama em si, na qual a Dupla Dinâmica meramente tolera, e de má vontade, a presença de Agatha no clubinho dos meninos. Eles constroem uma série de ardis para distraí-la e confundí-la, até que possam sair de fininho e ficar juntos. Tia Agatha não viria a durar, mas serviu de protótipo para Tia Harriet, que nove anos depois chegaria para preencher a vaga de "matrona perturbada".

Em 1955, em *Detective Comics,* n. 215, conhecemos os Bat-aliados internacionais que renderiam um anúncio da Benetton: Cavaleiro e

---

37. N.E.: Monstro ou ser fantástico que tem o dom de representar uma cópia idêntica de uma pessoa que ele escolhe ou que passa a acompanhar.

A CRUZADA MASCARADA

Escudeira (Inglaterra), Ranger (Austrália), Legionário (Itália), Gaúcho (América do Sul) e Mosqueteiro (França).

Meros três meses depois da primeira aparição de Krypto — o qual, por sua vez, fora inspirado pelo sucesso de Rin Tin Tin e Lassie — Ás, o Bat-Cão, teve sua estreia em *Batman,* n. 92 (junho de 1955).

A seguir, em *Detective Comics,* n. 233 (julho de 1956), surgia "a misteriosa e glamorosa... Batwoman!" Aqui, finalmente via-se uma moça audaz e digna do amor de Batman. A herdeira Kathy Kane, antes trapezista de circo e acrobata de motocicletas, veste um traje amarelo-claro acompanhado de luvas, botas e capa vermelha, e uma máscara de balé com orelhas de morcego para "usar [suas] habilidades tal como faz o Batman!", proclamando que "eu também enfrentarei o crime — eu serei uma BATWOMAN!"

É de ampla convicção entre historiadores dos quadrinhos que a Batwoman foi introduzida especificamente para reforçar as credenciais hétero de Batman. Contudo, nos oito anos que passou como aliada do homem-morcego, as intenções amorosas dele em relação a ela ficaram altamente ambivalentes. Na história em que ela estreia, ele descobre a identidade secreta da moça e a convence a desistir da carreira de combatente do crime na base da explicação machista: "Se eu consegui descobrir, os pilantras também conseguirão!". Nas aparições subsequentes da moça, ele teimosamente resiste às insinuações dela, inclusive dando-lhe um sermão sobre o combate ao crime: "Muito perigoso para garotas." Tal como um namorado insensível, ele não resiste a jogar verde: em *Batman,* n. 153 (fevereiro de 1963), frente à morte iminente de ambos em uma dimensão alienígena, ele diz que a ama, mas volta atrás quando eles chegam em casa sãos e salvos: "Então... hã... Batwoman... eu achei que fôssemos morrer... e queria que seus últimos instantes fossem felizes!", ele diz. Canalha!

Essa ambivalência, obviamente, era simples desdobramento da fidelidade da revista a seu público-alvo: os garotos de sete a oito anos que achavam meninas nojentas e qualquer sugestão de romance uma coisa boba e feia. Ainda havia a verdade inconveniente: tudo na Batwoman era representado de maneira tão *kitsch* e "*über*feminina" que ela podia ser o Batman *drag queen.* Seu kit a tiracolo de combate ao crime continha uma esponja de pó de arroz com pó de espirro, um frasco de perfume com gás lacrimogêneo, um par de algemas com berloques, um telescópio-batom e uma rede de cabelo avantajada para prender malfeitores.

Entre o repúdio constante de Batman e o aspecto "fabulosamente" inusitado da própria Batwoman, todo leitor adulto que quisesse escavar interpretações gays desses gibis não teria que ir muito fundo.

RENDIMENTO DECRESCENTE

A Bat-extravagância estava com tudo: a Dupla Dinâmica encontrava Mogo, o Bat-Macaco, e o próprio Batman teve que passar por transformações excêntricas que tipificavam os quadrinhos de super-herói da época. Fosse por força de magia ou misteriosos "raios científicos", edições à parte traziam o Cruzado Mascarado transformado/transtornado em Bat-Bebê, Bat-Robô, Bat-Gênio, Bat-Alien, Bat-Sereio, Bat-Múmia, Bat-Fantasma, Bat-Gigante, Bat-Rip Van Winkle ou Bat-Monstro.

Essa onda furiosa de transformismo era motivada pelo desespero. O artista Sheldon Moldoff, que seguia como desenhista fantasma de Bob Kane nas Bat-HQs depois de vinte e três anos, viria a explicar posteriormente a abordagem "se-colar-colou" em entrevista a Les Daniels: "Era importante que uma capa ficasse totalmente diferente da outra... Uma dessas deve ter funcionado, então continuaram tentando."

Na verdade, não estava funcionando. A empolgada abordagem futurista de narrativa fechava muito bem com Superman: ele era feito para detonar robôs gigantes e montar nos foguetes com barbatana estilizada. Os super-heróis sci-fi reconstituídos de Julius Schwartz estavam com tudo nos seus próprios quadrinhos e na nova superequipe *Liga da Justiça da América*. Depois da queda nas vendas do pós-guerra, combinado aos ataques de Wertham, os super-heróis voltaram a proliferar no alto das listas de vendas — aliás, um editor brigão (que havia resistido aos mares tempestuosos do mercado, mudando seu nome de Timely para Atlas e, por fim, para Marvel) estava construindo um universo ficcional coalhado com seus próprios super-heróis brigões.

Mas logo ficou claro que a única maneira de encaixar Batman no mundo de alienígenas e foguetes era tomar seu status de ser humano sem poderes — exatamente o que o diferenciava — e deixar isso de lado. Um dos motivos pelos quais era tão fácil fazer Batman ganhar versão Bat-monstro, Bat-Bebê e tantas outras mutações de capa e manto, era que o personagem havia virado uma cifra, algo que se identificava apenas pelo seu design. O manto e a capa eram tudo que o definiam; ele se tornara um uniforme oco.

As crianças notaram. De todos os quadrinhos nas bancas desde o fiasco super-herói pós-guerra, *Batman* habitualmente vinha definhando no fundo do *top ten* de vendas. *Detective Comics* lutava para ficar no top vinte. Agora, apesar da renascença de super-heróis que fazia novos títulos subirem nas listas, as vendas de Batman minguavam.

Os fãs mais velhos, que haviam crescido com Batman, também notaram. Os primeiros fanzines de quadrinhos chegavam à cena. Um deles — o *Alter Ego*, fundado por Jerry Bails — não perdeu tempo para criar o primeiríssimo prêmio dos fãs para a indústria de quadrinhos, os Alleys. Em 1962, o mesmo ano em que *Brasinha*, da Harvey Comics, conseguiu vender mais que *Detective Comics, Batman* recebeu o Alley de "HQ-que-Merece-uma-Reforma". Qualquer um notava: o Cruzado Mascarado debatia-se para manter-se atualizado. O editor da National, Irwin Donenfeld, começou a se perguntar se não seria mais humano dar um tiro de misericórdia no cara.

NOVO VISUAL

O editor Julius Schwartz ajudara a traçar a renascença dos super-heróis, e Donenfeld gostou da forma como Schwartz havia lidado com *Flash,* um título ousado e colorido que estreara em 1959. Donenfeld conferiu a equipe responsável pela revista — John Broome, nos roteiros; Carmine Infantino, no lápis; e Joe Giella, na arte-final — e decidiu dar um ultimato. Chamou Schwartz e Infantino a sua sala e disse que eles iriam assumir as Bat-revistas. Se os dois não conseguissem dar um jeito nas séries em seis meses, tanto *Batman* quanto *Detective Comics* seriam canceladas.

Schwartz e Infantino ficaram desconcertados. Nenhum deles tinha apreço em especial pelo homem-morcego. Schwartz, em particular, preferia os voos estratosféricos da sci-fi evidenciados em heróis como Flash, Adam Strange e Lanterna Verde; perto desses, os flertes recentes de Batman com aventuras espaciais pareciam cafonas, descuidados, sem convicção. Ele suspeitava que a ameaça de Donenfeld de cancelar *Batman* fosse vazia, dado o status histórico do Cruzado Mascarado como número dois no firmamento de propriedades intelectuais da editora. Sim, a fama dele era ridícula em comparação à de Superman, mas pelo menos ele tivera *algum* tempo de holofote fora da página de quadrinho, diferentemente de Átomo, Lanterna Verde e de outros recém-chegados.

Em vez de reformular totalmente Batman, tal como a DC havia feito com Flash e outros, as mudanças que Schwartz e Infantino trouxeram à sua primeira edição (*Detective Comics*, n. 327, maio de 1964) eram sutis, mas perceptíveis. Apesar do amor declarado pela *space opera*, os dois concordaram que Batman parecia mais à vontade na selva urbana, com base realista — ou, pelo menos, no que se passava por realidade em HQs de super-herói. Ou seja: sem essa de Bat-Gigantes, Bat-Bebês, Bat-Aliens nem qualquer transformação extravagante (mas chamativa). A mesma coisa com foguetes e viagens no tempo: adeus.

Sem remorsos, eles despacharam a grande Bat-Família: Batwoman, Bat-Girl, Bat-Cão, Bat-Mirim. Todos sumiram com um sopro *off-panel* de decreto editorial, sem uma palavra de explicação. Mais uma vez, Batman e Robin estavam a sós contra o mundo — até o fiel e confiável Alfred, mobília e patrimônio da Batcaverna há vinte e um anos, foi esmagado por uma pedra um mês depois.

Anos depois, quando questionado por que Alfred tinha que morrer, Julius Schwartz revelou a notável sombra que as insinuações de Wertham ainda lançavam sobre Batman uma década depois de *A Sedução do Inocente* encalhar e virar polpa: "Na época, se discutia muito o fato de três homens morarem na Mansão Wayne", disse Schwartz. "Então fiz com que Alfred morresse ao salvar a vida de Batman, e trouxe a Tia Harriet." E assim, além das editoras que havia fechado e dos ganha-pães que cortara, a cruzada antiquadrinhos de Fredric Wertham chegara à contagem de corpos: Alfred Pennyworth, descanse em paz.

Mas quadrinhos são uma mídia visual, e não foram essas diversas guinadas narrativas que fizeram de *Detective Comics,* n. 327, uma ruptura tão ousada e cativante depois de quase três décadas de Batman nas HQs. Batman tinha um novo visual.

Ao longo de quase trinta anos, Sheldon Moldoff, Dick Sprang, Lew Sayre Schwartz e outros membros do grupo de artistas-fantasmas de Bob Kane haviam fechado um visual "clássico" de Batman — que propositalmente seguia o astucioso estilo "em bloco" de *Dick Tracy*, das cabeças quadradas sobre torsos atarracados, que Kane trouxera ao personagem nos primeiros anos. Nos quadros dos Bat-gibis, os personagens não interagiam e sim posavam um para o outro. Toda ação aparentemente se passava em um plano único, evidentemente, o primeiro. "Cartunesco" e rígido, sim, mas particular.

A CRUZADA MASCARADA

O lápis de Infantino tinha menos relação com o "cartunismo" e mais com a ilustração publicitária — ele imbuía suas figuras de curvas realistas. Ele trocou o minimalismo anguloso de Kane por uma abordagem igualmente mais suave e mais rica em especificidade e detalhes — as roupas enrugavam, as superfícies tinham textura e, enquanto a boca clássica de Batman era só um risco horizontal do lápis, a de Infantino tinha lábios completos e expressivos realçados por linhas franzidas.

A reforma no figurino de Batman tecnicamente foi um ajuste mínimo — mas um ajuste que se sentiria no mundo todo. Infantino diminuiu o tamanho da insígnia de morcego negro no peito e cercou-o com uma elipse oval amarela. O design resultante deliberadamente suscitava o Bat-Sinal e as imagens de Batman em silhueta contra a lua. No mais, ao sintetizar o emblema dentro de um campo amarelo, Infantino transformou-o em um símbolo eminentemente reproduzível e marca registrável — um logotipo, que em poucos anos se tornaria referência cultural de uma geração.

Como já estava nessa, Infantino reforçou a musculatura de Batman e desenhou suas orelhas um bocadinho maiores — nada que voltasse às antenas das primeiras aparições, mas só o bastante para transmitir um toque da conduta mais sinistra do Batman primordial.

Havia um problema, contudo: Bob Kane havia renegociado seu contrato no fim dos anos 1940, insistindo que era menor de idade quando assinara o contrato original, argumento que teve sucesso, apesar da inverdade. O novo contrato estipulava que ele seria pago por produzir um dado número de páginas por ano; eles eram obrigados a ficar com o cara. Então, Schwartz dividiu as funções de arte. Infantino desenharia edição sim, edição não de *Detective Comics,* com arte-final de Joe Giella, enquanto Bob Kane — ou seja, Sheldon Moldoff e outros artistas-fantasmas de Kane — desenharia *Batman,* com arte-final de Joe Giella.

Moldoff, é claro, tinha perfeita capacidade de imitar o estilo de Infantino, tal como emulava o de Kane. E como o mesmo arte-finalista passava o nanquim nas duas revistas, Schwartz garantia que as duas teriam uma estética consistente. Isso reforçou-se duplamente com a decisão de Schwartz de pedir a Infantino e a Giella que desenhassem as capas tanto de *Batman* quanto de *Detective Comics.*

Kane não ficou contente — ele reclamou com o editor quanto ao estilo mais realista de Infantino — mas estava prestes a ficar ainda mais descontente. Agora que Schwartz editava as Bat-revistas, ele não via motivo para perpetuar o mito de que Bob Kane ainda escrevia e desenhava todas as aventuras de Batman. Na primeira aparição *New Look*, ele tirou a assinatura de Bob Kane da página de abertura. Na seção de cartas da revista, destacou a edição seguinte elogiando "o roteiro supimpa de Bill Finger, roteirista de muitos dos contos clássicos de Batman nas últimas duas décadas".

A lista completa de crédito a cada autor só viria a aparecer nas revistas de Batman dali a anos, mas a declaração aparentemente despropositada de Schwartz foi o primeiro indício que os leitores tiveram de que outras pessoas, fora Bob Kane, eram responsáveis por Batman. Não foi muita coisa, mas mudou tudo.

Schwartz decretou que a nova era de Bat-histórias tinha que fazer mais do que tomar distância dos voos da imaginação que marcaram a gestão editorial de Jack Schiff — eles teriam que reafirmar os elementos-chave do personagem que haviam se perdido em meio a todos os tentáculos das plantas alienígenas e dos raios da ciência.

Ao longo dos anos seguintes, Batman voltou a suas raízes como mestre-investigador, examinando pistas e recolhendo evidências forenses como o criminólogo de capa que nascera para ser.

Abandonar os temas de ficção científica e de fantasia significou que os roteiristas rotativos das séries — entre eles Broome e Ed Herron, assim como velhos marujos como Gardner Fox e o próprio Bill Finger — poderiam receber velhos inimigos que haviam se perdido. Em 1963, o Pinguim saiu de um exílio de sete anos, seguido em 1965 pelo Charada, que estivera ausente das Bat-páginas fazia dezessete anos.

A popularidade desembestada dos filmes de James Bond com Sean Connery exerceu influência potente nos quadrinhos em geral, em particular no Batman *New Look*. Novos apetrechos, tais como um Bat-Sinal reformado e um novo Batmóvel — um carro esporte lustroso, conversível, turbinado — estrearam. Batman começou a gastar mais tempo do que nunca lutando para fugir de armadilhas mortais. Em julho de 1964, ele decolou para a Inglaterra para investigar o misterioso "Castelo com Perigos de Cabo a Rabo!"[38] E, em *Batman*, n. 167 (novembro de 1964), Batman e Robin perseguem "a Hidra do Crime" em um "thriller de espionagem" que os leva aos

---

38. Publicada no Brasil como "O Perigo no Castelo!" em *Batman Bi*, n. 45 (Ebal, agosto-setembro de 1972). [N.T.]

A CRUZADA MASCARADA

Países Baixos, a Cingapura, à Grécia, a Hong Kong, à França e aos Alpes Suíços, onde infiltram-se no covil subterrâneo de um vilão e desarmam seu plano de lançar um míssil nuclear que desencadearia o Armageddon.[39]

De volta ao lar, a Gotham City do Batman *New Look* virou uma metrópole maior e mais idiossincrática, que pela primeira vez evidenciou seu caráter encardido e habitado. A Gotham dos trinta anos anteriores, em comparação, parecia um estúdio de filmagem — nada além de bancos e joalherias prontos para assalto forravam suas ruas límpidas, amplas e cor de caramelo. A Gotham *New Look* ostentava cafés *beatniks* e sebos, galerias de arte maneiras e arranha-céus resplandecentes.

ELES CHEGARAM... OS NERDS

Houve equívocos pelo caminho: na primeiríssima edição da nova equipe criativa, Batman aponta uma arma para um grupo de criminosos. Fãs tomaram as seções de cartas em protesto e Schwartz, mais tarde, em sua autobiografia, apresentou seu *mea-culpa*, comentando que nem ele nem Broome eram acadêmicos do personagem: "Em se tratando de Batman, era o cego dando a mão ao cego", ele escreveu. Acima de tudo, porém, os leitores de *Batman* ficaram intrigados com as mudanças que ele trouxera.

"O personagem Batman sempre teve potencial para tornar-se o maior de todos os heróis dos quadrinhos", escreveu um fã, "...talvez por ser o personagem mais crível das HQs. Nesta edição, todas as possibilidades do Batman se cumpriram."

E nas páginas de um fanzine chamado *Batmania*, lançado em 1964 por um bombeiro do Missouri chamado Biljo White e vendido por correspondência, os fãs de Batman davam suas opiniões sobre o Batman *New Look* por meio de uma enquete.

O *Batmania*, junto a outros dos primeiros fanzines, como o *Comic Art* e o *Alter Ego*, propunham uma nova forma de fãs e colecionadores unirem-se para elogiar, criticar e comiserar em torno do amor em comum pelos quadrinhos. Entre suas capas, gibis não eram tratados como coisinhas descartáveis e vergonhosas da *junk culture*; eram histórias contadas com charme e competência. Os colaboradores davam argumentos convincentes de que personagens pensados para crianças mereciam a

---

39. Publicada no Brasil em *Almanaque do Batman* 1966 (Ebal, 1966). [N.T.]

atenção ponderada de adultos, em virtude dos temas de que tratavam e da estética de seu projeto gráfico. Nas páginas do *Batmania,* Batman e seu mundo viravam objeto de exame furioso, quase talmúdico.

Julius Schwartz, que aos dezessete anos havia ele mesmo copublicado um dos primeiros fanzines de ficção científica, conhecia tudo isso em primeira mão e incentivava seus leitores a entrar em contato entre si. Foi seu desejo de tomar parte no diálogo entre os fãs que o levou a introduzir as seções de cartas nas revistas que editava. Ele garantia que o endereço de cada carta que publicava fosse incluído, o que possibilitava que leitores devotos se correspondessem por conta própria. Amizades se forjaram e — em mais de uma ocasião — romances nerds desabrocharam.

Schwartz incentivava tanto a comunidade do fanzine, que, aliás, deu destaque proeminente ao *Batmania* na seção de cartas de *Batman,* n. 169 (janeiro de 1965), o que impulsionou suas vendas consideravelmente.

E quanto à enquete: nove em cada dez leitores do *Batmania* aprovavam os rumos mais "pé no chão", mais "o-detetive-de-Gotham", do Batman.

Mas quase metade — 40% — detestava o uniforme novo; mesmo um ajuste de alfaiate, tão modesto quanto o que ocorrera, merecia a hostilidade dos fãs *hardcore* que emergiam. Veremos esse padrão ressurgir a cada ajuste e retoque subsequente feitos no uniforme de Batman, na mídia que for.[40]

É muito apropriado que a primeira mudança significativa na iconografia visual firmada do personagem tenha coincidido com o primeiro levante de uma cultura de "nerdismo" para reclamar dessa mudança. A resistência a mudanças, o pé inarredável em relação à perspectiva (profundamente pessoal) do que seria o Batman "de verdade", combinado com um pendor para expressar-se com potência hiperletrada, logo se tornariam elementos-chave no laço dos fãs *hardcore* com o personagem.

Mas pelo menos os leitores voltavam a falar de Batman. E o mais importante: compravam as revistas. As vendas de *Batman* instantaneamente subiram 69%, enquanto *Detective* teve um impulso mais modesto.

As coisas estavam melhorando para o homem-morcego. Ter vendas confiáveis era tudo que a National Comics pedia e, mais uma vez, ele cumpria o prometido. Os contos de detetive empolgantes eram tudo que seus fãs pediam, e ele também voltava a cumprir.

---

40. E se os fãs de 1964 ficaram levemente indignados com o acréscimo de uma elipse oval amarela, nada se comparou ao turbilhão *fanboy* berrante que participaria do fatídico advento, em 1997, do Bat-mamilo.

A CRUZADA MASCARADA

Seria fácil ter ficado assim indefinidamente, com Batman seguramente ocultado em seu papel histórico como o reserva confiável da turma dos super-heróis: o camarada em quem Superman sempre podia confiar, lido por um subconjunto pequeno, mas constante, da população dos EUA.

Em junho de 1965, porém, o Playboy Theater de Chicago somou a suas exibições diárias capítulos da cinessérie *Batman* de 1943. As exibições logo viraram um *"happening"*, atraindo multidões de estudantes universitários e, segundo o incrédulo gerente do cinema, "até um grupo sério de cinéfilos que via aquilo como arte". Em outubro, o gerente do cinema juntou os quinze capítulos para fazer um longa-metragem e exibiu-o à meia noite. O evento foi notícia em todo o país.

A Columbia Pictures, inspirada pela cobertura inflamada da mídia e pelas vendas de ingressos, escavou seus cofres de películas e seguiu a deixa do Playboy Theater. Em novembro, *Uma Noite com Batman e Robin (An Evening with Batman and Robin),* longa com 248 minutos, estreou em Cleveland e partiu em turnê que chegaria a vinte cidades. As plateias eram imensas, entusiasmadíssimas, e cresciam a cada parada. "Em uma cidade universitária", escreveu a revista *Time,* "quem hoje chama mais público que *Dr. Fantástico,* que vence *E o Vento Levou* e derruba os recordes de venda de pipoca? Não é um pássaro nem um avião, e sim, vejam só: Batman."

Era a última coisa que Schwartz, ou Finger, ou até o próprio Bob Kane teriam imaginado: de repente, nas multidões de jovens e urbanoides descolados, Batman havia virado sensação.

Havia, contudo, um probleminha. Um empecilhozinho. Um asterisco.

Tivesse um dos responsáveis por Batman na National Comics ido a uma *Noite com Batman e Robin* por sua conta, ou se um dos colaboradores ardorosos do *Batmania* fosse aos clubes de Hefner, o deleite de ver Batman de volta à telona teria durado exatos trinta segundos, momento em que seria afogado pela multidão ao redor.

Afogado, em específico, pelos assobios. Pelos gritinhos. Pelas gaitadas.

Eles estavam... *rindo!* Que mundo era esse?

Imagine só! Olha isso!

Rindo... do *Batman!*

3
Mesma Bat-Hora... (1965-1969)

O programa de TV dos anos 1960 continua sendo anátema para o Bat-fã sério exatamente porque faz troça da ideia de que Batman seja sério. Batman revelou que o homem de capa era um panaca pomposo, uma encarnação da ética obsoleta, uma bicha enrustida... Disponho-me a aceitar a validade, para certas pessoas, do justiceiro arrebatador dos anos 1980, então por que se preocupam tanto em malhar meu cruzado sessentista "camp"? Por que insistem com tanto ardor que Adam West era uma aberração, um borrão na Bat-paisagem impecavelmente masculina? O QUE eles querem esconder?

— CRÍTICO CULTURAL ANDY MEDHURST, EM SEU ENSAIO "BATMAN, DEVIANCE AND CAMP" ["BATMAN, TRANSVIO E O CAMP"], 1991

Certo dia de fins de janeiro de 1966, Charlie "Chuck" Dixon, doze anos, o menino que tinha a maior coleção de gibis de Batman no seu colégio — e que, aliás, viria a crescer e ser roteirista de gibis do Batman por mais de onze anos — deu um soco num colega de classe e trancou-o em um armário.

Os primeiros meses de 1966 foram testemunhas de uma alta nas peraltices de recreio, todas de natureza estranhamente específica: crianças encenando briguinhas de faz de conta, apimentando cada cruzado de direita e *uppercut* no ar com berros de "BAM!" "POW!" e "ZAP!". As visitas à enfermaria do colégio também tiveram um breve pico. A Associação Nacional de Pais e Mestres notou e alertou aos pais que seus filhos estavam imitando as cenas de violência a que assistiam toda semana em um novo programa da emissora ABC, chamado *Batman*.

Mas os pais, na sua maioria, já sabiam da fonte. A célebre psicóloga Dra. Joyce Brothers concordou com a Associação, explicando que *Batman* era mais perigoso para crianças do que os programas de faroeste ou policiais mais violentos — isso porque, embora as crianças pudessem imitar tiroteios com mímica, era fácil trocar sopapos de verdade. A psicóloga infantil Eda J. LeShan foi às páginas da *New York Times Magazine* com o portentoso título "Em Guerra contra *Batman*" para atacar o efeito perturbador que o seriado vinha tendo nos pátios de colégios da América. Até o famoso Dr. Spock, que inicialmente fora defensor do

A CRUZADA MASCARADA

programa, veio a desfazer seus elogios: "*Batman* faz mal a pré-escolares. Ele incentiva a expressão livre da violência."

Mas o ataque pugilista e "armarístico" de Chuck Dixon não era o tipo de incidente sobre o qual os psiquiatras alertavam os pais naquele ano. Embora tivesse tudo a ver com o seriado de TV *Batman,* não era o caso de uma criança imitando o que havia visto na telinha.

Era um ato de repúdio. Repúdio violento.

"Naquela noite de janeiro, uma quarta-feira, na estreia, eu levei para o lado pessoal. Partiu meu coração", Dixon recorda. "Não era o *meu* Batman! Poxa, meus pais estavam *rindo* do seriado! Rindo do *Batman!*"

No colégio, o amigo de Dixon "ostentou com orgulho sua nova camiseta de *Batman* [Adam West]. Ele achou que eu ia curtir... mas fiquei irado. E enfiei ele no armário, aos socos."

É possível que tenha sido o primeiro incidente registrado de ira nerd.

A ASCENSÃO DO NERD BABACA

"O único fator constante ao longo de todas as transformações de Batman tem sido a devoção de seus admiradores", escreveu o crítico Andy Medhurst em *Batman, Deviance and Camp* [*Batman, Transvio e o Camp*], ensaio que publicou em 1991. "Eles sempre defenderão o personagem do que veem como interpretações negativas, e levam nas mentes uma espécie de "Batmanidade", o Bat-Ideal Platônico de como Batman tem que ser."

O fenômeno a que Medhurst se refere — que, nos vários anos desde a publicação do ensaio, só se ampliou e calcificou com a ascensão da internet — teve início na noite de 12 de janeiro de 1966.

Até a estreia de *Batman,* essa estirpe rancorosa de devoção — a convicção de que o amor que se tem pelo personagem dá o direito à pessoa de ser seu dono — ainda era uma opinião em busca de escape. Os fanzines sobre quadrinhos pululavam de rapazes e moças não mais crianças, que ou haviam continuado comprando as revistas que amavam quando menores ou que haviam voltado a elas depois do hiato na puberdade. No mais, eles tendiam a adotar uma visão histórica dos quadrinhos, esforçando-se para situar novas aventuras no contexto do que já havia se passado. Assim, esse pequeno, mas ferrenho, grupo dava os primeiros passos, ainda periclitantes, para montar os constructos nerd que viriam a ser conhecidos como cânone e continuidade.

No livro *The Comic Book Heroes* [*Os Heróis dos Quadrinhos*], Gerard Jones faz uma distinção entre essas pequenas comunidades de colaboradores de fanzine e os grandes grupos de leitores que escreviam para as seções de cartas: "Os editores dos novos fanzines eram adultos olhando para trás, com baixo investimento emocional no presente, enquanto [quem escrevia para seção de cartas] era o oposto, gente que esperava a próxima edição de *Superman* sem ter noção de história dos quadrinhos."

Nesses primeiros dias dos fanzines sobre gibis, os fãs já começavam discussões mesquinhas por conta de tramas e opções de enredo. O Batman *New Look* fora motivo de investigação e discussão entre os colaboradores do *Batmania,* que acharam a mudança difícil de engolir. Eles foram rápidos em repreender a cena de Batman usando um revólver, por exemplo. Mas a ideia de indignação a que Medhurst se refere — a necessidade de o fã correr às barricadas forenses para assegurar que o Batman "de verdade" exista e tratar qualquer avanço como contradição flagrante à natureza do personagem — nunca fora testada de fato. Até a chegada do Batusi.

Michael Uslan, que viria a ser produtor executivo de oito longas-metragens de Batman nos anos 1980, 1990 e 2000, era um *fanboy* de quinze anos quando o seriado estreou. Suas lembranças ficam muito próximas das de Dixon, fora as trocas de sopapos. "Fiquei horrorizado quando percebi que o mundo estava rindo de Batman. Não com ele. *Dele.*"

Jonathan Ross, apresentador de talk shows britânicos, tipifica o repúdio condescendente, estilo Jack Black em *Alta Fidelidade,* do Bat-fã *hardcore* quando observa, no prefácio de uma graphic novel, que se você sente alguma ternura pelo seriado de TV de Batman, "então você deve preferir os tempos de Elvis em Las Vegas, ou os filmes do Jerry Lewis no fim da carreira...".

Em sua defesa, o seriado Batman de 1966 pegou os fãs do personagem totalmente de surpresa. O seriado abriu caminho pelos bolsões minúsculos e distantes da cultura nerd-embriônica e, quase da noite para o dia, apresentou-lhes uma coisa totalmente nova: a horrenda realidade, o mundo de cabeça para baixo, a situação em que aquilo que tanto estimavam, aquilo que os tornava diferentes, virou moda.

Enfim, eles não estavam mais sós na devoção. Eles não passavam de vozes pequenas e sérias na nova e jubilante Batmania cacofônica que tomava conta do mundo.

E, nossa, como *odiaram* essa modinha.

A CRUZADA MASCARADA

Pelo menos agora eles tinham onde registrar o descontentamento da comunidade. Nas páginas dos fanzines e nas convenções de ficção científica, eles podiam condenar o programa e as hordas de fãs fresquinhos e ocasionais de Batman que originou. Foi nesses espaços que eles começaram a moldar, pela primeiríssima vez, a sensação que todos os nerds que se seguiram depois empregariam sempre que vissem seus interesses específicos serem adotados pela cultura de massa:

"Você não sabe apreciar essa coisa que diz amar exatamente da mesma maneira, exatamente no mesmo grau, e exatamente pelos mesmos motivos que eu aprecio."

Ou, dito de maneira mais simples: "Tá tudo errado."

O fato de que os leitores leais do Batman em gibi ficaram horrorizados com o seriado é tanto previsível quanto surpreendente. É previsível, porque toda adaptação de um produto amado inspira alguma indignação, e porque, ao longo dos anos, os fãs de Batman mostraram-se particularmente dados a fulminar o que não apreciam. "Não é o Batman!", xingavam eles, quando, na verdade, o que falavam era o que dizia o Chuck Dixon de doze anos: "Não é o *meu* Batman!"

Os fãs *hardcore* que posteriormente viriam a incomodar-se com a estatura diminuta de Michael Keaton, ou com os bat-mamilos de George Clooney, ou com o aspecto galês de Christian Bale, o fizeram com uma concepção forte e clara de como deveria ser seu Batman em particular. Os Bat-gibis dos anos 1970 e 1980 traziam uma ideia consistente, específica e bem definida do herói que eles podiam pôr em comparação com o último Bat-projeto hollywoodiano, e sentir que este deixava a desejar.

É significativo, portanto, que os fãs de gibis de Batman em 1966 tenham reagido de maneira tão veemente à versão da TV. Diferentemente dos nerds dos anos 1980, 1990 e 2000, eles não chegaram ao Batman da TV com uma ideia bem definida do que era o personagem. Sim, já havia pouco mais de um ano de Batman *New Look* trazendo um Cruzado Mascarado relativamente "pés no chão", com estrépitos ocasionais de James Bond. Mas os vinte e cinco anos anteriores representaram apenas um caldo absurdamente inconsistente de ficção científica fervilhante e super-heroísmo alegrinho dentro do padrão. O Batman sombrio, o daquelas primeiras onze histórias, não era visto havia três décadas.

Mas é óbvio que não foram só os garotos de doze anos, como Chuck Dixon e Michael Uslan, que se opuseram ao Batman de Adam West por conta da dificuldade em aceitar mudanças e o desejo de não ver seu herói passar por ridículo. Havia leitores dos quadrinhos que se lembravam do Batman vingador sinistro de 1939 em primeira mão. Eram as crianças que haviam comprado *Detective Comics*, n. 27, aos nove anos e, desde então, não largavam o personagem. Eram leitores como o editor da *Batmania*, Biljo White que, aos trinta e seis anos, havia criado um zine para expressar seu ardor pelo personagem e fomentar esse ardor em outros como ele.

Eram os devotos que sintonizaram na estreia do seriado em 12 de janeiro de 1966. Uma coisa eles sabiam muito bem do Batman *deles*, e sabiam em seu íntimo:

Ele não ia dançar essa merda de Batusi.

ACAMPAMENTO CAMP

Há várias convicções em torno de *Batman*, o seriado, que se solidificaram ao longo dos anos, gerando ideias nada precisas, mas que muitos consideram como fatos.

Primeira: era apenas uma paródia.

Não era. Para escrever o piloto de *Batman*, o roteirista Lorenzo Semple Jr. pegou a HQ "A Chantagem Chocante do Charada"[41] de *Batman*, n. 171 (março de 1965), e adaptou-a para a dupla de episódios "Charada é uma Charada/Destruído com um Soco".

Só que não foi uma adaptação. Adaptar consiste em um processo de transmutar uma trama de uma mídia para outra, e exige atenção meticulosa ao conjunto de forças e fraquezas específico das duas mídias em jogo. Uma peça de teatro mal adaptada para o cinema pode parecer arrastada, muito teatral; um livro mal adaptado para minissérie de TV pode afundar por conta de diálogos tediosos, que explicam tudo, e excesso de detalhes.

Gibis de super-herói apresentam quadrinhos coloridos e amplos, que explodem de ação e atenção e que captam grandes emoções em ritmo alucinado. A televisão é uma mídia mais calma, mais intimista, que dá preferência à transmissão de informações via diálogos no campo-contracampo — a disposição das câmeras de maneira que os

---

41. No original, "The Remarkable Ruse of the Riddler", publicada no Brasil como "O ardil do Enigmista" em *Batman*, n. 59 (Ebal, 1966). [N.T.]

A CRUZADA MASCARADA

espectadores possam assistir a dois atores, um reagindo ao outro. Os gibis de super-heróis são espetáculos, enquanto a televisão viceja nos relacionamentos. Se Semple quisesse, ele poderia ter adaptado de fato a história de *Batman,* n. 171, para encaixá-la na telinha da TV. Teria entregue uma aventura convencional, com um tom agradável e infantil; o resultado ficaria muito parecido com episódios de *Jornada nas Estrelas, Tarzan* ou *Viagem ao Fundo do Mar.*

Em vez de adaptar a HQ, porém, ele a transcreveu diretamente, mapeando os clichês dos gibis de super-herói e transferindo-os para o formato consagrado do programa de TV com meia hora. Ele pegou a arquitetura narrativa da trama de super-herói — arquivilões fantasiados com padrões de expressão, complexas armadilhas mortais e fugas miraculosas, efeitos sonoros, o ponto de vista maniqueísta em que a virtude incólume trava guerra incessante contra a ganância e a pusilanimidade — e trouxe tudo para a TV, intacto.

Hoje muitos dizem que o programa era "sarcástico" ou "dissimulado". Declaradamente, porém, ele não era nenhum dos dois. Cada *frame* era levado a sério. Aliás, esse era o sentido da coisa toda.

É irônico que os fãs *hardcore* desprezem o seriado por "não levar Batman a sério" quando "levar Batman a sério" era exatamente o princípio organizador do seriado. A genialidade da abordagem da TV, e chave para seu apelo de massa, era o jiu-jitsu que havia no tom. O programa reproduzia em três dimensões as convenções unidimensionais dos gibis de Batman à época e lhes atribuía uma cara séria, a severidade que o produtor William Dozier caracterizou da seguinte forma: "como se fôssemos soltar uma bomba em Hiroshima". Nisso, eles chegaram a algo que a televisão, quanto mais a cultura em geral, nunca havia visto.

A visão do *showrunner* teve o apoio considerável da determinação firme da National em manter o Batman *New Look* dos gibis decidida e desbragadamente "quadradão". Era necessário um herói retíssimo, que nunca questionasse motivações ou propósitos, cuja crença na missão fosse tão absoluta que podia ser vista como natural, um ornamento permanente da arquitetura narrativa do seriado.

Não era exatamente uma paródia. Os produtores não estavam tentando fazer troça nem banalizar as revistas em quadrinhos. Não achavam que fosse necessário; gibis já eram banais. Tampouco era sátira, pois sátira comenta algo que está fora de si. O mundo do seriado de TV

Batman é totalmente hermético. Ele faz referência apenas a si, mesmo que com estilo. Nas raras ocasiões em que o seriado se dá ao trabalho de envolver-se com assuntos atuais, o tópico fica tão emaranhado e retrabalhado dentro da característica singular de artifício do programa que fica irreconhecível, inofensivo: o movimento feminista vira as elegantes minissaias do Clube do Crime Feminino da vilã Nora Clavicle; o levante juvenil vira as *flower children* abiloladas de Louie Lilás.

Mas se não era paródia nem sátira, o que era? As carradas de colunistas e críticos que escreveram sobre o seriado no início de 1966 tinham algumas propostas. De matéria em matéria, até mesmo de antes da estreia, uma palavra era extraída do éter cultural e enxertada em *Batman* com tanta assiduidade que, cinquenta anos depois, não há discussão do seriado que aconteça sem ela: "*camp*".

Dois anos antes da estreia do seriado, o ensaio "Notas sobre o *Camp*", publicado por Susan Sontag na *Partisan Review*, havia se tornado sensação literária. Sontag construíra o texto na forma de uma série de cinquenta e oito passagens em prosa, numeradas — as "notas" de seu título — como maneira de demonstrar, ou pelo menos indicar, a natureza oblíqua e efêmera da estética que queria dissecar.

Até Sontag escrever sobre o tema, todo o conceito de *camp* fora mantido nos salões da elite cultural urbana e nos saloons do submundo gay. Sontag precisou de apenas cinquenta e oito notas para suscitá-lo e, desde então, muitos escritores lançaram-se em estouros de prosa tentando analisá-lo mais a fundo e ampliá-lo a "alto *camp*", "baixo *camp*", "*camp* intencional" e outros. Mas na definição de *camp* que entrou na estética de massa — ou seja, a que críticos e colunistas estavam permutando na imprensa popular — faltavam as particularidades da dialética literária da academia.

A definição curta mais comumente associada ao *camp* em jornais e revistas da época era: "Tão ruim que é bom." Mas não era incomum que colunistas fossem um pouco mais a fundo, comentando que objetos *camp* expõem uma teatralidade ostensiva, mas cientes de si. Muitos parafrasearam Sontag comentando que o *camp* posicionava aspas em torno de tudo que toca, que tratava o sério como frívolo e o frívolo como sério.

O *frívolo* (gibis de super-herói) como *imponente* (drama sério): essa era a missão de *Batman*, o seriado.

Em entrevistas, o produtor William Dozier afirmava seu crédito por *Batman* ter adotado a estética *camp*, embora tenha sido assíduo em evitar

A CRUZADA MASCARADA

chamá-lo dessa forma para não suscitar as associações gays do termo. Em vez disso, ele recorria à circunlocução exaustiva. "Eu tive a ideia de fazer tão retinho e tão sério e tão cheio de clichês até que ficasse estorricado", disse Dozier, "mas ainda com certa elegância e estilo... ia ser piegas e tão ruim que ia ser engraçado." O roteirista Lorenzo Semple Jr. afirmava que tinha sido ele quem tivera a ideia de fazer tudo seriíssimo.

NA NA NA NA NA NA NA NA NA NA NA NA NA

Em 1965, enquanto a Guerra do Vietnã continuava a se agravar, sitcoms espumando de *high-concept*[42] como *Meu Marciano Favorito, Os Monstros, Família Addams* e *Ilha dos Birutas* dominavam a programação de TV. Apesar do sucesso de audiência de *A Feiticeira*, seu seriado cômico com toques de fantasia, a ABC estava lá no último lugar das emissoras.

Os executivos bradaram aos quatro ventos que estavam atrás de outra série *high-concept* — alguma coisa ligeira, exuberante, uma coisa tipo James Bond ou de gibi. Eles conduziram uma pesquisa entre o público para mensurar o interesse por diversos heróis de quadrinhos. Os resultados foram:

1. Superman
2. Dick Tracy
3. Batman
4. Besouro Verde
5. Aninha, a Órfã

Nem dava para conversar sobre Superman, pois a ABC não tinha como conseguir os direitos. Já haviam sido iniciados os preparativos para um musical da Broadway com o Homem de Aço, com previsão de estreia na primavera de 1966. Quanto a Dick Tracy, eles haviam perdido a disputa pelos direitos com a NBC. Sobrou Batman.

No início da década, a CBS tentara desenvolver um programa infantil convencional de Batman, no estilo do antigo *As Aventuras do Superman*. Chegaram inclusive a contratar o ex-*linebacker* da NFL Mike

---

42. Premissa criativa e marcante — de um filme, seriado ou outra obra — que pode ser expressa de forma simples, geralmente em uma frase. O termo é muito utilizado na produção audiovisual dos EUA. [N.T.]

Henry[43] e seu queixo protuberante para estrelar como o Cruzado Mascarado. Mas a CBS nem começou a produção do seriado e, assim, os direitos para adaptar Batman voltaram à roda.

Em março de 1965, o produtor William Dozier foi convocado à sede da ABC em Manhattan e comunicado de que a emissora queria um programa do Batman. "Achei que estavam loucos", ele disse, mais tarde. Mesmo em entrevistas que se seguiram ao sucesso desembestado do programa, o desprezo de Dozier pela mídia de quadrinhos nunca diminuiu. "Comprei uma dúzia de gibis e me senti um imbecil 'lendo' — se é *assim* que diz — e fiquei pensando: o que eu faço com *isso*? Eu estava acostumado a projetos mais altivos."

O desgosto de Dozier com os quadrinhos, importante lembrar, era simplesmente a norma social prevalecente. Deve-se lembrar também que os "projetos mais altivos" a que ele se referia incluíam *Rod Brown of the Rocket Rangers*[44] e o sitcom *Dennis, o Pimentinha,* baseado no adorado traquinas das tiras de jornal.

Ele chamou o roteirista Lorenzo Semple Jr. para ver o que saía de um roteiro para um piloto. Na concepção original dos dois, o seriado teria episódios de uma hora, mas a ideia não vingou. Em entrevistas, Bob Kane sempre disse que foi ele quem sugeriu a Dozier rachar o piloto em duas partes, separados por um gancho, para lembrar a tensão das antigas cinesséries. Mas Bob Kane dizia um monte de coisa.

O roteiro que Semple acabou entregando era de escopo ambicioso e ainda por cima incumbido com uma boa dose de armação do universo do seriado. Ele já introduzia seis personagens recorrentes antes de aparecerem os créditos de abertura: Batman/Bruce Wayne, Robin/Dick Grayson, Alfred, Tia Harriet, Comissário Gordon e Chefe O'Hara — este último, criado para o seriado. Semple ainda conseguiu encaixar um monte de trama nos vinte e dois minutos de duração, incluindo muitos elementos copiados e colados de um dos gibis que Dozier lera ao receber a tarefa.

Na primeira metade do roteiro de Semple, "Charada é uma Charada", os advogados do Charada entregam a Batman uma intimação por prisão indevida — o que significa que ele terá que revelar sua identidade secreta

---

43. Henry, em vez disso, viria a ser o décimo terceiro Tarzan do cinema, em três filmes.
44. Seriado da CBS que tratava de aventuras de patrulheiros do espaço no século XXII, enfrentando bandidos e alienígenas. Era transmitido ao vivo nos sábados, entre 1953 e 1954. [N.T.]

A CRUZADA MASCARADA

quando depuser no tribunal. Uma pista leva a Dupla Dinâmica a um clube noturno muito maneiro, o What a Way to Go-Go. Depois de um suco de laranja batizado, Batman vai se arrastando até a pista de dança para *shake* sua *groove thing*, enquanto Robin é sequestrado pelo Charada.

O roteiro de Semple então pede que o narrador entoe, em tom nervoso:

SERÁ QUE ROBIN VAI ESCAPAR?
SERÁ QUE BATMAN VAI ENCONTRÁ-LO A TEMPO?
SERÁ O FIM HORRIPILANTE DA DUPLA DINÂMICA?
AS RESPOSTAS... AMANHÃ À NOITE! NO MESMO HORÁRIO,
MESMO CANAL!
UMA DICA: O PIOR AINDA ESTÁ POR VIR!

Na abertura da parte dois, "Destruído com um Soco", uma capanga do Charada faz-se passar pelo Menino Prodígio usando uma máscara. Batman salva "Robin" e o leva à Batcaverna. Assim que a identidade real de Molly é revelada, ela encontra sua perdição ao cair na bateria nuclear que abastece o Batmóvel. Batman reencontra-se com o Robin real, e os Cruzados Mascarados pegam Charada e seus cupinchas de surpresa[45]. Charada consegue fugir, mas sua gangue é capturada. Não haverá tribunal para Batman; o segredo de Bruce Wayne está a salvo. Sobem os créditos.

Qualquer um que leia o roteiro pode ver que Semple e Dozier queriam algo mais que um negócio de criança, bem retinho e direto. Semple seletivamente impulsionava o volume da consciência cívica de Batman. "Cuidado, colega", ele adverte ao Menino Prodígio quando o rapaz arranca a grade de ferro de uma janela e prepara-se para lançá-la à rua, lá embaixo, "a segurança do pedestre em primeiro lugar!". Todos os diálogos ainda portavam o peso de um senso de propósito terrível; seria difícil não perceber que havia algo de estranho aqui:

BATMAN: Exatamente, Inspetor Basch. O Charada planeja suas tramas como alcachofras. Você tem que arrancar as folhas espinhosas para chegar ao cerne.

E, depois:

ROBIN: Charada, seu maligno! Não sabe que o crime não compensa?

---

45. A tela se enche de "BIFF! BONK!", as onomatopeias que viriam a definir o seriado.

82

Ciente da voracidade insaciável da mídia TV por bordões, Semple acrescentou um tique de caracterização às falas do Menino Prodígio: "Santa barracuda!", Dick berra na primeira cena. A construção "Santa ____!", que logo viria a tornar-se marca do seriado, era um bordão antiquado que Semple tomara de empréstimo dos livrinhos de Tom Swift, que amava quando criança.

Mas os figurões da ABC devoraram aquele negócio com gosto e, obedientemente, remeteram o roteiro à apreciação da National Comics. Cientes de que mesmo um programa de TV nacional sobre um de seus personagens tinha tudo para impulsionar vendas ainda que com sucesso médio — e do jeito que este estava se moldando: provocante e fora do prumo —, eles aprovaram o roteiro sem fazer alvoroço. Pediram, contudo, que Dozier revisasse a cena em que a ardilosa Molly despenca para a morte. No roteiro original, um Batman cruel e taciturno simplesmente assistia a moça no reator atômico. A National insistiu que o Cruzado Mascarado fizesse o possível para salvá-la. A alteração foi feita: Batman estende a mão para Molly, insistindo que ela a segure. Ela escorrega e morre.

BATMAN: Pobre moça iludida. Se ela tivesse me deixado salvá-la. [*pausa*] Que modo *terrível* de morrer.

Assim, dada a oportunidade de brecar o que Dozier e Semple tentavam fazer com seu personagem número dois, a National Comics voltou sua atenção para um instante do roteiro inteiro no qual a bússola moral de Batman oscilou no mínimo grau de humanidade. Ao insistir que ele se esforce, mas não consiga salvar a "pobre moça iludida", o retorno da National efetivamente fez o Batman do roteiro pré-gravação parecer ainda mais imprestável que antes.

Bob Kane enviou uma carta a Dozier ao ouvir que estavam preparando um seriado do Batman. "Ao que parece", escreveu ele, "Batman conseguiu sua segunda chance e está 'com a corda toda'. A julgar pelas tantas matérias e tributos espontâneos que nos fizeram este ano, tenho certeza de que [seu seriado] vai incendiar os tubos de TV quando meu 'culto' dos fãs de Batman sintonizarem vocês."

Claro que este "culto", como ele dizia, iria opor-se severamente — e no caso de Chuck Dixon, violentamente — ao seriado. Mas Kane tinha

A CRUZADA MASCARADA

outras coisas a resolver: ele ficou se questionando por que os produtores haviam escolhido um vilão decididamente menor como o Charada — que, na época, somava um total magnânimo de três aparições nos quadrinhos ao longo dos vinte e cinco anos de Batman — e não o Coringa.

"Coringa é, de longe, o vilão mais conhecido entre meus fãs e é o arqui-inimigo de fato de Batman, tal como o Dr. Moriarty o é para Sherlock Holmes", Kane escreveu. "Eu o imagino em cores, com seu rosto branco como giz, cabelos verdes e lábios vermelho-sangue... uma mistura que vai gelar os amantes mais ardorosos de mistérios."

Dozier sabia que "os amantes mais ardorosos de mistérios" não eram bem o público-alvo do seriado, mas, diplomaticamente, assegurou a Kane que roteiros futuros trariam o Príncipe Palhaço do Crime.[46]

Posteriormente, quando Kane botou as mãos no roteiro do piloto, escreveu: "Não é o Batman misterioso e sinistro com quem convivi esses anos todos." Era uma afirmação espantosa a se fazer, dado que o Batman "misterioso e sinistro" de Kane havia passado vinte e quatro dos vinte e cinco anos anteriores sorrindo alegremente quando pavoneava-se por telhados de Gotham City cheios de cor e rajados de sol, assim como pela folhagem ondulante do Planeta X, e que, por volta de 1965, o mais próximo que Kane chegava dos gibis de Batman era quando ele sustava os cheques da National.

Mas Kane sabia que ia ter sua parte do licenciamento, por isso chegou a um tom conciliatório. "Percebo que sua versão é um *'camp style'* atualizado que está em ritmo com o mercado atual de TV à moda James Bond e [*O Homem da*] *U.N.C.L.E.*... A única sugestão que eu gostaria de fazer é a possibilidade de combinar o antigo e o misterioso ao novo... Quando o roteiro permitir, fazer uma grande silhueta sombria de Batman surgir sobre um prédio ou sala, precedendo a chegada do homem-morcego... Batman devia trazer sua capa até a altura do rosto quando está espreitando nas sombras."

É óbvio que não haveria sombras naquele seriado de TV cor de balinha, embora vez por outra os produtores seguissem as vontades de Kane com um plano de Adam West sacudindo sua capa ao lançar uma Bat--sombra nada ameaçadora contra uma parede antes de fazer sua entrada.

---

46. E, sugestivamente, deixou de lado quem era o ator que estavam procurando para o papel.

Tirando essas concessões do caminho, Dozier tinha um roteiro aprovado em mãos. Mas era apenas a planta baixa. O negócio só ia funcionar se ele conseguisse conceber o tom exato. Para criar o gibi vivo que visualizava, ele teria que manter a produção inteira sempre andando sobre o gume da faca entre duas estéticas de oxímoros: Impostura ponderada. Seriedade travessa.

A impostura não iria ser problema, dada a proveniência do seriado. O movimento Pop Art estava na crista da onda e o design do seriado surfaria nessa onda cultural até ela quebrar. A Pop Art, afinal de contas, fetichizava revistas em quadrinhos, assim como celebrava qualquer coisa "cartunesca", exagerada, comercial, produzida em massa. Andy Warhol havia chegado aonde chegou com imagens de Batman e de Superman, e chegara a produzir um filme surreal chamado *Batman Dracula* para suas exposições em 1963. Roy Lichtenstein vinha reproduzindo quadros de gibis românticos e de guerra em telas gigantes que eram vendidas por centenas de milhares de dólares — fato que amargurava os quadrinistas sem crédito de quem ele plagiara com tanto júbilo. Se polido e lustroso era a modinha da vez, era isso que Dozier ia servir com tudo a que se tinha direito.

Ele instruiu a equipe de produção: fora a grana que eles haviam gastado construindo o enorme set da Batcaverna — US$ 800 mil, sem precedentes para a época —, eles tinham um orçamento de US$ 400 mil para filmar o piloto. Ele queria que eles pensassem como as coisas são nos gibis: nos sets, nos gráficos e nos figurinos somente cores berrantes, de queimar a retina. Ele queria objetos de cena fora de proporção e um Batmóvel inesquecível. E uma coisa muito importante: etiquetas. Etiquetas em tudo. Em cada apetrecho. Em cada botão. Cada alavanca. Como nos gibis da época, todo Bat-objeto tinha que ostentar sinalização perfeita em fonte sem serifa, que ficasse bem legível nas câmeras.

O VELHO WEST

Algumas das falas no roteiro de Semple eram puramente cômicas, tais como aquela em que Batman, de capa, capuz, peça única e sunga de seda azul entra em uma boate e diz ao *maître d'*: "Não, obrigado, vou ficar no balcão. Não quero chamar atenção." Outras, contudo, eram vagarosamente explicativas, tal como quando Batman resolve um dos enigmas do Charada pensando-o em voz alta com Robin. Quem fosse chamado

A CRUZADA MASCARADA

para o papel teria que ser engraçado, mas mantendo a cara séria. Dozier explicou com uma frase que ficou famosa: "Se virem a gente piscando o olho, perderemos." Mas não era o bastante. Ele tinha que manter o interesse do público mesmo durante as desovas de explicação; as cenas falastronas, de solução de quebra-cabeça, precisavam de um ator que as fizessem brilhar. Em outras palavras, Batman podia ser "caretão", mas não *chato*.

Ao fim do processo de seleção de elenco, Dozier trouxe ao estúdio e à emissora dois testes. O primeiro tinha o belo ator de queixo quadrado, Lyle Waggoner, como Bruce Wayne, e o moço com voz de taquara rachada, Peter Deyell, de Dick Grayson. O segundo estrelava Adam West — coadjuvante perpétuo que acabara de sair de um lance de sucesso como James Bond de segunda em comercial da Nestlé[47] — de Bruce, e o jovem e atlético ator Burton Gervis (também conhecido como Burt Ward) de Dick.

O arranjo para os dois testes foi o mesmo. Cena um: Dick entra no escritório de Bruce. Os dois se compadecem que Batman vai ter que depor no tribunal e revelar sua identidade secreta. Dick sugere dar mais uma olhada na intimação que o Charada apresentou. Não haveria uma charada? Cena dois: na Batcaverna, Batman e Robin encontram uma pista oculta no documento, resolvem a charada e partem para investigar.

No momento em que escrevo, os dois testes estão disponíveis no YouTube, e servem de estudo de contrastes.

Até os testes, os produtores davam preferência a Waggoner e Deyell. Waggoner era boa-pinta, tinha um queixo que podia virar Régua T, e traços tão retos e lisos que parecia um desenho de Bob Kane em carne e osso. Também pesava o modo convincente como ele preenchia o colante de Batman. Waggoner não tinha aquele porte médio-sarado da Hollywood sessentista; era musculoso de verdade. Deyell, por outro lado, era alguém com que se acostumar, com sua voz de taquara rachada e aparência de jovem à beira da pubescência.

E, em termos de performance, Waggoner é... bom. Ele é adequado: ele tem a voz de barítono reconfortante que se exige do vocalista de estúdio e dá aquela performance retíssima, descomplicada, que se encaixaria bem em qualquer série de aventura da época. Cumpre o esperado.

---

47. Foi dele o bordão com a pausa malandra: "Tem gente que faz de tudo para ficar rica [pausa] Quik." [Trocadilho com a marca do achocalatado da Nestlé e a palavra "quick": rápido. N.T.]

Mas só *uma* parte do esperado.

Waggoner consegue ler uma fala como "Quando nossa pobre governanta, a Sra. Cooper, souber o que andamos fazendo nas nossas ditas pescarias, temo que possa morrer dos nervos", e a deixar ... assim. Solta. Sua entonação é sem rodeios, como se o único propósito da fala fosse transmitir a informação que contém.

Deyell comunica a molequice de Robin, mas não consegue dar conta da animação necessária que o Menino Prodígio tem que demonstrar no combate ao crime. Ainda assim: muito esforçado, consistente, B menos.

O teste de cena West/Ward, contudo, é mais uma revelação que acontece aos poucos. Em termos de físico, os traços de West são mais suaves, mais bonitos que os de Waggoner, e no traje de Batman ele parece apenas em forma. Mas *a voz...*

Em sua autobiografia de 1994, West viria a apresentar o método por trás de sua performance. Ele via Bruce Wayne como um homem que deixava suas emoções de resguardo, até que, como Batman, ele se via envolvido em resolver crimes. Batman se empolga, fica entusiasmado, até enraivecido, enquanto Bruce Wayne é eternamente plácido, distante.

West deixa isso bem claro no seu teste, mas essa é só a parte superficial. O que distingue West é como ele investe sua voz, seu corpo, todo seu ser detalhadamente em registrar a solenidade opressiva de sua missão. Ao declamar cada fala, sua voz escorrega entre registros e volumes. Ele insere pausas que dariam duas páginas de dicionário em termos de significância. É claro que essas pausas foram escolha proposital — ele queria que o espectador visse o processo intelectual de Batman, a forma como ele pensava uma charada e alcançava a resposta, empolgado. O manto de Batman apagava sua expressão facial, de forma que o que ele faria com as sobrancelhas ficava restrito a seu indicador balançando ou àquela voz serpentiforme, sinuosa.

Enquanto Waggoner nos dá um Bruce irritado com a ideia de que sua identidade secreta pode ser revelada — "Tudo na lata de lixo! Jogado na lama! Um horror que eu não quero encarar!" — West, por outro lado, entra num Olivier a todo vapor nas falas, alternando sussurros e gritos, e quebrando-os com lânguidas cesuras: "Tudo na lata de lixo. [*pausa*] *JOGADO! NA! LAMA!* Um horror [*pausa*] que não quero encarar."

O que nos marca hoje, assistindo à primeira investida de West no que seria a performance da qual ele nunca fugiria, é que ela não é *segu-*

A CRUZADA MASCARADA

ra. Vemos como ele submergiu profundamente no papel; ele não está repartindo um pedacinho de si para ficar à parte e revirar os olhos a cada "Santa barracuda!". Há um ardor arriscado e propositalmente genuíno tanto em seu Bruce quanto em seu Batman. Seu Bruce é a parte do pato que se vê acima da água, sereno e circunspecto; seu Batman, os pés remando em fúria.

Em relação a Ward, ele exige nossa atenção ao adentrar a cena, pois impossibilita que o ímpeto juvenil do personagem passe despercebido. Seu Dick Grayson nunca caminha. Ele pula pelo espaço sobre as bolas que são seus pés. Ele faz suas falas com sabor simples, atlético. Se lhes falta a complexidade dodecafônica de cada elocução de West, tudo bem: sabor atlético é tudo que o papel exige.

Com base no teste excepcional, Dozier contratou West e Ward. O restante do elenco permanente fechou rápido. O ator britânico de garboso bigode Alan Napier virou o mordomo Alfred. Madge Blake e sua voz *tremolo*[48] viraram a arrepiante Tia Harriet. A figurinha tarimbada e queixuda do ator Stafford Repp virou o tira irlandês Chefe O'Hara. E o velho patrimônio de Hollywood, Neil Hamilton, foi a revelação como Comissário Gordon. Hamilton viria a provar-se o único ator no elenco fixo capaz de se equiparar a West na hora de fazer valer os pronunciamentos túrgidos, a cara séria, dos roteiros, tais como "Pinguim, Coringa, Charada... e Mulher-Gato, ainda por cima. A soma dos ângulos deste retângulo é MONSTRUOSA demais para se pensar."

O último integrante do elenco permanente a ser contratado foi o narrador estentóreo do seriado, papel escrito propositalmente para suscitar o *voice-over*[49] melodramático das antigas cinesséries. Vários atores fizeram testes, mas não conseguiram acertar a estética que Dozier tinha em mente. Por isso, Dozier passou o cargo a um ator que ele sabia que daria conta do serviço: ele mesmo. Dozier lia as falas com emoção avantajada, que registrava cada ponto de exclamação, como se gritasse para ser mais ouvido que os sinos da perdição. Para fomentar a sensação de nervosismo, ele espancava as palavras até elas se renderem, esticando-as além da identificação e selecionando sílabas nas quais se

---

48. N.E.: Técnica que imprime à voz o estado emocional.

49. N.E.: Recurso que interpreta por áudio cada detalhe na tela de dispositivos eletrônicos. A ferramenta é um eficaz mecanismo de acessibilidade para portadores de deficiência visual.

apoiar: "EEEEEENQUAAAAANTO IIIIISSOOOO, por trááás da fa-CHAAAAAAAADA desta INOcente LIIIIvraria..."

Em atitude fora do comum, a ABC deu sinal verde para o programa e pediu mais dezesseis episódios de dois capítulos antes de terminarem de rodar o piloto. O plano original era produzir e lançar um longa-metragem que prepararia terreno para o lançamento do seriado em setembro de 1966, mas a temporada de outono de 1965 da ABC estava com números de audiência horríveis. Por desespero, a rede decidiu lançar uma enchente de novos seriados como substitutos de meia-temporada em janeiro de 1966. A pedra fundamental dessa estratégia — chamada de "A Segunda Temporada!" — era *Batman*.

A decisão significou que os nove meses de promoção e de licenciamento programados originalmente teriam que se espremer em meia dúzia de semanas. E surgiu mais um motivo de preocupação não esperado: apesar do entusiasmo da emissora com o programa, o público-teste havia detestado o piloto.

Seriados geralmente precisavam ganhar uma nota entre os públicos-teste de sessenta e dois em cem, ou mais, para a produção seguir; o piloto de *Batman* tinha conseguido cinquenta e dois. A ABC olhou preocupada para o orçamento de US$ 75 mil por episódio e pediu mais testes. Adicionar claque não ajudou. Nem mais narração. Não havia mais nada: o negócio ia ser na sorte. De repente o programa entrou na rota para tornar-se a bomba mais cara na história da mídia.

A MANIA MORCEGO

"A televisão", disse William Dozier, "é a mídia do merchandising, não a mídia do entretenimento."

Filosofia cínica, quem sabe. Mas Dozier iria garantir que *Batman*, o seriado, fosse exemplo do que ele pensava. Nas semanas e meses que precederam a estreia do programa de TV, em 12 de janeiro de 1966, teve início uma investida de marketing sem precedentes. Anúncios em revista, em TV, outdoors, participações em programas ao vivo e, quem sabe a mais famosa de todas, "BATMAN ESTÁ CHEGANDO" escrito no céu, sobre o Rose Bowl, no Primeiro de Janeiro de 1966.[50]

---

50. Desde 1902, o estádio de Rose Bowl, em Pasadena, Califórnia, recebe uma partida de futebol americano universitário no primeiro dia do ano, que é acompanhada de um desfile e espaço para ações publicitárias como a citada. [N.T.]

A CRUZADA MASCARADA

A campanha publicitária foi acompanhada de uma investida de merchandising que despejou mil produtos licenciados nas prateleiras, de marionetes a quebra-cabeças, e de pentes de bolso, bonequinhos articulados, kits de montar Aurora, sopra-bolhas a Bat-cigarrinho de chocolate, todos ostentando o aviso "© National Periodical Publications, 1966". Assim que o ano acabou, a National viria a processar cinco empresas, incluindo a Woolworth's, por vender Bat-produtos piratas.

Na noite da estreia do seriado, a ABC promoveu uma festinha "*cocktail and frug*" na discoteca Harlow, em Manhattan, seguida de cerimônia de exibição do piloto no York Theater. A multidão de artistas e galeristas tragicamente modernosos — entre eles Andy Warhol, Roy Lichtenstein e Roddy McDowall — segundo informes, assistiram ao episódio frios e impassíveis, mas vibraram com um comercial do Corn Flakes.

A audiência norte-americana, contudo, o devorou com gosto. Quando saíram os índices dos primeiros dois episódios, a ABC percebeu que tinha um fenômeno nas mãos que rivalizava com a Beatlemania.

Os críticos, contudo, não se entusiasmaram tanto. O *The New York Times* soltou o elogio mais débil possível, declarando que o seriado representava "um prolongamento tardio do fenômeno da Pop Art à mídia televisiva", mas alertava que, dentro desse critério, ele "não deve ser propriamente ruim", se comparado a seriados como *O Fazendeiro do Asfalto*. Em matéria posterior, Russell Baker, colunista do *Times,* usou o seriado como ponto de partida para comentar longamente a situação da masculinidade norte-americana. "Conforme Batman arremete sua barriga flácida[51] que transborda da ceroula frouxa, ele esguicha uma torrente de clichês heroicos selecionados entre todo super-homem da América, de Tom Mix a John Wayne. O efeito é subversivo. Somos convidados a crer não que o herói tradicional americano é absurdo no sentido existencial e triste, mas que ele é simplesmente um tolo."

Se existe a possibilidade de ser apático com vigor, o repúdio do *Saturday Evening Post* se qualifica: "A mania da pop art... tornou *Batman* quase à prova de engano. [O seriado faz sucesso] porque é a TV fazendo o que a TV faz de melhor: ruindade. Batman traduzido de uma mídia porcaria para outra é porcaria ao quadrado."

---

51. Deve-se notar que West tendia a manter-se em forma. Seu dublê, contudo, ostentava uma barriguinha de cerveja bem perceptível.

Foi o colunista Paul Molloy, cujo texto era reproduzido em diversos jornais, quem entregou a crítica que se provaria a mais arrepiante em termos de profecia: "Lembra uma boa piada que cai bem na primeira vez, mas que começa a perder o lustro e a perspicácia lá pela terceira vez que se conta."

Nas semanas e meses que se seguiram, a Batmania só se intensificou. As festas semanais de exibição pipocavam em dormitórios universitários e boates sofisticadas, como a 21 de Nova York. Uma discoteca de San Francisco foi rebatizada Mansão Wayne, com porteiros vestidos como o Coringa de Cesar Romero. Uma piada descartável do piloto improvisada por Adam West — usando movimentos da mão para imitar sua máscara, orelhas e luvas do uniforme ao dançar — havia inspirado uma mania nacional que veio a ser chamada de "Batusi".

A indústria da moda acompanhou a mania com vestido e penteado feminino inspirados em *Batman*. A revista *Life* derrubou uma matéria de capa sobre a estreia na Broadway de *It's a Bird... It's a Plane... It's Superman* (É um pássaro... é um avião... é o Superman) e preferiu uma matéria fotográfica: "Batman Salta com Todo Vigor à Fama Nacional."

Toda esta febre vendeu brinquedos, camisetas, roupa de cama e cards por tonelada. Em 1966, os manuais de estilo[52] ainda não existiam. Por conta disso, os mais de US$ 70 milhões em Bat-produtos que se vendeu só no primeiro ano do seriado variavam amplamente em termos de design e qualidade.

Composto por Neal Hefti, o "Tema de Batman" tinha uma palavra só[53] e ganhou cover de várias bandas de rock. Adam West, Burt Ward e Frank Gorshin, o Charada do seriado, lançaram singles de música pop. West apareceu com a indumentária completa de Batman no programa de variedades *The Hollywood Palace* para botar o vozeirão na clássica "Orange Colored Sky" com uma letra nova, Bat-temática, e fingia uma luta com as *backing vocals* de minissaia.

A popularidade do seriado continuou a crescer como cogumelo atômico ao longo dos meses de primavera. Celebridades clamavam por uma chance de ser o vilão-convidado, então os produtores acrescentaram à formula os "convidados da janela" — breves aparições em cenas nas quais a Dupla Dinâmica escalava fachadas de prédios.

---

52. Portfólios que dão especificações de design para instruir detentores de licença a fazer reproduções precisas da propriedade que licenciaram.

53. Duas, se você contar "na".

A CRUZADA MASCARADA

Bob Kane também curtiu um novo acréscimo de fama e continuou a apresentar-se como único criador de Batman. Ele virou convidado regular do programa infantil *Wonderama,* em Nova York, no qual desenhava Bat-personagens diante da plateia. Secretamente, ele contratava um dos desenhistas de Batman, Joe Giella, para preparar desenhos dos personagens com lápis azul-claro, cujas linhas as câmeras de TV não captavam. Uma vez no estúdio, ele simplesmente desenhava por cima do trabalho de Giella com uma canetinha.

A VOZ DOS FÃS

As edições do fanzine *Batmania* publicadas antes, durante e depois da estreia do seriado podem ser lidas como um prolongado exercício de orientação psicológica pós-traumática em grupo.

O acidente em câmera lenta começou na *Batmania,* n. 9 (fevereiro de 1966), cuja capa retrata o Cruzado Mascarado brigando com o logo da CBS. "A MAIOR BATALHA DE BATMAN! CONTRA O OLHO GIGANTE!! VAI, BATMAN! ESTAMOS AO SEU LADO!"

E, nessa época, estavam mesmo. O editor Biljo White instava os leitores a sintonizar no seriado e gabava-se que ele e os produtores estavam em contato muito próximo. Ele citou uma entrevista de Dozier na qual o produtor, curiosamente sem ouvido musical, explica o apelo previsto pelo seriado, garantindo a White que ele não se direcionaria apenas a crianças, tal como os gibis. "Revistas em quadrinhos não são feitas para adultos, que não as leem, mas para cativar juvenis dos 8 aos 14." White, ávido colecionador dos quadrinhos, deixou essa afirmativa passar sem comentários.

A edição também incluía perfis elogiosos de Adam West e Burt Ward. Particularmente tocante, dado o ajuste de contas que viria a seguir, vê-se o encanto de White em torno de um detalhe que conseguira arrancar do departamento de divulgação da ABC: "Vocês imaginam um POW! animado surgindo na tela quando Batman acerta um malfeitor? Bom, então procure, porque dizem que vai aparecer... Mal podemos esperar... ASSISTAM!"

Na edição seguinte, os fãs já haviam tido tempo de processar o que se passava nas suas telinhas, e estavam visivelmente abalados.

A maioria dos que escreveram suas reações viu-se a debater com um ou mais dos cinco estágios do luto de Kübler-Ross.

Negação: "O programa é muito debochado para as crianças... e muito juvenil, muito exagerado no drama para os adultos... O Batman da TV é tão atlético e acrobático quanto uma vaca gorda, e longe de ser sagrada; o Robin da TV é simplesmente um exagero."

Raiva: "Entendo que o plano fosse alcançar o público adulto através do atrativo '*camp*' ou '*pop art*'. '*Camp*' é uma palavra sobreutilizada e pretensiosa que vem dos articulistas metidos ao estilo *Newsweek* e *Time*, cujo fascínio é posarem de metidos nas suas torres de marfim."

Barganha: "O programa foi exatamente o que Dozier prometeu que seria. Os diálogos, a ação, o roteiro — tudo foi tirado dos quadrinhos. Claro que havia algum exagero, mas não precisavam chegar a tanto."

Depressão: "Sinceramente, fiquei desapontado. E o mais importante: não somente eu fiquei."

Aceitação: "Batman levado a sério não ia dar certo. Esse é o romance de ser fã. Um dia Batman será nosso de novo, muito, muito depois dos Batarangues plásticos entrarem nos pseudochapéus de pele de guaxinim naquele grande depósito de sobras chamado Tempos Idos."

Enquanto isso, nas páginas de *Batman* e de *Detective Comics*, o editor Julius Schwartz começava a introduzir elementos do seriado: as histórias passaram a ter onomatopeias com mais destaque que antes. Duas semanas depois da estreia do seriado, a revista *Batman* trazia Charada piscando em tom conspiratório para o leitor enquanto Batman e Robin lançam-se à ação atrás dele. O texto anexo adotava a estética kitsch da TV: "IXI! O Charada está de VOLTA! Com uma NOVA LEVA de PARADIGMÁTICOS ENIGMAS que vão deixar a Dupla Dinâmica MORCEGADA!"

A National, contando com o sucesso do seriado, pediu tiragem de um milhão de exemplares de *Batman*, n. 179 — número que não se via desde o auge dos quadrinhos, nos anos 1940 — dos quais se venderam incríveis 980 mil. As vendas dos dois Bat-títulos dobraram; pela primeira vez em vinte e cinco anos de história, o Cruzado Mascarado, perene marginal, vendia mais que Superman e tornava-se o personagem de HQ mais comprado do mundo.

Schwartz, rápida e astuciosamente, passou a explorar a popularidade do Cruzado Mascarado para impulsionar as vendas de outras séries. A partir da edição de março de 1966 de *Justice League of America*, o n. 43, Batman começou a tomar conta das capas de séries DC em que costuma-

A CRUZADA MASCARADA

va participar, como *World's Finest,* n. 166 (setembro de 1966) e fez aparições aleatórias em outros, como *Aquaman, Patrulha do Destino, Homens Metálicos, Falcão Negro,* e até no batalhador *Aventuras de Jerry Lewis.*

A estética do seriado continuou a transbordar para os gibis de Batman ao longo de 1966, na tentativa deliberada de servir ao novo público que comprava os títulos esperando grandes sacadinhas *camp.* Reservaram-se mais páginas para as cenas de briga, que ficaram maiores, mais espalhafatosas, mais barulhentas. Até os títulos das histórias vinham com os pés na piada: *vide* "A Caçada Disco Criminosa de Batman!", de *Detective Comics,* n. 352.[54]

Em *Detective Comics,* n. 353 (julho de 1966), pela primeira vez nos quadrinhos, Robin Menino Prodígio profere seu bordão Igual-Você-Viu-na-TV. Duas vezes, para ser bem entendido. Ao ver joias inestimáveis, ele grita: "Santos Brilhantes!" e, em referência à velocidade do Batmóvel; "Santos Jatos!"[55]

Em *Batman,* n. 183 (agosto de 1966), Schwartz fechou o círculo metaficcional com uma capa na qual Batman rejeita uma noite de combate ao crime e fica em casa assistindo a ele mesmo na TV. Na mesma edição, Batman fica preso em uma rede grudenta, mas consegue livrar-se dela dançando o Batusi.[56]

Foi meio que demais para os nerds fiéis ao quadrinho. Um leitor indignado escreveu à seção de cartas de *Detective Comics* para reclamar dos tais "Santos Jatos!": "Não só não é uma fala inspirada, mas não é o tipo de coisa que "nosso" Robin diria. É uma expressão que só é dita pelo adolescente de 23 anos que faz o Robin na TV."

A pressão continuaria ao longo da existência do seriado e ficaria cada vez mais incisiva. Em agosto de 1966, o editor Julius Schwartz, o cocriador de Batman Bill Finger, o roteirista E. Nelson Bridwell e os desenhistas Gil Kane e Murphy Anderson participaram de uma mesa de discussão sobre quadrinhos na New York Academy Con. A mesa teve uma seção de entrevista, durante a qual Schwartz recebeu perguntas aniquiladoras dos nerds *hardcore,* incluindo colaboradores vociferantes do *Batmania.*

---

54. A história é inédita no Brasil. [N.T.]

55. A história foi publicada no Brasil em *Batman,* n. 71 (Ebal, 1967). [N.T.]

56. A história e a capa a que o parágrafo se refere foram publicadas no Brasil em *Batman,* n. 86 (Ebal, 1968). [N.T.]

Quando surgiu o assunto do programa de TV, ele inspirou "resmungos" da plateia, que Schwartz tentou rebater, ressaltando que a National ainda tinha influência sobre os enredos televisivos. Por exemplo: a National não deixaria Batman se casar.

A afirmação desconcertante inspirou uma pessoa na plateia a perguntar quando a Batwoman retornaria às páginas de gibis de Batman. Schwartz lhes disse com toda firmeza que a personagem fora consignada de vez ao limbo dos quadrinhos e defendeu que a Batwoman fora desde sempre apenas cópia barata de Batman, e não uma personagem com independência. O raciocínio não ajudou em nada a torná-lo benquisto entre o público. Schwartz seguiu em frente, prometendo que havia planos para introduzir uma novíssima Batgirl nos quadrinhos.

Para apaziguá-los ainda mais, ele ofereceu um petisco suculento: a identidade secreta da Batgirl? Seria a filha do Comissário Gordon.

Um texto sobre o evento na *Batmania* descreve o que aconteceu a seguir com moderação decorosa: "Este pronunciamento foi recebido com risos dos Batmaníacos."

AMAINA A MANIA

O que Schwartz deixou de falar foi que a nova Batgirl e sua identidade secreta não haviam sido ideias dele. Eram de Bill Dozier.

A produção da primeira temporada do programa havia se encerrado em abril de 1966. Exatamente na semana seguinte, tiveram início as filmagens do longa-metragem de *Batman*. A ideia era fazer o filme a toque de caixa, de maneira que chegasse aos cinemas nas férias de verão e mantivesse vivo o interesse no seriado. O feito foi possível graças ao fato de que, afora alguns novos e chiques veículos como o Batcóptero, a Bat-Lancha e a Batmoto, a filmagem não exigiu qualquer objeto de cena nem figurino novo. A execução foi ligeira: a produção se encerrou no final de maio e o filme chegou aos cinemas em 30 de julho.

O longa arrecadou modestos US$ 1,7 milhão. Nada horrível, considerando o quanto transmitia a sensação de um episódio prolongado do seriado, mas consideravelmente acanhado em relação às expectativas.

Dozier sabia o que isso pressagiava e preparou-se para sacudir as coisas.

Dos dezessete episódios de dois capítulos da primeira temporada, dez haviam sido tirados de tramas dos gibis de Batman — cinco deles,

A CRUZADA MASCARADA

de aventuras que antecederam a era *New Look*. Na segunda temporada do seriado, apenas três tramas vieram dos quadrinhos.

A segunda temporada, além disso, teve o dobro do tamanho da primeira, com um pedido de trinta e dois episódios de dois capítulos, ou sessenta meias horas. Ou seja, o orçamento por episódio teve que sofrer uma queda drástica, e a equipe de produção começou a procurar onde fazer economia. Sobrepor os POWS! e ZAPS! na película das cenas de luta saía caro, então, optou-se por inserir cartões gráficos para cada onomatopeia explosiva. Os cenários ficaram mais simples e aumentou a dependência do reaproveitamento de cenas.

A segunda temporada estreou em 7 de setembro de 1966 e continuou no agito com participações especiais, mais convidados de janela, mais armadilhas mortais e mais "Santa Margarina!". A fórmula estrutural inabalável do seriado — você podia praticamente acertar o relógio pela hora das Bat-brigas — tinha seu apelo entre a considerável audiência infantil do programa, que apreciava a consistência familiar, metronômica. Mas os pais se cansaram da repetição. Fora algumas sacadas que deram certo — o episódio em dois capítulos de outubro, estrelando Liberace como um pianista excêntrico e seu irmão gêmeo gângster, valeu ao seriado sua maior audiência até então — os números derraparam abruptamente.

Para combater a situação, Bill Dozier pediu a Schwartz para plantar uma nova personagem nas aventuras quadrinísticas de Batman — que ele tinha toda a intenção de importar para o seriado assim que conseguisse encaixar uma nova atriz fixa no orçamento. Ele sabia o que queria: uma jovem que pudesse oferecer às meninas na audiência um modelo de conduta e, aos pais, um motivo para sintonizar nos episódios sem Mulher-Gato. Apresentá-la como filha do Comissário Gordon, raciocinou ele, seria uma maneira de torná-la um acréscimo natural ao universo do programa, em vez do estratagema desesperado que era de fato.

Schwartz encarregou Carmine Infantino de desenhar o uniforme e o roteirista Gardner Fox de apresentá-la em *Detective Comics*, n. 359, que saiu nas bancas em fins de novembro de 1966.

Assim que a segunda temporada de *Batman* terminou, em março de 1967 — pouco mais de um ano depois da estreia do seriado — a audiência estava tão baixa que pedia medidas drásticas. O orçamento, que já havia sido cortado, sofreu corte de mais um terço. A ABC ainda se dispunha a ceder um encaixe semanal para o seriado cujos bons tempos haviam ficado para trás, mas não dois encaixes. Então a fórmula foi remanejada e caíram os ganchos entre tramas de episódio duplo.

Os cenários já existentes da Mansão Wayne, da Batcaverna e da sala do Comissário Gordon permaneceram intocados, mas a mordida no orçamento se mostrava nos covis dos vilões, agora filmados em um estúdio negro somente com alguns objetos impressionistas para indicar uma porta ou uma janela. Era como se o Coringa tivesse decidido esconder-se em uma produção do teatro comunitário de *The Fantasticks*.[57]

A maior mudança, contudo, foi a presença de Yvonne Craig como Barbara Gordon/Batgirl. Os produtores apontaram o holofote mais adulador do seriado para a personagem, concedendo-lhe uma sala secreta chique atrás do apartamento de Barbara Gordon, uma imensa Batmoto (até com adereços de moça) e sua própria música-tema à maneira *surf music*: "*Are you a chick who flew in from outer space? / Or are you real with a tender, warm embrace? / Yeeeeeah, whose baby are you, Batgiiiirl, Batgirl?*"

Além disso, havia o uniforme, que atiçou os corações de garotas e garotos de todas as idades e orientações. De fantasia colante, roxa e cintilante, acentuada pela capa e cinto amarelos, Craig parecia ter saído de um tubo de ensaio saturado com a estética Pop Art do seriado. Sua Batgirl era decidida, não levava desaforo para casa e, quando bem queria, adorava paquerar. A formação de Craig como dançarina traduziu-se em um estilo de luta composto de chutes altos e giros do balé. A intenção dos produtores era introduzir um elemento novo e revigorante no seriado. Craig cumpriu o pedido.

Mas não foi o bastante. Os números de audiência entraram em parada cardíaca; o paciente já não estava mais lá.

Nenhuma das vinte e seis meias horas da terceira temporada baseou-se nos gibis de Batman, pois nesse momento a estética do seriado já praticava o autocanibalismo. As piadas ficaram mais grosseiras, a estética afiada perdeu o fio: o rigor com que o seriado mantinha seu tom de ultrasseriedade afrouxou até virar besteira autoindulgente com sorrisinho de canto.

"Se virem a gente piscando o olhou, perderemos", como Dozier alertara na estreia. No fim das contas, contudo, não teve importância. À época em que o episódio final da terceira temporada foi ao ar, em março

---

57. Musical off-Broadway que estreou em 1960 e teve mais de 40 anos de exibição ininterrupta. [N.T.]

A CRUZADA MASCARADA

de 1968, pouquíssimos continuavam lá para ver que o seriado não só piscava, mas também partia para a agressão.

Contraditoriamente, contudo, o canal rival NBC aventou a ideia de uma quarta temporada. Para que acontecesse, alertaram os figurões da nova emissora, seria necessário um corte ainda maior no orçamento. Armaram-se planos meia-bomba para montar episódios em torno de Batman e Batgirl, cortando Robin e Chefe O'Hara do elenco. Mas quando a NBC ficou sabendo que o estúdio desmanchara o caríssimo cenário da Batcaverna, assim como os outros, o acordo mal-ajambrado caiu por terra e *Batman* chegou ao fim.

Fora o fato de não ter sido o fim: em apenas dois anos no ar, o mais surpreendente era que 120 episódios de *Batman* tinham sido produzidos — praticamente três vezes o número que outros seriados de TV fariam no mesmo período. Foi o que garantiu que a série sobrevivesse nas reprises durante décadas. Foi nessa condição que, para gerações sucessivas de crianças norte-americanas em idade escolar, ele serviria de primeira tragada do mundo nerd: a introdução deslumbrante, numa tarde de semana, ao conceito dos super-heróis em geral e de Batman em particular.

Mas os Bat-fãs *hardcore* das convenções, dos zines e das seções de cartas ficaram bem contentes em ver toda a caravana *camp*, e o que viam como efeito desvalorizador nos gibis de Batman, sair de cena. O desdém que tinham pelo programa continuaria a supurar durante décadas, e teria um surto particularmente venenoso no período que antecedeu o Bat-filme de Tim Burton, em 1989. Os fãs temiam que Burton remontasse ao seriado de Adam West em busca de inspiração e "*camp*iração". O desprezo sonoro dos fãs atingiria novo ápice, dessa vez com um toque áspero de homofobia, depois que Joel Schumacher assumiu a franquia.

Em anos recentes, contudo, as crianças que assistiram a *Batman* em reprises ao longo dos anos 1970 e 1980 cresceram e começaram a infiltrar-se, potencializando a cultura nerd para os anos 1990 e além. O escárnio, até então difuso, dos *fanboys* pelo programa, registrado por Medhurst em 1991, havia abrandado e virado aceitação, até afeto. Mesmo a DC Comics, que até recentemente desencorajava autores a fazer até mesmo referências oblíquas ao programa em suas páginas, deu meia-volta, cedendo direitos para a série animada (*Batman: Os Bravos e Destemidos*) que jubilosamente aderia à estética do programa, e até a publicar uma revista derivada (*Batman '66*), com roteiro e desenhos no estilo particular do seriado.

CORREÇÃO DE CURSO

Mas essa meia-volta ocorreu aos poucos e levou décadas. Nos meses imediatamente após o programa sair do ar, os criadores e leitores de gibis de Batman não conseguiam imaginar um dia em que iriam aderir ao seriado que havia, na concepção deles, transformado seu herói predileto em palhaço. Sim, o seriado havia feito Batman tornar-se o personagem número um nos quadrinhos durante dois anos corridos. Mas assim que o programa terminou, em 1968, as vendas de Bat-gibis mais uma vez tomaram seu lugar perene abaixo dos de *Archie* e de *Superman*. Um ano depois, a revista de *Batman* mal se agarrava à posição nove. O pior: o total de vendas mensais pairava abaixo do que estava no início dos anos 1960, quando o cancelamento se assomava.

Outra revista, *The Brave and the Bold* (Os Bravos e Destemidos), recentemente havia se tornado uma série de encontros de herói que a cada mês pareava Batman com um herói diferente do comprido banco de reservas da National. A série era editada por Murray Boltinoff, veterano das HQs, que supervisionara o nascimento dos heróis mais bizarros e arrepiantes da National, como Metamorfo e a Patrulha do Destino. Ele contratara o artista Neal Adams, de vinte e seis anos, para ilustrar uma história na qual Batman encontra-se com mais um herói assustador, o acrobata de circo/fantasma conhecido como Desafiador.

Adams pertencia a uma nova geração de jovens quadrinistas que cresceram com a mídia, e via a oportunidade de trabalhar nela como a realização de um sonho de infância. Boltinoff pertencia ao grupelho de profissionais fumando cachimbo na faixa dos cinquenta ou sessenta anos que haviam caído nos quadrinhos ainda cedo e, obedientemente, manufaturavam páginas para garantir seu cheque no fim do mês. Depois de mais de trinta anos no mercado, Boltinoff não era de atentar a minúcias; ele deixava o garoto, cheio de vontade, fazer o que bem entendesse.

O que Adams queria, escondido naquele cantinho relativamente distante do universo super-heroico da National, era uma pequena revolução. "Parecia-me que o pessoal da DC Comics não sabia o que Batman devia ser", ele disse ao entrevistador Michael Eury, anos depois. Como todos os fãs *hardcore* da época, ele acreditava com fervor que "o seriado de TV havia passado por cima do personagem Batman, sem nenhuma consideração... É difícil pensar em Batman caminhando à luz do dia de cueca".

A CRUZADA MASCARADA

Então, ardilosamente, ele pôs-se a fazer mudanças. Deixou o argumento e ritmo da história de detetive convencionalíssima de Bob Haney do jeito que estava: Batman e Desafiador unem-se para encontrar um bandido com mão de gancho. Mas ele prestou-se a mudar o clima da história de maneiras pequenas e palpáveis. Começou por aumentar as orelhas de Batman e deixar sua capa mais comprida, mais cheia, mais dramática. As cenas que Haney havia escrito e que se passavam à luz do dia, Adams desenhou-as sob o manto escuro da noite. Em edições subsequentes, ele brincou com os layouts dos quadros e dos ângulos de "câmera", e mexeu ainda mais no visual do Cavaleiro das Trevas. Boltinoff, se é que notou alguma dessas mudanças, deixou passar.

Os fãs, contudo, não deixaram. Em seu zelo por repudiar e dissipar qualquer vestígio remanescente do seriado de TV, eles apoderaram-se da maneira como a abordagem fotorrealista de Adams conseguia dar espaço a algo lustroso, estilizado, fabuloso. Eles começaram a escrever para as revistas, e para os fanzines, perguntando por que o Batman "bom" era relegado a *The Brave and the Bold*. Logo as vendas de *The Brave and the Bold* ultrapassaram as de *Detective Comics* — a revista que lançara Batman ao mundo trinta anos antes.

O editor de Batman, Julius Schwartz, deu mais uma olhada no mergulho vertiginoso de vendas e decidiu que era necessário fazer uma correção de curso — e que iria mais longe que o *New Look*. Não era hora de mudanças cosméticas; não havia conserto no figurino que pudesse resgatar o personagem do manto fúnebre que se agarrou a ele enquanto os gritos de Burt Ward de "Santa Preciosa Coleção de Fitas Etruscas!" ainda ecoavam na memória.

Havia mais uma coisinha preocupante. Schwartz compreendia que as vendas de *Superman* — assim como as de séries relacionadas a Superman como *Action Comics*, *Superboy* e *Lois Lane* — sempre venciam as de Batman. Ele não se importava com o fato de que duas revistas de Archie ocupavam a posição um e cinco do top dez.[58]

Mas o que o deixava irritado era o fato de que havia uma série da Marvel no top dez. Pela primeira vez na história. E não apenas qualquer

---

58. Este surto pode ser vinculado ao sucesso do desenho animado do personagem no canal CBS.

herói Marvel, mas o mais angustiado, o mais embaraçoso que eles tinham: o Espetacular Homem-Aranha. De uma hora para outra, o escalador de paredes estava vendendo mais que Batman numa média de vinte mil exemplares por mês.

Schwartz sabia o que tinha que fazer. O que Batman tinha que fazer. Nas décadas por vir, incontáveis outros autores copiariam a tática que Schwartz empregou naquele que foi o primeiro e mais influente *reboot* da história dos quadrinhos.

Ele mandou o pivete pastar.

4
De Volta às Sombras (1969-1985)

As colaborações O'Neil-Adams eram o estado da arte para fãs maduros que queriam que tanto eles quanto aquilo que amavam fossem levados a sério... Eram adolescentes, que começavam a insistir que quadrinhos podiam e deviam ser para adultos, especialmente porque eles não queriam abrir mão da infância e tinham que encontrar uma nova maneira de revender seus prazeres a si mesmos... Foi assim que os gibis de super-heróis começaram a lenta retração do "mainstream" do entretenimento pop para as margens assoladas por "geeks", onde seus sabores arcanos podiam ser destilados e saboreados por garotos e homens solitários, monásticos...
— GRANT MORRISON

Em *Batman*, n. 217 (dezembro de 1969), Bruce Wayne e o mordomo Alfred saem do elevador secreto da Batcaverna e inspecionam a vastidão do covil subterrâneo do Cavaleiro das Trevas: o portentoso Batcomputador, o laboratório forense de ponta e o Batmóvel, que até o momento segue exatamente o modelo do veículo que aparece no seriado de TV cancelado.

Uma página antes, os dois homens botaram o jovem Dick Grayson no táxi e mandaram-no para a sua nova vida como calouro da Universidade de Hudson. É, como Wayne explica a seu mordomo, tempo de reavaliar e de recomeçar.

"A partida de Dick fez valer a crua verdade: o mundo privado que tínhamos mudou!", ele diz. "Corremos risco sério de ficarmos... ultrapassados! Modelos obsoletos para este mundo cheio de tendências!"[59]

A avaliação de Bruce, embora colocada de um jeito *bem bizarro*, não estava de todo equivocada.

Com o cancelamento do seriado de TV, as vendas de Bat-gibis desabaram. Mas não era só Batman; a indústria como um todo vinha encolhendo. A circulação mensal total de quadrinhos, segundo os informes oficiais, caíra de trinta e seis milhões para vinte e poucos. Vários fatores colaboraram: o crescimento explosivo da televisão ao longo da década

---

59. A história foi publicada pela última vez no Brasil em *As Várias Faces de Batman* (Abril, 1989). [N.T.]

A CRUZADA MASCARADA

anterior sugava leitores, e o modelo de distribuição antiquado dava sinais de esgotamento. Os quadrinhos sempre haviam sido produtos de preço e lucro baixos, proporcionalmente a poucas vendas, e seu lar tradicional — a prateleira giratória de mercearias de esquina — começava a sumir. Os supermercados iluminados e eficientes que as substituíram tinham uma disposição bem menor a dedicar espaço a produtos que não só davam lucro baixo, mas que também atraíam hordas de crianças remelentas que iam ficar apalpando a mercadoria sem as comprar.

Mas enquanto os quadrinhos perdiam leitores de pouca idade, a indústria conseguia ater-se ao grupelho pequeno, mas cada vez mais sonoro de colecionadores *hardcore*. Eram os adolescentes e adultos que escreviam dissertações universitárias sobre o Homem-Aranha, que colaboravam com os fanzines que surgiam e que escreviam para a seção de cartas. Aqueles que moravam nas cidades grandes ou próximas iam à meia dúzia de convenções de quadrinhos que começaram a brotar nos anos 1960, para conhecer quem escrevia e desenhava os personagens que amavam. Alguns também começaram a colecionar os gibis *underground,* que encontravam em *head shops* ou, a partir do início dos anos 1970, em pequenas livrarias que também vendiam números antigos da Marvel e da DC.

Isso era novidade: até aquele momento, você só conseguia preencher os lapsos na sua coleção via reembolso postal ou nas convenções. Essas lojas de quadrinhos não eram muitas — mas, no caso, não eram muitos os colecionadores de quadrinhos. Charles Overstreet, editor de um guia anual de preços de gibi deveras manuseado, estima que a base de fãs *hardcore* em 1970 (quando saiu o primeiro guia Overstreet) chegava "no máximo, aos dois mil, três mil".

Mas tudo bem, porque esses fãs *hardcore* faziam o que as crianças não tinham como — eles gastavam. E gastavam muito. Eles compravam e liam vários títulos juntos, no entusiasmo de acompanhar as vicissitudes dos personagens e tramas prediletas. E investiam bem mais do que a grana que sobrava no fim do mês, dando uma importância tão profunda que começaram a mapear e a policiar os universos ficcionais desses heróis e vilões, vigiando qualquer informação que enriquecesse ou — principalmente — contradissesse o que já fora definido.

Esse era o leitorado de quadrinhos no final dos anos 1960: mais velho do que meros cinco anos antes, mais fervoroso, mais informado e — acima de tudo — voraz por histórias que levassem os super-heróis a sério. O *Batman* da TV os deixara lambendo as feridas e fervilhando de raiva; eles testemunharam o grande cenário cultural voltar seu olhar para aquilo que amavam e maculá-lo, distorcê-lo, ridicularizá-lo. Mas agora, enfim, tal como tinha que ser, aquele olhar havia saído de lá e levado consigo as hordas de fãs de ocasião.

As acusações de Wertham nos anos 1950 ainda se agarravam ao personagem e, embora o pânico gay que viria a eletrizar os fãs na era do Batman de Joel Schumacher ainda estivesse abafado, ele espreitava termos como "*camp*" e "pitoresco", que os fãs *hardcore* usavam para descrever a influência do seriado de TV nos quadrinhos.

Os leitores desses gibis sabiam exatamente o tipo de Batman que queriam e começaram a exigi-lo em uma seção de cartas atrás da outra. Em *Batman,* n. 210 (março de 1969), Mark Evanier, então com dezessete anos — que futuramente seria roteirista, historiador e biógrafo dos quadrinhos —, expôs uma espécie de manifesto da irritação: "Batman", escreveu ele, "é uma criatura da noite. [Ele] ronda as ruas de Gotham e retém uma aura de mistério... Tirem o super-herói, tragam o detetive!"

Deve-se notar que esta súplica por um gume mais afiado, mais sério, foi publicada no fim de uma edição em que se via a Dupla Dinâmica encarando as Fúrias Felinas da Mulher-Gato, uma equipe de megeras maldosas e de nomes sugestivos que incluía Flo Florida, Lena Lépida, Trixie Tímida e Sara Safada.

Dois meses depois, outro missivista dava uma ideia mais concreta de como Batman podia tomar rota mais sombria. "O Coringa", explicava ele, "devia voltar como assassino... sua risada deveria ser sinistra e de gelar o sangue."

Eles seguiram escrevendo e escrevendo, impaciência e insatisfação crescendo e ficando mais acalorada a cada missiva: *Isso Não,* diziam. *Tá Tudo Errado.*

Desde a introdução da seção de cartas, um tamborilar suave, mas firme, de insatisfação vinha fazendo-se ouvir. As reclamações sobre furos no roteiro, sobre os desenhos e os erros de continuidade eram lugar-comum. Mas agora era diferente. Aquilo atingia o cerne do personagem Batman. Os fãs queriam que se soubesse que consideravam que a National dormiu no volante e não era confiável para pilotar Batman rumo aos anos 1970.

A National poderia ter ignorado, ou simplesmente feito Batman passar por mais uma reforma cosmética, como havia feito com o *New Look* em

A CRUZADA MASCARADA

1964. A história do que a editora fez é a história da Grande Virada Interna da indústria de quadrinhos. A remodelação drástica pela qual Batman passaria sinalizava uma mudança irrevogável em termos de para quem e por que se faziam gibis. Nos meses e anos por vir, a indústria abandonaria o mercado infantil e passaria a depender totalmente dos fãs e dos colecionadores *hardcore*. Foi um processo que começou aqui.

Isso porque, em 1970, Batman mudou de vez. Foi o primeiro *reboot*, e ainda hoje o mais drástico e influente, aplicado a qualquer personagem do gênero super-herói. Nos anos 1950, Julius Schwartz havia remodelado por completo heróis como Lanterna Verde e Flash — na essência, porém, eram personagens novos, com novas identidades, fantasias, origens e poderes. O *reboot* do Batman em 1970 não mudou em nada as especificações, mas ainda assim o reinventou por completo, e o fez de uma maneira que viria a perdurar por quase meio século — e contando —, inspirando gerações sucessivas de roteiristas de HQ, produtores de TV, desenvolvedores de games e cineastas.

Caso esse grande *reboot* não tivesse funcionado como funcionou, e não houvesse firmado algo de essencial e duradouro em relação a Batman e seus fãs, a investida teria chegado ao fim em um ou dois anos. Hoje seria lembrada apenas como mais uma numa série de jogadas estilo "vamos-ver-o-que-cola" da parte de sua editora, um momento menor na história do personagem, tão esquecível quanto o Batman Zebra.

Não fosse esse *reboot*, os Batmans de Frank Miller, Tim Burton, Bruce Timm e Christopher Nolan não teriam *como* existir.

Não que o mundo lá fora não fosse notar o que a National fazia com o Batman, ou dar alguma importância a isso; para este mundo, Batman queria dizer POW! ZAP!, e assim seria nas décadas por vir. Mas a partir de *Detective Comics*, n. 395 (janeiro de 1970), alguns milhares de verdadeiros fãs viram algo que os abalou até o cerne, algo pelo que eles clamavam há muito tempo, mas não sabiam colocar em palavras:

Um Batman feito por nerds, para os nerds.

Um Batman... que era um deles.

BATMAN: O REBRANDING

Tudo começou com um bilhete misterioso na seção de cartas de *Batman*, n. 215 (setembro de 1969). Na nota, Julius Schwartz anunciava que Dick

GLEN WELDON

Giordano assumiria as funções de arte-final da revista, e que essa era apenas uma "medida preliminar na GRANDE MUDANÇA que está por vir na edição de dezembro! Vocês vão ter que ver para crer!"

O que os leitores viram na capa de *Batman*, n. 217 (dezembro de 1969) foi Batman irromper da Batcaverna escura e ordenar a seu lacrimoso mordomo: "Dê a última olhada, Alfred! Depois, feche a Batcaverna... PARA SEMPRE!"[60]

Na tentativa de estabelecer alguma distância entre a revista e o mantra tão vilipendiado da "portentosa Mansão Wayne" que se ouvia na TV, o roteirista Frank Robbins mandou Robin para a faculdade e tirou Alfred e Bruce da mansão Wayne.

Alfred, preocupado, questiona Bruce Wayne quanto ao que farão.

"Ao nos atualizarmos", ele diz, de repente canalizando um consultor de *branding* em modo "gerenciamento de crise", "vamos dinamizar! Descartando a parafernália do passado... e levando apenas as roupas que temos no corpo... com a sagacidade que carregamos na mente! Vamos restabelecer a marca do *velho* Batman — vamos lançar novos medos à nova safra de bandidos que assola o mundo!"

Os dois passariam a residir em uma cobertura curvilínea e chique no alto do arranha-céu que abrigava a Fundação Wayne, no centro de Gotham City. "De dia, estarei mais próximo dos assuntos da fundação", ele diz a Alfred, "e, à noite, 'socando geral'!".

Mesmo que o ouvido de Robbins, de cinquenta e dois anos, para diálogos ficasse em dívida com *Rowan and Martin's Laugh-In*,[61] ele fez o que lhe foi pedido, com uma trama que devolvia Batman a seu ponto de partida. Uma vez que Wayne e Alfred se assentaram na nova humilde residência, Wayne anuncia que vai usar sua fundação para dar apoio financeiro às famílias de vítimas de crimes violentos. "É aqui que Batman e a Fundação Wayne podem começar a unir forças!"

Durante trinta anos, a identidade de Bruce Wayne fora pouco mais que um disfarce, e o papel do playboy bilionário ocioso era apenas uma simulação performática para não levantar suspeitas. Agora, Wayne deixaria a *persona* almofadinha de lado para tornar-se um cruzado pela justiça das vítimas.

---

60. No Brasil, capa de *Batman Bi*, n. 32 (Ebal, 1970). [N.T.]
61. Programa de esquetes cômicos da TV norte-americana entre 1968 e 1973, estrelado por Dan Rowan e Dick Martin. [N.T.]

A CRUZADA MASCARADA

Antes de a história acabar, Batman terá juntado as peças de um misterioso assassinato utilizando apenas seus instintos criminológicos aguçados e suas habilidades como mestre do disfarce, adotando diversas identidades para plantar informação falsa no submundo de Gotham e levar o assassino a revelar-se. Ao fazê-lo, tal como havia feito pela primeira vez em *Detective Comics*, n. 29, trinta anos antes, ele levará uma bala no ombro. Só que, desta vez, em vez de remendar-se superficialmente com um pouquinho de gaze, temos um close de seu rosto suado e agonizante enquanto a bala é removida: "Aagh!"

Batman voltara a ser o vingador noturno, envolvido na guerra incessante contra aqueles que levam violência a inocentes. Mas agora ele passava a alistar a identidade de Bruce Wayne para abrir um novo *front* nessa guerra. Enquanto o Batman de 1939-40 havia protegido o *establishment* ricaço de Gotham contra os bandidos chinfrins, o Batman de 1970 protegeria o homem comum dos criminosos que constituíam o *establishment* ricaço de Gotham.

No mais, ele voltaria a seu papel original de lobo solitário e cruzado justiceiro, sem parceiros, sem veículos, sem apetrechos complexos, sem covil turbinado nem poderes. Este Batman era um homem eminentemente vulnerável que podia ser vencido em luta, levar um tiro a sangue-frio, mas persistir por conta de sua determinação temperada como aço, embora totalmente humana.

Ou, como disse na seção de cartas o empolgadíssimo Biljo White, editor da *Batmania*, esse novo Cavaleiro das Trevas que se vislumbrava pela primeira vez em *Batman*, n. 217 era "um combatente do crime, um personagem de certo realismo, não um boneco de papelão enfrentando palhaços de fantasia".

Outros fãs faziam eco ao entusiasmo de White, misturando o matiz da afetação "a-gente-avisou" ao otimismo cauteloso de que o personagem estaria "voltando ao elemento ao qual deveria ter sido associado desde o princípio".

Ficaram devendo, contudo, naquele tom semi-*noir*. Apesar do trabalho pesado que faz para definir nova ambientação e logística no mundo de Batman, a história de Robbins funciona como um conto policial convencional — sério, sim, e fundamentado em "algum realismo", mas ao qual falta a atmosfera.

Batman fora transformado, mas ainda não havia renascido.

GLEN WELDON

COMO FAZER (BAT-)QUADRINHOS NO ESTILO MARVEL

Da primeira vez que Julius Schwartz tratou com Dennis "Denny" O'Neil, de vinte e nove anos, para lhe passar uma história de Batman, O'Neil deu uma olhada na situação das Bat-revistas em 1968 — ainda impregnadas do estilo rocambolesco do seriado de TV — e pediu para sair. Ele resolveu, diferentemente de Batman, entrar de cabeça em *Mulher-Maravilha*, roubando-lhe os poderes e transformando-a em aventureira internacional envolvida com intrigas e golpes de caratê — e com *Arqueiro Verde*, roubando do personagem a fortuna que por anos fizera dele mais um plágio de O Sombra/Batman e instilando no herói um temperamento volátil que o fazia vociferar contra as injustiças sociais. Em nenhum dos casos O'Neil fez o personagem "voltar às origens". Em vez disso, ele tentou afirmar alguma afinidade entre o herói e uma questão social contemporânea. No caso da Mulher-Maravilha: a libertação feminina. No caso do Arqueiro Verde: os mandachuvas avarentos das grandes empresas, o racismo, a brutalidade policial, a pobreza, a poluição, as gangues e a violência nas ruas, as drogas — na real, tudo que você quisesse.

O'Neil fazia parte de uma nova geração que não via gibis de super-herói como mero entretenimento escapista. Nos anos 1960, o grande público abraçou receitas mais sonhadoras para distrair-se da realidade sinistra que incluía Vietnã, assassinatos políticos e insurgência juvenil. Programas de TV como *Jeannie é um Gênio, Meu Marciano Favorito* e *Ilha dos Birutas* — e, sim, *Batman* também — prestavam serviço confiável a uma sociedade louca para evitar o confronto com seus infortúnios e limitações. Ainda assim, O'Neil, jornalista de formação, sabia muito bem que gibis *underground* como *Zap Comix, Bijou Funnies* e a paródia *Wonder Wart-Hog* ("o Super-Herói Mais Fedido do Mundo") lidavam com essas questões mais pesadas, embora com inclinações de olhos marejados. Se uma paródia tola e adulta da ideia de super-herói podia comentar o que se passava, por que os super-heróis não poderiam?

Schwartz foi tratar com O'Neil mais uma vez em 1969, oferecendo-lhe as chaves de Batman em condição probatória. Era necessário romper com o passado, ser mais ousado. Schwartz decidiu que O'Neil e o desenhista Neal Adams — de cujo Batman em *The Brave and the Bold* os fãs haviam gostado bem mais do que o próprio Schwartz — eram a equipe com a qual deveria tentar.

O'Neil, que, assim como Batman, nascera em 1939, tinha apenas vagas lembranças das poucas histórias Bill Finger-Bob Kane-Sheldon Moldoff que tiveram reedição ocasional nas páginas finais de diversos Bat-títulos. Ele passou uma tarde nos arquivos da National Comics e leu o primeiro ano de aventuras do personagem na *Detective Comics,* torcendo para encontrar algum ponto de sustentação.

"A origem é o motor que conduz Batman", ele diria, anos depois, em entrevista a Roberta E. Pearson e William Uricchio. "...Ela é perfeita. Quando se discutiu a ideia de mexer nela, eu disse: 'Como é que se melhora isso?' Em um único incidente, ela explica de maneira simples tudo o que se precisa saber do personagem."

O'Neil enfocou, assim como diversos nerds *hardcore* haviam feito antes dele, o quadro de *Detective Comics,* n. 33, que traz um Bruce Wayne mal desenhado, ajoelhando-se ao lado da cama, à luz de velas, entoando seu juramento. Ele entendia alguma coisa a mais naquela cena — algo que nunca fora declarado, a que nem se fizera referência oblíqua, nos trinta anos de história do personagem, mas que sempre estivera presente ali.

O juramento que o motiva, percebeu O'Neil, deve tornar-se mais que história de fundo, mais que a explicação, da boca para fora, para o uniforme e os apetrechos, como acabou se tornando. Não, aquele juramento *é* Batman.

E Batman, O'Neil entendeu, é obcecado.

Obsessão. Um conceito tomado de empréstimo do mundo certamente adulto da teoria psicanalítica que anteriormente teria parecido muito fora de lugar no mundo maniqueísta dos gibis de super-herói. Durante décadas, os mocinhos faziam o bem porque eram bons, e os malvados faziam o mal porque eram maus. Sim, heróis tinham motivações, mas os gibis tinham a ver com ação e ousadia, com argumentos de sacada rápida, e essas motivações eram simples e claras: há injustiças que precisam ser corrigidas. O altruísmo é inquestionável. Não se podia basear a motivação de um herói em nada tão absurdamente mundano, frágil e tortuoso como a psicologia humana — como *emoções.*

E, ainda assim, tal como a Marvel havia demonstrado, era possível sim. O Quarteto Fantástico era uma família superpoderosa e absurdamente problemática, fervilhando de raiva e rancor. O Hulk era uma criatura de ira cega, unidirecional. O Homem-Aranha era um adolescente tomado de culpa e acometido de nervosismos, ambivalências morais, que se sentia incapaz. E o que eram os X-Men se não a sensação adolescente de alienação e insegurança em carne, pelo e penas?

O'Neil tivera sua primeira chance nos quadrinhos na Marvel, com serviços de teste em *Doutor Estranho* e *Demolidor,* entre outros. Foi na Marvel, em 1961, que Stan Lee, Jack Kirby e Steve Ditko começaram a se empenhar na criação de heróis com personalidade. Acabaram ficando com personagens com *transtorno* de personalidade. Nas páginas de gibi Marvel, as emoções tamanho extra levavam os personagens por caminhos que não tinham nada a ver com a lógica causa-e-efeito de trama e enredo, e tudo a ver com as exigências do melodrama por exuberância: identidades trocadas, informações ocultas, triângulos amorosos.

Era uma estratégia de marketing, tal como qualquer outra. Lee foi o primeiro a identificar e mirar no grupelho de adolescentes mais velhos que reagiam a heróis cujas preocupações espelhavam as deles: garota, grana, popularidade no colégio, a convicção de que ninguém os entendia.

Foi essa lição que O'Neil levou consigo ao fazer com Batman o que havia feito com Mulher-Maravilha e Arqueiro Verde. Só que, nessa ocasião, em vez de tentar amarrar o homem-morcego a uma questão social contemporânea, a afinidade que ele encontrou e afirmou estava atrelada ao relacionamento que o herói tinha com os leitores. Especificamente, com aqueles que colecionavam, que comentavam, que catalogavam meticulosamente, que se debruçavam sobre edições antigas e fanzines com ardor fervilhante e insistente. O'Neil certificou-se de que esses adolescentes e adultos passariam a enxergar o Batman que eles mais esperavam ver: eles mesmos.

Anos depois, ele colocaria de maneira ainda mais crua: "A história elementar", ele disse, "é que ele é um lobo solitário obcecado."

"Não louco", ele complementou rápido, "nem psicótico... Batman sabe quem ele é, sabe o que o motiva e decidiu que não vai lutar contra isso. Ele deixa que essa obsessão seja o sentido de sua vida..."

Foi isso que O'Neil trouxe ao personagem: ele fusionou o menino que fez aquele juramento impossível no quarto com o homem que se vestia de morcego a cada noite para cumpri-lo. Daquele ponto em diante, o juramento deixaria de ser simplesmente o ponto importante da trama. Virou uma coisa viva. À noite, toda noite, ele mantinha o juramento vivo. E assim o fazia porque tinha que fazer. Porque não tinha como não fazer.

Porque ele era obcecado.

A CRUZADA MASCARADA

REVITALIZAÇÃO GÓTICA

A determinação de O'Neil em dar primeiro plano à turbulência psicológica de Batman é apenas um dos motivos pelos quais seu trabalho com o personagem viria a definir Batman por gerações. Como roteirista, suas contribuições poderiam variar até certo ponto para definir a ambiência que queria passar. Ele poderia fornecer as palavras e ditar a ação; nos quadrinhos, porém, substância e estilo não são entidades à parte. O estilo do desenhista molda nossa percepção. Em uma HQ, clima e tom não emergem lentamente ao longo de frases, parágrafos e capítulos, tal como na prosa; eles ficam evidentes à primeira vista, infundidos em tudo que vemos: a organização dos quadros, a espessura da linha, a densidade dos detalhes. Livros nós lemos, mas quadrinhos nós *sentimos.*

O'Neil e Adams trabalhavam separadamente, como era e continua sendo usual. O'Neil enviava o roteiro a Schwartz, Schwartz repassava a Adams e, semanas depois, O'Neil veria o que Adams tinha feito. Depois, Dick Giordano entraria para fazer a arte-final sobre o lápis de Adams, acrescentando densidade, texturas e detalhes.

A primeiríssima colaboração dos dois, uma história chamada "O Segredo dos Túmulos que Aguardam", de janeiro de 1970, assinalava um distanciamento significativo de tudo que havia se passado até então.[62]

O'Neil viria a chamar essa história de "desejo consciente de romper com o *Batman* da TV: de jogar tudo lá dentro e anunciar ao mundo: 'Ei, com a gente não vai ser *camp*'". Ainda em relação ao assunto: "Queríamos retomar Batman não só como o melhor detetive do mundo, e o melhor atleta, mas também uma criatura sombria e assustadora — se não sobrenatural, então algo próximo, em virtude de sua destreza."

"Uma lúgubre encosta no México central", diz uma legenda na *splash page* que abre a história: "...duas valas abertas... e a sombra do temível BATMAN."

O texto dá o tom sorumbático, mas o que nos compra é a arte: estamos no chão, atrás de Batman, olhando o que está depois de suas botas: um par de covas abertas, lado a lado. Mais à frente, uma lua insuflada

---

62. A história foi publicada pela última vez no Brasil em *Batman: Lendas do Cavaleiro das Trevas: Neal Adams*, n. 2 (Panini, 2015). [N.T.]

paira baixo no céu, atrás de um mosteiro ancião. Vemos a ponta da capa de Batman ao vento, vemos sua sombra projetar-se sobre as valas no chão diante de si... e, dada a lua a nossa frente, a sombra não faz muito sentido, mas não se importe com isso. É só a primeira vez que Adams tende para o "-ismo" do fotorrealismo, distorcendo leis da ótica e da física em busca de um efeito dramático potente. Não será a última.

O conto que se segue, no qual Batman enfrenta uma dupla de aristocratas mexicanos que oculta um segredo sinistro, é extravagantemente exagerado, no nível do que os leitores viram durante o seriado de TV. Só que dessa vez o modo narrativo não se abrilhanta com a teatralidade *high-camp*, e sim fica imerso em um miasma de puro terror gótico. O melodrama flui denso.

Entre a prosa florida de O'Neil e os quadros alucinatórios, assombrados de Adams, a coisa toda começa a parecer um Poe hiperfebril. Mas não há como negar que fica *demais*. Que fica perfeito. Aqui se via um Batman de fato *arrepiante*.

A decisão de O'Neil de iniciar seu mandato tirando Batman dos telhados tão conhecidos de Gotham City foi bem pensada. Ele queria colocar Batman em uma locação exótica e agourenta, sufocada pelo mistério gótico, tal como o roteirista Gardner Fox havia feito com suas histórias de castelos periclitantes, lobisomens salivantes e vampiros horripilantes ainda em 1939. Diferentemente de Fox, contudo, O'Neil queria que os leitores sentissem o isolamento e a vulnerabilidade de Batman, compartilhassem de sua inquietação diante de um mistério que tinha cheiro de sobrenatural e, assim, desafiava sua visão de mundo baseada na lógica dedutiva.

Funcionou. Os leitores regozijaram-se: "Finalmente", escreveu um deles, "o Batlixo se foi e levou junto o Batman comercial, explorado, excessivo, de outros tempos."

"Excessivo" é um epíteto que diz muito no meio de tanto louvor; ele depõe o rancor duradouro do nerd *hardcore* com o seriado de TV, que tirou Batman de suas mãos e o entregou ao mundo, desvalorizando-o. Agora, Batman finalmente estava de volta ao seu lugar. Ao lugar onde era compreendido.

E quanto ao garoto? Nem precisava voltar.

"Robin", prosseguia o missivista, "finalmente se foi para a faculdade, deixando nossa criatura noturna mais uma vez a agir nas sombras, sem a obstrução de um compatriota adolescente de colete vermelho."

A CRUZADA MASCARADA

Repetidamente, os fãs acolhiam o Batman de O'Neil/Adams — mas não sem antes rejeitar fortemente o "Batman-que-havia-Estragado-Tudo": "Batman, o supernobre, o supermisericordioso, o super-simplório bom moço de capa morreu! Mas em seu lugar ficou... BATMAN!... O vingador sombrio contra as injustiças, o misterioso defensor de Gotham City!"

A ideação do fã *hardcore* de 1970 quanto ao Batman "de verdade" fora moldada e refinada em reação ao seriado da TV. Muitos anos antes de Wolverine, Justiceiro, Deadpool ou de qualquer dos anti-heróis hoje onipresentes, e um ano antes do impiedoso tira renegado de Clint Eastwood, Harry Callahan, estrear em *Perseguidor Implacável,* fãs de Batman já estavam ansiosos que seu herói fosse contra as noções convencionais de heroísmo — coisas como nobreza, misericórdia, fazer o bem — e sujasse as mãos de verdade.

Eles viram que O'Neil estava remontando àquela meia dúzia de primeiras aventuras do Batman e ansiavam pela justiça à moda antiga, dos *pulps,* à la O Sombra. O que o seriado de TV oferecera aos espectadores, raciocinavam eles, se não um brilho escapista e espumante? A "relevância" era a nova palavra de ordem. Outros super-heróis agora vinham enfrentando a violência das gangues, o vício nas drogas e o racismo, e muitas vezes descobriam que seus ideais nobres e poderes fabulosos os favoreciam pouco ou nada. Um dos temas ocultos do seriado de TV de *Batman,* afinal, fora o quão ridícula e literalmente risível havia se tornado a ideia do herói.

Mas O'Neil não concordou, e não concorda, que a saída era coragem. "Acho que o elemento da compaixão é necessário à receita do herói", ele diz. "Há muita, muita gente que não concorda com isso e que não concorda especificamente em relação a Batman... Foi uma percepção pessoal [de que] não se pode chamar um sociopata de herói."

Não em 1970, pelo menos. Mas aguarde.

NOVOS INIMIGOS PARA UMA NOVA ERA

Ao longo dos dez anos seguintes, O'Neil viria a escrever roteiros de trinta e duas edições de *Batman* e trinta e uma de *Detective Comics* — mas apenas doze destas teriam desenhos de Neal Adams, e todas foram publicadas entre 1970 e 1973. Desenhistas como Irv Novick, Bob Brown, Jim Aparo e Dick Giordano também definiram o visual de

GLEN WELDON

Batman durante esta era, seguindo deixas visuais da versão de Adams. Frank Robbins dividia as funções de roteiro com O'Neil, e Robbins costumava dar preferência a Batman em Gotham City, engalfinhado com bandidos e pilantras do mundo empresarial. Suas edições tinham o foco maior em Bruce Wayne, o homem e filantropo.

Independentemente de quem era seu desenhista, O'Neil carregava suas edições com vilões e adereços que condiziam com seu Batman novo e totalmente noturno: fantasmas vingativos faziam aparição frequente. Robbins também gostava de injetar clichês de terror nas revistas, tal como quando introduziu a criatura Morcego-Homem,[63] à la *O Médico e o Monstro*, em *Detective Comics*, n. 400 (junho de 1970).[64] Mais tarde vieram bruxas, conciliábulos satânicos, lobisomens e vampiros.

Mas era o mix O'Neil/Adams que atiçava as seções de cartas, com sua mescla artesanal de vaticínios góticos e ação dinâmica.

Schwartz e seus roteiristas recuaram no uso do Coringa, do Charada e de outros vilões clássicos até que tivesse passado algum tempo para purificá-los do fedor pernicioso da TV. Ou seja, era preciso encontrar novos adversários para Batman, que fugissem dos cabeças de gangue e chefões do crime isolados em Gotham, ou das variadas ameaças sobrenaturais que assombravam as cidadezinhas ao redor.

O'Neil introduziu a Liga dos Assassinos em *Detective Comics*, n. 405 (dezembro de 1970),[65] plantando a semente para a revelação de seu líder, o fanático Ra's al Ghul.[66] Ra's era um inimigo diferente de todos que Batman já havia encarado: um homem que dispunha de recursos mais vastos que os de Bruce Wayne e com motivação perfeitamente afinada com a época: restabelecer o equilíbrio ambiental do planeta — só que por meio da erradicação desse vírus pernicioso chamado humanidade.

Os dois homens viriam a digladiar com frequência, sendo a mais notável uma história em quatro capítulos internacionais[67] na qual se vê Batman impelido a forjar a morte de Bruce Wayne em um acidente

---

63. Com concepção e design de Neal Adams.
64. História publicada pela última vez no Brasil em *Coleção Invictus Extra: Batman*, n. 1 (Nova Sampa, 1993). [N.T.]
65. História publicada no Brasil em *Batman*, n. 23 (Ebal, 1971). [N.T.]
66. Tradução: "A Cabeça do Demônio".
67. *Batman*, n. 242-45. [Publicada no Brasil pela última vez em *Batman: Contos do Demônio* (Grandes Clássicos DC, n. 4) (Panini, 2005) — N.T.]

A CRUZADA MASCARADA

aéreo para derrubar Ra's sem temer retaliação. Mas quando o Cruzado Mascarado finalmente rastreia o mestre do crime até seu chalé suíço, aparentemente a Cabeça do Demônio conseguiu fugir da justiça: Ra's al Ghul está morto.

É aqui que O'Neil apresenta o Poço de Lázaro, uma piscina de compostos químicos restaurativos que torna Ra's basicamente imortal — e devolve seu cadáver à vida. Depois de mais umas cenas de ação à la Bond, incluindo uma corrida de trenós de neve e um clímax com luta de espadas, Ra's al Ghul é capturado, e sua filha, Talia, salva a vida de Batman. O homem-morcego e a filha do demônio dão um beijo apaixonado.

A capa de *Batman*, n. 244, traz Ra's al Ghul pairando sobre Batman inconsciente e de peito nu. Adams, pela primeiríssima vez, retrata o Cruzado Mascarado com um torso fotorrealista, com pelos e aréolas. A tática mostrou-se controversa tanto dentro quanto fora dos escritórios da National, embora viesse a representar apenas a primeira vez em que os fãs ficariam desbaratados com a existência de Bat-mamilos.

A intriga internacional passou a ser sustentáculo das Bat-séries, sobretudo na *Brave and Bold*, a revista de aventuras conjuntas com outros heróis. Nessa, Jim Aparo passou a assumir a função dos desenhos no número 100 (março de 1972). O Batman de Aparo fazia eco ao de Adams, embora ele tendesse a entregar um Batman mais esguio e anguloso, com corpo de corredor, não de ginasta, finalizado com linha mais espessa.

Ainda levaria um tempo para os arquivilões mais fantasiosos serem bem-vindos de volta. Os vilões clássicos cuja estética combinava com a nova ênfase no gótico e no grotesco seriam os primeiros a retornar.

Depois de dezessete anos de ausência, o tenebroso Duas-Caras apareceu em *Batman*, n. 234 (julho de 1971),[68] com o maneirismo de jogar a moeda agora definido como fixação obsessiva. A edição também trazia um famoso quadro no qual Batman, "entorpecido de surpresa" após um novo percalço em um caso que investiga, contorce seus traços e fecha os punhos de pura frustração. O Batman de Adams não era o emburrado estoico que o personagem viria a tornar-se em breve, mas uma criatura de emoções ribombantes e frequentemente explosivas.

---

68. História publicada no Brasil pela última vez em *Batman: A Noite do Ceifador e outras histórias* (Opera Graphica, 2003). [N.T.]

O Coringa voltou em *Batman*, n. 251 (setembro de 1973),[69] como uma criatura maliciosa de caprichos homicidas, um palhaço-assassino-serial que escorraçava qualquer memória das insolências presunçosas de Cesar Romero com sua maquiagem por cima do bigode. Fim da pequena delinquência, início da pura demência: O'Neil acreditava que, para restaurar o Coringa a seu potencial de vilão, ele precisava voltar a suas raízes de assassino sangue-frio. Coringa massacra quatro em uma edição só. Ele também teria que ser manifestação física, imprevisível, do tipo de violência aleatória que provocou o nascimento de Batman.

Esta simples convicção resultou em um momento que viria a moldar todas as representações que estavam por vir: o Coringa consegue vencer Batman por nocaute. Ele paira sobre o Cruzado Mascarado, preparando-se para saborear a vitória final, quando percebe algo e segura a mão: "Não! Sem o jogo que Batman e eu jogamos há tantos anos, vencer é nada!"

Antes dessa aparição, o Coringa não tomava uma vida desde *Detective Comics*, n. 62, mais ou menos trinta e dois anos antes, e os leitores tiveram puro prazer com seu retorno à jovialidade homicida. Este, como escreveu um missivista, era finalmente "o Coringa DE VERDADE: grotesco, insano, diabolicamente genial".

Coringa, o caos sádico; Batman, a ordem impiedosa. Esta temática da imagem espelhada viria a definir a relação entre os dois personagens nos quadrinhos e em todas as mídias nos quarenta anos seguintes.

O novo fascínio autoral pelas psiques distorcidas dos vilões, assim como a do próprio Batman, combinado com empenho cada vez maior para encaixar cruzados de fantasia no mundo moderno e, especificamente, a suas noções de justiça penal levaram O'Neil e Schwartz a criar uma alternativa à Penitenciária de Gotham. *Batman*, n. 258 (outubro de 1974) apresentou o Hospital Arkham, "um asilo que abriga os criminosos insanos".[70]

Quando a galeria de vilões de Batman ainda consistia em inimigos delituosos dados a roubos de joias e obras de arte, fazê-los circular infinitamente, entrando e saindo da cadeia, era apenas um clichê que possibilitava mais histórias: Batman não mata, e assim seus inimigos vivem para lutar mais um dia.

---

69. História publicada no Brasil pela última vez em Coleção DC 75 Anos, n. 3 (Panini, 2011). [N.T.]

70. História publicada no Brasil em *Coringa, Duas-Caras e Espantalho* (Edição Extra de *Batman em Cores*) (Ebal, 1975). [N.T.]

A CRUZADA MASCARADA

Mas na nova e sinistra Gotham, O'Neil e Robbins elevaram a qualidade, trazendo de volta muitos dos vilões clássicos que deixavam rastros de corpos. De início, o Arkham contava entre seus residentes apenas com Coringa e Duas-Caras. Nas décadas que se seguiram, conforme a atmosfera gótica das Bat-séries engrossou, os inimigos de Batman começaram a evidenciar formas mais extremas de psicose que condiziam com o encarceramento no Arkham: Espantalho, Hera Venenosa e Charada, antes meros reincidentes envoltos em seus maneirismos, tornaram-se figuras pervertidas, em alguns casos até trágicas, condenadas a assombrar os corredores embebidos em trevas do Arkham entre os turnos de Bat-porrada.

Para ilustrar toda a extensão em que o assassinato de seus pais continuou a deixar o Cruzado Mascarado obcecado, O'Neil apresentou mais uma locação que seria instalação permanente do mundo de Batman em *Detective Comics,* n. 457 (março de 1976).[71] Ficamos sabendo que há uma noite, todo ano, no aniversário do assassinato de seus pais, em que Batman ignora seus outros deveres e patrulha exclusiva e impiedosamente a vizinhança em que aquele crime ocorreu: um gueto antes conhecido como Park Row e hoje chamado de Beco do Crime. O'Neil e o desenhista Dick Giordano somaram uma nova personagem ao *mix*: a caridosa assistente social Leslie Thompkins, que cuidou do pequeno Bruce depois que seus pais foram assassinados. Thompkins, agora mais velha, continua no Beco do Crime, fazendo o possível para oferecer esperança aos que lá residem.

O'Neil achou importante introduzir uma personagem como Thompkins, que representava a reação não violenta ao mesmo ato tenebroso que dera luz a Batman. As histórias jogaram com a tensão entre as reações de Batman e de Thompkins: as de uma criança emotiva e as de uma adulta racional.

BATMAN: PRODUTO LICENCIADO

Essas mudanças, entre várias outras, somaram novas facetas ao personagem e à sua relação com um grupo de leitores pequeno, mas devoto, que girava em torno de menos de trezentos mil em 1970 e encolheu a

---

71. História publicada no Brasil em *Batman,* n. 1 (Abril, 1984). [N.T.]

quase metade em meados da década. Não só Superman voltara a vender o dobro de gibis que o Cruzado Mascarado, mas agora havia um novo percalço. *O Espetacular Homem-Aranha* superara *Batman* nas vendas pela primeira vez em 1969, e o levante do cabeça de teia prosseguira ao longo dos anos 1970, até ele começar a superar *Batman* com frequência em mais de cem mil exemplares vendidos por mês.

Mas o Batman assombrado e cada vez mais complexo dos gibis não era aquele que o resto do mundo via. Editoras como National e Marvel estavam resistindo ao declínio constante do número de leitores de HQ, licenciando a imagem de seus personagens. Nos anos 1970, essa renda começou a eclipsar o dinheiro de vendas de gibis, conforme mais bonecos, jogos, quebra-cabeças, jogos de montar, livros de colorir e outros Bat-produtos chegaram às lojas de brinquedos. Nas camisetas, roupas de cama e copos, a iconografia desenhada por Carmine Infantino, José Luis García-López e Neal Adams, repentinamente, começou a aparecer por todos os lugares, fixando Batman como produto, como logotipo, um componente de design com orelhas pontudas totalmente à parte de sua identidade como personagem narrativo.

A Filmation havia produzido para a CBS, em 1968, uma série de curtas animados estrelando Batman, Robin e Batgirl, que agora subsistia em reprises por canais UHF de todo o país. Em 1973, os *Superamigos (Super Friends)* da Hanna-Barbera entraram na programação das manhãs de sábado pela ABC, onde ficariam ao longo de vários formatos e várias escalações durante mais de uma década. Mais tarde, os Amigos seriam acompanhados por *As Novas Aventuras do Batman (The New Adventures of Batman)* na CBS, a segunda aposta da Filmation em desenho animado do Batman, com Adam West e Burt Ward reprisando os papéis dos anos 1960, e Lennie "Scooby-Loo" Weinrib na voz da peste interdimensional Bat-Mirim, cujos poderes mágicos causavam toda devastação de que você precisasse; uma devastação supostamente hilária.

Ward e West vestiram as fantasias mais uma vez para dois especiais de TV *live-action* em 1977, chamados *Legends of the Superheroes (As Lendas dos Super-Heróis)*. A tentativa ignara de redescobrir o humor do seriado de 1966 tem sucesso apenas em besuntar mais uma camada de setentismo encardido sobre sua memória. Com elenco que inclui Charlie Callas, Ruth Buzzi, Howard Morris e Jeff Altman, *Legends of the Superheroes* pa-

A CRUZADA MASCARADA

rece sonho febril de alguma revista de Las Vegas com tema HQ, na visão de um convidado que comeu o camarão estragado do bufê.

Todas essas adaptações televisivas de Batman, que coletivamente chegaram a um público que batia centenas de milhões, perpetuaram em todo seu júbilo o visual e a estética do seriado de TV dos anos 1960. O Batman de *Superamigos,* por exemplo, dirigia um Batmóvel muito parecido com a peculiar balsa sobre rodas do seriado, referia-se a Robin como seu "caro colega" e reclamava das pessoas que jogavam lixo fora do lixo. De maneira alguma lembrava o Cruzado Mascarado gótico-misterioso das páginas de quadrinhos. Aliás, imagina-se que qualquer moleque novinho intrigado com o personagem de TV que buscasse uma edição de *Batman* sairia absolutamente confuso e — se o número em questão trouxesse o Coringa em farra de matança — profundamente abalado.

Tudo isso garantiu que o Batman alegre defensor dos bons costumes nunca sumisse de vista e ajudou a consolidar este homem-morcego no *mix* conceitual do personagem de uma vez por todas. Enquanto isso, todavia, o Batman dos quadrinhos persista em relativo anonimato, tornando-se algo completamente sombrio e muito mais inquietante.

MIL MARCOS NA VIDA DE UM MACHO MASCARADO DE MEIA-IDADE

Em 1973, Julius Schwartz deixou suas funções de editor de *Detective Comics* por sete edições, durante as quais o veterano das HQs Archie Goodwin assumiu como editor e roteirista. A Fundação Wayne continuou sendo atração dos quadrinhos, mas Goodwin foi firme em conduzir Bruce Wayne de volta a seu papel tradicional de playboy milionário.

Em 1977, Schwartz decidiu testar uma nova equipe de arte numa história secundária de *Detective Comics* — o ex-estudante de arquitetura Marshall Rogers no lápis e um aprendiz de Neal Adams chamado Terry Austin na arte-final. Quando o design altamente estiloso de Rogers combinou-se com o pincel limpo e vigoroso de Austin, foram tantos leitores que mandaram cartas que Schwartz viu-se forçado a abrir uma segunda página na seção para dar conta.[72]

---

72. Schwartz, contudo, não ficou tão impressionado com Rogers, ressaltando ao novo desenhista que a noção que este tinha de detalhes arquitetônicos superava seu domínio da anatomia elementar, o beabá dos gibis de super-herói.

Ainda naquele ano, o roteirista Steve Englehart, de trinta anos, deixou os gibis Marvel para trabalhar na National (que agora mudara oficialmente seu nome para DC Comics). Ao longo da década anterior, muitos roteiristas haviam largado a National pela concorrência mais "modernosa"; Englehart fora um dos poucos que fizera o caminho inverso. Ele começou a escrever na *Detective Comics* com o número 469 (maio de 1977) e estava em duas edições quando sua equipe de arte teve que cair fora. Schwartz promoveu Austin e Rogers das histórias secundárias para a história principal da revista, e as seis edições que se seguiram são hoje consideradas ponto alto no histórico do personagem. Muitos fãs, de ontem e de hoje, acreditam que a colaboração Englehart/Rogers/Austin representa o Batman definitivo.

Um dos motivos pelos quais os Bat-nerds idolatram esta sequência de edições tem a ver com a reverência despudorada que elas fazem ao histórico do homem-morcego; Englehart, tal como O'Neil antes dele, tirou falas, personagens e imagens direto dos gibis de Batman de 1939, enquanto Rogers optou por "captar o clima *pulp* lá do início", desenhando a Bat-silhueta como a ferramenta de intimidação que devia ser.

Em *Detective Comics,* n. 474 (dezembro de 1977), Englehart inclusive fez Batman trocar sopapos com um bandido pelas teclas de uma máquina de escrever gigante, em homenagem a Gotham City dos anos 1950 pelo desenhista Dick Sprang.

Os fãs inundaram a seção de cartas com elogios à arte, especificamente à forma como Rogers retratava a capa de Batman como extensão de sua personalidade. As últimas duas edições da colaboração Englehart/Rogers/Austin, *Detective Comics,* n. 475 e 476, hoje são colocadas no pedestal das maiores histórias de Batman que já se produziu, e viriam a servir de semente para o longa-metragem de Tim Burton em 1989.

Na história, o Coringa envenena o reservatório de água de forma que sua fachada sorridente começa a aparecer nos rostos de peixes. O plano tresloucado do dia é o seguinte: forçar o registro de patentes a lhe dar um argumento legal e, portanto, porcentagem, na venda de todos os Peixes-Coringa; caso se recusem, ele vai assassinar burocratas do município até que aceitem.

O palhaço assassino não perde tempo em fazer sua ameaça valer. Ele mata um escriturário usando o veneno do Coringa, cena aterradora que Englehart acompanha com uma citação mais alongada ao texto no primeiríssimo assassinato do Coringa, em *Batman,* n. 1 (primavera de

A CRUZADA MASCARADA

1940): "Lentamente, os músculos de sua boca se esticam e formam um sorriso repugnante... a marca da morte pelo Coringa!"

O Coringa de Rogers não é a figura descarnada e "cartunesca" a que os leitores estavam acostumados, o que lhe dá uma verossimilhança arrepiante. Os leitores também reagiram bem à independente Silver St. Cloud, criação de Englehart que acabou tornando-se a primeira namorada séria de Bruce Wayne em décadas, e que conseguiu identificar o disfarce de Batman em tempo recorde — pois reconheceu nele o queixo de Bruce Wayne. Essa foi novidade.

Embora essa sequência de revistas tenha recebido louvor pleno de fãs e mais uma rodada de elogios da florescente imprensa especializada em HQ, as vendas de *Detective Comics* afundaram ainda mais. E isso a levou, mais uma vez, à guilhotina.

No início da década, na tentativa de reforçar sua fatia de mercado, a DC ampliou consideravelmente a linha de publicações. A editora Jenette Kahn batizou a campanha — que aumentou o número de páginas por revista e acabou levando à estreia de cinquenta e sete títulos novos — de Explosão DC. Mas agora, três anos depois, os custos em ascensão de papel e de gráfica, combinados à recessão econômica, haviam resultado no cancelamento de trinta e um títulos — quase metade das revistas que a DC lançava por mês. Foi a Implosão DC.

O plano era que *Detective Comics* fosse cancelada no número 480 (novembro-dezembro de 1978). No fim, contudo, esta decisão foi revertida quando colaboradores ressaltaram que *Detective* era não só a revista estandarte da editora, mas também passara a ser a revista mais duradoura da história dos *comics*. Kahn cedeu ao pedido de clemência, mas mandou que *Detective* fosse mesclada a *Batman Family,* a série que vendia mais.

Em 1979, Julius Schwartz entregou a editoria dos Bat-títulos ao *wunderkind* Paul Levitz, de vinte e três anos. Levitz havia crescido nos quadrinhos. Ainda no ensino médio, tinha coescrito e coeditado o *Etcetera,* um boletim de notícias sobre HQ, com seu amigo Paul Kupperberg. Eles posteriormente o combinaram à longeva *Comics Reader,* um fanzine de notícias da indústria. Ele fora free-lancer como roteirista e editor assistente de várias revistas da DC, incluindo *A Legião dos Super-Heróis.* Aos vinte anos, tornou-se o editor de quadrinhos mais jovem da história da DC e rosto da nova geração que vinha tomando a indústria.

Os editores, os roteiristas e os desenhistas estavam ficando mais novos; o público continuou a envelhecer.

Durante esse período, o roteirista Len Wein — aos trinta e um anos, ele já havia cocriado *Monstro do Pântano* na DC e revitalizado os X-Men com o desenhista Dave Cockrum na Marvel — escreveu várias histórias de *Batman*. Wein introduziu o personagem Lucius Fox, que ia gerenciar as tratativas cotidianas das Indústrias Wayne, o que dava ao elenco das Bat-revistas branquinhas de alvejante seu primeiro integrante negro. E, por insistência de Levitz, Wein tinha tendência a lançar Batman contra os inimigos de fantasia doidos que O'Neil e Adams haviam evitado com tanta assiduidade.

Era cada vez mais fácil encontrar o Cruzado Mascarado saindo do seu modo "vingador sombrio" para fazer competição de astúcia com criminosos cheios dos maneirismos, tais como o pitoresco Remendo Maluco (armado com um capacete de controle da mente e uma túnica com as cores do arco-íris) e o Homem-Pipa (um ladrão de asa-delta com armas baseadas em pipas). Conscientemente ou não, esses jovens autores infundiam ao Batman mais recente e mais sombrio o tom extravagante dos anos 1950 e início dos 1960 — os gibis com os quais eles haviam crescido. Poucos leitores reclamaram. Ou poucos conseguiram ver suas reclamações impressas nas últimas páginas dos gibis de Batman, cujas vendas seguiam estagnadas.

Enquanto isso, Levitz e seus roteiristas projetavam a primeira bíblia de roteiros de Batman, que delineava a origem do personagem, definia a geografia de Gotham e nomes de locais, inventariava os Bat-apetrechos e destilava cada grande avanço que ocorrera nos quarenta anos de história do personagem em linha temporal única e coerente.

BATMAN: ANO UM... DA RABUGICE

Em 1980, começaram a brotar as lojas de quadrinhos de esquina para servir ao fã e colecionador *hardcore*. Nesses novos pontos de venda, lúgubres e apertados, os fãs encontravam um lugar para unir-se, trocar figurinhas e debater com riqueza de detalhes quem dava mais porrada em quem. O santuário virtual da seção de cartas e da página de fanzine agora ganhava espaço físico nas pequenas galerias de aluguel barato em todos os EUA.

A CRUZADA MASCARADA

Ao mesmo tempo, editores perceberam que essas lojas, conhecidas como "mercado direto", lhes davam mais retorno em relação ao que vendiam — de modo que lhes permitiam ajustar tiragens de maneira mais precisa. Minisséries, especiais e edições em formato de luxo, com papel de mais qualidade, viraram possibilidade — e podiam ter preço de capa mais alto para o colecionador mais ávido. DC e Marvel começaram a concentrar-se na criação de títulos para o mercado direto e gradualmente abandonaram a prateleira no caixa do supermercado, deixando-a para gibis infantis como Archie e Jughead.

Um título cujo sucesso desembestado dependeu totalmente do burburinho do mercado direto foi *Os Novos Titãs,* com roteiro de Marv Wolfman e desenho de George Pérez. Lançado em novembro de 1980, *Os Novos Titãs* podia traçar sua gênese até uma edição de *Batman* na qual Robin anunciara sua decisão de largar a faculdade. Depois de discussão acalorada entre mentor e pupilo, o Menino Prodígio rebela-se por ter vivido à sombra de Batman e parte para formar sua própria superequipe. *Os Novos Titãs* rapidamente tornou-se a série número um da DC, e o fez sendo mais Marvel que a Marvel: reservas infinitas de tensão juvenil e muito papo sobre emoções.

Isso porque o que os fãs queriam a partir de agora, aqui, na alvorada dos anos 1980, era telenovela com porrada. A Marvel havia passado quase duas décadas servindo-os com orgulho e recentemente chegara ao ápice da fórmula com o sucesso fenomenal que era *Fabulosos X-Men.* A ideia era fazer os heróis entrarem em conflito acalorado entre si repetidamente, como forma de caracterização, uma maneira de eles delinearem quem eram afirmando (em voz alta e com frequência) o que eram e contra quem se posicionavam. Wolfman e Pérez simplesmente copiaram a fórmula Marvel e despejaram-na sobre *Os Novos Titãs* como uma cooler de Gatorade sobre um técnico da NFL.

A fórmula imiscuiu-se em todas as séries da DC: de repente Batman ficou mais sorumbático e cruel, até mesmo hostil, em relação a Robin e seus colegas heróis. Esta tendência ficou mais pronunciada sob a editoria de Dick Giordano, que sucedeu a Paul Levitz em 1981. Determinado a fazer as vendas perenemente arrastadas de *Detective Comics* ficarem no nível de *Batman,* Giordano afinou a continuidade entre as séries de maneira que uma única trama, que trazia o Cavaleiro das Trevas furioso e rabugento, mais sombrio que nunca, agora entrelaçava as duas revistas. Ele e Superman passaram a discutir cada vez mais, até mesmo nas páginas de *Liga da Justiça da América*.

Era para ter funcionado. Em uma série de histórias escritas por Gerry Conway, Batman digladiava com inimigos das antigas, como Hugo Strange, e adotava uma aparência dispéptica que evocava a postura "lobo solitário-poderoso" de 1939. Em todos os aspectos, era exatamente o que os nerds *hardcore* haviam sustentado há muito tempo, que queriam do Batman "deles". E foram, em grande parte, contentados. Sim, podia-se contar com eles para reclamar quando consideravam que o último vilão não era sério o bastante,[73] mas Batman voltara a ser deles, e ninguém mais falava daquele diabo de série de TV.

O problema, todavia, era que eles eram poucos. Menos do que nunca, aliás: em 1983, as vendas de *Batman* caíram abaixo de cem mil exemplares por mês pela primeira vez nos quarenta e quatro anos da revista. Mesmo com aparições frequentes, por determinação editorial, dos heróis que vendiam mais na DC, séries como *Os Novos Titãs* prosperavam e *Batman* seguia despencando.

Pouco depois de Len Wein assumir como editor, em fins de 1982, ele supervisionou uma série de mudanças pensadas para abalar as estruturas e fazer os nerds *hardcore* formarem um burburinho sobre as histórias enquanto perscrutavam as caixas de edições antigas na loja de quadrinhos.

Em um grande feito de *déjà vu* narrativo que demarcou o terreno entre homenagem e plágio, em *Batman*, n. 357 (março de 1983), os leitores foram apresentados a um menino chamado Jason Todd.[74] Jason fica órfão quando seus pais, acrobatas de circo, são (veja só) assassinados por um pérfido criminoso. Anos depois, Denny O'Neil defenderia a decisão de Gerry Conway e do desenhista Don Newton de dar uma origem a Jason que passava tão próxima da de Dick que chegava a ser ridícula. "Por que não?", ele disse. "[Eles] não queriam inovar, queriam só tapar o vácuo. A tarefa que passaram para eles era simples: Queremos outro Robin. Rápido e com o mínimo alvoroço possível."

Enquanto isso, nas páginas de *Os Novos Titãs*, Dick Grayson desiste do papel de Robin para assumir um novo uniforme e nova e heroica alcunha de mocinho, Asa Noturna. Em *Batman*, n. 368 (fevereiro de

---

73. Poucos leitores mandaram cartas para elogiar efusivamente, por exemplo, Coronel Dirigível, um pirata de balão.

74. A HQ é inédita no Brasil. [N.T.]

A CRUZADA MASCARADA

1984),[75] ele oficialmente entrega a sunga e as botinas verdes a Jason Todd, que se torna, como qualquer pessoa previa, o segundo Robin.

Aqui se via de novo, enfim, uma Dupla Dinâmica tal como não se via desde antes do *New Look* dos anos 1960 — com um Menino Prodígio que era menino de verdade. A banda voltou à ativa, mas com baixista novo. O roteirista Doug Moench assumiu tanto *Batman* quanto *Detective Comics* depois de Conway e fez as revistas ganharem fôlego, cumprindo toda a roda dos vilões clássicos e introduzindo um ou dois que perdurariam em Gotham nas próximas décadas, tal como o perturbador chefão criminoso conhecido como Máscara Negra.

Enquanto isso, a revista de encontros entre Batman e outros heróis, *The Brave and the Bold*, encerrava em julho de 1983, depois de duzentas edições, para ser substituída por um novíssimo título no qual Batman finalmente largava a Liga da Justiça por despeito e formava sua própria força-tarefa com superpoderes. Nas páginas de *Batman e os Renegados (Batman and the Outsiders)*, o desenhista Jim Aparo e o roteirista Mike W. Barr combinaram bordoadas superpoderosas e glamorosas com design de vilões baseados em trocadilhos. A equipe superpatriota Quatro de Julho, por exemplo, tinha um mudo capaz de dividir-se em duplicatas, chamado Maioria Silenciosa. Eles também acrescentaram um ingrediente sem o qual nenhuma equipe de super-herói dos anos 1980 podia viver: briguinhas internas.

CRISE DE MEIA-IDADE

Agora instalado como editor executivo, Dick Giordano e seus colegas estavam preocupados que os enredos sempre expansivos e agora problemáticos do Universo DC — assolado por Terras paralelas que traziam versões alternativas de cada herói e vilão em muitas eras históricas — afugentavam novos leitores. Numa destas Terras, por exemplo, Bruce Wayne iniciara sua carreira de Batman em 1939, casara com a Mulher-Gato e depois se aposentara; era sua filha, Helena, quem patrulhava os telhados de Gotham com a alcunha de Caçadora. Em outra Terra, um avatar maligno de Batman comandava o mundo junto ao sinistro Sindicato do Crime. E assim por diante.

---

75. Idem. [N.T.]

GLEN WELDON

A ordem veio de cima: esse negócio não podia ficar assim.

Mundos e heróis iam morrer. Em uma "saga", chefiada por uma minissérie em doze edições, todas as Terras paralelas e díspares iriam mesclar-se em um só mundo, com uma única versão de cada personagem que sobrasse de pé, em uma linha temporal uniforme e comunal. A história em si teria que ser mais despojada e todos os personagens datados ou inconvenientes seriam dispensados sumariamente. Quando tudo chegasse ao fim, no novo Universo DC, estes personagens *nunca teriam existido*.

Este massacre maciço da lista de personagens da editora, e a revisão da história super-heroica definida, viria a reverberar por todos os títulos nos anos por vir.

Além disso, a editora divulgou amplamente que iria aproveitar a oportunidade para reformular por completo a "trindade": Superman, Batman e Mulher-Maravilha.

Batman, da sua parte, estava gritando por uma nova demão de tinta. Era certo que ele não lembrava mais o detetive gótico de O'Neil e Adams, nem o estiloso guardião de Gotham de Englehart e Rogers. O influxo de vilões cheios de maneirismos, que suscitavam a patetice de Batman de meados dos anos 1950, gerou desgaste com o ditame editorial de um novo tom de intensidade tétrica, trágica. E o acréscimo de um novo Robin, tão difícil de distinguir do antigo, não colaborara muito para revigorar as séries em termos criativos. No máximo, ele parecia meio genérico. Familiar. Previsível. Confiável.

Em relação às vendas, bom: tinha-se por volta de parcos setenta e cinco mil leitores que se davam ao trabalho de comprar uma cópia de *Batman* por mês. *Detective*, por sua vez, derrapava ainda mais nas listas.

O evento que estava prestes a trazer o cataclisma metatextual aniquilador na Terra com T maiúsculo levaria o nome de *Crise nas Infinitas Terras (Crisis on Infinite Earths)*. E, caso viesse a sobreviver, o Batman de quarenta e seis anos precisaria recrutar alguém muito esperto e inflexível para o gerenciamento de crise.

Mas tudo bem: Dick Giordano sabia de um cara.

5
Bat-Noir (1986-1988)

Eu sabia que havia algo errado desde as primeiras páginas. Entre outros créditos, estava lá: "Lynn Varley: Cores e Efeitos Visuais." Ah, qual é. É gibi, não é a Capela Sistina... A história era enrolada, difícil de acompanhar e entupida de texto. O desenho tinha Batman e Superman grotescos de tantos músculos, não aquelas figurinhas simpáticas de antigamente. Meu filho mais velho, perito no assunto, sugeriu que a inspiração não era tanto os gibis antigos e mais os videoclipes de rock. Acho que ele tem razão. Se essa revista foi feita para crianças, duvido que elas gostem. Se o alvo forem os adultos, não são aqueles com quem eu tomaria um drink.

— MORDECHAI RICHLER, CRÍTICA SOBRE *BATMAN: O CAVALEIRO DAS TREVAS, THE NEW YORK TIMES*, 3 DE MAIO DE 1987

Na primavera de 1985, numa mesa dos fundos em um bar e grill no térreo do prédio que abrigava a sede da DC, um menino de ouro com vinte e oito anos, chamado Frank Miller, sentou para discutir prazos e tramas com o vice-presidente da DC Comics, Dick Giordano.

Quinze anos antes, Denny O'Neil e Neal Adams haviam "reiniciado" Batman. Os dois sondaram as primeiras aventuras do personagem e reforçaram dois aspectos que encontraram, em estado fetal, lá: a obsessão que o motiva e os excessos góticos do mundo que ele habita. O Batman deles, que levou uma dose de James Bond, não se parecia com mais nada que se via nas prateleiras, e tinha o alvo preciso nos colecionadores de quadrinhos mais *hardcore* entre os *hardcore*. O Batman-lobo-solitário-obsessivo encontrou ressonância solidária que fez seus fãs nerds tremerem e, até onde dizia respeito a eles, livrou-se de quaisquer traços restantes da bufonaria feita para a TV, que haviam associado ao personagem.

Agora, quinze anos depois, a afinidade que os leitores de Batman sentiam por seu herói nunca fora maior. Nas seções de cartas e em conversas inflamadas nas lojas ou nas convenções de quadrinhos, o número relativamente pequeno de fãs restantes dizia que era possível "se identificar", e o aclamava como criatura de "habilidades, não poderes". Para eles, Batman encarnava a realização humana, não a sensação de merecimento de um

A CRUZADA MASCARADA

extraterrestre. Se ultimamente suas tramas pareciam meio maquinais e seus adversários, não tão intrigantes, os fãs ainda preferiam ler sobre ele a ler sobre um valentão insuportável como o Superman, para quem tudo era fácil.

Mas não era o bastante. Os debates rabugentíssimos do estilo "o meu [Batman] é melhor que o seu", que constituíam a língua franca do *fandom* e inspiravam um afeto fervoroso, iam muito bem, obrigado. Mas o que Dick Giordano queria era um resultado comercial. No frigir dos ovos, por mais profundo que fosse o sentimento dos Bat-fãs, isso não resolvia a penúria nas vendas.

A decisão de voltar-se para o umbigo e servir aos gostos do nerd adulto rendera à indústria de quadrinhos a fidelidade do fã, mas lhe custara o acesso ao mundo maior lá fora. Desde 1970, os quadrinhos vinham construindo muros dentro de seu gueto cultural. As lojas de quadrinhos serviam de santuário para colecionadores e fãs, mas fomentavam uma insularidade cada vez mais potente. Fora desse meio, os quadrinhos eram vistos como um hobby praticado por desajustados solitários com fetiche pelos objetos da infância, tipo a mulher que coleciona bonequinhas de porcelana ou o homem crescido que brinca com trenzinhos e não deixa os filhos tocarem no brinquedo.

Agora a DC depositava todas as esperanças no evento *Crise nas Infinitas Terras,* que derrubaria os muros desse gueto — ou, no mínimo, diminuiria drasticamente a barreira de entrada. Ao término da saga, eles acreditavam, a DC teria campo aberto para oferecer à cultura de massa o potencial de atrair centenas de milhares de leitores novos, assim como aqueles que deixaram de lado esse tipo de leitura.

E, caso não desse certo, Giordano sabia que a Filmation já havia feito um reconhecimento de terreno para saber se eles topavam um desenho animado no qual o Batman velhão se flauteava pelo espaço numa espaçonave maneira.

Pelo menos eles tinham *opção.*

"UM DEUS DA VINGANÇA"

O jovem quadrinista Frank Miller (que recentemente transformara um título de quarta categoria da Marvel, *Demolidor,* em sensação urbano-*noir* ultraviolenta) chegou a Giordano com um plano em relação ao que achava que devia ser o visual de Batman assim que *Crise nas Infinitas Terras* terminasse e a linha temporal da DC fosse reescrita. Tal como a ideia dos executivos da Filmation, a de Miller também envolvia um Batman idoso, mas sem espaçonave. E com certeza não seria para crianças.

Anos antes, Miller e o colérico Steve Gerber, criador de *Howard — o Pato*, haviam proposto a Giordano uma linha chamada Metropolis Comics, que traria abordagens novas e ousadas da "trindade" da DC: *Homem de Aço* (roteiro de Miller, arte de Gerber), *Amazona* (roteiro de Gerber com arte de Jim Baikie) e *Cavaleiro das Trevas* (roteiro e desenho de Miller).

Giordano foi receptivo, mas informou à dupla que a DC iria analisar propostas de várias equipes antes de decidir qual caminho tomar. Gerber não gostou da resposta e caiu fora, mas Miller sabia que estava diante de coisa boa com sua ideia de Batman e não largou o que havia anotado. Ele estava certo de que a DC ia querer — não, não só querer; a DC *precisava* daquilo.

"Neste exato momento", ele torceu o nariz ao *The Comics Journal*, "o público dos quadrinhos obviamente é composto por crianças, assim como por adultos que gostam de entretenimento infantil."

Ele não tinha interesse em nenhuma dessas duas coisas: em vez disso, decidira criar uma história de Batman para adultos que pudessem lidar com algo mais grandioso e mais desafiador que as historinhas morais asseadas e recursivas que os super-heróis de gibis encenavam. A questão, ele comentou anos depois, era a falta de risco de verdade no gênero: "Os quadrinhos haviam esgotado aquele conteúdo que dava motivo para os heróis existirem. Queria que eles tivessem mais gume."

O gume que ele tinha em mente era a violência inflexível, até mesmo lírica: o romance arrebatador de Zorro com os pés no inferno urbano e violento de Dirty Harry. As notícias do "Justiceiro do Metrô", que atirara em quatro jovens negros desarmados quando eles supostamente tentaram assaltá-lo no trem número 2, em dezembro de 1984, encheram os tabloides de Nova York durante meses, inspirando Miller a infundir na sua história uma crítica prolongada à cultura da mídia.

Giordano e Miller passaram longas tardes no restaurante sob a sede da DC, repassando esboços e regateando prazos. O que Miller tinha em mente era uma exploração extensa da psique atormentada de Batman, visualizando um Cruzado Mascarado mais implacável do que nunca, um homem não só guiado pela sua obsessão por justiça, mas que se regozijava com ela, que era consumido por ela, e por fim era transformado por ela. "Um deus da vingança", disse ele.

A CRUZADA MASCARADA

No seu caderno, ao lado de um rabisco apressado de Batman em pose familiar, pairando tal como um capanga da máfia sobre um criminoso desafortunado, Miller garatujou uma advertência a si mesmo: "Chega desta merda — ele interroga bandido até ele se mijar, nunca pega pesado. Quando ele briga, eles ficam muito detonados para falar. Se acontecer violência, ela tem que ser feroz, rápida, cirúrgica. Ele NÃO ameaça, não literalmente — a presença dele tem mais a ver com culpa e temores PRIMITIVOS do que pegar pesado."

Miller sabia o tom *Götterdämmerung-noir* que queria, mas o que o atrasava era criar os argumentos. Por fim, depois de vários esboços, Giordano deixou o projeto e Denny O'Neil assumiu como editor. A editora da DC, Jenette Kahn, havia cortejado Miller em nome da DC dando-lhe licença para contar sua história de samurai futurista como minissérie à parte, em papel de alta qualidade, que possibilitava a ele e a sua colorista (também esposa, à época) Lynn Varley incorporarem técnicas inspiradas nos quadrinhos japoneses e europeus. Fez-se um acordo similar em relação ao que acabou ficando conhecido como *Batman: O Cavaleiro das Trevas (Batman: The Dark Knight Returns)*.

Era uma minissérie em quatro capítulos diferente de tudo que se via nos gibis dos EUA até então: impressão de qualidade em papel mais pesado, brilhoso, que possibilitava que as imagens sangrassem da borda e garantia que os tons mais sutis dos guaches de Varley — a bruma amarronzada da noite fétida e veranil, o brilho catódico das telas de TV que Miller usava como coro grego eletrônico — conseguiriam sobreviver ao processo de impressão. Mais páginas por revista e uma encadernação robusta, quadrada, imbuíam cada edição de um peso diferenciado.

Além disso, havia as capas: na frente de *Batman: O Cavaleiro das Trevas,* n. 1, um relâmpago rasga o céu da noite. A silhueta de uma figura corpulenta captada em meio ao salto paira no ar entre nós e um raio. Aqui, tal como veremos ao longo da revista, Miller combina um pendor pela grandiloquência wagneriana com um olho reducionista à forma: Batman reduzido a iconografia.

O traço de Miller é econômico, mas sua estrutura narrativa consiste em um *grid* de dezesseis quadros; o resultado disparatado é semelhante a um minimalismo movimentado. Ele controla o ritmo de cada página, combinando quadros ou dividindo-os em dois, fazendo nosso olho percorrer de um lado para o outro e de cima para baixo. Ocasionalmente, ao virarmos a página, ele nos recepciona com uma imagem de página inteira cruelmente projetada para tirar nosso fôlego. O fim dos anos 1980 e início dos 1990 trariam muitos quadrinistas copiando o uso que Miller fazia da *splash page*, embora poucos viessem a compartilhar de sua maestria. Miller liberta-a raramente, cronometrada para render o máximo de impacto dramático possível, e sempre para dar uma exaltação sem palavras, semirreligiosa, de seu tema: Batman explode na cena, pronto para ser emoldurado.

"DEVERIA SER UMA AGONIA. MAS... EU RENASCI."

O Cavaleiro das Trevas abre com Bruce Wayne, cinquenta anos, agora o milionário ocioso e biriteiro que antes só fingia ser. Robin morrera dez anos antes, no cumprimento do dever; Wayne culpou a si mesmo e aposentou a identidade de Batman. Na sua ausência, uma gangue implacavelmente violenta chamada Mutantes tomou conta de Gotham City.

Enquanto isso, o governo caiu com tudo sobre os heróis e obrigou Superman a trabalhar confidencialmente para os interesses militares dos EUA. Mas quando Wayne suspeita que uma sequência de crimes é obra de seu antigo inimigo Duas-Caras, ele deixa a aposentadoria para causar rebuliço no submundo de Gotham. Seu ressurgimento, e o caos que se sucede em sua passagem, chama a atenção de Superman — e do Coringa. Depois que Batman derrota o líder Mutante e confronta o Coringa pela última vez — no Túnel do Amor de um parque de diversões —, a gangue de Mutantes jura fidelidade a Batman. O governo, temeroso, despacha Superman para eliminar a ameaça Batman, e o Cruzado Mascarado — com a ajuda de muitos aliados, um exoesqueleto militar e um pouquinho de *kryptonita* sintética — quase consegue derrubar o Homem de Aço, mas morre de ataque cardíaco antes de dar o último golpe. Claro que a dita morte é apenas um ardil. *O Cavaleiro das Trevas* se encerra com o engenhoso Wayne resistindo em segredo, nas profundezas da Batcaverna, e cercado por seus ex-Mutantes, enquanto planeja a restauração da ordem no mundo da superfície não com seu uniforme, mas com um exército.

É difícil exagerar a influência que *O Cavaleiro das Trevas* teve sobre os quadrinhos e sobre a cultura que surgiu em torno deles. O roteirista Grant Morrison diz que o álbum é "um *tour-de-force* que foi não só ousado em termos conceituais, mas também durão e sem pretensões, no ponto exato

A CRUZADA MASCARADA

para chamar atenção de um público que ia além do primeiro que se entusiasmou, os *geeks* delirantes, que acharam que Batman finalmente havia sido tratado do jeito realmente sério que sempre merecera".

Morrison tem razão; os Bat-nerds, arrebatados, devoraram a série. A primeira edição esgotou quatro tiragens, o que chocou os donos de lojas de quadrinhos que haviam visto o formato incomum — e o preço de capa a US$ 2,95 — e feito pedidos com números cautelosos.

Mas não foram só os Bat-nerds. Matérias em publicações *mainstream* como a revista *Rolling Stone* e o jornal *Los Angeles Herald Examiner*, e sobretudo um perfil da Associated Press distribuído para todos os lados, atiçaram o interesse dos não nerds.

"[A DC] fez de tudo para atender àquela demanda repentina", Miller disse à época, "porque não era um bando gigante de fãs obstinados querendo comprar dezessete exemplares. A demanda vinha de gente nova, que estava disposta a dar uma chance aos gibis, entrando nas lojas e comprando *Cavaleiro das Trevas* — aos milhares."

A tiragem do título provocou uma discussão interna na DC. De início, alguns funcionários — os tradicionalistas da velha guarda — foram contra reimprimir, de maneira a garantir que a edição um virasse raridade e fosse extremamente procurada como item de colecionador, uma maneira de recompensar os fãs leais que compraram seus exemplares na hora.

As cabeças mais frias e mais ligadas no lucro acabaram vencendo.

Os nerds também compraram prontamente pôsteres, *bottons*, adesivos e camisetas de *O Cavaleiro das Trevas* que a DC licenciava e distribuía às lojas de quadrinhos. Escreviam à DC com elogios efusivos e esbanjavam críticas radiantes à série na imprensa especializada.

Os fãs amaram, como Miller sabia que iam amar.

Mas ele não havia escrito para eles.

O'Neil e Adams haviam criado seu Batman para o fã *hardcore* e garantido que o leitor iria ver-se — ou pelo menos ver uma versão idealizada de si — na fachada sombria de Batman, em sua aparência lacônica, em seu intelecto frio e, sim, nos seus bíceps. O Batman deles era a visão que o adolescente tinha da masculinidade norte-americana. Era assim que se administrava aos leitores fracotes e nada atléticos uma dose mensal de machismo indireto.

Miller, por outro lado, não estava preocupado com os fãs já existentes. Ele foi pretensioso e mirou nos muros do gueto dos quadrinhos, lá onde os não nerds passavam sua vida despreocupada sem dar um instante de atenção a uma coisa boba feito Batman. Lá fora, no mundo dos normais, a palavra "Batman" não suscitava histórias realistas, de aventuras pelo globo e assassinos seriais perturbados com cara de palhaço, nem diagramas esquemáticos do último Bat-apetrecho, mas apenas as memórias mais nebulosas de briguinhas televisionadas em estranhos depósitos cor de balinha. *Pow. Zap.*

Miller decidiu lidar com isso e atualizar a "Ideia Batman" não o "Personagem Batman". Ele estruturou sua história de modo a explorar a dissonância cognitiva entre o Batman brutamontes e o Batman "Cuidado, colega. A segurança do pedestre em primeiro lugar!" de Adam West que ainda persistia na mente do público.

E é por isso que, apesar das afirmações repetitivas daqueles que escrevem sobre a série desde seu lançamento, *O Cavaleiro das Trevas* não se passa no "futuro próximo", mas no presente. Miller não criou seu personagem principal avançando vinte anos na idade do Bruce Wayne em seus perpétuos trinta anos de quadrinhos. Ele simplesmente imaginou o que o Bruce Wayne do programa de TV de 1966 seria vinte anos mais velho — em 1986.

Como explica Chris Sims, redator do *Comics Alliance*:

> Vejam só a primeira coisa que ele faz ao deixar [a aposentadoria]: Ele dispara bataranges que entram nos braços dos inimigos em vez de uma bordoada na cabeça, e dá um chute tão forte na coluna vertebral de um cara que é só "provavelmente" que ele voltará a andar. O negócio é brutal e também empolgante — e nos empolga porque é diferente, principalmente se a imagem do Batman que você tiver na cabeça for a do Batman feliz, bonachão, que não chuta a coluna de ninguém, do programa de [19]66. Esse choque, esse contraste, é o que marca o tom da história, marca que estamos diante de um Batman e de uma Gotham City diferentes.
>
> Existe um motivo para, quando Bruce Wayne finalmente veste o uniforme e deixa a aposentadoria, esse uniforme ser... o claro, azul e cinza, com o cinto de utilidades grossão que ficaria no devido lugar na cintura de Adam West.

A CRUZADA MASCARADA

A história de *O Cavaleiro das Trevas* é a história de Bruce Wayne aprendendo que seus métodos antigos não se aplicam mais ao mundo moderno. Em certo nível, é o comentário atrevido de Miller sobre o estado dos gibis de super-herói, gênero que, para ele, precisava passar pela adaptação ou morte. Mas também é uma evidência marota da mutabilidade de Batman como personagem, conforme Miller vai aproximando-o mais de suas raízes a cada edição: assim que seu popular traje azul e cinza fica detonado, ele veste o uniforme que tinha nas primeiras aventuras. A última imagem que temos dele é em sua identidade civil, refletindo seu visual quando o vimos pela primeira vez, ainda em 1939, como o socialite entediado que conversa com o Comissário Gordon.

Tal como O'Neil fizera, Miller procurou inspiração nas histórias do primeiro ano de Batman escritas por Bill Finger e Gardner Fox. Mas ele encontrou algo que O'Neil não havia encontrado, algo que ele considerava essencial a quem seria seu Batman. Em um quadro de *Detective Comics*, n. 27, o Comissário Gordon estaciona perto de uma casa, espia o Bat-Man no telhado e ordena que um policial atire na figura encapuzada.

Durante a maior parte da existência de Batman, os roteiristas haviam sido obedientes apenas verbalmente em declarar o status de Batman como justiceiro fora da lei. Mas Miller sabia que a imagem de Batman que pairava na consciência coletiva era a do Adam West benfeitor, devidamente sancionado pelas autoridades. Seu Batman, portanto, seria a figura da oposição violenta, um homem isolado, solitário, que entrava em conflito com criminosos, com a polícia e — por fim — com a própria sociedade. O mundo que Miller criou era um lugar onde as autoridades eram tão venais e moralmente falidas quanto os criminosos. Wayne acaba decidindo fingir sua morte e abandonar a identidade de Batman quando percebe que seu papel como mantenedor do *status quo* torna-o incapaz diante da enormidade da tarefa que tem pela frente. Ao transformar Batman em figura anti-*establishment*, Miller, assim como O'Neil fizera antes, derruba a formulação de 1939 do personagem como o lacaio que protegia os mais ricos de Gotham de agressões da escória criminosa de classe operária.

Miller também pegou a obsessão condutora de Batman e amplificou-a ainda mais para combinar com seu universo ficcional schwarzeneggerizado. Nas mãos de Miller, a obsessão virou esquizofrenia desabrochada. Ficamos sabendo que a persona de Batman reside na mente de Bruce

Wayne como um imenso morcego-demônio; Batman diz: "Enquanto isso, nas minhas entranhas, uma criatura rosna e diz o que eu preciso..." Na origem de Batman em 1939, um morcego entrou acidentalmente no escritório de Bruce Wayne pela janela aberta. Miller faz até esse detalhe prosaico ganhar injeção de adrenalina: o monstro-morcego imaginário de Bruce Wayne estilhaça uma janela de vidro para tomá-lo como vítima.

Miller também encontrou uma maneira simples de desviar o temor gay que paira frequentemente sobre imagens de Batman e Robin depois de Wertham: fez Robin ser menina. Inspirada pelo retorno de Batman, a valente Carrie Kelley veste uma fantasia improvisada de Robin e se apresenta. "Até Robin fazer parte de Batman em *Cavaleiro*, ele se sente incompleto", disse Miller. "Acho que é uma coisa necessária à química do personagem. Robin funciona melhor com Batman sendo velho... Fiz Robin mais nova e Batman mais velho." Ao longo da história, ela prova ser corajosa, engenhosa e, graças à sua afinidade com a tecnologia, inestimável para a missão do Cruzado Mascarado.

Miller esforça-se para não hipersexualizar a pequena Carrie e resolve jogar a tensão sexual da história para o Coringa, uma biba berrante de batom que parece saída de *sitcom* dos anos 1970. Miller disse que foi proposital transformar o Coringa em "pesadelo da homofobia" para estabelecer sua oposição com o frígido Batman. "As ânsias sexuais de Batman são sublimadas de forma tão drástica no combate ao crime que não sobra espaço para outra movimentação emocional. Veja como eram insípidas as histórias em que Batman tinha namorada... não que ele seja gay, mas ele está no limite do patológico. Ele é obcecado. Ele seria MUITO mais saudável se fosse gay."

O retrato afetado do Coringa, junto à adoção hipertrófica da ideação "poder = razão" que ronda o cerne do conceito de super-herói, valeu-lhe críticas da esquerda política. Quando a série foi reunida e lançada como coletânea, a crítica do *The New York Times* consistia em uma rejeição delicada que comparava o Batman de Miller a Rambo, enquanto o *Village Voice* dissecava aspectos políticos da HQ em matéria com o título: "Batman é Fascista?"[76]

Os críticos não estavam sós: muitos leitores associaram o sentimentalismo sabidamente exagerado e abertamente manipulador de Miller com o inchaço cínico de um filme de ação hollywoodiano. Mas em

---

76. Resposta categórica do autor: "Arrã."

A CRUZADA MASCARADA

O Cavaleiro das Trevas, a forma como Miller tratava o imaginário fascista é tão constrangida no seu barroquismo que vira icônica; há mais Robocop do que Rambo no Batman de Miller. "Não quero Batman como presidente", Miller disse quando questionado sobre os temas reacionários de *O Cavaleiro das Trevas,* "e não acho que seja isso que as revistas dizem. Há uma tendência a ver tudo como polêmica, como discurso, quando, no fim das contas, é pura aventura... Batman funciona melhor numa sociedade que foi pro inferno. É o único jeito para o qual ele já funcionou."

A *Rolling Stone* concordou, dizendo: "Batman é mais que um ícone dos quadrinhos; é um símbolo violento da dissolução do idealismo da América."

É o Batman como mancha de Rorschach, uma figura infinitamente interpretável que aceita os significados que lhe projetam tanto os autores quanto o público. Ele pode manter o *status quo* e derrubá-lo com toda a violência. Ele pode representar, ao mesmo tempo, o fascismo e a democracia progressista. Ele emprega a iconografia das trevas para tornar-se um farol de luz. É o soldado lacônico e órfão ferido. Ele é o que o leitor lhe imputar.

A versão em coletânea chegou à lista de best-sellers do *The New York Times,* algo que nenhum gibi de super-herói havia feito até então (ou tecnicamente poderia ter feito, pois foi só o status de *O Cavaleiro das Trevas* como livro que o tornou elegível para a lista). O volume ficou na lista durante trinta e oito semanas, apoiado em vendas para os normais que se deparavam com ele nas redes de livrarias. A historiadora Mila Bongco disse: "Miller teve sucesso onde editores e outros quadrinistas não conseguiram — ele derrubou as fronteiras do gueto dos quadrinhos e conseguiu fazer *gente* comprar gibi — gente que nem sabia da existência ou que não tocava em gibi desde a infância. *O Cavaleiro das Trevas* tornou-se um evento midiático."

Para os normais que o compraram, *O Cavaleiro das Trevas* tomava a ideia do Batman que fora disseminada na cultura em 1966 e equiparava-a à época, substituindo a estética ebuliente da cultura pop de antes com um *mise-en-scène* militarizado de filme de ação. As ideias de Miller eram ousadas, amplas e sem sutileza, o suficiente para detonar o somatório de detalhes mesquinhos e a continuidade rocambolesca que os fãs amavam — e torná-los coisas supérfluas.

A continuidade não tinha mais importância, pois a DC concedera a Miller a liberdade de dar um fim a Batman — algo que a mídia nega explícita e perpetuamente a seus produtos licenciados como super-heróis. Era o segredo de seu atrativo com não fãs, que não tinham interesse, muito menos paciência, pela reiteração eterna e o histórico denso que são endêmicos ao gênero super-herói. Os nerds queriam aventuras, mas os normais queriam *histórias*.

E o que Miller lhes deu foi uma história, com um final que transformou as longas décadas de aventureirismo infinito de Batman em um conto finito com formato discernível. Porém, tal como a editora rapidamente sinalizou aos fãs, era apenas *um* final, não *o* final: uma sina possível em meio a milhares, não uma profecia. E, por favor, não vão me dizer que é cânone.

E é um dos motivos pelos quais, assim que o ardor esfriou, os fãs de Batman começaram a reavaliar a série. Recentemente, por exemplo, o site *Comics Bulletin* listou *O Cavaleiro das Trevas* como um dos quadrinhos mais superestimados da história: "Somem todos os traços que definiam Batman... Batman passou de criatura da noite que nunca mata a bruto possante... *O Cavaleiro das Trevas* fracassa redondamente devido ao mau uso do personagem central."

Não é o meu *Batman.*

VAMOS COMEÇAR DO PRINCÍPIO

Miller não havia encerrado sua história com Batman; seu contrato com Dick Giordano exigia que ele tratasse também da origem do Cruzado Mascarado. Mas essa tarefa seria bem mais complicada.

A tarefa significava que Miller teria que se emaranhar na espinhosa continuidade da qual conseguira se desviar em *O Cavaleiro das Trevas*. Ao longo das décadas, muitos roteiristas haviam remexido no incidente desencadeador da origem: em 1948, Bill Finger dera nome ao ladrão que matou os pais de Bruce Wayne e oito anos depois revelou que não fora um acidente, mas um assassinato contratado pela máfia. A mesma história sugeria que a inspiração real, subconsciente, para a identidade de Batman viera do momento em que Bruce viu seu pai vestido de morcego numa festa à fantasia. Em 1969, o roteirista E. Nelson Bridwell distorceu esse circuito de retorno narrativo e transformou-o em farsa,

A CRUZADA MASCARADA

ao revelar que a mulher que cuidava de Bruce na infância era a mãe do homem que matara seus pais. E muitos roteiristas já haviam dado flashes de Bruce Wayne viajando pelo mundo para adquirir as habilidades das quais precisaria como Batman.

O editor Denny O'Neil garantiu que Miller estava recebendo as chaves de Batman da forma como esse existiria no novo Universo DC tábula rasa, que seria totalmente reconstituído pelos eventos de *Crise nas Infinitas Terras*. A única continuidade com a qual ele precisava se preocupar era aquela que ele criaria para si.

Havia uma ressalva: para ressaltar o fato de que o Batman de Miller deveria ser o único Batman do novo Universo DC — e dar o impulso de vendas que os gibis tanto precisavam — O'Neil insistiu que a história fosse contada ao longo de quatro edições da série já existente de Batman. Ou seja, Miller teria que baixar a bola na elaboração técnica: o papel-jornal era sedento demais para reproduzir as tintas e as cores deslumbrantes que se viam em *O Cavaleiro das Trevas*. E Miller teria que mexer no seu ritmo compassado para dar conta das páginas de publicidade no meio.

Mas ele já havia feito coisa parecida. O'Neil chamou o desenhista David Mazzucchelli, com quem Miller acabara de trabalhar em uma passagem na série *Demolidor*, da Marvel, aclamada pela crítica, para ajudá-lo com uma abordagem mais "pés no chão" e mais sombria da origem de Batman. Quando O'Neil sugeriu reiniciar Batman do zero, com um número 1 novinho em folha, tal como a DC resolvera fazer com o Superman e a Mulher-Maravilha, Miller foi contra. "Não preciso rasgar a continuidade com a faca afiada que eu imaginava", ele disse. "Ao fazer *O Cavaleiro das Trevas*, eu percebi que há bastante material bom... que eu não ia fazer uma emenda pior que o soneto... Eu não achava que detalhar uma parte desconhecida da história de Batman justificava apagar 50 anos de [aventuras]."

Com isso, Miller distanciava-se dos mesmos fãs que logo viriam a elogiar sua abordagem altamente estilizada, violenta e realista. O soneto que Miller decidiu reter, afinal de contas, continha alguns dos excessos mais fantasiosos do Batman de meados do século — talvez até o Batusi.

Miller começou a procurar aspectos da origem de Batman que ainda não haviam sido explorados. Ele deixou o assassinato dos pais de Bruce Wayne mais ou menos como era, reduzindo-o, como fizera em *O Cavaleiro das Trevas*, a flashes nítidos de imagens que lembravam como aquilo era vívido nas memórias de Bruce Wayne. Miller tampouco tinha interesse pelas aventuras mundo afora ou pelas infinitas montagens de treinamento e preparo. Em vez disso, ele decidiu ser fiel a seu amor pelas histórias de detetive casca-grossa com um conto sobre o retorno do jovem Bruce Wayne a Gotham e suas primeiras incursões, ainda inexperientes, no combate ao crime.

Batman: Ano Um (*Batman: Year One*) é narrada da perspectiva de seus dois protagonistas: Bruce Wayne aos 25 anos, voltando após doze anos no exterior, e o tenente James Gordon, um policial incorruptível recém-chegado à metrópole corrupta. Os dois têm seus tropeços ao tentar fazer uma faxina em Gotham, ganham inimigos poderosos na elite municipal e acabam chegando à confiança mútua que os acompanhará nas respectivas carreiras de combate ao crime.

Tudo em *Ano Um* é mais escuro, menor e mais sóbrio do que *O Cavaleiro das Trevas*. Miller evita o tumulto simbolista que se permitira para construir o Cruzado Mascarado em fim de carreira e troca-o por uma armação convencional de série de TV com policiais. Saem de cena a sátira política aberta, a ironia cínica, a deificação do machismo de filme de ação dos anos 1980: enquanto Miller havia delineado o Batman de *O Cavaleiro das Trevas* como uma montanha de músculos, o Batman de Mazzucchelli em *Ano Um* é um ser humano de constituição média que veste uma roupa de tecido que enruga nos joelhos e cotovelos.

O mais importante, e absolutamente diferente do macho alfa que se exibe em *O Cavaleiro das Trevas,* é que o Batman de *Ano Um* faz cagada. E bastante: sua primeira aventura dá chabu assim que ele subestima os oponentes, quase mata um ladrãozinho mequetrefe ao derrubá-lo de uma escada de incêndio sem querer, leva um tiro da polícia e acaba preso em um prédio em chamas.

O tom é circunspecto; a violência é restrita ao nível das ruas e cuidadosamente sugada de todo glamour super-heroico. Miller também baixa o tom do excesso melodramático que fez a narração de seu *O Cavaleiro das Trevas* ganhar a poesia banal, dando preferência a estouros *staccato* de monólogos internos com inflexão *noir*: "É como um coice. A pólvora queima meus olhos. Penetra nas narinas. Um maço de chumbo dispara…"

Mas, em meio aos contratempos e às falas pontuadas ao estilo *Cliente Morto Não Paga*, Miller dá a seu Batman um momento passageiro, mas

A CRUZADA MASCARADA

memorável, de triunfo que abraça a teatralidade elevada em que o personagem se construiu.

Em uma cena que vem a definir *Batman: Ano Um*, o Cruzado Mascarado aparece na mansão do prefeito corrupto na noite de um elegante jantar de gala. Vemos uma bomba de fumaça quebrar uma vidraça e cair na mesa de jantar suntuosamente armada, próxima a um prato flamejante de cerejas flambê. As luzes se apagam. Uma explosão enorme faz um buraco na parede da mansão. Antes que os convivas aterrorizados consigam sair correndo, o feixe de um holofote toma o buraco fumegante na parede. Uma figura de manto, imponente, aparece ali.

"Senhoras. Senhores", a silhueta declara, ao entrar. "Todos bem-alimentados. Vocês devoraram a riqueza de Gotham. O espírito da cidade. O banquete acabou. De hoje em diante" — e aqui a figura de Batman estica o braço e apaga a sobremesa flamejante no exato instante em que o holofote se apaga, afundando o recinto em trevas absolutas — "NENHUM de vocês está a salvo."

Essa cena tem um poder simples e icônico não apenas em função das habilidades de Mazzucchelli. Ela funciona porque, tal como ele fez em *O Cavaleiro das Trevas*, Miller situa Batman em oposição nítida à estrutura de poder existente: ele dá um tempo em socar bandidinhos de rua para atacar os ricos que corromperam o sistema.

E a Gotham City de Mazzucchelli exala corrupção; é um burgo sujo, desmoronando, que se afoga nas aguadas de marrom esmaecido e negro profundo de Richmond Lewis. Enquanto outros artistas fazem de Gotham um inferno urbano barroco, a de Mazzucchelli é um lugar real, prosaico e palpável, desprovido de qualquer coisa abstrata e inefável como a esperança. Basta uma olhada nos becos encardidos, nefastos, que já se sabe: isso *precisa* de um Batman.

É revelador que nem em *O Cavaleiro das Trevas* nem em *Ano Um* vê-se o Cruzado Mascarado no auge de sua potência. Miller sabia que um herói é menos interessante quando é mais eficiente — que é como ele aparecia todo mês, em aventuras insossas colecionadas e perscrutadas pelos fãs *hardcore*. Ao enfocar o inverso, no Batman que existe nos dois pontos fortes da sua carreira, Miller tornou bem mais complicados os obstáculos que seu protagonista tem que superar, e os riscos ficaram muito mais altos.

Como Denny O'Neil esperava, as vendas fenomenais das quatro edições de *Ano Um* da revista *Batman* (n. 404-407, fevereiro-maio de 1987) fizeram a revista subir nas listas de novo. Da maior queda de todos os tempos, dois anos antes, quando bateu os 75 mil exemplares por mês, a série agora fazia a média de 193 mil por mês — número que não se via desde o início dos anos 1970, embora não suficiente para deslocar os *Fabulosos X-Men* da Marvel do alto da lista.

Embora o tom mais sombrio, mais esmaecido de *Ano Um* tenha a tornado algo mais difícil de vender aos normais — as vendas da coletânea da história em livrarias, embora portentosas, nunca se equipararam ao fenômeno que foi *O Cavaleiro das Trevas* — o tratamento menos hiperbólico de seu herói deixou os Bat-fãs *hardcore* deliciados. A história de Miller e Mazzucchelli serviu como argumento persuasivo a favor do personagem ao destacar exatamente as qualidades que o diferenciavam: ele era vulnerável, ele era falível, ele era engenhoso e, *cacete*, ele sabe como se "chega chegando".

No rastro de *Crise nas Infinitas Terras*, *Batman: Ano Um* tornou-se o texto canônico da gênese de Batman; novos personagens e origens que Miller havia introduzido imiscuíram-se no novo Universo DC, incluindo a nova Selina "Mulher-Gato" Kyle, a qual, na tática certeira de suscitar a lúgubre estética *noir* que tanto amava, Miller havia transformado em *dominatrix*.

"UM DIA RUIM"

Miller não teve nada a ver, contudo, com a HQ que viria a resumir o que era o Batman mais violento e mais realista dos anos 1980. Anos antes do lançamento de *Watchmen*, o projeto de Alan Moore e Dave Gibbons em 1987, Moore havia escrito o roteiro de uma HQ fechada de Batman. O desenhista da Bat-história, Brian Bolland, trabalhava lentamente — tão lento que a revista, chamada *A Piada Mortal (The Killing Joke)*, só viria a ser publicada em março de 1988.

As doze edições de *Watchmen* haviam sido o épico e a reflexão epicamente cáustica de Moore sobre a ideia do super-herói. Ele dissecou as motivações de seus protagonistas heróis e encontrou um caldo nocivo de disfunção sexual, ideologia fascista e satisfação sociopata. Assim como *O Cavaleiro das Trevas*, a abordagem decididamente adulta de *Watchmen* sobre a noção fantasiosa de combatentes do crime fantasiados e seu status como história fechada, com início e fim, ajudaram o gibi

A CRUZADA MASCARADA

a chegar além dos fãs leais dos quadrinhos e encontrar um público ávido na cultura mais ampla.

A Piada Mortal compartilhava de parte da desconfiança de *Watchmen* quanto a heróis de uniforme, mas a formulava de maneira diferente. Moore baseou-se em um tema que Denny O'Neil havia apresentado em 1973, quando fez o Coringa voltar a ser maníaco homicida: Batman e Coringa eram reflexo um do outro.

Diferente de Miller, que havia delimitado seu terreno no início e no fim de Batman, Moore decidiu contar uma história de Batman à meia-idade — a qual, superficialmente, parecia muito com as histórias que eram servidas mensalmente nas prateleiras de gibis: Coringa foge do Asilo Arkham, faz uns estragos, Batman o encontra, eles lutam, Coringa é derrotado, Coringa é mandado de volta para o Arkham. Aventura *ad infinitum*. Ensaboar, enxaguar, repetir.

Mas enquanto Miller havia libertado Batman do ciclo sisifístico dos gibis mensais somando final e início a sua existência, Moore deu a Batman algo mais que sempre faltou às habituais aventuras mensais: consequências.

Ele chegou a tanto aumentando o volume da violência com uma sequência aterradora, na qual o Coringa dá um tiro em Barbara Gordon — então aposentada da vida de Batgirl — e a atinge na coluna. Ele então tira as roupas da garota e a fotografa enquanto ela se contorce, indefesa, sangrando, sobre o carpete de seu apartamento. O vilão sequestra o pai de Barbara, Jim Gordon, deixa-o nu e começa a atormentá-lo com imagens de sua filha — a qual, pelo que somos informados, está paralisada da cintura para baixo. A meta do Coringa: deixar Gordon insano. "Basta um dia ruim para reduzir o mais são dos homens a lunático. Esta é a distância entre mim e o mundo: um dia ruim."

O Coringa não consegue cumprir sua meta — a força de vontade de Gordon não cede —, mas a paralisia de Barbara Gordon vai tornar-se peça fixa do mundo de Batman nas décadas por vir.

O mais importante é que o tom sinistro de *A Piada Mortal* e seu fascínio pela violência que modifica vidas seriam vistos como parte de um conjunto. A brutalidade anabolizada do *Cavaleiro das Trevas* de Miller, o realismo sem alívio de *Batman: Ano Um* e o temor fatalista de *Watchmen* inspiraram uma onda de imitadores que conduziram o gênero do super-herói a uma era desconsolada de contos "sombrios e realistas", que confundem violência extrema e niilista, assim como o clima sorumbático, com contar histórias. Os últimos traços restantes de extravagância foram arrancados do gênero, substituídos por qualquer coisa que rendesse impacto emocional chocante. Em 1988, por exemplo, a DC tentou equiparar-se ao sucesso de *O Cavaleiro das Trevas* com uma história que vinha num pacote similar, *Batman: O Messias (Batman: The Cult)*, por Jim Starlin e Berni Wrightson. A minissérie em quatro capítulos, violenta a ponto do torpor, mostra Batman sequestrado, torturado e sofrendo lavagem cerebral nas mãos de um culto secreto — e traz uma cena embaraçosa e hilária, mas sem intenção da hilaridade, na qual Robin encontra o homem-morcego alquebrado no alto de uma pilha gigantesca de cadáveres nus e podres, murmurando: "Bem-vindo ao Inferno. Bem-vindo ao Inferno. Bem-vindo ao Inferno."

Nos anos por vir, roteiristas de quadrinhos viriam a professar que "desconstruíram" os super-heróis simplesmente ao subir a contagem de corpos, somando monólogos internos que imitavam Miller imitando Spillane, ou embebendo cada quadro em sombras nebulosas de cinema *noir*.

Era exatamente o que os fãs *hardcore* queriam, o que é pior. Para eles, uma HQ como *A Piada Mortal* mostrava que Batman tinha que ser levado a *sério*. Claro que Batman podia ter sido criado para crianças, mas Frank Miller e Alan Moore haviam-no trazido ao mundo *real*, um ambiente de violência sanguinária e sexualidade severa, e agora, finalmente, todo mundo iria vê-lo como "o cara" que os *hardcore* sempre souberam que ele era.

O que esses fãs viam quando olhavam para Batman era o objeto do seu amor infantil finalmente legitimado. Era como se o Ursinho Pooh tivesse fugido do Bosque dos 100 Acres e saísse descontrolado pelas ruas cruéis de Nova York. E lá ele iria espancar Leitão com toda a brutalidade. E comeria a cara de Christopher Robin.

Porque isso é que é ser *realista*. Isso é que é ser "o cara".

O CAVALEIRO SE ENTREVA

Denny O'Neil foi nomeado editor das séries mensais de Batman no novo Universo DC, pós-*Crise*, e começou a dotá-las dos tons mais violentos e mais realistas da perspectiva sombria de Miller. Mas, primeiramente, ele decidiu fazer uma faxina narrativa: O'Neil achava que a origem de Jason Todd, a do órfão-de-trapezistas-assassinados, era imitação muito desca-

A CRUZADA MASCARADA

rada da de Dick Grayson e precisava de remodelação. *Crise nas Infinitas Terras* lhe deu essa oportunidade. Assim, na edição de *Batman* que se seguiu imediatamente à conclusão de *Ano Um* (*Batman*, n. 408, junho de 1987), a história do primeiro encontro entre Jason Todd e Batman foi revisada pelo escritor Max Allan Collins.[77]

Em uma de suas visitas anuais e canônicas ao Beco do Crime, Batman interrompe um menino de rua cabeça-dura que está tentando rapar os pneus do Batmóvel. Ele recruta o órfão empreendedor para ajudá-lo a acabar com uma quadrilha de criminosos que funciona em um colégio próximo e toma o garoto sob a asa. Após as obrigatórias montagens de treinamento, o garoto vira o segundo Robin.

A nova origem de Jason Todd, versão "o-que-vier-tá-valendo", serviu de oportunidade para retrabalhar sua caracterização, para que se parecesse menos com uma cópia carbono de Dick Grayson. Para se alinhar ao teor "violência-e-realismo" da época, Robin o Menino Prodígio virou Robin o Adolescente Amuado, que se descontrolava entre silêncios de rancor e estouros de raiva e ficava perpetuamente batendo de frente com a autoridade de Batman. Foi uma tentativa de apaziguar os fãs nerds, tomando o único toque restante de fantasia que ainda havia em Batman — o parceiro mirim sorridente e valente — e tornando-o "o cara". O resultado mudou a dinâmica da Dupla Dinâmica de maneira fundamental: enquanto Batman ruminava, Robin fervilhava.

Mas Robin existe para dar um contraste emocional às trevas de Batman. Numa era em que essas trevas eram absolutas, o Menino Prodígio zangado e instável não dava certo. O'Neil e seus roteiristas debatiam-se com o personagem. E os fãs perceberam.

"Eles *odiaram*", O'Neil viria a dizer. "Não sei se era piração de fã — talvez achassem que ele usurpava a posição de Dick Grayson... Acho que uma vez que os roteiristas ficaram cientes de que os fãs não gostavam de Jason Todd, começaram a deixá-lo mais atrevido. Eu tentei atenuar. Se tivesse que fazer de novo, atenuaria ainda mais."

Em um editorial, O'Neil mencionou uma sacada de marketing que o programa *Saturday Night Live* fizera em 1982: no ápice do programa, Eddie Murphy apresentou uma lagosta viva ao público e pediu que ligassem para um ou outro número de telefone para decidir se ela deveria

---

77. A história foi publicada no Brasil em *Batman*, n. 9 (Abril, 1988). [N.T.]

GLEN WELDON

ser fervida ao vivo na TV ou poupada. Quase quinhentos mil ligaram; o mais importante foi que outros milhões comentaram a sacada.[78]

A editora Jenette Kahn gostou da ideia. "Não queríamos gastar em algo pequeno", recordou O'Neil. "Se as botas do Nuclear deviam ser vermelhas ou amarelas... Tinha que ser uma coisa importante. Coisa de vida ou morte."

O'Neil e o roteirista Jim Starlin haviam passado meses discutindo como retirar Jason Todd: ou ele adotaria uma nova identidade ou encontraria alguma paz de espírito que o faria aposentar-se como Robin. Ficou decidido: eles iam deixar nas mãos dos fãs. Jason Todd seria a Lagosta Larry.

Assim, na conclusão de *Batman*, n. 427 (novembro de 1988),[79] Robin foi vítima de uma explosão armada pelo Coringa. Um anúncio no final da edição informava aos leitores: "ROBIN VAI MORRER PORQUE O CORINGA DESEJA VINGANÇA, MAS VOCÊ PODE IMPEDI-LO COM UM TELEFONEMA."

Deram-se dois números, que ficariam disponíveis apenas durante trinta e seis horas — das oito da manhã de sexta-feira, 16 de setembro, às oito da noite de sábado, 17 de setembro, fuso da costa leste.

Duas versões de *Batman*, n. 428 estavam preparadas. Quando se contabilizaram as 10.614 ligações, os leitores haviam votado pela morte de Robin. A margem foi pequena — apenas 72 votos dividiam a facção "Robin Morto" da facção "Robin Salvo". Denny O'Neil, que achava que Batman precisava de um Robin e que temia as enxaquecas logísticas que acarretaria matar um Menino Prodígio, foi um dos votos "Robin Salvo".[80] Mas o esquema estava feito e, na versão de *Batman*, n. 428, que foi para a gráfica, Jason Todd morria.

O que poderia ter sido o fim de tudo. Afinal, personagens de quadrinhos já haviam sido mortos. Em *X-Men*, seu título de sucesso arrebatador, a Marvel havia matado Fênix. O próprio Frank Miller havia matado Elektra, personagem que ele mesmo criara, em *Demolidor*. O'Neil fora editor na Marvel nos dois casos e se lembrava da reação irada dos leitores. Estava preparado.

---

78. A Lagosta Larry sobreviveu, com uma margem de doze mil votos. Até a semana seguinte quando Murphy a comeu.

79. História publicada pela última vez no Brasil em *Batman: Morte em Família* (DC Comics: Coleção de Graphic Novels, n. 11) (Eaglemoss, 2016). [N.T.]

80. O autor deste livro, por outro lado, foi um dos 5.343 que votaram para apagar o pivetinho insolente.

A CRUZADA MASCARADA

Mas dessa vez foi diferente.

Fênix e Elektra ganharam proeminência durante a Grande Virada Interna dos quadrinhos; a morte delas não provocou nenhuma movimentação fora das lojas de quadrinhos. Mas Batman e Robin? *Todo mundo* conhecia Batman e Robin! *Pow! Zap!* Lembra?

A cobertura que a grande imprensa dera a *O Cavaleiro das Trevas* — e, em menor medida, a *Batman: Ano Um* e *A Piada Mortal* — havia aumentado a presença de Batman entre os normais. Assim que *Batman*, n. 428, chegou às lojas, muitos dos jornalistas que haviam feito a cobertura de *O Cavaleiro das Trevas* começaram a telefonar para a DC querendo fazer comentários.

Era uma coisa que nunca havia acontecido. Denny O'Neil lembra: "Durante três longos dias de trabalho e parte de um quarto, até que [o Departamento de Relações Públicas da DC] decretasse moratória, eu só falei. Falei com gente de jornal. Falei com radialista. Falei com jornalista de rádio e de TV. Daqui e do exterior."

De início a cobertura era perplexa: "O Menino Prodígio morreu, e assim queriam os leitores de Batman, da DC Comics", disse o *USA Today*, enquanto a Reuters fazia troça: "Um grupo de desenhistas e roteiristas de quadrinhos teve sucesso em fazer o que as mentes mais diabólicas do século... não foram aptas a cumprir."

Os informes atônitos da mídia sobre a história da Morte de Robin — muitos dos quais deixavam de lado que o Robin em questão não era o original — pegou de surpresa e chacoalhou O'Neil e outros funcionários da DC; eles não estavam preparados para a quantidade nem para a profundidade de opiniões públicas que aquilo engendrou. Mas em questão de poucos anos, eles aplicariam as lições que aprenderam naquela época para chegar mais perto, passando por cima dos fãs e colecionadores *hardcore*, para gerar frenesis midiáticos similares com jogadas maiores, mais calculadas e mais dissimuladas.

Na época, Frank Miller disse que a jogada com Robin "deveria estar em destaque como a coisa mais cínica [que a DC] já fez. Um 0800 para o qual as pessoas podiam ligar para descer o machado na cabeça de um garotinho".[81]

---

81. Para ser preciso, cada ligação custava cinquenta cents aos votantes — e o Coringa usou um pé de cabra.

Deve-se notar que Miller é, pelo menos parcialmente, passível de culpa pela morte de Jason Todd, se não pelo modo como ele foi morto. Havia sido ele, afinal de contas, quem introduzira a ideia do falecimento de Jason em *O Cavaleiro das Trevas*. Apesar da insistência da DC de que a história representava um futuro alternativo, fãs ansiavam que o ecoar mais distante da Gotham distópica e emocionante de Miller aparecesse nas revistas. E quando a editora deu aos leitores oportunidade de criar a primeira ponte canônica de seu Batman prosaico cotidiano para o "poderoso" anabolizado de *O Cavaleiro das Trevas,* muitos deles — pelo menos 5.343 — aproveitaram a chance e pagaram pelo privilégio.

E foi assim que aconteceu que tanto Batman "O Personagem de Gibi" quanto Batman "A Ideia na Grande Cultura" adentraram 1989 exatamente da mesma forma: mais sombrio que nunca e, mais uma vez, lobo solitário.

Como havia feito antes e faria muitas vezes mais, a DC conseguira varrer o moleque de botas de duende para debaixo do tapete — dessa vez, a sete palmos. É óbvio que ele voltaria. Robin sempre volta. Mas Batman estava prestes a subir no palco do mundo de uma maneira que não se via desde os anos 1960. Esse palco e, inclusive, esse mundo haviam ficado mais sombrios e mais sinistros naquelas duas décadas, tal como ele.

Então, que bom que foi assim; o garoto só ia queimar seu filme.

6
O Gótico de Gotham (1989-1996)

Michael Keaton não é um ator sério. Eu temo que o talento cômico por trás de Dona de Casa por Acaso, Fábrica de Loucuras *e* Corretores do Amor *vá profanar a lenda de Batman e de maneira irreparável. Por que alguém ia escolher um comediante baixinho, quase careca e fracote para representar o Cavaleiro das Trevas?*
— CARTAS À REVISTA *COMICS SCENE*, 1988

O filme de Batman não vai fazer bem à indústria de quadrinhos, independentemente do seu ponto de vista. O melhor para a indústria é que ele seja uma bomba do mesmo tamanho de Supergirl.
— SCOTT MICHAEL ROSENBERG, EDITOR, *INFINITY COMICS*, 1988

Olha, era gente bem agressiva.
— JON PETERS, PRODUTOR DE *BATMAN* (1989)

Diante de um personagem como Batman, que traz consigo mais de setenta e cinco anos de história contínua e confusa, nerds e normais o veem de maneira diferente.

Nerds chapinham alegremente em um lago imenso e escuro. A água é turva de lodo e não há como saber qual é a profundidade. Em volta deles, a água está tinindo de vida, em parte uma vida bem desagradável. Os nerds sabem, mas não se importam. Adoram o lago; são estudantes ávidos de cada um de seus segredos. Podiam passar o dia inteiro nadando naquela coisa turva.

Os normais, por outro lado, nadam e dão várias voltas na piscina do hotel. A água leva cloro e é límpida como gelo de coquetel. Eles sempre conseguem enxergar o fundo. Se encontram um ritmo bom, eles conseguem dar conta do treino em menos de meia hora e sair antes de os dedos enrugarem, e aí seguem com seu dia.

Esta é a diferença: nerds deleitam-se com a ideia de que a HQ que estão lendo faz parte de uma narrativa contínua que teve início em 1939 e vai prosseguir de alguma forma depois que eles morrerem. Todas essas contradições e complicações e realidades alternativas e *reboots* e *retcons*[82] que se somam a um personagem como Batman ao longo dos vários anos são, para os nerds, muitos quebra-cabeças, aguardando que alguém os faça.

Para os normais, contudo, todos esses detalhes barrocos e desconcertantes parecem dever de casa. "Resuma numa lista", eles dizem. "E me explique."

E é por isso que levar um personagem de quadrinhos a outra mídia mais ampla gera os desafios proibitivos como geralmente termina por acontecer. É claro que "a lista", no caso de Batman, é fácil de cumprir: Assaltante mata os pais. Ele faz juramento. Treina. De dia, milionário ocioso. De noite, figura sombria que dá um monte de soco.

Mas isso é, no máximo, um esboço de personagem, não uma história. Tirar o Batman infinitamente iterativo da mídia recursiva dos quadrinhos para a qual foi criado e inseri-lo em outra mídia — que tem a estrutura obrigatória em três atos, o par romântico e as cenas-chave de ação — transformam Batman em outra coisa. Não era para funcionar.

E é por isso que nos assombra tanto ver que, uma vez, funcionou. Simples. Impecável. Admirável. E, por ter funcionado, mudou tudo.

Porque aquilo representava uma coisa que nunca tinha acontecido: um nexo nerd-normal perfeito. Que colocava Batman em um pacote bem arrumadinho que os normais tinham como digerir e o fez de uma maneira que os deixava perceber a combinação precisa de tom, estilo, caracterização e aventura emocionante que tornou o personagem benquisto entre os nerds durante anos.

E mais uma coisa crucial: as crianças amaram. Crianças pequenas, que *O Cavaleiro das Trevas* e *A Piada Mortal* excluíam por definição, mais uma vez tinham uma versão de Batman para amar. E elas amaram.

Mas antes de *Batman: A Série Animada* surgir e fazer tudo isso acima, Tim Burton fez alguns filmes de *Batman*.

BATMAN BEGINS

Michael Uslan, que na idade adulta viria a ser roteirista de quadrinhos e produtor de cinema, compartilhava do desgosto nerd pelo seriado

---

82. O "retcon" é um clichê na narrativa dos super-heróis, no qual uma nova história reconta fatos que se deram no passado e os altera para combinar com as necessidades narrativas da nova história.

de TV com Adam West. Quando Bruce Wayne forjou seu juramento idealista no ardor do luto, também o jovem Uslan canalizou sua indignação em propósito e num plano de longo prazo.

"Minha meta na vida", ele lembra, "que se solidificou mais ou menos [no ano da estreia de *Batman*], era apagar as palavras *Pow, Zap* e *Wham* da consciência coletiva mundial."

"Eu queria fazer a versão séria, sombria, definitiva de Batman", ele disse, "do modo como Bob Kane e Bill Finger haviam-no concebido em 1939. Uma criatura da noite, que ficava nas sombras para espreitar os criminosos."

Esse ardor nunca o abandonou. Em 1979, aos 27 anos, ele e um colega escreveram o roteiro de um filme com Batman melancólico, de meia-idade, que deixa a aposentadoria para fazer faxina em Gotham City. Ele esperava assim convencer executivos de estúdio de que essa visão de um Batman mais sinistro e lobo solitário era viável.

Mas a Grande Virada Interna que os quadrinhos iniciaram desde que o seriado de TV dos anos 1960 saíra do ar significava que ninguém além de fãs *hardcore* dos quadrinhos havia sequer conferido o Cavaleiro das Trevas gótico de Denny O'Neil, Neal Adams e companhia. Segundo a autobiografia de Uslan, *The Boy Who Loved Batman* (O Menino Que Amava Batman), assim que ele assegurou os direitos de Batman com a Warner Bros., um executivo de estúdio lhe desejou boa sorte na busca por um produtor, alertando-o que "o único Batman de que vão se lembrar é aquele barrigudinho engraçado". Tinha razão. Uslan levou seu roteiro à Columbia e à United Artists, mas, mesmo depois de explicações, os executivos supunham que tal tipo baseava-se no Batman do seriado de TV e recusavam-se a entrar na jogada.

Por fim, Uslan abordou o jovem produtor Peter Guber. Sentindo cheiro de franquia, Guber saltou à oportunidade e logo depois fundou uma produtora com Jon Peters, produtor notoriamente cabeçudo, belicoso e que se considerava fã de Batman. Peters tinha vinte e um anos quando o seriado com Adam West estreou; o autoproclamado "garoto-durão-criado-nas ruas" (sua família tinha um salão de cabeleireiro na Rodeo Drive) detestava tudo no seriado de TV, que ele considerava "baitola". Ele adorava a ideia de um filme de ação *blockbuster* com Batman no foco. "Eu pensei: que bela chance de botar o Batman para quebrar", disse a um entrevistador.

A CRUZADA MASCARADA

Depois de dois anos de empenho infrutífero tentando atrair o interesse de estúdios, em 1981 a Guber-Peters Company convenceu a Warner Bros. Pictures a dar um passo à frente com um Bat-filme. Pouco depois, apesar de todo seu empenho, Uslan foi posto de lado por Guber e Peters.

O roteiro de Uslan foi entregue ao roteirista Tom Mankiewicz, que havia escrito diversos filmes de James Bond, assim como os roteiros de *Superman: o Filme* e *Superman II*.

Em 1983, Mankiewicz entregou sua versão do roteiro, que não tinha semelhança alguma com o roteiro de Uslan sobre o Batman de meia-idade. Tal como Lorenzo Semple Jr. havia feito quando trabalhou no seriado de 1966, Mankiewicz buscou inspiração nos quadrinhos. Especificamente, as edições de 1977-78 de *Detective Comics* por Steve Englehart e Marshall Rogers, consideradas pelos nerds a versão definitiva do Batman que tinham na cabeça.

A primeira versão do roteiro de Mankiewicz era atulhada de fatos e de personagens conhecidos das histórias em questão — Coringa, Pinguim, o vereador corrupto Rupert Thorne, Dick Grayson/Robin, além do par romântico Silver St. Cloud. Assim como Englehart, Mankiewicz fazia sua homenagem aos "megaobjetos de cena" dos gibis de Batman dos anos 1940 e 1950, situando o clímax do filme em uma exposição com uma máquina de escrever gigante, um tinteiro gigante, uma borracha gigante e um apontador de lápis gigante.

Previsivelmente, o roteiro de Mankiewicz estava de acordo com o modelo cronológico de seu primeiro filme de *Superman,* o qual fizera sucesso enorme: vemos a origem traumática do nosso herói e o treinamento para sua grande tarefa; acompanhamos sua sucessão de feitos heroicos em uma só noite. É só depois que o cenário está armado, na metade do roteiro, que a trama de Mankiewicz começa a se desvelar.

Originalmente previsto para ser lançado em 1985, *Batman* foi acossado por atrasos quando os executivos da Warner Bros., que esperavam que Mankiewicz injetasse no roteiro os diálogos espirituosos e o humor mordaz que dera a *Superman: o Filme,* expressaram receio com o tom sombrio. Mankiewicz pacientemente explicou que, embora seu roteiro de *Superman* houvesse adotado — de modo intencional — elementos da comédia pastelão, a mesma abordagem não funcionaria no mundo de Batman, no qual as regras eram fundamentalmente distintas.

Os produtores também estavam com dificuldade para escalar um diretor: Ivan Reitman, Joe Dante e Robert Zemeckis, que entraram em consideração pelo seu humor estimulante, declinaram. Richard Donner ficou lisonjeado com o convite, mas estava ocupado com *Ladyhawke: O Feitiço de Áquila* — e sumariamente furtou seu velho amigo Mankiewicz para ajudá-lo no roteiro.

Agora Guber e Peters não tinham diretor e só um roteiro abandonado sobre um super-herói de fantasia que, pelo que diziam, podia ser um pouco mais alegrinho. Foram tratar com o jovem cineasta Tim Burton — cujo primeiro filme, *As Grandes Aventuras de Pee-Wee*, fora um sucesso inesperado para a Warner — para ele consertar esses problemas.

Hoje Burton não é uma opção que nos surpreenda, diante de três décadas de produções que evidenciam seu pendor pelos renegados, os pálidos e os esquisitos; o humor emo e o grotesco de acento gótico. Mas quando Guber e Peters entraram em contato, *Beetlejuice: os Fantasmas se Divertem, Edward Mãos de Tesoura, A Lenda do Cavaleiro Sem Cabeça, Sombras da Noite* e todos seus outros filmes ainda não existiam; o mundo vira apenas seu conto Technicolor, excêntrico e picaresco de um homem-criança bobo e obcecado pela sua bicicleta. Talvez Guber e Peters estivessem protegendo o investimento quando, em vez de contratar Burton oficialmente para a direção, convocaram-no apenas para ajudá-los a melhorar o roteiro.

Burton, idiossincrático, achava que o roteiro de Mankiewicz copiava muito de perto a estrutura de seu *Superman*. Pior ainda era como havia desprezado por inteiro exatamente o que atraíra Burton ao personagem em primeiro lugar: a psicologia sombria, distorcida de Batman, o renegado.

Ele e a então namorada, Julie Hickson, começaram a retocar o roteiro de Mankiewicz e produziram um novo tratamento em outubro de 1985. A homenagem à era dos grandes objetos de cena, para eles, não fazia sentido. Em vez disso, decidiram inserir um novo encerramento: um desfile de Natal com balões gigantes cheios do Gás do Riso do Coringa. Em um elenco já superinflado, eles acrescentaram participações especiais de Charada, Pinguim e Mulher-Gato, que se unem ao Coringa para assassinar os pais de Dick Grayson e colocam o garoto na trajetória do "Robinismo".

Mas a principal contribuição de Burton e Hickson foi impor a estrutura de três atos de um filme de vingança — "Ato 1: Perda; Ato 2: Preparação-Transformação; Ato 3: Retaliação" —, o que efetivamente

A CRUZADA MASCARADA

fez os sustentáculos psicológicos turvos do personagem passarem pelo funil do clichê abertamente esquemático e conhecido de Hollywood.

Assim, no novo *layout*, os pais de Bruce Wayne são alvejados por um atirador que passa em um furgão do Mister Softee;[83] o jovem Bruce ergue o olhar a tempo de ver o culpado — um jovem de pele branca, lábios vermelhos e cabelo verde.

As partes interessadas — incluindo a DC Comics — ficaram preocupadas com o processo prolongado de desenvolvimento e criticaram o roteiro. Por fim, o projeto encontrou seu roteirista oficial em um Bat-nerd confesso chamado Sam Hamm. Ao longo dos meses do meio do ano, ele e Burton tiveram uma colaboração muito animada e, em outubro de 1986, Hamm entregou sua primeira versão.

Hamm tinha forte convicção de que as primeiras tentativas de enfocar a origem de Batman resultariam em um filme que ia demorar demais para sair. Decidiu-se, então, que eles poderiam começar *in media res,* com o Batman já firmado em Gotham City, e tratar da origem em flashback. Seguindo a deixa de *O Cavaleiro das Trevas,* ele ficou desbastando a origem até reduzi-la a uma montagem expressionista.

Como faria qualquer fã do personagem, ele deliberadamente ignorou a ideia de Burton de que o Coringa havia matado os pais de Bruce Wayne. Ele também trocou os personagens de Englehart por novos: saía o vereador Rupert Thorne, entrava o chefão da máfia Carl Grissom. Saía Silver St. Cloud, entrava Vicki Vale — personagem com histórico ainda mais comprido nos quadrinhos.

Por insistência de Burton, Hamm seguiu o exemplo de Frank Miller e reforçou a ideia de que Batman existia como manifestação física da psicopatologia de Bruce Wayne. Seu Wayne é uma personalidade fendida de verdade, psicologicamente viciado em vestir o Bat-traje. Em uma cena cortada de versões subsequentes, o vício é revelado como dependência de fato: Bruce Wayne testemunha os homens do Coringa assassinarem um chefão da máfia rival em uma praça municipal, mas, como é meio-dia, ele é incapaz de vestir-se de Batman. O conflito interno deixa-o estático; ele entra em estado de pânico, sua, fica quase catatônico, até que Vicki o desperta. Enquanto a trilogia obcecada por plausibilidade de Christopher Nolan gastaria longos minutos explicando que Bruce

---

83. Franquia de sorvete vendido em furgões nos EUA. [N.T.]

veste a identidade de Batman para tornar-se "uma ideia, um símbolo", Hamm e Burton não dão bola para o coça-queixo semiótico. Para eles, Bruce Wayne veste-se de morcego porque é psicótico.

Burton estava pronto para seguir com o roteiro de Hamm, mas os executivos do estúdio continuavam receosos de botar um projeto de tal escala e orçamento nas mãos de Burton — pelo menos não até verem como seu filme mais modesto para a Warner, *Beetlejuice*, se saía. Então, Burton foi fazer seu conto de comédia e terror cheio de excentricidades, e Hamm continuou a dar duro no roteiro de Batman, fazendo-o passar por cinco revisões ao longo dos dois anos seguintes.

Em abril de 1988, *Beetlejuice* entrou nos cinemas e prontamente deu à Warner mais do que cinco vezes seu modesto investimento de US$ 15 milhões. A Warner ficou satisfeita e, quase uma década depois de Michael Uslan ter apresentado sua ideia "séria e sombria", um grande *blockbuster* hollywoodiano estrelando Batman recebeu aprovação.

REVOLTA BEGINS

A seleção de elenco começou com tudo. Willem Dafoe, James Woods, David Bowie, Crispin Glover — se você fosse um ator bem conhecido, excêntrico e magrelo na primavera de 1988, seu nome estava vinculado ao papel do Coringa no filme do *Batman* que a Warner ia fazer. Robin Williams fez campanha pelo papel. Mas quem Guber e Peters queriam desde o início era Jack Nicholson e seus cinquenta e um anos. Ele topou, em troca do soldo, à época recorde, de US$ 6 milhões — mais uma porcentagem da bilheteria e uma fatia do merchandising do filme. Viria a ser um dos apertos de mão mais astutos, e talvez mais lucrativos, da história de Hollywood.

Em relação ao papel principal, Burton e os produtores de início convenceram-se que queriam tomar a rota de *Superman: o Filme* e encontrar um ator desconhecido. Mas dada a natureza anárquica do personagem de Nicholson, resolveram que precisavam de um ator que não seria "apagado da tela".

Muitos atores morenos e de queixo quadrado foram considerados: Mel Gibson, Tom Cruise, Daniel Day-Lewis, Alec Baldwin, Pierce Brosnan, Charlie Sheen e até — não foi totalmente piada — Bill Murray. O consultor Michael Uslan, em êxtase por saber que sua primeira opção para o papel de Coringa havia aceitado, defendeu Harrison Ford ou Kevin Costner.

A CRUZADA MASCARADA

Ao fim, Burton escolheu Michael Keaton.

"Entrei em estado de fúria", lembra Uslan. "Eu já tinha passado sete anos da minha vida tentando levar um Batman sério e sombrio às telas. Agora era como se todos os meus sonhos e esperanças fossem virar fumaça."

Burton tentou tranquilizar Uslan, ressaltando que Batman era mais que um queixo. Aliás, conforme o raciocínio do diretor, o papel exigia algo mais próximo de um ator de personagens excêntricos. Para Burton, não fazia sentido Bruce Wayne ser uma incógnita levemente boa-pinta e previsivelmente musculoso. Ao selecionar Keaton, nem tão imponente assim — e, de fato, um pouco excêntrico —, o filme tinha como inculcar o *self* profundamente fraturado do personagem. "Sempre tive problemas com o Bruce Wayne das revistinhas", disse Burton. "Olha só: se o cara é tão bonito, tão rico, tão forte, porra, por que ele vai vestir roupa de morcego?"

Mas para os fãs *hardcore*, um Bruce Wayne boa-pinta e afável era um princípio central. A década precedente nos quadrinhos havia sublinhado essa crença ao colocar características de James Bond no personagem Wayne. Enquanto a persona Batman atendia às fantasias dos fãs quanto à porrada, Wayne tratava de suas ânsias um pouco mais exóticas, mas igualmente potentes, de se sentir o tal quando vestia *smoking*.

E esse foi um dos motivos pelos quais, quando as notícias da seleção de Keaton vieram a público, a reação de Uslan seria minúsculo canapé diante do "bufê liberado" de ira nerd que se seguiu.

Ao informar a seleção do ator, a revista de notícias especializada *Comics Buyer's Guide* resumiu impecavelmente e em uma expressão só como os fãs se sentiram traídos: "Santo Adam West!"

Os fãs ficaram preocupados que todo o avanço que se tivera ao longo das últimas duas décadas, todo o trabalho que se empreendera para tirar o personagem da sombra de Adam West, poderia ter ido por água abaixo. Contratar o Sr. *Casa por Acaso* para representar o Cavaleiro das Trevas era visto como prova de que Hollywood queria mesmo era não levar o personagem, como se prometera, de volta a suas raízes de 1939, mas àquele raminho que cresceu e apodreceu em 1966.

A *Comic Buyer's Guide* informou que recebia diversas ligações por dia de Bat-fãs implorando que lhes dissessem que a notícia da seleção de Keaton fora erro. Um roteirista comentou que seus amigos que não liam gibis agora estavam empolgados com o filme, supondo que seria uma paródia escrachada. "Eles achavam que Martin Short daria um bom Robin", escreveu, com lástima.

Mais tarde, quando a revista noticiou ter ouvido que o filme estava sendo revisado para "ficar mais parecido com o seriado de TV com o qual o público estava acostumado", a inquietação nerd fermentou até virar protesto nerd.

Até chegar a esse ponto do processo de produção, Burton fora impreciso em entrevistas de divulgação, e, para os fãs, sua postura parecia prenunciar algo decididamente ruim. Em entrevista, ele mencionou de maneira abstrata que seu filme de *Batman* apropriar-se-ia de "todas as eras" da existência do personagem, incluindo o humor do programa de TV. Em outro espaço, ele comentou que achava "ridícula" a ideia de alguém vestir um uniforme de morcego.

Durante a produção do filme, a Warner recebeu mais de cinquenta mil petições e cartas de agravo. Entre elas estava uma petição lançada pelo dono de uma loja de quadrinhos de Toronto, assinada por doze mil de seus clientes, assim como por diversos roteiristas, desenhistas e editores de gibis de Batman, cujos autógrafos ele assegurara na Chicago Comic Con de julho.

Quando Bob Kane criticou publicamente a escolha de Keaton, os produtores entraram em modo "crise". Pela primeira vez na história de Hollywood, um estúdio lançava uma campanha direcionada aos fãs *hardcore* de uma propriedade intelectual já existente com o propósito expresso de aliviar temores. No segundo semestre de 1988, a Warner enviou um relações-públicas ao circuito de convenções de HQ com a tarefa específica de aplacar os fãs, prometendo um filme de Batman sombrio e taciturno. Mas o primeiro passo era colocar Bob Kane dentro do esquema, contratando-o como consultor oficial do filme.

No início de agosto, em uma mesa da San Diego Comic-Con, o propagandista da Warner apresentou Bob Kane, que passou a apelar para a plateia dar uma chance a Michael Keaton.

Don Thompson, coeditor do *Comics Buyer's Guide,* para dizer o mínimo, manteve-se cético: "A maioria está desprezando Bob Kane, dizendo que a Warner lhe paga para falar bem do filme", ele disse. "Parece que ninguém o leva a sério."

Os fãs indignados escreveram ao *Comic Buyer's Guide,* à *Comics Scene,* à *Amazing Heroes* e até a revistas de cinema como a *Premiere:*

A CRUZADA MASCARADA

"Michael Keaton não é DE JEITO NENHUM a pessoa certa para o papel do Cavaleiro das Trevas", dizia a típica missiva. "A personalidade dele, a imagem que projeta na tela e sua constituição física são o OPOSTO TOTAL do personagem consagrado de Bruce Wayne, independentemente do que o cartunista Bob Kane possa pensar. Santo Vendido!"

Em setembro, o relações-públicas da Warner, que apresentava uma mesa de *Batman* na Convenção Mundial de Ficção Científica em Nova Orleans, foi vaiado. Mas embora os fãs estivessem em modo "motim", as notícias de sua insatisfação ainda não haviam fugido dos confins do gueto nerd furiosamente rabugento. A coisa mudou em 11 de setembro de 1988, quando o *Los Angeles Times* publicou uma matéria que ressaltava a polêmica.

A matéria do *Times* transformou os queixumes que o radar hollywoodiano não captava em dor de cabeça corporativa. "Um dos homens mais poderosos de Hollywood ligou para o presidente da Warner para dizer que *Batman* ia arruinar o estúdio", disse Jon Peters. "Que ia ser outro *Portal do Paraíso*." [84]

ATENÇÃO! TENSÃO! GRAVANDO!

As filmagens iniciaram-se em outubro nos portentosos trinta e oito hectares do Pinewood Studios, próximo a Londres. Jon Peters, com cara de atormentado, virou presença familiar no set, depois de insistir que o roteiro de Hamm precisava de mais retoques. Hamm, que já havia feito cinco revisões no roteiro, declinou, citando a greve do Sindicato de Escritores. Peters convocou Warren Skaaren para elevar o impacto emocional do filme.

Skaaren começou extirpando Robin. Burton concordou com a decisão de não introduzir mais uma origem na salada. "Era psicologia demais para um filme só", ele diria mais tarde.

O roteiro de Hamm terminava com a morte de Vicki Vale, mas Skaaren deixou-a sobreviver. Aliás, ele achava que o filme precisava honrar o relacionamento Bruce-Vicki com mais profundidade, assim como definir a preocupação paternal de Alfred com o bem-estar de

---

84. O filme de 1980, um western dirigido por Michael Cimino, custou quatro vezes o orçamento e arrecadou menos de um décimo do custo na bilheteria norte-americana. É apontado como o responsável pelo fim do estúdio United Artists, que existia desde 1919. [N.T.]

Bruce. Ele tratou das duas questões acrescentando uma das cenas mais ultrajantes na história cinematográfica de Batman, na qual Alfred, receoso de Bruce estar afastando-se de sua chance de romance, convida Vicki à Batcaverna, revelando a identidade secreta de Batman.

Anos depois, Burton viria a punir-se por consentir aquela mudança, embora soubesse que ela iria incomodar os fãs *hardcore*. "Foi exatamente por aquilo que me mataram", ele disse, referindo-se ao clamor nerd contra a cena. "Foi difícil. Eu disse a mim mesmo: foda-se essa porra toda! É gibi. Eu pensei que, tipo, ah, quem vai dar bola? Mas foi um erro. E foi longe demais."

Mas a decisão que valeria ao filme as críticas mais ásperas e mais duradouras da comunidade nerd viria a seguir. Skaaren, que passou um tempo significativo no set com Jack Nicholson, procurando maneiras de ampliar seu papel, reintroduziu a ideia de Burton de que o Coringa fora o assassino dos pais de Bruce Wayne.

Quando Hamm ficou sabendo da alteração, disse que era grostesca e vulgar. Poderia simplificar a narrativa, discutiu, mas iria complicar o final, pois apresentaria uma nova pergunta: assim que se resolve o Coringa, por que Batman não pendura a capa?

No que interessava a Burton, o roteiro respondia à pergunta: porque ele é doido.

Enquanto filmava o clímax do filme, que se passava na torre do sino de uma catedral, o Nicholson incomodado defrontou Burton, exigindo saber por que diabos o Coringa subiria até o alto de uma torre. Burton, física e mentalmente exaurido pelo cronograma aniquilador das filmagens, não tinha resposta e sujeitou-se às alterações. As tensões no set cresceram quando Peters suspendeu a produção e trouxe o roteirista Charles McKeowen para remexer na cena final.

McKeown também passou um dia trabalhando ideias com os atores e com Burton para reescrever totalmente uma cena na qual o Coringa defronta Bruce Wayne no apartamento de Vicki Vale. O resultado, que faz a trama estacionar enquanto o Bruce de Keaton esforça-se para se explicar à Vicki de Kim Basinger, destaca-se como a cena mais estranha do filme, pois irradia a sensação elíptica e tortuosa do exercício de aula para ator, o que, na prática, foi.

Quando o fim das doze semanas de gravação estava à vista, os egos se inflamavam, os atrasos se estendiam e o orçamento inflava, uma

A CRUZADA MASCARADA

matéria de primeira página no *Wall Street Journal* fez a produção inteira balançar.

"Fãs de Batman Temem Coringada em Épico Hollywoodiano", rugia a manchete. Tal como o perfil anterior no *Los Angeles Times,* a matéria listava as reclamações normais dos fãs, mas acrescentava uma angulação de mercado ao incluir frases de nervosismo colhidas entre licenciantes e distribuidores.

Embora concluísse com palavras de apaziguamento da Warner, de que Burton estava ouvindo os fãs e de que o filme seria mesmo sério e sombrio, o estrago já estava feito. E era grande. O humor no set ficou nebuloso. "Todo mundo que eu conheço me mandou essa matéria", disse Guber, "ela deixou *todo mundo* arrasado."

Mas Peters já tinha tomado a dianteira para estancar o sangramento. No início do mês, ele pedira aos editores para montar de qualquer jeito um trailer promocional. O resultado foi pouco mais que uma montagem, mas o bastante para definir o tom do filme e exibir a Gotham City "pesadelo-gótico-decô" do desenhista de produção Anton Furst. Numa convenção em Nova York durante o fim de semana de Ação de Graças, exibiu-se o *teaser* a um grupo seleto de fãs. O burburinho da empolgação começou.

A ronda de relações-públicas sem precedentes do filme teve início quando Peters confiou a Furst projetar um logotipo para o cartaz. Furst pegou o Bat-emblema clássico dos quadrinhos (ponto revelador: não era o que aparecia no Bat-traje do filme) e o refinou em distintivo metálico contra fundo preto. Era simples, essencial, icônico e — assim que o cartaz começou a aparecer nas paradas de ônibus — roubado com frequência. Em janeiro, uma versão mais comprida do *teaser* chegou aos cinemas e foi exibida no *Entertainment Tonight.* Os jornais informaram que alguns fregueses compravam ingressos para ver o trailer e saíam antes de o filme começar. Uma matéria no *The New York Times* fez um retrato elogioso de Burton como diretor e como pessoa; o repórter chamou as cenas que havia visto na cabine de edição do filme de "deslumbrantes".

Conforme a data de estreia se aproximava, surgiram mais de trezentos produtos derivados ostentando o Bat-logo. A Taco Bell ofereceu uma série de copos plásticos de *Batman.* A MTV dava um Batmóvel de brinde. A Topps ofertava seus *cards.* Jogos, quebra-cabeças, livros de colorir e *action figures* da ToyBiz com Batman inundaram as prateleiras das lojas de brinquedo. As 1.100 lojas de departamento JC Penney pelo país armaram lojinhas de *Batman* com todo tipo de bugiganga com o emblema proeminente e — acima de tudo — camisetas de *Batman*.

No verão de 1989, aquelas camisetas — pretas, amarelas e de *tie-dye* — estavam por todos os lugares; o Bat-símbolo virou *fashion statement* que adornava bonés, jaquetas jeans, tênis e colares. Diferente da Batmania de 1966, que havia brotado mais ou menos de forma orgânica, essa tinha o apoio de um conglomerado de mídia com orçamento de marketing na casa dos US$ 10 milhões. Vendeu-se mais de US$ 1,5 bilhão em Bat-produtos oficiais nas lojas — e mais centenas de milhares nos quiosques que anunciavam Bat-falsificações em pontos como o Greenwich Village.

O único percalço na imensa jogada de marketing e de promoção da Warner Bros. se deu com o álbum da trilha sonora. Ou, tecnicamente, álbuns. Peters queria que Prince escrevesse a trilha, enquanto Burton contratou Danny Elfman. Quando Peters pediu a Prince duas músicas para incluir no filme, o pop star roxo produziu um álbum inteiro, e esse álbum, portando o Bat-logo de Furst e intitulado simplesmente *Batman,* chegou às lojas três dias antes de o filme estrear. Seu primeiro *single*, "Batdance", exultante e sem qualquer constrangimento de ser brega, saturou as ondas de rádio nas férias escolares de 1989; o álbum vendeu seis milhões de cópias só nos EUA. A trilha orquestrada de Elfman também teria seu próprio álbum, mas falhas de produção atrasaram o lançamento até agosto.

A badalação antecipada continuou crescendo. O *New York Observer* observou com sarcasmo que o filme era "menos filme e mais um colosso corporativo". Um trecho da revista eletrônica da ABC *20/20* trouxe Barbara Walters perguntando à audiência: "A América está louca para ver mais um personagem dos quadrinhos na telona? *Superman* alçou voo. Mas *Popeye* morreu na praia. E *Batman?* Vai ser '*Zonk!*' ou '*Zowie!*'?"

Quando o filme enfim estreou, em 23 de junho de 1989, seu fim de semana de abertura não só detonou o recorde de bilheteria até então existente,[85] mas o duplicou. Seria o primeiro filme a superar a marca de US$ 100 milhões em dez dias, acabaria totalizando US$ 411 milhões e seria o filme de maior arrecadação em 1989.

Os críticos universalmente elogiaram o aspecto visual e sensorial do filme, embora tenham ficado divididos quanto ao resto. Roger Ebert, aliás, chamou de "triunfo do design sobre a trama, do estilo sobre a

---

85. Que fora de *Indiana Jones e a Última Cruzada* até poucas semanas.

A CRUZADA MASCARADA

substância — um filme muito bonito, mas você não consegue dar bola para o enredo." Seu colega Gene Siskel foi mais favorável, comentando: "[É] o primeiro espetáculo de verão que curti de verdade."

Burton viria a expressar, posteriormente, sua insatisfação com o filme, chamando-o de "tedioso", e iria rever os meses de filmagem como "pior período da [sua] vida. Um pesadelo". Ele também admitiu que ficou perplexo com a reação do público. "A real é que *Batman* foi um sucesso porque foi um fenômeno cultural", ele disse, "que teve menos a ver com o filme e mais com algo que eu não sei bem dizer o quê."

Então vamos tentar.

"EU SOU BATMAN"

A explicação mais imediata para o recorde de bilheteria do filme, é claro, está nos milhões que foram gastos em promoção e que mudaram para sempre a fórmula do marketing cinematográfico. O Bat-logo não só amplificou o conhecimento do público com base em seus produtos derivados e licenciados, mas chegou a uma verdadeira saturação de mercado, inescapável, ampliando a audiência potencial.

Se *Batman* fora o primeiro grande *blockbuster* a chegar nos cinemas no verão de 1989, pelo menos parte de seu sucesso deve ter vindo de gente que havia aguardado o longo inverno para reencontrar a montanha-russa de emoções que é um filme de ação hollywoodiano. Mas *Indiana Jones e a Última Cruzada* havia ocupado esse papel ao vencer o filme de Burton na chegada às salas de cinema, mais de um mês antes.

Seria satisfatório atribuir o sucesso do *Batman* de Burton, como vários resenhistas fizeram, a sua afinidade com um humor nacional cada vez mais pessimista. Afinal, a década havia começado bem iluminada, com um *blockbuster* de *Superman* nos cinemas e a retórica política edificante do *"It's morning again in America"*.[86] E, independentemente do parâmetro, 1989 foi um ano bem nojento para fechar a década. Nos meses que antecederam o lançamento do filme, o noticiário foi liderado pelo derramamento do Exxon *Valdez* e pelo massacre da Praça da Paz Celestial; a confiança dos consumidores estava baixa e a recessão se assomava.

---

86. "Amanheceu de novo nos Estados Unidos" — chamada inicial de um anúncio de TV na campanha para reeleição do presidente Ronald Reagan, em 1984. [N.T.]

O problema na ideia de que as sombras no *Batman* de Burton ressoavam as sombras da época, contudo, é que o *Batman* de Burton não é sombrio.

Literalmente, ele *é* sombrio — a direção de fotografia é impregnada de sombras impenetráveis —, mas é muito banal e insosso para suscitar qualquer ideia de sinistro. E qualquer filme que incluir uma cena como aquela em que o Coringa de boina ataca uma galeria de arte enquanto sacode o bumbum cinquentenário dançando a "Partyman" de Prince — cena estipulada em contrato — só vai fazer o seriado de 1966 parecer *Réquiem para um Sonho.*

Não: o que Burton produziu foi um "filme de ação-comédia-oitentista-passável" — não um filme do Batman.

Embora seja válido dizer que Batman é um conceito elástico, e embora muitas versões de Batman possam coexistir pacificamente, o filme de Burton não quis tanto criar uma versão nova e singular do personagem, mas sim botar orelhinhas de morcego em Charles Bronson.

Podia ter sido um filme do Batman. Durante algum tempo, esteve nos trilhos, para virar, um filme do Batman. Mas todos os desvios de última hora que Peters solicitou ao roteiro de Sam Hamm exemplificam as visões de mundo contrastantes dos nerds e dos normais. Hamm isolou uma pequena área do vasto e sombrio lago de Batman, mas Peters insistiu em construir uma piscina.

Os heróis de filme de ação vingam-se daqueles que os destrataram ao final do terceiro ato, mas a guerra de Batman contra todos os criminosos nunca termina. Os heróis de filme de ação aproveitam-se sem pudor de força letal, mas Batman nunca mata. Os heróis de filme de ação resgatam e ao fim ficam com a garota. Batman não é das garotas.

É certo que há uma lógica atraente, redonda, em ter, digamos, o Coringa como assassino dos pais de Bruce. Mas é a lógica do roteiro de Hollywood, no qual tudo que é armado no primeiro rolo volta no último. Essa construção é firme, até mesmo hermeticamente fechada, e permeia o cinema, a televisão, a ficção de gênero e mesmo o teatro, na forma da arma de Tchekhov. Sua universalidade a torna familiar e essa familiaridade a torna gratificante. Histórias cujo final lembram seus princípios e, por isso, nos parecem mais completas, mais integrais que outras.

O status de Batman como criatura nascida da narrativa serializada continua a torná-lo essencialmente uma ideia ousada, ilimitada e simples:

A CRUZADA MASCARADA

um cara que quer impedir que o que aconteceu com ele aconteça com outros. Para Batman funcionar, sua missão tem que ser maior que o ato e que o criminoso, que o colocou nesta rota.

É a cruzada mascarada, não a vingança mascarada.

É uma ideia muito suave e abstrata para se vender como copinhos de colecionador do Taco Bell, daí o empenho cinematográfico de Burton de explicar a motivação de Batman deixando Bruce Wayne maluco. O diálogo climático do filme entre Batman e Coringa não é apenas pueril demais para ter seu peso, mas também torna a ressonância subjacente entre os dois personagens totalmente banal.

CORINGA: VOCÊ ME FEZ!
BATMAN: Eu fiz VOCÊ? Você me fez primeiro!

Ele reduz uma dupla de figuras elementares a um *loop* de retroalimentação entre causa e efeito.

Burton retrata o Batmóvel disparando suas metralhadoras contra uma multidão de capangas e estourando uma fábrica cheia de gente. Em outra cena, Batman enlaça um criminoso pelo pescoço e puxa-o por cima de um parapeito. Essas cenas foram projetadas para desencadear a reação reflexiva do filme de ação: vibramos com a última *"proeza"* matadora do herói.

Mas Batman é super-herói, não herói de filme de ação. Sua recusa em matar os inimigos não é apenas resquício de suas raízes como personagem infantil. É uma opção narrativa proposital: seria *fácil* derrubar uma sala inteira de bandidos com uma Uzi. Mas ao tirar essa opção da mesa, a tensão da história cresce, o desafio que nosso herói encara fica bem mais difícil, e sua opção para resolver as coisas tem que ser mais engenhosa: *Batman* não é *Comando para Matar*.

Terminar o filme com a morte do Coringa satisfaz a necessidade normal de uma história fechada e completa, mas dispensa o dogma central do eterno retorno no gênero dos super-heróis: o bandido sempre volta.

Embora as alterações feitas por Peters e Burton tenham rendido na bilheteria, os fãs resmungaram como esperado nas convenções, nas lojas de quadrinhos e nas seções de cartas: aquela armadura corporal com músculo desenhado era sacanagem; Batman *nunca* ficaria sentado e passivo enquanto uma família é assaltada; em muitas sessões, a cena "Alfred-leva-Vicki-na-Batcaverna" rendia gritos angustiados e primevos de ira-nerd.

Mas tal como a Warner Bros. sabia que ia acontecer, eles compraram ingressos. Claro que compraram: a Warner gastou milhões em uma campanha direcionada para aplacar os temores desse público. E embora a satisfação do fã *hardcore* com o produto final tenha sido menos que absoluta, ainda assim era um filme multimilionário com o *Batman*. O mero e estonteante fato já foi o bastante para trazê-los de volta para ver pela segunda, até terceira vez. Quando o filme foi lançado em VHS, em novembro,[87] eles estavam no meio da horda que comprou mais de US$ 150 milhões em cópias.

BAT-EMPURRÃO OU BAT-BOLHA?

O sucesso do filme *Batman* fez o que a DC Comics encarecidamente esperava: trouxe novos fregueses — tanto normais quanto nerds que haviam abandonado o hábito — às lojas de quadrinhos. Lá eles encontraram Bat-HQs fechadas e amistosas a novos leitores, como *O Cavaleiro das Trevas, A Piada Mortal* e *Ano Um*.

Em setembro, todos os normais que adentrassem uma loja de quadrinhos encontravam uma revista mensal novinha em folha de Batman aguardando-os nas prateleiras — o alvo era exatamente eles. *Batman: Lendas do Cavaleiro das Trevas* (*Batman: Legends of the Dark Knight*) trazia novas histórias com foco em um Cruzado Mascarado no início da sua carreira de combatente do crime.[88]

As outras Bat-séries mensais agitavam-se jubilosamente nas águas turvas de suas histórias pregressas com foco nerd: em um enredo que se esticara por mais de meio ano em *Detective Comics*, um astuto garoto chamado Tim Drake, de treze anos (e que havia desvendado a identidade secreta de Batman aos nove), notou que o comportamento do herói estava ficando mais instável na ausência de Robin. Ele saiu à procura de Dick Grayson, implorando que este abandonasse a identidade de Asa Noturna, voltasse a ser Robin e reencontrasse o mentor. Como Grayson negou o pedido, Tim Drake tornou-se ele mesmo o terceiro Robin.

---

87. Batman ficou com um preço muito menor que de outras fitas VHS da época, pois a Warner, pela primeira vez, decidiu mirar no comprador final e não no gerente da locadora.

88. O título chegou ao Brasil em 1991, pela Editora Abril, como um conjunto de minisséries que levavam o título englobante *Um Conto de Batman*. O nome *Lendas do Cavaleiro das Trevas* passou a ser usado posteriormente. [N.T.]

A CRUZADA MASCARADA

As páginas de *Lendas do Cavaleiro das Trevas*, por outro lado, continham histórias fortes e esbeltas que podiam ser acessadas sem Bat-conhecimentos de nível universitário.

Isso era intencional — até mesmo estratégico. No início daquele ano, a Warner Communications (que era dona da DC Comics) havia sido fundida a Time Inc. e formado a Time-Warner. Isso significava que a DC agora era parte — embora uma pequena parte — do que de repente tornara-se o maior conglomerado de mídia do planeta. A empresa agora tinha acesso a mais recursos do que nunca para promover, divulgar e comercializar seus personagens e — praticamente em último lugar — os quadrinhos nos quais eles apareciam.

A chegada de *Lendas do Cavaleiro das Trevas* às lojas mudou o panorama dos quadrinhos. Para além de seu chamariz entre leitores novos e curiosos, seu status como primeiro título solo de Batman que surgia desde 1940 (fato bem salientado na capa especial da "edição de colecionador") tornava a revista atraente a especuladores — colecionadores que compravam vários exemplares e escondiam-nos para aguardar o dia em que teriam uma alta de valor considerável. O fato de a DC ter lançado a primeira edição de *Lendas do Cavaleiro das Trevas* com três capas distintas, cada uma com cor especial, garantiu que o título venderia bem entre colecionadores mesmo que Batman não tivesse acabado de estrelar um grande *blockbuster* hollywoodiano. *Lendas do Cavaleiro das Trevas* virou a HQ mais vendida do ano. Espantosamente, sua onda de vendas, combinada a de outros Bat-títulos, efetivamente duplicou o tamanho da indústria de quadrinhos dos EUA no espaço de poucos meses.

Foi durante esse período que um estranho — e estranhamente belíssimo — poema com Batman chegou às lojas. *Asilo Arkham: Uma Séria Casa Em Um Sério Mundo (Arkham Asylum: A Serious House on Serious Earth)* era uma "edição de prestígio em capa dura" escrita pelo jovem Grant Morrison e com arte de Dave McKean. Não se parecia com nada que a DC Comics já havia publicado.

Nessa época, "violência e realismo" haviam se tornado o modo narrativo padrão dos quadrinhos. O Justiceiro da Marvel, um homem de metralhadora em punho que matava às pilhas, introduzido na década anterior como vilão, agora estrelava dois títulos próprios campeões de venda, compartilhando o alto das listas com Wolverine, herói cujo poder era arrancar as tripas dos outros.

168

Mas, embora *Asilo Arkham* propusesse uma perspectiva obedientemente sinistra do mundo de Batman, ela era tudo menos violenta. Em *Superdeuses,* seu tratado de 2011 sobre o super-herói, Morrison descreve como se preparou para deixar a HQ "propositalmente elíptica, europeia e polêmica", assim como "densa, simbólica, internalizada".

E ele teve sucesso. Ostensivamente uma história em que Batman intervém em uma crise com reféns no lar para criminosos insanos de Gotham, *Asilo Arkham* faz o leitor caminhar por uma série angustiante de encontros com os inimigos mais mortais do Cavaleiro das Trevas. Nos quadros pintados, surreais e embaraçados de McKean, os corpos são reduzidos a riscos impressionistas e manchas de cor e sombra. Morrison saqueou os próprios diários de sonho atrás de imagens assustadoras e trabalhava no roteiro enquanto privava-se de sono, de forma que o produto final parecesse uma rejeição proposital ao realismo. *Asilo Arkham* não pede desculpas pela extravagância e pela bizarria com seu Coringa, que ostenta longas unhas vermelho-selva enquanto cambalhota de salto agulha história afora, e deu aos leitores que amavam o filme de Burton a sensação *real* do que seria uma versão sombria de Batman.

Conforme os anos 1990 se anunciavam, dobrou-se uma esquina sem volta. Independentemente da métrica adotada — vendas de quadrinhos, licenciamento, menções na imprensa, cartas de fãs, impacto cultural geral — o Cavaleiro das Trevas final e permanentemente havia tirado o lugar do Último Filho de Krypton como personagem símbolo da DC.

Mas logo ficou evidente que o "Bat-empurrão" nas vendas fundado no filme de Burton não passou disso: as vendas das revistas de Batman na DC estavam em ascensão, mas o efeito não se estendeu a outras revistas da editora. Então a DC alimentou a demanda introduzindo mais uma revista mensal de Batman bem amarrada à continuidade já existente, chamada *Batman: A Sombra do Morcego* (*Batman: Shadow of the Bat*).

A editora também semeou seu novo primeiro-personagem por mais e mais títulos, incluindo uma série de *graphic novels* variegadas que lembravam longos experimentos intelectuais. A primeira delas, chamada *Gotham City 1889 (Gotham by Gaslight),* imaginava uma versão alternativa de Batman na Londres vitoriana, perseguindo Jack o Estripador. Ao longo dos anos seguintes, elas seriam acompanhadas de uma lista de *graphic novels* que receberiam o selo "Túnel do Tempo" [*Elseworlds*], que reaproveitavam Batman em uma série de ambientações de realidade

A CRUZADA MASCARADA

alternativa: o futuro digital, o passado *steampunk*, a Grã-Bretanha Arturiana, a Segunda Guerra Mundial, a Guerra da Secessão, a Revolução Francesa e muito mais.

Embora os colegas heróis de Batman na DC não estivessem sentindo todo esse carinho que se direcionava ao morcego, foi uma época de explosão para a indústria de quadrinhos. Em 1990, mais de seis mil lojas de quadrinhos haviam brotado pelo país — em comparação às quatro mil de meros quatro anos antes. Em 1993, o número estaria nos dez mil. Até nas zonas mais rurais, os nerds encontravam um ponto a poucas horas de estrada, onde podiam comungar com sua gente e comprar a vasta carreira de gibis de Batman que agora se via à disposição. Enquanto estavivessem por lá, também poderiam examinar títulos com uma nova fornada de anti-heróis de arma em punho, hiperviolentos, nos moldes do Justiceiro, que compartilhavam da estranha preferência na indumentária por amarrar pochetes de munição às mesomórficas coxas, braços, peitos e torsos. Esses personagens, crias de roteiristas e desenhistas que haviam levado muito a sério a sátira encharcada de testosterona de *O Cavaleiro das Trevas*, ostentavam nomes como Shadowstryke, Knightsabre e Shrapnel. Suas histórias eram cânticos de guerra inanes e niilistas para acompanhar as rajadas de artilharia militar quando se fazia cara feia. E vendiam como pão quente hipertrofiado.

O sucesso delas dependia de quanto eram generosas em saciar a paixão do *fanboy hardcore* pela performance morticínia hollywoodiana, dado que se apresentavam como aventuras do Rambo de colante.

A moda misturou-se a outra: as vendas espetaculares das capas alternativas de *Lendas do Cavaleiro das Trevas* haviam conduzido a uma era em que editores de HQ começaram a estimular a mentalidade de especulador. Desde meados dos anos 1980, quando *Guerras Secretas* da Marvel e *Crise nas Infinitas Terras* da DC deram impulso nas vendas contando uma só história, que é prolongada em diversos títulos, os editores haviam se dedicado a botar na rua uma nova "saga" todo verão, usando nomes como *Lendas, Milênio, Invasão!, Inferno* e *Desafio Infinito*. Também começaram a publicar mais minisséries, de forma que, a qualquer momento, diversos gibis nas prateleiras ostentavam a "Edição 1!" tão estimada pelos especuladores.

A capa alternativa tomou seu lugar ao lado da saga e da minissérie no arsenal da indústria como golpe certo para inflar as vendas. O número de títulos na linha de cada editora inchou mais do que nunca, e a maioria vinha numa seleção de capas com corte especial, capas holográficas, capas estampadas, capas laminadas, capas-pôster, capas que brilhavam no escuro, e gibis revestidos de saquinho de polietileno hermeticamente fechado. Os fãs eram vorazes em comprar múltiplos exemplares de cada um.

Tinha como dar errado?

BURTON — O RETORNO

Dada a enorme arrecadação do *Batman* de Burton, os executivos da Warner sabiam que queriam uma sequência assim que possível, então botaram Sam Hamm para trabalhar no roteiro. Tinham a mesma certeza de que queriam Burton de volta ao comando.

Burton, da sua parte, não estava tão certo.

Rodar *Batman* fora uma experiência profundamente desagradável que o deixara exaurido tanto em termos físicos quanto emocionais. Ele sentiu-se ofendido com a interferência dos produtores e não estava nem um pouco disposto a dar sequência aos anos que passara acorrentado a uma pepita de propriedade intelectual corporativa. A história que ele queria contar agora, sobre um órfão renegado e delicado que tem tesouras no lugar das mãos, era menor e mais pessoal, e ele foi contá-la na 20th Century Fox.

Enquanto isso, Hamm martelava várias versões de *Batman II,* que partia de onde o primeiro filme havia terminado e trazia à luz mais detalhes a respeito do assassinato dos pais de Bruce Wayne pelo Coringa/Jack Napier, enquanto o relacionamento de Bruce com Vicki Vale se aprofundava.

Os executivos da Warner acreditavam que o Pinguim era o vilão número dois de Batman e exigiram que ele tivesse destaque na sequência. Hamm achava que a Mulher-Gato representava uma oposição mais intrigante. Acrescentou ambos, acreditando que a presença de dois vilões sinalizava que o filme melhorou em relação ao primeiro. Na trama inicial de Hamm, os dois vilões roubavam artefatos inestimáveis das "Cinco Famílias" de Gotham City, o que os levava a um tesouro enterrado na Batcaverna. Robin, enquanto isso, era finalmente introduzido ao universo cinematográfico como um moleque de rua meio selvagem.

Enquanto Burton encerrava os trabalhos em seu conto de fadas gótico-fofo *Edward Mãos de Tesoura* na Fox, a Warner abordou-o com a

A CRUZADA MASCARADA

garantia de que, caso ele assumisse *Batman II,* Guber e Peters estariam fora da jogada e ele teria controle criativo total como produtor. Ele poderia fazer o filme de *Batman* que queria desde o início, fiel à sua visão singular: um filme de Tim Burton não só no nome.

Burton concordou; em agosto de 1991, foi feito o anúncio oficial. E agora que haviam lhe dado o poder de aprovar o roteiro, o primeiro passo de Burton foi recusar aquele em que Hamm vinha trabalhando.

Ele foi atrás do roteirista Daniel Waters com base no roteiro mordaz e negro como azeviche de *Atração Mortal,* comédia escolar sobre suicídios. Waters, que naquele momento estava fazendo revisões de última hora no set de *Hudson Hawk — O Falcão Está à Solta,* avidamente o abandonou e dispôs-se ao desafio de Burton: escrever para o diretor ainda relutante um roteiro que ele teria interesse real de dirigir. Waters descartou a ideia de Hamm com as cinco famílias, transformou Robin no líder de uma gangue de rua e, por insistência do diretor, intensificou a abordagem aberrante de Hamm com o Pinguim em um clichê familiar a Burton: um renegado pálido, deformado e penosamente injustiçado — em essência, Edward Mãos de Nadadeira.

Burton tratou como pessoal a oferta da Warner de fazer o filme de *Batman* que ele queria desde o início. Assim, decidiu que tudo em *Batman: O Retorno (Batman Returns)* deveria parecer não sequência, mas uma história totalmente nova e distinta, ou seja, ela ia cortar todos os laços narrativos e temáticos com o primeiro filme (saía a subtrama de Jack Napier, assim como Vicki Vale) e contratar uma novíssima equipe de produção e pós-produção (com as notáveis exceções do figurinista e do compositor do primeiro filme). Embora a equipe fosse nova para Batman, não eram desconhecidos de Burton: ele simplesmente contratou a tropa com quem trabalhara em *Edward Mãos de Tesoura,* para melhor despejar a estética de angústia emo sobre nova figura.

Desse momento em diante, *Batman: O Retorno* estava destinado a tornar-se o que acabou virando: *um filme de* Tim Burton... com Batman.

O primeiro filme demonstrara como era difícil preservar os elementos centrais de Batman em meio às exigências comerciais massacrantes da produção cinematográfica de *blockbuster.* Com *Batman: O Retorno,* tinha-se que pilotar o mesmo desafio enquanto Burton buscava impor sua visão altamente específica ao Cavaleiro das Trevas e o mundo deste. Essa visão trabalhava incessantemente para tirar o personagem de suas raízes "*pulp*-porrada" e trazê-lo ao reino do grotesco, onde o que dominava era a estética da pele pálida, lábios negros, gótica-amuada.

Existia certo grau de afinidade: o Batman de 1939 era a criatura de sombras e de teatralidade do expressionismo alemão, e a estética visual e emocional de Burton certamente ia naquela direção. Alcançou-se isso quando uma revisão do roteiro substituiu Harvey Dent por um novo antagonista, um rico empresário de Gotham originalmente pensado como irmão perdido do Pinguim. Seu nome: Max Shreck, homenagem ao ator que interpretara o vampiro em *Nosferatu,* o filme mudo de 1922 dirigido por F. W. Murnau.

Waters entregou mais versões: Robin tornou-se um mecânico afrodescendente casca-grossa, que era tratado apenas como "garoto".

Depois que Waters entregou a última versão, começou a fofoca em Hollywood em torno de nomes para o papel de Pinguim: Bob Hoskins, John Candy, Christopher Lloyd — até mesmo Marlon Brando. Mas tal como fora com o Coringa de Jack Nicholson, havia um único ator cujo nome fora pensado a sério: Danny DeVito.

Não havia o mesmo consenso em relação a Mulher-Gato. Durante meses, o burburinho rodou com nomes que hoje parecem bem confiáveis (Lena Olin, Bridget Fonda, Jennifer Jason Leigh), estranhamente intrigantes (Jodie Foster, Geena Davis, Debra Winger), totalmente desconcertantes (Cher, Madonna) e "só-pode-ser-brincadeira" (Meryl Streep). Sean Young, que originalmente fora contratada para interpretar Vicki Vale no primeiro filme, mas teve que cair fora quando quebrou o braço treinando para uma cena de cavalgada, achava que tinha direito adquirido ao papel. Quando a produção se recusou a entrar em contato com ela, a atriz vestiu uma roupa de Mulher-Gato improvisada e esgueirou-se pelo galpão da Warner, exigindo uma reunião com Burton. Mandaram-na embora. Young viria a aparecer no talk show diurno de Joan Rivers em trajes de gata, estalando a chibata e desafiando Burton a encontrar-se com ela.

Burton rapidamente contratou Annette Bening. Quando Bening ficou grávida, o papel foi para Michelle Pfeiffer.

Christopher Walken foi contratado como Shreck, e Marlon Wayans foi chamado para o papel de Robin, o garoto mecânico das ruas. A Warner comprou a reserva de Wayans para dois filmes de Batman e tiraram as medidas para o figurino.

A CRUZADA MASCARADA

Mas com a filmagem a poucas semanas de começar, Burton pediu ao roteirista Wesley Strick para dar mais uma revisada no roteiro. Como já estava virando tradição no Bat-cinema, ele cortou Robin de um roteiro apinhado de personagens. E também reescreveu o plano mestre do Pinguim — em vez de congelar Gotham City, ele iria atrás de uma vingança à la Antigo Testamento, matando o primogênito de cada lar na cidade.

As filmagens começaram em setembro de 1991, conforme o cronograma. Mas a gravação perdeu o cronograma e fez o orçamento de US$ 55 milhões inflar até US$ 80 milhões. Quando o público-teste expressou insatisfação com a resolução ambígua da história da Mulher-Gato, uma nova sequência em que ela aparecia viva e bem, olhando o Bat-Sinal, foi gravada de último minuto — ao custo de US$ 250 mil — usando uma dublê de corpo de Pfeiffer.

Comparado à abordagem promocional de choque e pavor do primeiro filme de *Batman*, o marketing por trás de *Batman: O Retorno* foi relativamente contido — se é que se pode considerar contida a certeza de apenas 130 parceiros licenciados oficiais, incluindo a Coca-Cola, o McDonald's e a Six Flags.

A caminho do lançamento do filme, fãs *hardcore* — inclusive aqueles que mantiveram a antipatia com a seleção de Michael Keaton — atentamente ficaram com as armas a postos. Uma entrevista de promoção com Tim Burton no *Entertainment Tonight*, na qual o diretor descrevia o personagem de DeVito com entusiasmo dizendo: "Nos quadrinhos, ele é só um carinha engraçado de *smoking*. Mas a gente vai fazê-lo virar o Pinguim" deu início a uma rodada de queixume. Os nerds ouviram, no tom de Burton, um desprezo gracioso pelos quadrinhos que parecia inquietantemente familiar.

Quando *Batman: O Retorno* estreou, em 19 de junho de 1992, o saldo de US$ 45 milhões no primeiro fim de semana arrasou recordes de bilheteria, tal como o predecessor havia feito. Contudo, sua arrecadação doméstica de US$ 163 milhões ficou US$ 90 milhões abaixo da do primeiro filme. Acabou sendo apenas a terceira maior bilheteria de 1992, atrás de *Aladdin* e *Esqueceram de Mim 2*.

As críticas provavelmente não tiveram culpa nesse aspecto, pois a maioria era bastante positiva. A *Time*, a *Variety* e o *The New York Times* concordaram que *O Retorno* era superior ao primeiro filme, e o *Washington Post* antecipou-se em rejeitar quaisquer queixas dos nerds comentando que "os puristas dos quadrinhos provavelmente nunca ficarão contentes com um filme de *Batman*. Mas *O Retorno* chega mais perto do que nunca do quadrinho original, sombrio, de Bob Kane". Roger Ebert, contudo, não foi fã da narrativa bagunçada do filme, declarando sua crença de que qualquer tentativa de enxertar super-heróis no cinema *noir* estava fadada ao fracasso.

A performance de Pfeiffer como Mulher-Gato — assim como seu traje fetichista — embora elogiada pelos críticos, foi atacada por grupos de pais, que iniciaram campanhas de cartas e protestos contra o conteúdo francamente sexualizado — uma gata com chicote — e a violência. A Warner destacou o tom sombrio e a classificação 13 anos do filme, na tentativa de rebater acusações de que ele estava sendo promovido entre crianças pequenas — postura que se provou complicada diante do McLanche Feliz com *Batman: O Retorno*. O McDonald's acabou cedendo à pressão e cancelou sua campanha.

Na página editorial do *The New York Times*, o filme atraiu críticas de escritores judeus que haviam conseguido encontrar no retrato do Pinguim — um renegado com nariz protuberante que começa o filme descendo o rio dentro de um cesto e encerra-o aplicando a décima praga do Egito a Gotham — um tom de antissemitismo.

Vai entender.

Apesar da bilheteria recorde, dos US$ 267 milhões que arrecadou mundo afora e dos outros US$ 100 milhões que o filme fez em aluguel e venda de VHS, os executivos da Warner tinham certeza que essa revolta de duas frontes, assim como a atmosfera fixamente emo do filme, havia prejudicado a venda de ingressos. Decidiram que a franquia precisava continuar, mas para tanto precisava tomar um rumo novo, mais iluminado, mais família.

O MORCEGO, A GATA E O PÁSSARO

Dá para entender o que eles pensam: *Batman: O Retorno* é uma coisinha esquisita e tenebrosa.

Isso não em função da contagem de corpos em si do filme, embora Batman faça cara de triunfo ao matar um bandido e queimar vivos outros três. O humor no roteiro às vezes mais parece uma história *nonsense*, pois parece não saber o que quer dizer, dando voltas indefinidamente

A CRUZADA MASCARADA

com trocadilhos vazios que fariam Cesar Romero passar vergonha, e seja lá que diabos era para ser *isso:* "Os sexos são todos iguais quando se explodem as zonas erógenas!"

Se você somar a candidatura a prefeito do Pinguim que surge do nada (trama que veio *ipsis literis* do seriado de 1966) e seu(s) plano(s) maligno(s) obtuso(s), sempre mudando, o resultado é um filminho esquisito, tenebroso e *agressivo* de tão bobo.

Os críticos que taxaram esse filme óbvio e apatetado de "sombrio" devem ter se distraído com a palheta de cores invernal e com o grau inquietante com que Burton permite que a ameaça de violência sexual paire sobre a Selina Kyle de Pfeiffer. Sua Mulher-Gato é uma vilã memorável, singular nas telas, e seu status como vítima é pensado para torná-la par temático com Bruce Wayne. Mas enquanto o trauma de infância de Wayne inspirou-o a treinar mente e corpo para sua grande missão ao longo de uma década, a Mulher-Gato do cinema nasce quando Selina Kyle é jogada por uma janela e de alguma forma é trazida de volta à vida... por gatos de rua. O intermédio que ela encontra é tanto mágico quanto extrínseco. Assim, o filme aparentemente propõe que o que habilita sua transformação em Mulher-Gato não é a opção que Selina Kyle toma, mas o abuso em si.

Isso é uma doideira.

Todos os filmes de Burton, em grau significativo, deleitam-se no frisson transgressor incômodo que o humor macabro lhes concede. Mas, em outros pontos, pelo menos, as piadas mordazes e desprezíveis são temperadas por um fabulismo melancólico, a ânsia por uma inocência perdida bem específica e bem estilizada.

Batman, dada a fartura de gente na cozinha, parecera mais um colosso de Hollywood do que um filme de Tim Burton. *Batman: O Retorno,* contudo, exala toda e qualquer idiossincrasia estilizada, essencialmente "burtonesca", da sua caixinha de ferramentas — menos a sensação de melancolia. Sem ela, o filme se projeta entre os confusos ziguezagues da trama, sem correr riscos no seu cinismo, e não trata de nada além de si.

Os fãs *hardcore* ficaram divididos em relação ao filme. Para alguns, a violência e a sexualidade que alarmaram os pais serviram como uma espécie de validação: aqui, enfim, estava um Batman sério e "o cara" para adultos; e a Mulher-Gato era gostosa. Em outros, o filme inspirou uma esquisita dissonância cognitiva: os elementos mais bizarros e, pelo menos entre os normais, mais burburinhados de *Batman: O Retorno* foram a origem trágica de Pinguim e sua deformidade monstruosa, o histórico "Ike-e-Tina" de Mulher-Gato, e a *gimp suit* de látex preto na qual Pfeiffer era fechada a vácuo antes de cada filmagem. Para os nerds, era como assistir a alguém contar sua piada predileta numa festa e detonar tanto a estrutura quanto o arremate — mas, ainda assim, todo mundo rola de rir.

A indústria de quadrinhos preparou-se devidamente para outra incursão de leitores novos e antigos na esteira do lançamento de *O Retorno*. As lojas fizeram pedidos de revistas de Batman em números maiores que o usual — se bem que, com o *boom* dos quadrinhos no ápice, os números usuais já eram bem altos. Mas não se manifestou um segundo Bat-empurrão, e esses Bat-gibis a mais — que não podiam ser devolvidos à DC — foram parar no estoque.

CHECKPOINT

Existe Batman "O Personagem", e Batman, "A Ideia".

Batman "O Personagem" espreita das sombras e fica lá, taciturno, nas páginas de gibis estimadas pelos nerds. Seu histórico é um vasto lago negro de narrativa com mais ou menos setenta e cinco anos de profundidade, e — afora, ocasionalmente, a correção de rumo por mando editorial — ele existe em um estado de equilíbrio narrativo perpétuo, com mudanças raras e incrementais.

Batman "A Ideia" boia no éter cultural. Ele é infinitamente mutável, é constantemente moldado e remoldado pelas numerosas versões que o mantém vivo no consciente coletivo: filmes, programas de TV, videogames e saquinhos de bala.

Há mais de vinte anos, esse Batman da consciência coletiva tinha a cara do Adam West com expressão solene. Agora, de repente, ele estava muito mais parecido com o Michael Keaton de armadura, pescoço duro e lábios grossos. Até 1989, o Batman que adornava os saquinhos de bala, as lancheiras e os chaveiros tinha capa e manto da cor de um céu de primavera sem nuvens; agora, eles eram pretos como o neoprene. Era esse mesmo Batman que nos observava das mochilas de garotos na lojinha do Warner Bros. Studio.

A CRUZADA MASCARADA

Poderia ter sido assim por um período indefinido, com a imaginação mundial contente em confundir a abordagem estilizada e idiossincrática de Tim Burton com a essência do personagem, como uma mariposa que confunde a luz da varanda com a lua.

Mas não foi assim. Porque às dez da manhã do sábado, 5 de setembro de 1992, estreou um programa de TV com o poder idiomático primevo de tomar a intendência da concepção pública de Batman das mãos pálidas de Burton. E o faria combinando o entendimento profundo, abrangente e *profundamente* nerd de Batman com um formato narrativo compacto, conciso e amigável.

O nome do programa era *Batman: A Série Animada (Batman: The Animated Series)*. A partir daí, ele passaria a servir a essência de Batman seis vezes por semana a uma plateia de nerds, normais e — finalmente, vinte e dois anos depois da Grande Virada Interna da indústria de quadrinhos, deixá-las a ver navios — crianças.

PRINCÍPIOS ANIMADORES

A Warner Bros. Animation estava em deliberação sobre quem no seu comprido banco de personagens reserva poderia potencializar como franquia de TV quando o sucesso sem precedentes do *Batman* de Tim Burton em 1989 (e a fusão Time-Warner de 1989) tornou um Bat-desenho animado praticamente inevitável. A primeira incursão que o estúdio teve nas animações, *Tiny Toons,* ainda tinha que estrear quando o vice-presidente da Warner Bros. Animation anunciou, em reunião da cúpula da empresa, que eles iriam desenvolver uma série de Batman e todos os animadores interessados deviam apresentar ideias. Eric Radomski e Bruce Timm prontificaram-se.

Radomski, o *background artist,* usou lápis de cor sobre papel preto para sugerir uma Gotham City agourenta, impressionista, *art déco*. Os designs de personagem feitos por Timm abasteciam-se tanto dos desenhos de *Superman* pelos Estúdios Fleischer dos anos 1940 quanto do estilo despojado e padrão da Hanna-Barbera. Mas enquanto a economia de design da Hanna-Barbera costumava parecer apenas grosseira e durona, os esboços de Timm com Batman pareciam elegantes, clean e — acima de tudo — *puros*. Ele trabalhara anos em seriados como *Comandos em Ação,* no qual os produtores instavam os animadores a desenhar "com realismo", copiando o estilo fotorrealista dos quadrinhos — o que, até onde Timm entendia, era encher as figuras de linhas inúteis e que eram um saco de animar. Seu Batman, pelo contrário, iria adotar e resumir aquela palavra que seus chefes jogavam para lá e para cá como a maior das ofensas: "cartum".

Juntos, os dois homens produziram um rolo promocional que exibia a Gotham "*Déco*-Sombria" e quarentista de Radomski junto à animação fluida e estilosa de Timm. Os traços dos dois entrelaçaram-se com perfeição; o novo mundo tinha peso e volume — os fundos não pareciam desanimados, mas sim engoliam os personagens com sombras de cinema *noir*. E os personagens não eram os pedaços de papelão bidimensionais que haviam se tornado o "de sempre" das manhãs de sábado; eram sólidos, arredondados, integrais — figuras que ocupavam espaço.

Alan Burnett, que tentara, sem sucesso, propor um desenho animado sombrio de Batman à Hanna-Barbera anos antes, entrou como roteirista-produtor. Burnett trouxe consigo o roteirista Paul Dini, de *Tiny Toons*.

A bíblia de produção inicial do programa delineava quatro regras básicas a que os roteiristas tinham que se ater, e cada uma delas pretendia diferenciar a série de todas as encarnações prévias do Cavaleiro das Trevas na TV:

> *1. Batman age só.* Os produtores queriam garantir que Batman fosse o único foco — um vingador solitário da noite de Gotham. A regra sobreviveu intacta apenas à primeira temporada, depois da qual os executivos da emissora insistiram que Robin tinha que aparecer em cada episódio: "Crianças", eles disseram, "vendem brinquedo."

> *2. Batman é um justiceiro, não um agente da lei devidamente autorizado pelas autoridades.* Ou seja, os policiais não iam chamá-lo pelo telefone especial nem pelo Bat-sinal. Alan Burnett brigou com essa regra, lembrando a Timm e a Dini que eles tinham desconsiderado uma coisa: o Bat-Sinal *era muito massa*. Eles cederam e o sinal apareceu pela primeira vez na série no vigésimo quinto episódio, "A Conspiração da Capa e do Capuz".

A CRUZADA MASCARADA

3. Nada de Dick Grayson. A dupla Batman e Robin do seriado *Superamigos,* por exemplo, fora insossa por anos a fio. Para deixar que Batman tomasse a ribalta — e nitidamente causar curto-circuito quanto a quaisquer preocupações em relação aos estilos de vida comum dos dois — os produtores decretaram que, na linha temporal do seriado, Dick Grayson seria homem adulto que tinha sua própria vida à parte da de Bruce Wayne e só faria visitas ocasionais. Essa regra, tais como a um e a dois, frequentemente era vergada e acabou sendo descumprida.

4. Cada episódio traria uma grande cena de ação e vilões que eram mais sombrios, mais estranhos e mais anárquicos do que tudo que a animação de TV permitira até então.

As regras sobre a representação da violência na animação televisiva haviam realmente afrouxado — nos anos 1970, por exemplo, o temor dos grupos de pais vigilantes havia transformado Tom e Jerry, que passaram anos travados em luta violenta e psicopata até a morte, em bichinhos covardes e amigáveis. Mas agora, diante do fenômeno cultural que eram os filmes de *Batman* por Burton, os produtores haviam ganhado tolerância para adotar o tom sombrio que queriam alcançar. Embora o departamento de Práticas e Padrões da Fox ainda pairasse sobre tudo, obrigando a reescrita do roteiro e soluções de última hora, entendia-se que trocar sopapos com bandidos de arma em punho era algo necessário no mundo de Batman.

Os dubladores foram escolhidos cuidadosamente, pois os produtores queriam que a série soasse tão diferente quanto sua aparência, quando comparada aos outros desenhos animados do sábado matutino. Isso queria dizer que seu caça-talentos tinha que fugir da panelinha de profissionais da animação — que tendiam a interpretações ensolaradas, vivazes, altamente performáticas — e localizar atores que encontrassem os ritmos naturalistas, contidos, que os produtores buscavam. Dini lembrou que dos mais de quarenta atores que fizeram testes para Batman, a maioria chegava ao papel com um "pigarro de Clint Eastwood", sempre soando forçado. Quando Kevin Conroy fez o teste, contudo, ele simplesmente usou sua voz de fala, embora um pouco mais baixa e mais íntima, e foi contratado.

180

Tim Curry originalmente havia sido chamado para a voz do Coringa. Mas embora o ator tenha acertado o lado assustador e sinistro, os produtores acharam que as notas mais abiloladas do vilão lhe escapavam. Mark Hamill fez o teste, demonstrando gama vocal e perícia que sublinhavam a natureza volátil do personagem, e tomou o papel para si.

EU SOU A NOITE

A tendência tranquila e natural da atuação na dublagem da série não foi mero acaso — era uma função da estética que orientava os produtores.

Outros desenhos animados arremetiam da tela de TV no desespero para captar a atenção vacilante, deslumbrada, movida a açúcar de cereal matinal, e vender ao público todos os produtos relacionados. Personagens contraídos em poses de ação rígidas berravam grumos de diálogo "explicativo-brinquedesco" diante de fundos de cores vivazes que faziam a retina ferver.

Batman: A Série Animada, por outro lado, não se parecia com nada mais que se via nas manhãs de sábado e, realmente, com nada mais na TV. Sua paleta emocional combinava com sua paleta visual: era *cool*.

A Gotham da série era um mundo submerso em sombras que convidavam o olhar e a imaginação do espectador a preencher os detalhes que sumiam nas trevas. Os personagens não ficavam parados, um gritando com o outro — eles tinham diálogos que soavam como diálogos, declinados com camadas de nuance. Não que houvesse um monte de diálogo: quando um episódio conseguia chegar ao ar, os editores e os produtores já haviam recortado impiedosamente as falas desnecessárias para enfatizar puramente a narrativa visual.

E era lá que o programa captava algo que nenhuma outra interpretação conseguira até então. O Batman deles movimentava-se com uma graça lépida, um bailarino, entrava e saía das sombras como uma aparição e — quando queria — convencia no terror.

"Pode-se dizer que o visual apavorante de Batman funciona mais na animação do que com atores", disse Paul Dini. "Em nossa série, os artistas conseguem frequentemente retratá-lo como trevas vivas, uma sombra sinistra de olhos vazios."

Cada uma das outras versões de Batman na mídia de massa impunha-se sobre o personagem: as cinesséries dos anos 1940 vinham com

A CRUZADA MASCARADA

a xenofobia brega; o seriado de TV de 1966 tinha o *camp* da discoteca e das cores fortes; os desenhos animados dos anos 1970 vinham com o mercantilismo gótico e extravagante. *Batman: A Série Animada,* por outro lado, parecia descascar com toda delicadeza aspectos do personagem — camada sobre camada de detalhes inúteis que se agregavam — e o que sobrava, fitando-nos das trevas, era a coisa em si, enfim revelada: Batman.

Todo episódio abria com uma introdução de um minuto que servia como uma declaração de sua missão visual: O logo da Warner Bros. transforma-se em um dirigível da polícia, rompendo o céu noturno vermelho-sangue com seus holofotes. A panorâmica desce às ruas de Gotham e encontra bandidos preparando um assalto a banco. A polícia corre atrás deles; cortamos para um plano do escapamento do Batmóvel cuspindo fogo (aceno ao seriado de 1966) em disparada a Gotham. Os bandidos correm por um telhado e param quando uma figura nas sombras salta do escuro da noite e assoma diante deles. Seus olhos — duas fendas brancas e vazias, os únicos detalhes visíveis da imponente silhueta — fixam-se nos dois homens.

E se *estreitam.*

É um momento curto, nem um *beat,* um rompimento quase imperceptível na ação antes de ele derrubar as armas das mãos dos bandidos com um batarangue e distribuir sopapos às respectivas fuças — mas os fãs sentiram naquele instante o choque emocionante da *identificação.* Era aquilo que imaginavam desde a infância, mas nunca haviam visto — um gesto carregado com anos de significado e metassignificado, expressado com a pureza e a simplicidade que só a animação poderia dar. Naquele instante, eles viram toda a intencionalidade sinistra do personagem ganhar vida, o juramento que define e conduz Batman destilado em sua essência: *Nunca mais.*

Mesmo que a narração que concluía a introdução fosse um pouco longa ("Eu sou a vingança. Eu sou a noite. Eu sou... Batman"), os nerds perdoavam. Aquela pausa de meio segundo antes de ele lançar-se ao combate, quando seu propósito implacável ficava evidente, caía sobre eles com o peso de uma promessa e parecia uma dádiva. A garantia de que, finalmente, Batman estava em mãos seguras.

A série estreou com um episódio em que Batman enfrentava a Mulher-Gato. Os produtores, tendo aprendido com o passado, não perderam tempo em definir as credenciais héteros de Bruce Wayne enfatizando sua forte atração por Selina Kyle/Mulher-Gato. Embora "A Gata e Suas Garras, Parte I" tivesse sido o décimo quinto na fila de produção, ele passou para o topo do cronograma numa finta proposital para capturar os olhos dos normais que se lembravam da performance de Pfeiffer em *Batman: O Retorno*. Não foi o único aceno ao filme que se fez durante a série: a Warner insistiu que a forma como o seriado retrataria o Pinguim fechasse com a abordagem de Burton, do personagem monstruoso, trágico e deformado. Os produtores do seriado — todos nerds — aceitaram com relutância.

Além de sua posição nas manhãs de sábado, *Batman: A Série Animada* ancorava o bloco Fox Kids de programas animados nas tardes de semana às quatro e meia, onde logo tornou-se o desenho animado de maior audiência dos EUA. O sucesso inspirou a Fox a testar o programa em um horário para adultos, nos sábados à noite. Conforme a popularidade da animação cresceu, seguiram-se os produtos derivados. Os elogios da crítica e da indústria começaram a verter. O episódio "O Ajuste de Contas de Robin", que recontava a origem do Menino Prodígio com primor e moderação, ganhou um Emmy — o primeiro de quatro que a série receberia ao longo de sua existência.

Apesar da pressão da Warner para fazer produtos derivados, o Batman da série raramente aproveitava-se dos maneirismos que vinham no pacote de sua linha cada vez maior de *action figures* (Batman com Foguete! Batman Ataque Aéreo! Batman Cibernético!). Os produtores preferiam ficar mais próximos da concepção original e elementar do personagem. Nisso, tiveram o auxílio de um núcleo de roteiristas com entendimento profundo, e profundamente nerd, do herói.

"Nossos roteiros mais fortes foram os que vieram dos roteiristas e editores de casa", disse Dini. "De regra, a maioria das propostas que recebíamos de free-lancers eram as tramas clichês de desenho animado (o herói é miniaturizado, o herói volta no tempo, o herói fica dividido em personas boa e má etc.) ou aventuras forçadas do Batman com outros super-heróis da DC".[89]

---

89. Dezesseis anos depois, os maneirismos e os encontros entre heróis que levavam às negativas de roteiros free-lance em *Batman: A Série Animada* constituiriam o princípio-guia de outra série animada de imenso sucesso, estrelando o Cavaleiro das Trevas; *Batman: Os Bravos e Destemidos*.

A CRUZADA MASCARADA

Quando buscavam roteiristas de fora, os produtores aproveitavam-se de histórias e roteiros de muitos dos homens que haviam conduzido Batman nos vinte anos até então — Len Wein, Gerry Conway, Steve Gerber, Marv Wolfman, Elliot S. Maggin, Martin Pasko, Mike W. Barr e Denny O'Neil.

Os fãs que assistiam ao seriado sentiam que Batman estava sob a intendência de colegas nerds que conheciam intimamente o personagem. Isso era tanto função do que acontecia na tela quanto do que não acontecia. "Embora fosse tema comum nos filmes, nunca queríamos ver Batman tentado a desistir do traje em troca de uma vida normal", disse Dini. "O traje *é* a vida normal dele."

O programa foi uma revelação e serviu de censura afiada à sanguinolência monocórdica, violenta-realista que se servia aos adultos nas lojas de quadrinhos. Dia a dia, semana a semana, *Batman: A Série Animada* mostrava que sua síntese e seu destilado singulares de Batman, cuidadosamente afinados a todas as idades, tinham como captar o cerne do personagem, mesmo enquanto o Batman dos gibis ainda se encolhia à sombra de Frank Miller.

A genialidade real da série, contudo, e o motivo pelo qual ela trazia tanto nerds quanto normais à mesa comunitária, coisa que nunca se vira, era seu formato. O episódio de meia hora é o mais comum, mais familiar e de digestão mais fácil da TV, e a televisão em si é a mídia mais conveniente, íntima, ubíqua — e inclusive a mais normal — das mídias de entretenimento.

A natureza episódica ecoava de perto o aspecto serializado dos quadrinhos e cada capítulo encerrava com uma inversão do *status quo*: o caso resolvido, o desastre prevenido, a justiça cumprida — início, meio e fim. Mas um programa de TV de meia hora tem a capacidade de envolver um espectador de maneira mais potente e permanente que até o filme mais espetacular, pois oferece aquilo que o filme só pode sugerir: tempo, tempo aos montes.

De episódio em episódio, a situação de Batman não mudava grande coisa. Mas conforme esses episódios esticaram-se em temporadas, mudanças sutis, cumulativas e permanentes começaram a ficar visíveis: a caracterização ficou mais aprofundada, amizades formaram-se, desgastaram-se e reformaram-se, vilões revelaram camadas insuspeitas sobre a superfície atemorizante. Conforme o tempo passou, roteiristas introduziram variações de tom na série, permitindo ocasionais episódios cômicos para temperar a crueldade no mundo de Batman. A sensação de intimidade que essa riqueza gradualmente crescente de nuances transmite é algo que todo nerd leitor de quadrinhos conhece bem; agora, contudo, ela era servida aos normais — e seus filhos — todos os dias depois do colégio.

Entre essas crianças, irrompeu uma miniBatmania: a Warner inundou as lojas de *action figures,* veículos e cenários de armar enquanto se transmitiram os sessenta e cinco episódios da primeira temporada, ao longo de dois anos. A segunda temporada, que consistia em vinte episódios, estreou em maio de 1994, renomeada *As Aventuras de Batman e Robin (The Adventures of Batman and Robin).*

Em fins de 1996, a Warner pediu mais episódios. As reprises do programa estavam passando da Fox para a rede WEB (na qual se uniriam a *Superman: A Série Animada [Superman: The Animated Series],* também produzida por Timm e Dini) e a rede queria engordar o Bat-conteúdo. Mas a Warner possuía duas cláusulas: o programa tinha que trazer não só Robin, mas também a personagem Batgirl todas as semanas, pois ela seria coestrela no *Batman e Robin* de Joel Schumacher.

Para se desafiarem, e garantir que a nova temporada não fosse confundida com a antiga, os produtores tomaram o jovem Tim Drake de empréstimo dos quadrinhos, mas ajustaram sua origem para entrar em acordo com o universo animado — que estava em expansão e agora era totalmente independente. Eles reapresentaram Dick Grayson como Asa Noturna e deram pistas de uma relação com o Cruzado Mascarado que degringolou.

Nessa nova temporada, Timm voltou à prancheta e modernizou ainda mais o design dos personagens: tal como no *Cavaleiro das Trevas* de Miller, Timm livrou-se da capa e capuz azuis de Batman, assim como da elipse oval amarela, em troca de um traje mais simples, *old school,* cinza e preto. Todos os personagens passaram por um redesign/simplificação parecido, para deixar o visual da série mais afinado com o de *Superman: A Série Animada.* Agora que *Batman: o Retorno* havia sumido do retrovisor cultural, Timm teve licença para livrar-se da interpretação "lúgubre-Burtonesca" do Pinguim e devolvê-lo a suas raízes como um simples pilantra corpulento e decadente.

Os produtores queriam que essa terceira temporada, a da Bat-família, se chamasse *Batman: Cavaleiros de Gotham.* Mas a WB insistiu no

A CRUZADA MASCARADA

menos portentoso, mas mais descritivo, *As Novas Aventuras de Batman* e *As Novas Aventuras de Superman.*

Ao longo de seis anos, três títulos e duas emissoras, produziram-se 110 episódios de *Batman: A Série Animada,* assim como um longa-metragem para o cinema (chamado *A Máscara do Fantasma*) e dois em vídeo.

A série continua sendo uma realização singular e notável. Não só porque reapresentou o personagem Batman a uma geração de crianças — crianças que os quadrinhos haviam abandonado na corrida para aceitar o niilismo realista, e que os filmes de Burton haviam apenas bagunçado com seu "ensimesmamento emo". Se o único legado de *Batman: A Série Animada* foi que as crianças voltaram a ver Batman como algo que ressonava, algo verdadeiro e duradouro que falava a eles de sua força interior, que mostrava que o feito do autorresgate era possível, já era o bastante. Mas é claro que há mais.

Por todos os motivos delineados acima, *Batman: A Série Animada* continua sendo uma bela anomalia, um perfeito paradoxo narrativo que sempre paira em dois estados simultâneos, mas mutuamente impossíveis: é ao mesmo tempo o mais dedicado aos fãs e o mais nerd, e também o mais acessível e o mais normal dos retratos do Cavaleiro das Trevas que virá a existir em qualquer mídia.

É mais que um desenho animado. É o gato de Schrödinger.

7
A Cruzada Mascarada (1992-2003)

O negócio se chama comic book, *não* tragic book.[90]
— JOEL SCHUMACHER

Crescemos com Batman, e vê-lo ser explorado pelo marketing comercial (que é o que está acontecendo) é de deixar qualquer um furioso. E o mais importante: a primeira imagem do filme (depois dos créditos), é um close na Bat-Bunda. Segunda imagem: Prodígio-Bunda. Não precisava!!! Ninguém tinha que ver essas coisas. Até a bunda e os mamilos da Silverstone (borracha???!!!??) foram totalmente gratuitos. E eu só posso falar por mim, mas mamilo de borracha não me excita.
— PÁGINA PRINCIPAL DO WEBSITE *BRING ME THE HEAD OF JOEL SCHUMACHER* ["TRAGAM-ME A CABEÇA DE JOEL SCHUMACHER"]

Durante a maior parte de sua existência, Superman, Batman e o restante do seu gênero têm sido vistos por aqueles fora da indústria de quadrinhos, que se deram ao trabalho de olhar para eles como satisfação de desejos juvenis. Mas esse epíteto, embora seja uma avaliação razoável ao menos da raiz do seu atrativo, erra o alvo em um aspecto pequeno, mas crucial.

Nos primeiros quarenta anos, super-heróis prestaram-se à satisfação de desejos *infantis*: não apenas ser forte, mas ser o mais forte; não apenas correr rápido, mas ser o mais rápido — e, no caso de Batman, não apenas ser inteligente, mas ser o mais inteligente. Os quadrinhos dos anos 1940, 1950 e 1960 não deixavam a desejar em emoções, mas eram as emoções primevas do playground do colégio — alegria, raiva, tristeza, ciúme — e eram desencadeadas pela mecânica da trama: Robin suspeita que Batman quer trocá-lo pela Batwoman. *Chuif! Sniff!*

Foi só depois que Stan Lee, Jack Kirby e Steve Ditko aplicaram em sua nova raça de heróis Marvel uma mãozada de Acnase, nos anos 1960, que as emoções um pouco mais nuançadas e adolescentes entraram em jogo

---

90. O autor da frase faz um jogo com a expressão "comic book", que se refere às revistas em quadrinhos, mas que, na interpretação literal, significa "livro cômico". [N.T.]

A CRUZADA MASCARADA

— culpa (Homem-Aranha), vergonha (Coisa) e alienação (X-Men). O mais importante é que essas emoções não surgiam em reação aos fatos — elas eram intrínsecas à constituição psicológica dos heróis. De repente, o super-herói ganhou personalidade.

Com essas novas emoções e caracterizações, os super-heróis começaram a tratar de anseios mais abstratos do que apenas voar bem longe e correr bem rápido e ser bem forte: os novos heróis empenhavam-se em conquistar uma menina, em serem aceitos, em cumprir responsabilidades, em serem considerados dignos: a satisfação, enfim, do desejo *adolescente*.

E assim se deu, dos anos 1960 aos 1980 — a era na qual o sentimentalismo adolescente dos heróis Marvel invadiu o universo super-heroico, processo acelerado pela Grande Virada Interna dos anos 1970. Ao final dos anos 1980, Batman havia passado de tira-encapuzado-conforme-padrão a lobo solitário taciturno e obsessivo, ou a esquizofrênico deprimido.

Mas no início dos anos 1990, conforme as capas platinadas, estampadas e holográficas brigavam por espaço nas lojas de quadrinhos mais apinhadas que a indústria já tinha visto, o anseio adolescente do super-herói irrompeu das entrelinhas para linhas muito bem legíveis, a ponto da hilaridade.

Era uma cultura das HQs baseada em excessos alegremente visuais e hormonais. A ênfase oitentista na musculosidade schwarzeneggeriana fazia metástase e tornava-se carne inchada, distendida, vascular. Enquanto heróis dos anos 1980, como o Justiceiro, saíam por aí portando uma metralhadora ou pistola, os novos heróis e equipes, de nomes como Spawn, Deadpool, Shrapnel, Cable, Bloodsport, Youngblood e Cyberforce, concediam justiça exultante e sangrenta na ponta das facas ou das bazucas que traziam sempre coladas ao corpo. Um análogo de Batman chamado Shadowhawk, por exemplo, tinha por rotina mutilar e aleijar os inimigos.

Passar os olhos por uma prateleira de quadrinhos em 1992 era mirar o cérebro embebido em testosterona de um garoto hétero de treze anos: heróis cujos rostos carrancudos empoleiravam-se sobre deltoides gigantescos como estátuas afundadas na Ilha da Páscoa, mulheres cujos seios "bola de basquete" ofereciam-se para os olhos em poses que desafiavam a fisionomia e a física. Diga o fetiche libidinoso de *fanboy* que quiser: canos de revólver, explosões, estrelinhas ninja, membros que se transformavam em lasers, espadas ou espadas-laser — tudo despido de contexto narrativo e estendido por quadros de página inteira.

A voga do "violento e realista" que Batman comandou havia se deteriorado até virar predileção arfante pelas imagens de tirar o fôlego: páginas e páginas de *pin-ups* púberes — quadrinhos que não eram feitos para ler, mas para comer com os olhos.

Ou, cada vez mais, para se fechar num saquinho plástico e arquivar. O surto dos especuladores estava no auge, conforme a Marvel inundava as prateleiras com títulos dos X-Men e capas alternativas. Um desses, *X-Men*, n. 1 (outubro de 1991), vendeu 8,1 milhões de exemplares, mais do que qualquer revista em quadrinhos na história editorial. Era um número grande demais até para o mercado colecionador em crescimento absorver e sustentar, de maneira que as caixinhas de edições antigas começaram a inchar de não vendidos.

Em meio a esse mexe-remexe, corta-recorta, estampa-lamina, respinga-sangue, Batman — agora ave rara, em comparação aos outros — baixou a bola. A onda de gibis-X nas bancas já havia escorraçado os Bat-títulos centrais do top cem de vendas, e *Batman: O Retorno* não ajudara em nada nesse sentido.

O editor Denny O'Neil havia percebido. "Ficamos pensando se Batman não tinha virado antiquado", ele recorda, "pois apesar de todo o aspecto sombrio, ele nunca vai infligir mais dor que o necessário e nunca vai tirar uma vida. Víamos os heróis dos outros gibis, sem nem chegar nas outras mídias, nos quais a carnificina em massa parecia ser qualificação primária para ser herói."

Se o código moral de Batman deixava-o fora de compasso com o *Zeitgeist*[91] predominante dos quadrinhos, o bom-mocismo boa-pinta de seu irmão mais velho deixava o Homem de Aço quase um dinossauro mórmon. Algo tinha que ser feito, e a DC encarregou-se de fazer sem poupar uma gota de alarde: mataram o garotão.

Todo mundo dentro da indústria de quadrinhos entendeu a jogada como o que era. Mas espaços jornalísticos como a *Newsweek,* a *People* e a *Newsday* de Nova York pularam de cabeça na "grande novidade". De repente, a morte de Superman era piada no monólogo de abertura do *Tonight Show,* no esquete do *Saturday Night Live.* Os lojistas dos quadrinhos, percebendo o aumento da atenção do público, pediram cinco milhões de exemplares da "edição da morte" — a qual, é claro,

---

91. Zeitgeist: espírito de uma época. [N.T.]

A CRUZADA MASCARADA

vinha dentro de um saco plástico fechado, preto, de luto. Além da multidão usual de fãs e especuladores, um número sem precedentes de normais botou o pé nas lojas de quadrinhos pela primeira e última vez para pegar seu exemplar, partindo da suposição condenada de que, ao fazê-lo, ajudariam a pagar a universidade dos filhos. No fim das contas, vendeu-se mais de seis milhões de exemplares em meio a uma cobertura da grande mídia tal como nunca se vira.

Foi uma jogada de marketing, é óbvio — mas também uma crítica sagaz ao estado da indústria. No ano que se seguiu, os quadrinhos de Superman exploraram como seria um mundo sem o herói.

O'Neil e seus Bat-roteiristas, que vinham planejando uma jogada parecida há mais de dois anos, decidiram conferir o vácuo que um herói deixaria ao modo deles. Com um certo jiu-jítsu narrativo, decidiram saciar a sede da moda pela violência lúgubre e amoral com uma longa saga que acabaria por reafirmar a posição de Batman como herói moral e misericordioso. Para tanto, O'Neil amarrou ainda mais a continuidade já rígida entre os Bat-títulos, de forma que uma só história perpassasse a todos. A seguir, introduziu o elenco principal.

APRESENTANDO: AS LANÇAS FLAMEJANTES DO *COOL*

A minissérie *A Espada de Azrael (Sword of Azrael)* foi a estreia de um personagem perfeitamente sincronizado com a era de jogar pão para o grande *fanboy* Cérbero: um assassino geneticamente modificado, vítima de lavagem cerebral, cuja armadura era tunada com lanças flamejantes nos pulsos que eram tão escancaradamente nada práticas quanto davam um visual perfeito. Batman toma Azrael sob sua asa e começa a retreiná-lo, tentando frear a programação impiedosamente assassina do jovem.

Enquanto isso, *Batman: A Vingança de Bane (Batman: Vengeance of Bane)* apresentava o antagonista-chefe da saga, uma montanha de músculos com máscara de *luchador*, abastecido tanto por raiva quanto por uma poderosa droga que aumenta sua força. Criminoso e astuto o bastante para deduzir a identidade secreta de Batman, Bane lança um plano para destruir o homem-morcego e comandar Gotham City na ausência do outro. Para este fim, ele liberta todos os detentos homicidas do Asilo Arkham, ato que faz Batman passar do seu ponto de ruptura mental e física no fervor do desespero para recapturar todos. Em *Batman,* n. 497 (junho de 1993), Bane surpreende o Batman exausto na Batcaverna, e o encontro termina com Bane batendo em Batman, danificando-lhe severamente a coluna.

O Cruzado Mascarado convalescente chama Azrael para tomar o papel de Batman e assumir o que a história, com pompa sepulcral, chama de "Manto do Morcego". Azrael aceita, mas logo troca o Bat-traje por um conjunto absurdamente imbecil de armadura cibernética que vem com todos os badulaques noventistas possíveis, tais como garras acopladas, foguetes de braço, um cinturão de munição supérfluo no meio da coxa, espinhos que não servem para absolutamente nada e, talvez o mais bizarro, uma canetinha laser montada no torso para projetar o Bat-símbolo nos outros.

Agora que os Bat-títulos traziam Azrael de Bat-armadura ultra-armada nas capas, as vendas começaram a subir. O prospecto encantou O'Neil e os roteiristas — e também os deixou muito preocupados. Azrael deveria servir de exemplo prático, uma crítica sarcástica ao clima predominante, não se tornar o Personagem Revelação de 1993.

"Propomo-nos a criar um anti-Batman", diz O'Neil, "e meu maior medo era que as pessoas o amassem."

Conforme a saga prossegue, Azrael luta contra seu condicionamento e fica cada vez mais enlouquecido. Ele vira paranoico, autocentrado, sofre alucinações, deixa que testemunhas inocentes morram sem sua intervenção e que um assassino despenque e morra. Por fim, Batman — que deu a volta por cima nas costas quebradas, "valeu aí" — desafia e derrota Azrael, e retoma a sua identidade como Cavaleiro das Trevas de Gotham.

O imenso arco de história se desenrolou ao longo de dezesseis meses; os leitores que quisessem acompanhá-lo tinham que comprar mais de setenta gibis de oito séries distintas. Mas as notícias das costas quebradas de Batman não chegaram a atrair a atenção midiática que tivera a morte de Superman, nem mesmo a morte de Robin. Nas mentes dos normais que não tinham familiaridade com a mecânica contínua das narrativas de longa duração, a morte era uma coisa chocante e permanente; uma deficiência, por outro lado, não tinha o mesmo impacto.

Dentro do gueto dos quadrinhos, o resultado foi lindo. Todas as Bat-revistas voltaram a subir nas listas de vendas; uma edição de Batman foi a revista mais vendida de agosto de 1993. O fato de que era a edição número 500 do título, número que atrai colecionadores, ajudou um pouquinho.

A CRUZADA MASCARADA

Assim como a capa-pôster com recorte.

E o fato de que ela vinha em um saco plástico fechado.

Com postais para colecionador.

Tudo isso viria a provar-se um sucesso passageiro quando a bolha da especulação finalmente estourou, lançando ondas de choque pela indústria. Em abril de 1993, havia mais de onze mil lojas de quadrinhos pelo país, que pediam o impressionante número de quarenta e oito milhões de exemplares de gibi por mês. Mas só em janeiro de 1994, por volta de mil dessas lojas fecharam as portas. O fechamento das lojas seguiu por meses e meses, e o número de distribuidoras de gibis também caiu.

Enquanto isso, ficava evidente que a jogada de matar ou incapacitar seu herói só dava ganhos de curto prazo: as vendas de Superman baixaram no rastro de seu inevitável retorno, e os Bat-títulos mais uma vez despencaram da lista dos cem, que inchou de novo com os X-Men angustiados e anti-heróis, cujo arsenal portátil de espadas e pistolas eriçava-se do corpo como um porco-espinho militarizado. A única maneira pela qual Batman conseguiu voltar à lista dos cem mais, aliás, foi pegando carona em outras licenças: uma HQ de *Batman vs. Predador* (*Batman vs. Predator*) entrou na lista no número quarenta e oito, e o *cross-over Spawn/Batman*, com uma belíssima e entorpecedora briga de quarenta e oito páginas, virou a HQ mais vendida de 1994.

Com a indústria em queda livre, a DC não dava bola que essas jogadas de morte/incapacitação rendessem picos de venda tão breves. Nos anos por vir, eles viriam a repetir a estratégia com todos seus heróis: a Mulher-Maravilha seria morta e substituída, assim como o Arqueiro Verde e o Flash. O Lanterna Verde daria um passo a mais, virando do mal e matando milhares de inocentes[92] antes de recolher sua recompensa. Nenhuma das mortes colava, óbvio — é difícil licenciar cadáver —, mas eles seguiram nessa de qualquer modo, assim como as "sagas" de verão que envolviam todos os títulos da linha super-herói da DC.

Seria a saga do verão de 1994, contudo, a que teria efeito mais profundo em Batman. O evento, chamado *Zero Hora: Crise no Tempo (Zero Hour: Crisis in Time)*, representava a tentativa da DC de limpar a barra depois da minissérie *Crise nas Infinitas Terras* na década anterior — que fora, por sua vez, a tentativa de limpar a barra das diversas linhas de continuida-

---

92. Iraaaaaaadooooo!

de disparatadas da DC misturando todas. O processo, inevitavelmente, deixara muitas contradições e dúvidas pendentes — duas coisas que as hordas revitalizadas de fãs *hardcore* não podiam e não iriam tolerar.

O'Neil e seus roteiristas viram o evento como chance de fazer alguns ajustes na história de Batman. O primeiro deles foi pequeno, mas esperto: por baixo dos panos, jogaram fora o histórico de prostituta da Mulher-Gato. Na era dos quadrinhos dedicados a satisfazer submissamente os caprichos dos *fanboys* excitáveis, omitir tal detalhe lascivo foi uma medida surpreendente, e surpreendentemente progressista. As outras mudanças foram maiores e diretas na essência de Batman "O Personagem".

Batman conhecera durante anos a identidade do homem que havia alvejado e matado Martha e Thomas Wayne: um bandidinho de segunda chamado Joe Chill. Os efeitos de alteração da linha temporal de *Zero Hora* livraram-se totalmente de Chill. No novo universo DC, Bruce Wayne não sabia quem havia matado seus pais.

Esse pequeno ajuste serviu para mexer com sua lenda de modo fundamental. O'Neil sabia o que Bill Finger e Tim Burton não sabiam — no caso, que corporificar o ato de violência que fez Batman nascer só iria diminuí-lo. A missão dele deve ser maior que um homem só que involuntariamente o fez entrar nela. Para operar como símbolo, Batman deve colocar-se em oposição, como originalmente julgara fazer, a todos os criminosos e à violência que por acaso pode estar nos aguardando em qualquer beco escuro. Ele não é movido por algo tão pobre, mesquinho e pessoal como a vingança. Em vez disso, sua missão abre-se para tudo: ela envolve o mundo como um todo, e é guarnecida de uma esperança cruel e sabidamente sisifística. Sua meta não é a vingança atingível, mas algo que ficará eternamente além de seu alcance: justiça.

Não é uma desforra, mas uma cruzada.

O outro ajuste que O'Neil e seus roteiristas introduziram foi ainda mais ousado. Na nova realidade do Universo DC, a própria existência de Batman não era de conhecimento público. Agora, ele era considerado um mito urbano, uma lenda do submundo de Gotham.

A medida refletiu a mentalidade que Denny O'Neil tinha desde longa data, conduzida até sua conclusão lógica. Sendo tanto roteirista quanto editor, O'Neil havia gradual e furtivamente cultivado o isolamento de Batman, e do mundo de Batman, do restante do universo DC. Ele resistira sem muito sucesso a tentativas de roteiristas como Keith

A CRUZADA MASCARADA

Giffen de tornar Batman integrante da Liga da Justiça, assim como de qualquer saga que retratasse Batman como figura pública e de renome. O interesse de O'Neil baseava-se na Bat-iconografia. Ele afirmava que Batman funcionava melhor nas sombras, como figura do medo — e qualquer história que o arrastasse à luz do dia, quanto mais ao noticiário em rede nacional, roubava-lhe exatamente o que fazia ele ser quem era.

Mas a decisão de transformar Batman em mito urbano trazia uma série de complicações. Se as pessoas não acreditavam na existência de Batman, o que dizer de Robin? Ou de Asa Noturna, que se tornara o rosto da superequipe conhecida como Novos Titãs? E o Bat-Sinal?

Tal como a fusão/apagamento maciço de *Crise nas Infinitas Terras* com centenas de histórias amadas que inspirou uma onda de escândalo nerd, a ideia de Batman como lenda urbana provou-se controversa. "Eu estava na Marvel quando implementaram essa ideia nas séries do Batman", diz o escritor Glenn Greenberg, "e lembro que todo mundo riu e achou ridícula."

Nas seções de cartas das revistas, os fãs ficavam disparando palavras como "absurdo", "impraticável" e "infundada". Mas O'Neil era irremovível. A mudança pegou, tornando-se diretriz editorial oficial da DC pelos dez anos seguintes.

Enquanto toda essa movimentação furiosa rodopiava pelas páginas dos gibis principais de Batman e a indústria seguia firme na sua implosão, uma revista infantil baseada em *Batman: A Série Animada* estreava quase em silêncio. A série[93] trazia histórias acessíveis, perfeitas para crianças, fechadas em uma edição só, que captavam a abordagem clean e destilada do personagem. Nos anos mais escuros da década, quando a estratégia de marketing dos quadrinhos involuiu para buscar o colecionador volátil com lustro pueril, berrante de tão adolescente, um quadrinho feito expressamente para crianças pequenas era a versão mais verdadeira, melhor escrita e mais adulta de Batman que se via nas prateleiras.

SCHUMACHER BEGINS

A implosão progressiva da indústria de quadrinhos passou despercebida pelos contadores de Hollywood, que avaliaram que um novo

---

93. Quase sempre com roteiros de Kelley Puckett e Ty Templeton, e ilustrada por Templeton, Mike Parobeck, Rick Burchett e outros.

Bat-filme era inevitável. Assim que se fecharam as contas de bilheteria e de *home video* de *Batman: O Retorno*, os copresidentes da Warner Bros., Robert Daly e Terry Semel, chegaram a uma decisão sobre o futuro da franquia cinematográfica mais lucrativa que tinham em mãos. "Terry e eu queríamos que este [próximo] Batman fosse um pouco mais divertido e mais alegre que o último", disse Daly. "O primeiro Batman foi maravilhoso. O segundo ganhou críticas tremendas, mas muita gente achou sombrio demais, principalmente para crianças."

A *Entertainment Weekly* expressou-se de forma mais franca, citando uma fonte que dizia que Tim Burton estava fora da jogada por ser "muito esquisito e muito sombrio" para o estúdio.

Esquisito e sombrio demais também para o McDonald's, pois a rede de *fast-food* ainda se ressentia de ter tido que jogar fora seus McLanches Felizes de *Batman: O Retorno* quando os grupos de pais reclamaram. Para ficar de bom grado com a corporação, cujo palhaço-voz vendia gordura saturada a crianças como fantasioso avatar da arteriosclerose, a Warner prometeu que executivos do McDonald's teriam permissão para revisar o roteiro do próximo filme antes de as gravações começarem.

Depois de jogar verde com John McTiernan (*Duro de Matar*), que estava com a agenda cheia, e de pensar e de recusar Sam Raimi (*Uma Noite Alucinante, Darkman — Vingança sem Rosto*), a Warner foi atrás de Joel Schumacher, que fizera seu nome com uma sequência de filmes-sensação baratinhos com estética visual particular, sobretudo *Os Garotos Perdidos, Linha Mortal* e *Um Dia de Fúria*.

"O Bob ou o Terry", lembrou Schumacher, "iniciou a conversa dizendo que eles queriam me oferecer o maior ativo da empresa."

O casal de roteiristas de TV Lee e Janet Scott Batchler começou a trabalhar no roteiro do terceiro filme de Batman em julho de 1993. Os dois encontraram-se com Tim Burton, que ficara relegado a produtor, e ele os incentivou a continuar explorando a ideia da dualidade psicológica tanto em Batman quanto nos vilões. Para sublinhar o tema com toda clareza, eles imaginaram uma psiquiatra sensual como par romântico de Batman.

No primeiro roteiro, havia uma cena que se passava no quarto da psiquiatra, depois que Batman e ela fazem amor, que determina que o Cavaleiro das Trevas não tira a máscara durante o sexo — o tipo de piada safada e descartável que tinha a marca de Burton.

A CRUZADA MASCARADA

O departamento de marketing da Warner exigiu que Batman vestisse um segundo Bat-traje, por fins despudoradamente "brinquedísticos": a "Armadura Sônica". E o departamento de produção exigiu que o roteiro usasse a fórmula do filme anterior com dois vilões. Schumacher, que trabalhara recentemente com Tommy Lee Jones em *O Cliente*, estava decidido a conseguir o ator oscarizado para interpretar Duas-Caras, o vilão de Batman que melhor encarnava a ênfase do roteiro na dualidade e em personalidades fendidas.

Assim que o roteiro foi entregue, Akiva Goldsman, com quem Schumacher também havia trabalhado em *O Cliente*, foi convocado para a revisão. No geral, ele mexeu no tom do roteiro, aumentando o humor frenético e salpicando piadas mais loucas, querendo encaixar as aventuras alegres e joviais dos gibis de Batman dos anos 1940 e 1950. Goldsman também extirpou de vez o Bat-sexo.

Schumacher sabia exatamente como chegar ao Bat-filme para todas as idades que o estúdio queria: jogando fora a melancolia em tons de cinza de Burton e adotando — que nada, pisando fundo no — humor. "O nome é *comic book*, não *tragic book*", ele lembrava a toda sua equipe e elenco, e instava-os a deixar tudo na produção mais engraçado, mais alegre, mais colorido, mais atraente. "Um gibi vivo", nas palavras dele.

Com esse fim, Schumacher, ex-vitrinista e figurinista, concentrou-se nos elementos visuais do filme. Ele havia visualizado Batman atravessando chamas, por exemplo, e instruiu os roteiristas a escrever as cenas que fossem necessárias para conduzir a esse momento. Ele descreveu a seu desenhista de produção uma Gotham City na qual o Times Square brotava a cada esquina, fervilhando de cores neon, fluorescentes e lasers, e ficou aguardando o resultado com o prazer de êxtase.

Nem todos compartilhavam da sensação ebuliente de Schumacher em relação a como o filme tomava forma. Seu diretor de fotografia, Stephen Goldblatt, estava nervoso. "É uma ópera da extravagância", ele disse. "Beira o exagero, o que leva a problemas inevitáveis."

Por exemplo: a estética visual saliente de Schumacher levou-o a uma decisão minúscula, mas fatídica. Era uma opção de figurino que na verdade não tinha nada de especial, do tipo que acontece todo dia na pré-produção. Uma opção que fazia o design dos Bat-trajes dar um passinho para fora do reino do Kevlar parrudo, prosaico, tropa de choque, e tomar uma rota mais reveladora do corpo, roupas com músculos embutidos que propositalmente lembravam o estatuário helênico, como convinha a heróis. "Eles são idealizados", Schumacher viria a dizer das novas Bat-fantasias, "quase gregos, com um pouquinho de anabolizante."

E assim se deu que Joel Schumacher conferiu a cada Bat-músculo peitoral moldado na borracha... um mamilo.

Ele não tinha como adivinhar que a mera existência das referidas aréolas lhe valeria a hostilidade fervilhante eterna de legiões de nerds e que elas seriam lembradas como a marca da sua contribuição ao legado do personagem.

A seleção de elenco era outro desafio. Robin Williams estava ávido em experimentar o papel de Charada até ler o roteiro, no qual achava que o personagem tinha uma abordagem cômica insuficiente. Então o papel foi para Jim Carrey, o que garantiu que "abordagem cômica insuficiente" nunca se aplicasse ao filme.

O desejo de Schumacher de colocar no elenco Tommy Lee Jones como Harvey Dent/Duas-Caras levou-o a ter que convencer o estúdio a pagar a multa de contrato a Billy Dee Williams, que aceitara o papel no filme de Burton de 1989 com a condição de que fosse o vilão de destaque numa continuação.

Williams acabou não sendo o único ator negro contratado para o filme e posto de lado por Schumacher. A versão mecânica, durona, urbana de Robin o Menino Prodígio por Marlon Wayans — originalmente selecionado para *Batman: O Retorno* — não combinou com a visão frenética do novo diretor. Pagou-se a multa de contrato de Wayans, e Chris O'Donnell foi contratado para Dick Grayson/Robin.

Schumacher disse a O'Donnell para ganhar músculo antes das filmagens e informou ao jovem que, na película, seu Dick Grayson rebelde e cabeça-quente iria usar brinco.

Michael Keaton supunha que iria encarar Batman pela terceira vez, mas perdeu boa dose da autoconfiança quando o estúdio optou por Schumacher em vez de Burton. Apesar disso, ele esperava ser consultado durante o processo de desenvolvimento do filme, pois pensava veementemente que o foco em dois vilões de *Batman: O Retorno* havia deixado seu personagem mais fraco. No final das contas, quando enfim pôs as mãos no roteiro, ele decidiu não voltar ao papel.

A busca por um substituto foi curta. Tim Burton, para surpresa de ninguém, defendeu a escolha de Johnny Depp. O estúdio preferia Val

A CRUZADA MASCARADA

Kilmer ou Kurt Russell, e Schumacher escolheu Kilmer. Com a seleção de Nicole Kidman como a Bat-psiquiatra de origem altamente improvável, Chase Meridian, iniciaram-se as gravações.

COMO VENDER ETERNAMENTE

A Warner tinha um público nervoso a atender, mas o estúdio já estava acostumado. Tal como havia feito cinco anos antes, o departamento de marketing fez uma investida promocional para garantir e estimular um grande e importante público-alvo. Desta vez, contudo, este alvo não eram os fãs. Eram os licenciadores.

Em uma apresentação resplandecente para duzentos executivos das áreas de brinquedos, vestuário e games no complexo do estúdio, Schumacher e a equipe de marketing da Warner prometeram avidamente um filme mais "leve" e "aventuroso" que atrairia consumidores de todas as idades. A história não registra a reação dos licenciadores aos objetos de cena que Schumacher trouxe à provocante apresentação, que incluíam os trajes "mamilados" e uma réplica do Batmóvel descaradamente *sex toy*, embora um executivo posteriormente viesse a descrever o diretor, de maneira sugestiva, como "muito extravagante".

Agora que a franquia estava de vento em popa e com potência considerável, o estúdio abriu mão de seu empenho prévio de curvar-se perante os fãs nerds. Os copresidentes da Warner se convenceram de que não havia como agradar Bat-fãs. Além do mais, a pesquisa da Warner mostrava que os nerds já estavam no bolso — afinal, eram os bobões de fantasia que sempre ficavam em primeiro na fila do cinema. Dessa vez o estúdio precisava alcançar os normais, e games, bonecos, roupa de cama, camisetas e um investimento colossal em anúncios de TV eram a estratégia consagrada para chegar lá.

Os produtores, contudo, chamaram mais uma vez Bob Kane, agora com oitenta anos, para ser consultor do filme. Foi mais por tradição do que por deferência. Nas visitas ao set, Kane vez por outra deixava de lado sua atitude usual de entusiasmo especular e puxava Schumacher de lado para fazer consultoria de verdade, exprimindo as preocupações que as multidões em breve compartilhariam.

"Ele não gostou da ideia de Dick Grayson de brinco", lembra Schumacher. "Ele não via motivo. Também não se animou com o fato de o Bat-traje ter mamilos. Ele vinha falar comigo de vez em quando e me dizia: 'Joel, é que eu não entendo.'"

Sempre vestindo a camisa da empresa, contudo, Kane seguia a cartilha da empolgação ao falar do filme entre os fãs. Em entrevista à revista *Comics Scene*, ele disse: "Sem desconsiderar nada do que Michael [Keaton] fez — ele fez maravilhas com o que tinha —, acho Kilmer mais bonito e com mais vantagens no talento físico. Ele se parece mais com o Bruce Wayne que eu desenho."

Até onde interessava a Warner, porém, Schumacher era um milagreiro: pela primeira vez uma Bat-produção saía no prazo e milhões de dólares abaixo do orçamento.

A inevitável campanha de divulgação teve início em abril de 1995, apresentando cartazes dos principais personagens fotografados por Herb Ritts, amigo pessoal de Schumacher. Surgiram mais de 130 produtos ostentando o nome e o rosto de Batman, incluindo uma montanha-russa e um show de acrobacias nos parques Six Flags. Um comercial do McDonald's que mesclava a cena de abertura do filme, na qual Batman diz a Alfred "Vou pegar no *drive-thru*", virou um negócio do qual ninguém conseguia fugir, e as lojas Sears e Warner Bros. de todo o país abriram vastas áreas de seu espaço de vendas para produtos *Batman Eternamente (Batman Forever)*.

Além dos meios consagrados de dar visibilidade e gerar burburinho, a Warner revelou uma ferramenta promocional novíssima: um website de *Batman Eternamente*, o primeiro na história dedicado a um único filme.

Batman Eternamente estrou em 6 de junho de 1995; a partir daí, chegou ao recorde de US$ 52,7 milhões nos primeiros três dias e viria a render US$ 184 milhões nos EUA (US$ 20 milhões a mais que *Batman: O Retorno*) e US$ 337 milhões pelo mundo.

As críticas, entretanto, foram decididamente negativas, sendo que o *The New York Times* lamentava a rota mais *mainstream*, ainda que frenética, e escrachou o alarido em torno do filme, chamando-o de "equivalente do McLanche Feliz em calorias inúteis". O *Chicago Sun-Times* pareceu particularmente ofendido com a câmera de Schumacher fixada nas nádegas e na braguilha de Batman.

A Warner, contudo, estava delirando de felicidade; a franquia nunca estivera em melhor situação financeira. O *Wall Street Journal* previa que o filme daria à Time-Warner mais de US$ 1 bilhão só em vendas de produtos licenciados e chamou *Batman Eternamente* de "mina de ouro da sinergia".

A CRUZADA MASCARADA

"ACHARAM EXAGERADO? EU NUNCA ME DOU CONTA."

Batman Eternamente é uma grande bagunça cheia de brilhinhos, embora seja uma bagunça cheia de brilhinhos fascinante.

Apesar de toda a pompa brega, de todo o neon, dos bastões fluorescentes e da tinta fluorescente, apesar de tudo que faz gritantemente errado, *Batman Eternamente* consegue captar uma coisa com a devida precisão.

Sempre que o Batman de Kilmer entra em cena saltando com sua Bat-corda, o momento fica "o mais perfeito que Batman já apareceu ou virá a aparecer" no cinema. Nem remotamente realista, é claro — o ângulo do corpo de Kilmer é muito fechado, a velocidade e o arco de sua descida controlados demais, certinhos demais, fotogênicos demais —, mas a estética visual controlada de Schumacher garante que, enquanto a capa de Batman esvoaça às suas costas, ela esvoaça exatamente como faria numa *splash page* desenhada por Neal Adams ou Marshall Rogers.

Por um instante perfeito e fugaz, o que ele dá ao espectador é um gibi vivo.

Dito isso, a intenção declarada dos roteiristas de suscitar o Batman jovial e colorido dos anos 1940 e 1950 sempre esteve fadada ao fracasso. Por um motivo bem simples: Adam West.

West ainda assombrava a periferia da consciência coletiva. E é por isso que o pastiche de tom e narrativa proposital que *Batman Eternamente* faz com os gibis de Batman da Era de Prata nunca tenha tido chances de dialogar com uma plateia de normais que não tem familiaridade com o material-fonte. Em vez disso, aquilo a que eles reagiram — o que tanto críticos quanto plateias presumiram pela lógica que Schumacher usava de base, dadas as performances deliberadamente canastronas de Jim Carrey e Tommy Lee Jones, assim como o esquema cromático de fritar retinas — era o seriado de TV dos anos 1960, com toda sua glória "maneira" e *disco*. Schumacher estimulou essa interpretação com piadinhas internas telegrafadas de maneira tão intensa que já não eram mais piadas internas, quase já não eram piadas — "SENTE esse buraco deferrugem, Batman!", exclama Robin ao examinar o solo em volta do covil do vilão. Como um aprendiz de feiticeiro zeloso demais, *Batman Eternamente* havia invocado um espírito inquieto das bordas da não existência e lhe deu forma corpórea — mas esse fantasma tinha capa azul de cetim e ostentava uma barriguinha.

200

Tudo se deu em um momento em que fãs *hardcore*, apesar de brigarem com a interpretação de Burton, haviam se permitido mergulhar no momento cultural que aqueles filmes anunciaram. Batman finalmente era "o cara" que eles sempre quiseram ser e que, além disso, todo mundo via: nos filmes de Burton, ele botava para quebrar; nos gibis, ele ficara cada vez mais *irado!*; e no desenho animado, ele não era menos que uma força elementar.

Mas agora isso. Agora Joel Schumacher havia, sozinho, desfeito três décadas de trabalho minucioso e arrastara Batman de volta ao lamaçal fluorescente dos *POW!* e dos *ZAP!*

A sensação de perda, até de traição, conduziu o retrocesso nerd que se seguiu.

Bom. Isso e a "gayzice".

A "GAYZICE"

Olha só: os mamilos são bobos. São uma imbecilidade. Uma piada.

Mas o negócio é justamente este: eles são *literalmente* uma piada.

Veja bem quando e como eles aparecem: no meio da montagem "Batman se apetrecha" — a que abre o filme. Burton havia incluído sequências parecidas em seus filmes em aceno à tendência do cinema de ação oitentista de dar uma pausa na ação e "fetichizar" todos os apetrechos que o herói carrega, engatilha, encaixa, fecha e prende a sua pessoa. Schumacher, todavia, faz a agulha passar da homenagem à paródia quando sua câmera se demora em vários setores corporais envoltos de borracha: O braço! A braguilha! A bunda! O mamilo! Ele não só satiriza *Comando para Matar* e *Rambo II: A Missão,* mas também dá um delicado safanão nos próprios gibis de super-herói e nas tendências que estes têm a idealizar e objetificar o corpo físico. O fato de que a forma masculina requintadamente "sarada" paira na intersecção entre iconografia super-heroica e pornografia gay é uma coisa que Schumacher, pelo menos ele, acha engraçado — e é uma piada à qual voltará em seus dois Bat-filmes.

Tal como William Dozier garantiu que o programa de TV sessentista se dirigisse tanto a crianças que se refestelavam nas demonstrações de bravura e a adultos que vinham pelo humor, *Batman Eternamente* também curtiu o atrativo bifurcado. Os dois públicos de Schumacher,

A CRUZADA MASCARADA

contudo, ficavam divididos não por idade, mas por gosto estético: 1) homens *gays* e 2) o resto.

Nos anos que se haviam passado desde que o programa de TV dos anos 1960 saíra do ar, o *camp* havia saído do armário. Agora aquele deboche era chamado de ironia; a era das mensagens codificadas, das pedras de toque, da insinuação, de adotar o espalhafato e o insípido com extravagância ardorosa, de relegar-se ao papel do palhaço grotesco e assexuado chegara ao fim. As revoltas de Stonewall e a crise da AIDS haviam raspado estas fronteiras de filigrana, deixando algo mais duro, mais raivoso e mais sexual, que não possibilita ambiguidade nem pede desculpas.

O *camp* tão discutido de *Batman Eternamente* tem uma sensação fundamentalmente distinta do que se vê no antigo programa de TV — menos peculiar e mais desafiador. Mais homossexual.

Os requisitos de elenco originais em *Batman Eternamente* especificavam Robin, por exemplo, com idade que fosse dos catorze aos dezoito anos, o que poderia fixar o laço de Batman com o Menino Prodígio como algo estritamente paterno. Mas Schumacher, intencional e jubilosamente, fez a coisa patinar para o homoerótico. Ele contratou Chris O'Donnell, vinte e quatro anos, como Robin e customizou-o com brinco, camiseta justa e olhar de desprezo. Resultado: uma mudança palpável na dinâmica da Dupla Dinâmica — de pai-e-filho para "papai-de-couro-e-seu-michê-bibelô"

Tal como no resto do filme, essa mudança não foi exatamente sutil. Ela também foi inofensiva — ou pelo menos assim se pretendia. Enquanto *Batman: O Retorno* fora devasso e amuado, Schumacher dizia nas entrevistas que fizera um filme "*sexy* e divertido". Sim, tudo bem, talvez ele tivesse encaixado ali um Robin michê, um close de bunda aqui e acolá, mas era tudo pela diversão, e os carinhas gays e as meninas héteros da plateia ganhavam uma risadinha a mais. Quem criaria caso com isso?

A COMUNIDADE DA COMISERAÇÃO

Os nerds criariam caso. Muitos haviam se decepcionado com *Batman* e se desalentando com *Batman: O Retorno*. Mas *Batman Eternamente* foi visto como humilhação.

Tal como faziam há anos, eles correram às lojas de quadrinhos, às mesas das convenções e às seções de cartas para expor sua lista de queixas. Em 1995, os fanzines e o circuito de convenções haviam tornado os Bat-nerds *hardcore* — e nerds de quadrinhos em geral — parte de uma comunidade vasta e crescente de entusiastas. Eles haviam travado amizade com rapidez e criado rivalidades com amargura; eles haviam se dividido em segmentos de interesses especializados: o personagem predileto, o desenhista predileto, o roteirista, a história.

Assim, quando a internet surgiu, eles já estavam lá na frente.

Desde meados dos anos 1980, as discussões pela internet prosperavam nas comunidades do rec.arts.comics. Mas conforme o computador pessoal chegou a mais lares, a internet dos quadrinhos inflou. No verão de 1995, quando *Batman Eternamente* chegou aos cinemas, um usuário dos fóruns Prodigy chamado Mike Doran começou a postar notícias em um espaço que posteriormente iria virar o site sobre HQ Newsarama. Mais à frente, Jonah Weiland criou um fórum para discutir a minissérie *O Reino do Amanhã (Kingdom Come)* que acabou virando o website Comic Book Resources. E Harry Knowles lançou o *Ain't It Cool News*, site dedicado à boataria sobre filmes em produção. A web continuou crescendo, e a web dos quadrinhos seguiu no embalo. Brotaram centenas de *newsgroups* e websites dedicados a quadrinhos específicos, personagens específicos, autores e toda mídia relacionada a HQ, todos conectados pelos vastos "*webrings*" de conteúdo afiliado.

O advento da internet apenas mapeou uma infraestrutura eletrônica, em tempo real, já fixada pelas redes nerds. E tal como a ascensão da loja de quadrinhos deu porto seguro aos nerds adultos, um lugar onde eles podiam comprar o gibi de *Ametista: Princesa do Mundo de Cristal* longe do escárnio dos atendentes de mercearia, os fóruns de internet ofereciam anonimato total. As personas online podiam ter qualquer idade, sexo, gênero, raça, estado civil ou afiliação política. Era o discurso em forma de RPG. Os usuários que consideravam a interação social face a face difícil ou desconcertante podiam compor prosa elegante, cristalina, que esclarecia seus posicionamentos com astúcia persuasiva.

A combinação de anonimato e de experiência mediada viria a provar-se tanto bênção quanto maldição. Mas aqui, no início, conforme os primeiros usuários acorriam aos Bat-fóruns, o negócio mesmo era maldizer o nome de Joel Schumacher. As festas da comiseração online

A CRUZADA MASCARADA

abriam com títulos como "Batman merecia MAIS!" e "SE NÃO É PARA FAZER ANO UM NÃO FAZ NADA" e, possivelmente o recado mais incisivo, BICHA!!!!!!!!!!!! Apesar do fervor da comunicação em letras maiúsculas e dos pontos de exclamação supérfluos, o descontentamento de fãs enervava-se e espumava no novo gueto digital tal como fizera no mundo real, longe da atenção da cultura mais ampla.

Mas tudo estava prestes a mudar.

Poucas semanas depois da abertura recordista de *Batman Eternamente,* a Warner anunciou que ia acelerar a terceira Bat-continuação, programada para chegar ao cinema em dois anos. E que ela seria capitaneada por Joel Schumacher.

TROCADILHOS QUE NOS DÃO GELO

"Acho que conseguimos inserir muito humor, cor e ação em *Batman Eternamente*", disse Schumacher, "e se o público gostou, a gente pode trazer mais diversão ainda."

Dessa vez foi Peter Macgregor-Scott quem assumiu o papel de produtor solo, escorraçando Tim Burton da franquia de maneira oficial e definitiva. Akiva Goldsman assinou para ser o único roteirista e ele e Schumacher montaram a trama básica durante um voo de Los Angeles ao set de *Tempo de Matar* no Mississippi.

O estúdio deu controle criativo total a Schumacher e o incentivou a fazer tudo que fizera em *Batman Eternamente,* só que mais. Essa, aliás, virou a chamada do novo filme: "Mais Heróis... Mais Vilões... Mais Ação." O impulso anabolizado penetrou cada aspecto da produção e involuntariamente espelhou o inchaço hipertrofiado que havia tomado a narrativa super-heroica nos quadrinhos. O novíssimo set da Batcaverna eclipsava todos os precedentes, ainda melhor para acomodar um Batmóvel novo e maior, um Bat-*snowmobile*, um Bat-aerobarco e duas Bat-motocicletas.

A divisão de merchandising do estúdio trouxe representantes da Kenner Products para sugerir novos apetrechos, de olho nas prateleiras das lojas de brinquedos. Tudo ficou maior, incluindo os bat-mamilos, que agora saltavam dos trajes de maneira tão audaz que Batman podia ter pendurado um chaveiro neles. E as braguilhas de Batman e Robin inflaram em proporções *Lisístratas.*

GLEN WELDON

Dessa vez a produção nem citaria os quadrinhos. Já de saída, Goldsman e Schumacher deixaram claro que o material-fonte de Batman e Robin era o programa de TV sessentista. O primeiro roteiro de Goldsman era cheio de referências ao seriado, incluindo uma cena de briga em que a Batgirl gritava "*Pow!*" e "*Zap!*" a cada soco, pois, como disse Goldsman, "me parece que tem que ser assim".

A maioria das piadas acabou cortada para dar espaço a mais trocadilhos gélidos. Mas a mera presença de Batgirl no roteiro já era um aceno ao programa de TV — embora sua origem tenha tido um leve ajuste, tornando-a sobrinha de Alfred e não filha do Comissário Gordon.

A concepção original de Sr. Frio veio de um episódio da série animada que venceu o Emmy, "Coração de Gelo" — um cientista brilhante cuja frieza e falta de emoção ocultam o desejo ardente de encontrar a cura para a doença terminal da esposa. Schumacher ficou com a origem de Frio, mas jogou fora todo o resto, preferindo uma versão que ecoasse os vilões exuberantes do programa de TV dos anos 1960. Agora que Schumacher via Frio como "grande e forte, como se fosse um naco de geleira", e todos os atores que analisaram o papel na série de TV haviam dado um sotaque teutônico ao personagem, chamar Arnold Schwarzenegger foi inevitável. Mas o preço foi alto. O papel seria o trabalho mais bem pago até então na lucrativa carreira de Schwarzenegger, valendo-lhe algo entre US$ 20 e 25 milhões e um percentual dos produtos licenciados.

Uma Thurman foi contratada para levar Hera Venenosa à tela. A vilã vinha de safra relativamente recente (estreou nos quadrinhos em 1966) e ganhara força na série animada. Schumacher incentivou Thurman a esquecer sua formação e forçar o *camp;* a atriz, obediente, jogou-se em um papel no qual se via equilibrando entre Mae West e *drag queen*.

Disputas contratuais com outros compromissos de Val Kilmer azedaram a relação deste com Schumacher, de forma que George Clooney assinou para assumir o papel de Batman. Como *Batman e Robin* era filmado no mesmo estúdio da Warner que seu seriado de TV *Plantão Médico*, Clooney organizou o cronograma para dar conta de ambos: de segunda a quinta era o Dr. Doug Ross, e de sexta a domingo era o Cavaleiro das Trevas.

Bom. Digamos que não o Cavaleiro das *Trevas*. Mais para um Cavaleiro do Lusco-Fusco. "É hora de Batman curtir que é Batman", disse Clooney.

A CRUZADA MASCARADA

Schumacher fez eco à abordagem do ator. "Este Batman anda ocupado demais para seguir atormentado com a morte dos pais."

Tal como haviam feito três vezes antes, a Warner chamou Bob Kane para apaziguar os fãs. "Acho que George é o melhor de todos", Kane disse em entrevista. "Ele é suave, elegante, tem um perfil bom, queixo forte, como os traços que Batman tem nos quadrinhos."

Para os normais, o foco de Kane na mandíbula de Clooney pode parecer estranho. Era uma mensagem cifrada, cuja mira eram os nerds que haviam protestado contra a seleção de Michael Keaton, anos antes. O próprio produtor Michael Uslan estivera entre estes, até que Burton, farto, advertiu-o que "não é um queixo que faz um Batman".

Kane sabia que a fixação tão expressada pelos fãs *hardcore* quanto ao queixo cinematográfico de Batman era a marca de algo mais profundo. O traje de Batman não é o mesmo de Superman, afinal de contas; na era da armadura corporal com músculo desenhado, o ator some totalmente no Bat-traje — fora o queixo. Para os fãs, que hoje se debruçam sobre cada detalhe que vaza da produção com ardor messiânico, o queixo do ator representa o primeiro indicativo do compromisso do produtor com o material-fonte.

Kane tinha razão: Clooney "fechava" pelo menos com a conta visual. Os nerds haviam notado esse papo de um Batman mais suave, mais aberto, mais "turismo-enólogo", mas naquele momento — aplacados, quem sabe, pela covinha no queixo de Clooney — baixaram as armas.

Embora as filmagens tenham começado um mês depois do planejado, Schumacher administrou um ambiente de trabalho eficiente, cordial, e encerrou duas semanas antes do prazo. O estúdio ficou tão impressionado com a máquina que Schumacher havia construído que aprovou *Batman 5* antes de ele encerrar as filmagens.

Em fevereiro de 1997, o *Entertainment Tonight* exibiu pela primeira vez o trailer oficial de *Batman e Robin*, tal como havia feito com todos os outros Bat-filmes. A estratégia de marketing testada e aprovada entrou em jogo imediatamente depois. A Warner gastou US$ 15 milhões nos contratos de licenciamento de sempre (Frito-Lay, Kellogg's, Amoco, Taco Bell) e no investimento de marketing acoplado. Mais de 250 produtos afiliados a *Batman e Robin* — incluindo uma boneca da Batgirl, difícil de encontrar — foram enviados às lojas, e analistas previam que a Warner estava prestes a ganhar US$ 1 bilhão só em licenciamento.

"Quando se trata de licenciamento", disse um analista, "um filme do Batman é a aposta mais segura que se tem."

Mas havia um novo fator em jogo.

CÓLERA CONECTADA

Em seu livro *Batman Unmasked,* de 2001, o Bat-acadêmico Will Brooker reproduz vários comentários de Bat-fóruns famosos nos meses cruciais que precederam o lançamento de *Batman e Robin*: entre o trailer divulgado em fevereiro e a estreia do filme em julho.

Era em fóruns como o *Mantle of the Bat: The Bat-Board* [Manto do Morcego: O Bat-Fórum] que os tambores da indignação começavam a soar mais alto. Emergia a nostalgia dos "bons e velhos tempos" do Batman de Tim Burton, conforme os participantes dirigiram a antipatia cada vez mais monolítica deles tanto para Schumacher quanto para o fantasma inquieto do Batman de Adam West.

"Fiquei no chão de ver como *Batman e Robin* está ficando *camp*", disse um membro do fórum. "Prefiro realmente ao Batman sombrio em vez do Batman leve e *camp.*"

"Alguém diz para a Warner Brothers que até uma criancinha prefere o Batman Cavaleiro das Trevas, comparado com o Batman Cruzado Mascarado que eles mostravam nos anos 1960."

Brooker comenta que "estes comentadores praticamente constroem-se como marginalizados inglórios, indefesos diante das decisões institucionais e das preferências de um público maior e não fã." A sensação de que o Batman de verdade fora arrancado de suas mãos poderia ser facilmente datilografada e endereçada à *Batmania* trinta anos antes. Mas em 1966, apenas um punhado de fãs de gibi tinha motivação suficiente para expressar seu desprazer em fanzines e seções de cartas. Agora eram muitos milhares, e os meios de desabafar o descontentamento não exigiam paciência nem selos. O público ávido por seus múltiplos posicionamentos e pela sua indignação estava a poucas teclas e uma conexão discada de distância.

A Warner achava que tinha como ignorar a indignação online que se armava — até o dia em que, de repente, não tinha mais.

Nas semanas que antecederam o lançamento de *Batman e Robin*, o *Ain't It Cool News* de Harry Knowles postou uma série de críticas empoladas de

A CRUZADA MASCARADA

exibições-teste. Dia a dia surgiam "descascadas" fortes, muitas vindas de Bat-fãs *hardcore* que infundiam sua prosa com desdém e incredulidade.

A diferença entre o queixume que se dava em fóruns como o *Mantle of the Bat* e na longa cruzada de Knowles contra o filme era de números muito simples. Em maio de 1997, o contador de acessos do *Mantle of the Bat* — que acompanhava o número total de visitas que o site tinha desde o lançamento — estava em 32.291. Só no mesmo mês, o *Ain't It Cool News* recebeu mais de dois milhões de visitas, tanto de nerds quando de normais.

Um perfil de Knowles no *The New York Times* que saiu meses depois da estreia de *Batman e Robin* chamava-o de "o maior pesadelo de Hollywood".

> A ameaça real é que o website de Knowles... está começando a definir os propósitos jornalísticos em Hollywood. O burburinho prévio sobre os filmes afeta tramas e até mesmo críticas — e Knowles afeta o burburinho. "Eles publicaram um rumor de que íamos regravar o final de *Batman e Robin*", diz [Chris Pula, diretora de marketing cinematográfico da Warner]. "Bom, de uma hora para a outra só se falava nisso. Todo mundo me ligando. Foi arrasador. Não era verdade. E foi o que me despertou para a influência que eles têm."

Em entrevista à revista *People,* a mesma executiva da Warner lamentou a nova situação. "Agora qualquer um que tenha computador virou jornal... um cara na internet pode causar um rebuliço que gera uma mudança reativa em todo o programa de marketing." Um mês depois de dar essas entrevistas, Pula se foi do cargo.

A máquina promocional do cinema seguiu sempre em frente, sem se intimidar com o burburinho azedo. As estrelas foram à *Oprah,* ao *Tonight Show* e ao "*E!* Especial *Batman e Robin* Exclusivo!".

Quando o já destratado filme finalmente chegou aos cinemas, mancando, em 20 de junho, as críticas foram unanimemente negativas. O *The New York Times* conseguiu arregimentar algum elogio à Hera Venenosa de Thurman, mas deplorou o "*glitter* incessante", enquanto Siskel e Ebert chamaram-no, respectivamente, de "tédio insosso" e "fatigante".[94]

---

94. Ebert deixou passar seu status de Bat-nerd em um texto para o *Chicago Sun-Times*, parando um instante no meio da crítica para confidenciar algo sobre o Bat-queixo: "Clooney tem o melhor queixo até agora."

Mas a única crítica que interessava aos fãs era a de Knowles. E o que lhe faltava em sintaxe e ortografia, ele compensava com puro fervor de nerd espumante:

> Então o nome de JOEL SHUMACHER [*sic*] cai na tela e os BUUU tomam conta do cinema... BUUU para o diretor. Não conhecia esse fenômeno. Será inédito? Pessoal, eu vou contar uma coisa horripelante [*sic*], uma coisa que vai contra meu juízo, mas vou dizer que vocês têm que assistir BATMAN & ROBIN. Por quê? Depois de todos gritos de agonia, de dor, de desconfiança que eu dei por causa de Joel Schumacher? Porque não interessa o quanto já disseram que esse filme é ruim, nada vai preparar vocês para a caricatora [*sic*] gloriosa que é essa bomba 200 megatons. O filme é tão ruim, tão horrível, é tanta vaidade nas atuações, tanto exagero, que não tem nada que eu vá dizer que possa te deixar preparado. O filme vai deixar você totalmente incrédulo, vai te encher de raiva, se você for fã de longa data do BATMAN, e se não for, você só vai passar tédio.

No *Mantle of the Bat*, "incredulidade e raiva" praticamente resumiu tudo:

"Porra, só podem estar de brincadeira. Espero que botem o Schumacher na cruz e o pendurem do prédio mais alto de Hollywood", escreveu um participante.

"Schumaker [*sic*], seu ser desprezível!", disse outro. "Quem foi o puto que lhe deu o direito de dirigir uma coisa legal como Batman!... [V]ê se compra um gibi, seu asno?... Que porra é essa? E os MAMILOS?"

Batman e Robin virou o primeiro filme de Batman a não bater recordes de bilheteria, chegando à sétima maior arrecadação do fim de semana de estreia com US$ 44 milhões — dez a menos que *Batman Eternamente*. O filme sofreu uma queda íngreme de 63% no fim de semana seguinte e, embora tenha tido sucesso considerável no exterior, com arrecadação global total de US$ 238 milhões, só conseguiu arregimentar a arrecadação doméstica de US$ 107 milhões.

Schumacher ficou convencido de que o *Ain't It Cool News* havia amaldiçoado o filme com seu "jornalismo marrom" e em entrevistas pós-estreia

A CRUZADA MASCARADA

manteve tom filosófico em relação ao futuro. "Eu gostaria de fazer mais um, mas acho que precisamos esperar", disse antes de passar ao que estava virando sua racionalização clichê. "Sinto que frustrei muitos dos fãs mais antigos por ter enfocado o aspecto familiar. Eu tinha recebido milhares de cartas de pais pedindo um filme a que os filhos pudessem assistir."

"ROUPA DE BORRACHA ANATOMICAMENTE CORRETA BOTA FOGO NA BOCA DE MENINA!"

Notemos que a ideia de Schumacher em relação a "filme a que os filhos pudessem assistir" inclui um homem amarrado a uma mesa, injeções de veneno no dito homem e a transformação deste em monstro; outro homem tenta assassinar uma mulher jogando-a contra um vidro, mas acaba ele mesmo morto; e uma mulher faz striptease enquanto solta trocadilhos a respeito de seu "pote de mel" e que "derrapa quando eu fico molhada."

O problema não está nas piadinhas sexuais nem na violência. É a insistência hipócrita de Schumacher de que o que deu errado no filme foi sua necessidade de servir a crianças, mesmo enquanto defendia mamilos e virilhas intumescidos. "Assumo a responsabilidade pelo elenco, pela beleza louvada e pela sexualidade", Schumacher viria a dizer posteriormente. "Faz parte do que há de divertido nos gibis de Batman."

Para situar *Batman Eternamente* no contexto, aceitemos que no seu exuberante esforço para atualizar a estética *camp* do Batman de 1966, o filme traz uma versão de Batman e de seu mundo que é tão válida, e com base tão sólida no histórico do personagem, quanto qualquer outra. Um Batman que faz participações em jantares beneficentes de gala e leva seu próprio cartão de crédito deve e deveria sempre andar lado a lado de um Batman que vaga pelas sombras sujas dos depósitos de Gotham.

Mas a pureza dos excessos do filme ignora o fato de que o "*camp*-boá-de-penas sessentista" temperou-se na ironia penetrante dos anos 1980 e 1990. A vilania exuberante, melodramática e os trocadilhos que passaram do ponto não "fechavam" mais com as plateias do jeito que "fechavam" em 1966. A cultura já havia adotado outros modos, menos ruidosos, menos árduos, de rir do que ama — uma espécie mais afiada e mais sagaz de sarcasmo que valorizava o rigor e a contenção, e que não queria ser vista cometendo exageros. Ao reforçar *Batman Eternamente* e infundindo o filme com a extensão, o exagero e a emotividade "Kabuki-topa-tudo" que eram

210

os traços distintivos do *camp*, Schumacher não havia atualizado o seriado modernoso de 1966. Na verdade, ele produzira um filme que ficou inchado e suarento, frenético, mas inerte, datado e brutalmente quadrado.

CHORANDO POR SANGUE

Apesar de sua bilheteria menor que a esperada, *Batman e Robin* conseguiu contentar os departamentos de marketing e licenciamento da Warner, arrecadando estimados US$ 125 milhões em brinquedos, acessórios e vestuário. Com ou sem ira nerd, eles não tinham intenção de pôr fim à franquia. Eles já haviam contratado Mark Protosevich para iniciar os trabalhos no roteiro de *Batman 5* (título provisório: *Batman Triunfante*), que seria dirigido por Schumacher e teria lançamento antecipado no verão de 1999. Quando a internet não estava vaiando *Batman e Robin*, estava cheia de zum-zum-zum quanto aos boatos em torno da trama e do elenco do próximo filme.

O roteiro de Protosevich mostrava Batman complicando-se com Espantalho e com Arlequina, direto da série animada (mas transformada em filha do Coringa, não namorada), e incluía uma cena na qual Batman alucina com o retorno do Coringa. O tom era mais sombrio, mais violento; a escala era menor, mais contida.

Conforme os rumores ribombavam pelo ciberespaço — Howard Stern de Espantalho! Madonna de Arlequina! — os websites de cinema Coming Attractions e Dark Horizons, que dedicavam com toda alegria grandes extensões de sua largura de banda a publicar afirmações sem base alguma, provenientes de "fontes da indústria", cansaram-se da torrente e recusaram-se a postar mais notícia ou especulação sobre *Batman 5*.

Enquanto isso, a indignação online com Joel Schumacher continuava a supurar, transformando-se em websites inteiros dedicados, e determinados, a arrancar a Bat-franquia das mãos do diretor. O *Anti-Schumacher Batman Website* e o *Bring Me The Head of Joel Schumacher* [Tragam-me a Cabeça de Joel Schumacher], de nomes mais triviais impossível, listavam as injúrias multiformes de Schumacher contra a Bat-raça, geravam e defendiam suas sugestões pessoais de elenco, descreviam com paixão cenas que eles estavam se ardendo para ver na tela, e se remetiam aos bons e velhos tempos de Tim Burton.

A CRUZADA MASCARADA

"Tim Burton, independentemente de você achar isso ou não, tinha a perspectiva singular de Batman", disse um dos participantes dos Bat-fóruns. "Joel Schumacher (uma pessoa em quem, da minha parte, eu gostaria de enfiar umas coisas na cabeça) queria transformar o negócio no programa de TV dos 1960 com ensinoação [*sic*] sexual. E assim ele DESTRUIU a franquia Batman."

Os participantes cuja peçonha não degenerava em discurso cripto-homofóbico sobre mamilos e bundas tendiam a vociferar contra o posicionamento no filme de seu amado personagem como produto comercial.

"Crescemos com Batman, e vê-lo ser explorado pelo marketing comercial (que é exatamente o que se passa) é de enfurecer qualquer um", dizia a página principal do *Bring Me the Head of Joel Schumacher*.

E ainda havia isto, talvez a expressão mais sem ambiguidade do *Zeitgeist nerd* que há: "O problema é o não Bat-fã."

Tal como os Bat-fãs de 1966 miraram com desconfiança sarcástica as massas que sintonizavam *Batman* pelos motivos que eles consideravam errados, também os Bat-fãs de 1997 ardiam-se para exigir Batman como algo deles. O mundo maior havia distorcido o Cavaleiro das Trevas verdadeiro a ponto de ele ficar irreconhecível. Era a hora, na visão deles, de Batman abandonar o consciente de massa, voltar à página de quadrinhos que era dele e lamber suas feridas, se não os mamilos.

Esse ressentimento efervescente sempre rondara o cerne escuro e insular do "nerdismo". Por longos anos, o entusiasmo insensato que os nerds tinham pela sua ocupação os havia definido como o Outro, e os tornado objetos de escárnio e de zombaria. Assim, eles voltaram-se para o próprio umbigo.

Mas os nerds lembravam. E garantiram que os normais também fossem lembrar.

A cultura nerd muitas vezes é aberta e inclusiva, quando é abastecida pelo desejo de buscar outros que compartilhem de interesses e entusiasmos em comum. Mas o ardor nerd é forte e desatento; sua própria natureza tem a ver com obliterar a imparcialidade, a nuance, a ambiguidade, e conduzir a experiência humana aos dois limites do extremo binário: *O meu é melhor. O seu é pior.*

E outra: se você não ama o meu do mesmo jeito, no mesmo grau e exatamente pelos mesmos motivos que eu, está tudo errado.

Mesmo em 1997, no alvorecer da era da internet, o "discurso de fã" já começava a involuir a posições ruidosas, berradas por meio das redes.

TENTATIVAS ABORTADAS SORTIDAS

Quando George Clooney anunciou que desejava deixar o Bat-traje, a Warner oficialmente correu de *Batman Triunfante*. Nos meses e anos que se seguiram, Joss Whedon propôs uma nova origem de Batman, e circularam rumores de que os Wachowskis haviam sido abordados para escrever um roteiro "tipo *Matrix*", numa época em que roteiros "tipo *Matrix*" rondavam Hollywood. Ainda havia *Batman: The Musical*, uma extravagância da Broadway que nunca saiu do papel, mas que teria direção do próprio Tim Burton.[95] Joel Schumacher também continuava empenhado. Em 1998 ele propôs uma versão menor, mais sombria, mais ousada de Batman — uma adaptação de *Batman: Ano Um*.

A Warner não caiu nessa, pois estava avaliando outra Bat-proposta, igualmente sombria, chamada *Batman: DarKnight*. Nessa, o Bruce Wayne idoso deixa a aposentadoria quando Batman é acusado erroneamente de homicídio. Sentindo a ambivalência da Warner, Schumacher abandonou a franquia oficialmente em 1999. Em 2000, o estúdio anunciou que havia recusado *DarKnight* para considerar outras duas possibilidades: uma versão *live-action* da série animada *Batman do Futuro*, e uma adaptação de *Batman: Ano Um* com roteiro do próprio Frank Miller, que seria dirigida por Darren Aronofsky.

O *Batman do Futuro live-action* não saiu da fase de roteiro, e os planos de uma série de TV no canal WB chamada *Bruce Wayne*, estrelando o Wayne adolescente viajando pelo mundo e adquirindo as habilidades que viria a usar como Batman, descarrilhou quando executivos da Warner ficaram receosos que ela fosse conflitar com o filme de Aronofsky.

Havia pouca chance de que isso fosse acontecer, todavia, dado o que Aronofsky e Miller apresentaram. "Minha proposta era *Desejo de Matar* ou *Operação França* com Batman", Aronofsky disse ao escritor David Hughes no livro *Tales from Development Hell* [Contos do Inferno da Pré-Produção].

---

95. Por algum motivo, me parece importante comentar que o grande número do Coringa continha a música com a memorável frase: "Onde que a Abercrombie & Fitch consegue esses menininhos / E de onde [o Batman] tira brinquedos tão lindinhos?"

A CRUZADA MASCARADA

Antes de entrar nos trilhos do estúdio, em 2001, um integrante que afirmava ter visto uma cópia do primeiro roteiro de Miller publicou uma crítica mordaz no *Ain't It Cool News*. O estúdio negou que o roteiro em pauta fosse autêntico, mas o estrago já estava feito. O projeto tropeçou mais um ano antes de ir oficialmente a pique.

No mesmo ano, o roteirista de *Se7en*, Andrew Kevin Walker, recebeu sinal verde para fazer um roteiro de *Batman vs. Superman,* a ser dirigido por Wolfgang Petersen. O roteiro de Walker adotava uma abordagem mais caseira: o Coringa redivivo mata a namorada de Bruce Wayne, o que leva Batman a embarcar em uma missão de vingança que apenas Superman (prestes a divorciar-se de Lois Lane) pode pensar em deter. Ao fim, contudo, o projeto desabou quando seu maior defensor saiu do estúdio.

A TERRA SE MEXEU

Enquanto isso, o Cavaleiro das Trevas lutava para resistir à falência contínua dos gibis. Em uma série de edições especiais, ele, bem-mandado, foi fazer parcerias com os produtos mais famosos de outras editoras, deliciando-se na glória especular, e nas vendas melhores, de *Capitão América, Juiz Dredd, Aliens, Predador* e outros. Em 1995, a DC somara à linha de produção uma quinta série regular de Batman, a antologia trimestral *Batman Chronicles,* de forma que toda semana havia um gibi novo de Batman nas lojas. No ano seguinte, a minissérie em quatro edições *Batman: Preto & Branco* [*Batman: Black and White*] contratou os maiores roteiristas e desenhistas da indústria para criar Bat-histórias despojadas e fechadas em lápis e nanquim, libertas das amarras da continuidade. O resultado foi formalmente inovador e aventuroso em termos de estilo, atributos não necessariamente associados aos quadrinhos de super-herói *mainstream* da época.

Mas em um gráfico de vendas anuais cujo topo continha títulos como *Spawn: O Empalador* e *Deathblow & Wolverine* — gibis que normalmente vendiam entre 150 mil e 200 mil exemplares —, a edição de estreia de *Batman: Preto & Branco* vendeu menos de 60 mil e escorregou lá para perto do fim da lista, no número 166.

Em dezembro de 1996, o roteirista Jeph Loeb e o desenhista Tim Sale lançaram *Batman: O Longo Dia da Bruxas (Batman: The Long Halloween),* minissérie em treze capítulos. A extensa referência a *O Po-*

deroso Chefão abasteceu o mundo de Gotham City com duas famílias mafiosas rivais, que posteriormente dariam aos filmes de Christopher Nolan uma semente narrativa. Além disso, a minissérie oferecia uma excursão com várias paradas, edição a edição, pela galeria de vilões de Batman. *O Longo Dia das Bruxas* voltava às raízes *pulp*-crime do personagem e foi saudada por críticos e fãs; rendeu duas continuações.

O maior sucesso de Batman nos quadrinhos, todavia, veio nas páginas da série *Liga da Justiça da América,* remodelada pelo roteirista Grant Morrison e o desenhista Howard Porter. *LJA,* diferente de outros Bat-títulos, conseguiu achar espaço na lista de revistas mais vendidas do ano, embora no número sessenta e sete. Nela, Morrison lançou uma série de cataclismos cósmicos contra os "Sete Maiores" personagens da DC Comics, visualizando os heróis mais conhecidos da editora como um panteão de deuses gregos; Batman, no caso, fazia o papel de Hades. A sólida compreensão que Morrison tinha do personagem garantiu que o status do morcego como único integrante sem poderes da *LJA* servisse à narrativa e o transformasse em estrela-revelação da baderna apocalíptica febril que era a série. Nas mãos de Morrison, o Cavaleiro das Trevas tornou-se o Maior Estrategista do Mundo, um líder lacônico e implacável na sua eficiência, cujos planos de contingência já incluíam em si seus próprios planos de contingência.

Essa caracterização provar-se-ia muito influente ao longo dos anos seguintes, tanto dentro dos quadrinhos quanto em outras mídias, pois a grande roda da narrativa de Batman voltara a girar.

Desde sua primeiríssima aparição, Batman dera duas voltas pelo ciclo das três fases: de "Lobo Solitário" a "Pai de Robin" e a "Chefe da Grande Bat-família", e volta. E agora, tal como acontecera nos anos 1950, e mais uma vez nos 1970, Batman voltava a assumir o papel do Bat-páter-famílias de uma camarilha ampla e, muitas vezes, ingovernável de combatentes do crime com uniforme, incluindo aí Robin, Asa Noturna, Caçadora, Oráculo, Mulher-Gato, Azrael e outros.

Logo ele viria a precisar de todo aliado possível. Nas Bat-séries principais, Denny O'Neil e seus roteiristas estavam prestes a lançar mais um grande evento que manteria Batman bem ocupado durante mais de dois anos.

As sementes haviam sido plantadas em um enredo que se estendeu por doze edições dos Bat-títulos em março e abril de 1966, quando um vírus devastou Gotham e levou a cidade à quarentena. Em uma trama

A CRUZADA MASCARADA

subsequente, de catorze edições, o vírus sofre uma mutação, o que leva Batman e seus colegas combatentes a rastreá-lo até sua sinistra fonte: Ra's al Ghul. As duas tramas ilustravam como era fácil que toda a infraestrutura de Gotham City desabasse no caos.

A isso se seguiu, em março de 1998, o caos: em um feito magnânimo de coordenação editorial, dezoito edições de todos os Bat-títulos retrataram simultaneamente um terremoto de 7.6 na escala Richter que demoliu Gotham City e apagou do mapa tanto a Mansão Wayne quanto a Batcaverna. A história que se seguiu, "Terra de Ninguém", que durou um ano inteiro, trazia Batman e aliados lutando para manter a paz em uma Gotham à parte do continente, abandonada pelo governo americano e pela sua população.

A trama deu ao editor Denny O'Neil a percepção literal de seu desejo há muito quisto, editorialmente, de isolar Batman e seu mundo do resto do Universo DC. Seu clímax emotivo — um tenso impasse entre Batman e Jim Gordon, quando o fervoroso Cavaleiro das Trevas convence Gordon a não se vingar do Coringa depois que o palhaço louco assassino mata brutalmente a esposa do comissário — reafirmou a visão que O'Neil tinha dele como herói que valoriza a justiça acima de tudo. Assim, o último capítulo de "Terra de Ninguém" foi o último capítulo do mandato de O'Neil como Bat-roteirista e Bat-editor mais influente que já existiu. Depois de resgatar o Cavaleiro das Trevas do quase esquecimento, reinventá-lo e navegá-lo com firmeza pelas águas talvez mais conturbadas que a indústria já vira, O'Neil aposentou-se e foi substituído por Bob Schreck na Bat-editoria.

DIAS DE UM MORCEGO ESQUECIDO

Um dos subprodutos das nuvens negras que continuavam a assomar sobre a indústria dos quadrinhos foi a tendência dos autores a contar histórias que projetavam Batman no futuro distante, como se tentassem salvá-lo da perdição ao seu redor. Contudo, os futuros retratados nesses contos de Cavaleiros das Trevas por vir pareciam tão amargos quanto o presente, se não mais. Em 1996, por exemplo — o mesmo ano que a Marvel Comics entrou em concordata, com dívidas assombrosas —, Mark Waid e produziram a minissérie *O Reino do Amanhã,* em quatro edições. Escrita como crítica aos heróis niilistas e amorais que haviam passado a dominar as listas de mais vendidos, a HQ era a crônica de um confronto apocalíptico entre o Superman idealista que havia desistido do mundo, uma facção de super-humanos sanguinários liderada por vilões, e o pragmático e implacável Batman, que jogava dos dois lados.

Três anos depois, em janeiro de 1999, uma perspectiva do futuro de Batman com matiz mais milenar estreou na WB Network. *Batman do Futuro [Batman Beyond],* criado pela mesma equipe por trás de *Batman: A Série Animada,* saiu do papel quando os figurões da rede ficaram preocupados que a série antiga, aclamada pela crítica, estivesse chegando ao público errado. Quem sintonizava eram os espectadores mais velhos, não as crianças que os anunciantes tanto estimavam. Tomou-se a decisão de começar do zero com um conceito novo: uma versão adolescente de Batman, que atraísse o público pré-adolescente. Bruce Timm e o produtor Glen Murakami, que não queriam abandonar os princípios centrais do personagem, encontraram um meio de manter o Bruce Wayne deles na jogada. Fizeram a série passar-se em um futuro de tecnologia avançada, em que um Wayne idoso e debilitado recruta um jovem cabeça-quente para ser o novíssimo Batman.

Eles encheram o programa de presentinhos para os fãs, como transformar Barbara Gordon em uma comissária da polícia que não confia em Bruce Wayne — por motivos que, assombrosamente, nunca foram revelados —, e dava várias indiretas em relação às sinas de personagens da família, como Robin e Asa Noturna. Acima de tudo, entretanto, a série enfocava o relacionamento conturbado do jovem Terry McGinnis com seu mentor exigente e severo, e explorava as combinações de novos e pitorescos vilões com a ação visualmente marcante que a ambientação *sci-fi* possibilitava.

De início, os nerds ficaram céticos em relação aos rumos do programa. Mas não demorou muito para a combinação de histórias redondinhas e fortes com visual deslumbrante vencê-los. *Batman do Futuro* não era o Batman de verdade que eles prezavam; os toques *pulp* bem conhecidos do *noir* e do drama criminal caíram fora — mas era *um* Batman, matizado pela estética *cyberpunk.* Logo ficou evidente que o princípio motor da série — atrair espectadores mais jovens — não ia dar certo. Os enredos eram tão complexos quanto antes, o tom era igualmente sombrio e a plateia continuou velha e nerd.

Aliás, em 2000, um longa-metragem lançado direto em vídeo chamado *Batman do Futuro: O Retorno do Coringa [Batman Beyond: Return of*

A CRUZADA MASCARADA

the Joker] provou-se tão sombrio — envolvendo flashbacks em que Robin é torturado pelo Palhaço do Crime — que o estúdio exigiu uma longa lista de cortes e chegou até a fazer uma revisão digital para apagar o sangue de várias cenas, antes do lançamento. Relato do último confronto entre o Batman idoso e seu arqui-inimigo, *O Retorno do Coringa* dava aos fãs fiéis, que haviam acompanhado o desenho animado desde o princípio, uma compensação emocional potente. Era de se esperar que eles fizessem uma petição à Warner para ter a chance de ver a versão do produtor, sem alterações; o desejo foi atendido em 2002 e a versão sem cortes virou o primeiro filme animado de Batman a ganhar classificação indicativa 13 anos.

Milhões sintonizaram *Batman do Futuro* e seu sucessor de 2001, *Liga da Justiça,* que conduziu Batman à equipe dos "Sete Grandes" heróis DC. A caracterização de Batman que se via no programa e na sua continuação retrabalhada, *Liga da Justiça Sem Limites,* tinha grande dívida com a dinâmica de equipe que Morrison havia estabelecido em *LJA:* um líder obstinado, imperturbável, que parece ter o poder de estar sempre certo — e cuja postura levava a um monte de conflitos de personalidade muito bons para serem explorados.

Mas, de volta às lojas de quadrinhos, foi a visão de Frank Miller quanto ao Batman do futuro que fez o Cavaleiro das Trevas içar velas até o alto das listas de mais vendidos.

Quinze anos após *O Cavaleiro das Trevas,* em dezembro de 2001, Miller voltou a Batman em uma minissérie de três edições *prestige format: O Cavaleiro das Trevas 2 (The Dark Knight Strikes Again)* ou, como ficou conhecida entre fãs e profissionais, *DK2.* Sequência da obra-prima de 1986 que definiu Batman para uma geração, *DK2* mais uma vez trazia cores de Lynn Varley. Em vez dos guaches sutis que haviam dado a *Cavaleiro das Trevas* sua estética visual inspirada, Varley coloriu *DK2* com cores digitais e propositalmente berrantes. As tonalidades da HQ competem, fervem, vibram diante do olho, compondo uma agressão aos sentidos que se equiparava ao traço duro e irrequieto de Miller e aos layouts sem fundo. A série passava a aparência de algo feito às pressas, cujo objetivo era suscitar uma sensação de urgência — mas cujo maior sucesso é transmitir a sensação de caos narrativo.

A história de Miller é uma transmissão fraquinha e inconstante que só por teimosia se perde no ruído visual: depois dos acontecimentos de *O Cavaleiro das Trevas,* Batman ressurge para libertar seus colegas de

Liga da Justiça, que foram presos pelo regime ditatorial de Lex Luthor. Quando a sina de Dick Grayson finalmente é revelada,[96] Batman é apresentado como líder militar dedicado a derrubar o *status quo*, preparado para ver milhares, mesmo milhões, morrerem para alcançar essa meta.

Mas o que está em questão não é a trama. *DK2* teve críticas fracas na imprensa especializada pelo que se percebia como um tom brusco, o que muitos críticos e fãs entenderam como a cínica tentativa de Miller de poupar empenho e descontar logo o cheque. Possivelmente prevendo a reação negativa, Miller conversou com o jornalista especializado Sean T. Collins quando a primeira edição chegou às lojas e expôs a missão declarada de *DK2*:

> Não quero fazer uma peça do Tennessee Williams com roupa de super-herói. Veja bem, esse material não é para isso. Isso aqui é ópera. Tem que ser grande. Super-herói não vira motorista bêbado — eles destroem planetas. É outra escala. É Wagner. Você pode jogar com temas que são bem reais na vida cotidiana, mas eles sempre têm que ser traduzidos para o modo exuberante, grandioso. Se eu quiser ser realista, ninguém vai usar colante.

Ao fim, contudo, é esse impulso wagneriano que diminui o impacto de *DK2*. A intenção de Miller, mais uma vez, é a sátira escancarada — mas aqui ela é tão escancarada que parece que mira em tudo e em nada ao mesmo tempo. *O Cavaleiro das Trevas* trazia uma visão grandiosa — mas bem específica e bem pensada — de Batman para envolver e abalar o mundo mais amplo fora do gueto *nerd*. Mas *DK2* não diz nada de relevante sobre Batman, nem sobre super-heróis, nem sobre a sociedade.

Ainda assim, *DK2* foi um grande fenômeno como as lojas de quadrinhos não viam há anos. Virou a HQ mais vendida de 2001 e a segunda mais vendida de 2002 — feitos que ficam mais impressionantes quando se considera o preço de capa de US$ 7,95 por edição. A primeira edição vendeu 187 mil exemplares — mais que quatro vezes o número que a revista normal de *Batman* vendeu no mesmo mês. As críticas fracas na imprensa especializada não conseguiram deter o impulso da HQ. Nem o bate-papo abissal que acontecia nas lojas e as avaliações impassíveis

---

96. Ele virou um maníaco-metamórfico alterado geneticamente que mata super-heróis. Óbvio.

A CRUZADA MASCARADA

na internet como: "Esse gibi é tão fodido de retardado que praticamente toda página me dá vontade de arrancar os olhos e jogar no Frank Miller", nada disso tinha importância: nerds ouviam "Batman de Frank Miller" e vinham. E compravam.

Pela primeira vez em uma década, o número total de quadrinhos vendidos no ano deu uma subidinha ao invés de uma despencada.

ESTUDO DE CONTRASTES

O sucesso de *O Cavaleiro das Trevas 2* tem a ver com o papel central que a nostalgia desempenha na vida emocional do nerd. O velho ditado de que o gibi que o/a nerd mais gosta é aquele que ele/ela leu aos treze anos tem um peso de verdade. A nostalgia coletiva em torno do Batman de Miller conduziu às vendas acentuadas de *DK2*. Nerds que haviam amadurecido nos anos mais sombrios do estouro das HQs, no início dos anos 1990, todavia, agora viam-se diante de um enredo de doze edições que os tinha justamente na mira, e que estreou na edição de dezembro de 2002 de *Batman* (n. 608).[97]

Com roteiro de Jeph Loeb, "Silêncio" seguia de perto a fórmula de suas minisséries *Dia das Bruxas,* com os zigue-zagues narrativos e as cortinas de fumaça, as participações especiais de todo grande amigo e vilão do Bat-elenco, e uma revelação climática em torno do grande mestre por trás das maquinações do enredo, que desafiava a credulidade de qualquer um. Mas o que tornava "Silêncio" de fato a isca mais suculenta e pungente para os nerds era o desenho de Jim Lee.

Jim Lee fora figura central na explosão dos quadrinhos de fins dos anos 1980 e início dos 1990 — seus homens anabolizados, com o sorriso e a super-fluidade enigmática das pochetes de munição, assim como suas mulheres, com o poder de arriscar torsão vertebral ao simultaneamente mirar seios e nádegas para o leitor, ajudaram a lançar a moda do excesso visual dessa era. Cada página de Lee era uma *pin-up*, e a única linguagem corporal que seus personagens usavam com fluência era o *pose-down* do fisiculturista.

"Silêncio" trazia uma sequência infinita de *splash pages* "vai-ou-racha", a marca registrada de Lee. Os nerds devoraram tudo com gosto

---

97. No Brasil, a história estreou em *Batman*, n. 9 (Panini, 2003) e teve diversas republicações posteriores. [N.T.]

e pediram mais: oito dos doze capítulos chegaram a número um nas vendas (os outros quatro ficaram em segundo lugar), o que representou vendas de mais de 150 mil exemplares por mês, na média. É claro que os números não passavam de frações do que se vira durante a bolha dos especuladores, mas sua relativa consistência mês a mês dava alguma esperança de que a implosão da indústria de quadrinhos estivesse achando um nível bom para finalmente se estabilizar.

A série *Gotham City Contra o Crime (Gotham Central),* que estreou em fevereiro de 2003,[98] era tudo que a trama comercial de "Silêncio" não era. Drama policial urbano e visceral, *Contra o Crime* enfocava as vidas cotidianas e nada glamorosas dos homens e das mulheres que compunham a Unidade de Crimes Hediondos de Gotham City. A genialidade da revista estava no retrato prosaico, processual, da vida em Gotham City, onde assassinos psicóticos e mirabolantes rondam cada esquina. Batman fazia raras aparições na série — muitos participantes do elenco de personagens viam-no com desprezo. Um típico caso de *Gotham City Contra o Crime* levava os detetives da UCH a investigar os prolongamentos do confronto entre um supervilão e o Cavaleiro das Trevas e juntar os cacos das vidas que se estilhaçaram por estarem próximas do conflito.

Ed Brubaker e Greg Rucka dividiam as funções de roteiro, sendo que Brubaker cuidava do turno noturno do DPGC e Rucka do diurno. Eles compartilhavam a linha pesada, claustrofóbica e certamente nada bonita de Michael Lark, que sublinhava o status da série como sucessora espiritual de *Batman: Ano Um.*

Apesar de louvores consideráveis da crítica, em um mercado de quadrinhos embriagado de ocupações mais berrantes e formosas, *Gotham City Contra o Crime* lutou para encontrar seu público.

ENXERGANDO NAS TREVAS

Os anos de espera para Batman voltar às telonas haviam passado de modo intermitente entre os nerds da nação. Eles não se importavam que levasse alguns anos para o campo se tornar fértil novamente, mas já haviam se passado seis anos desde *Batman e Robin.* Os sites de fofocas

---

98. No Brasil, a série estreou em *DC Especial, n. 5: Gotham City Contra o Crime* (Panini, 2005) e teve republicações posteriores. [N.T.]

A CRUZADA MASCARADA

sobre Hollywood finalmente começaram a brincar com outro nome: Christopher Nolan, cujo filme *Amnésia*, de 2000, trazia um mistério central esquisito embebido em uma reflexão sobre memória e identidade.

Mas nada era confirmado, e a paciência nerd era curta. E é por isso que quando o escultor de efeitos especiais Sandy Collora exibiu seu modesto curta-metragem *Batman: Dead End* — de US$ 30 mil e oito minutos — na San Diego Comic-Con, em 19 de julho de 2003, tanto nerds quanto normais leram sobre ele no dia seguinte no *Ain't It Cool News* e em outros vários sites.

Collora, pupilo do artista de efeitos especiais Stan Winston, equipou um fisiculturista com um Bat-traje *old school*, colante cinza/cueca preta, meticulosamente esculpiu um manto que lembrava bastante o dos quadrinhos e deixou seu Batman assustador passar por uma briga brutal, coreografada com maestria, num beco sob a chuva. O fato de que Justiceiros e Aliens eram os oponentes de Batman, no sonho molhado cinematográfico de *fanboy* febril, deixou o esquema todo parecendo meio palha, mas com certeza ajudou a abastecer ardores nerds.

Batman: Dead End era pouco mais que uma carta de apresentação das habilidades de Collora como diretor, mas sua atenção a elementos visuais essenciais do Cavaleiro das Trevas estimulava a sede dos fãs *hardcore* de ver seu herói de volta à ação, despido das inúmeras distrações barrocas que Burton e Schumacher lhe haviam afixado com tanta obstinação.

Por mais icônico e impressionante que fosse o Batman de Collora, havia outra versão do Cavaleiro das Trevas nas lojas de quadrinhos que tratava com ainda mais eloquência da atração que o personagem exerceu ao longo das décadas. *Planetary*, série lançada em 1999, acompanhava um pequeno grupo de super-humanos em uma jornada multidimensional para desvelar "a história secreta do mundo" — tarefa que os levou a ficar cara a cara com análogos de Doc Savage, Quarteto Fantástico, Capitão Marvel e do próprio Batman.

O roteirista Warren Ellis e o desenhista John Cassaday aproveitaram a ideia das realidades alternativas da série para botar a equipe Planetary em contato com várias versões de Batman. Conforme ondas e mais ondas de distorção da realidade passam por Gotham City, o Batman de 2003 de repente vira o barrigudo e cívico Batman Adam West, que subsequentemente transforma-se no imenso Cavaleiro das Trevas de Frank Miller, que é substituído pelo dinâmico Batman

O'Neil/Adams, que se transforma no Bat-Man original de Bob Kane/
Bill Finger.

O que Ellis quer dizer — ponto controverso entre os defensores mais
estridentes da escola Batman "o cara" do *fandom* — é que todos esses são
versões de Batman. São todos igualmente "de verdade", igualmente váli-
dos, porque o que interessa é a motivação que ele tem, não os métodos.

É um argumento que Ellis deixa claro ao fechar a HQ com um breve
discurso que o Cavaleiro das Trevas faz a John Black, criminoso cujos
pais foram assassinados. O discurso serve de resumo elegante e destila o
que Batman é e quem Batman deve sempre ser, independentemente das
vicissitudes do tempo e dos gostos fugazes do público. Ele expressa o que
há de mais importante e duradouro no personagem: um tom específico de
esperança sofrida, mas não abatida, que o motiva e que o define:

BLACK: Como [você] se resolve?
BATMAN: Você se lembra dos seus pais?
BLACK: Sim.
BATMAN: Lembra-se deles sorrindo?
BLACK: Sim.
BATMAN: Lembra-se de quando eles fizeram você se sentir seguro?
BLACK: Sim.
BATMAN: É disso que você tem que se lembrar. É isso que você pode
fazer pelos outros. Dar essa segurança. Mostrar que eles não estão so-
zinhos. É assim que você dá sentido ao mundo. E se conseguir... você
não deixa que esse mundo crie outros como nós. E ninguém mais vai
precisar ter medo.

8
Trilogia do Terror (2002-2012)

Por que tão sério?
— CORINGA, *O CAVALEIRO DAS TREVAS* (2008)

Nos anos que se passaram entre o lançamento de *Batman e Robin* de Joel Schumacher e a estreia do *Batman Begins* de Christopher Nolan, o mundo mudou.

Em 1997, ano do lançamento de *Batman e Robin*, a *World Wide Web* ainda era um local frequentado, em grande parte, por nerds, no qual os *early adopters* reuniam-se em fóruns para debater e dissecar suas paixões, geralmente em linguagem propositalmente armada para ser impenetrável aos novatos.

Foi uma época anterior ao YouTube, ao Google, ao Facebook e até ao MySpace; antes da ascensão dos blogues. Mesmo o marco cultural altivo que viria a ser conhecido como *Hampster Dance* ainda estava um ano à frente naquele futuro dourado e inimaginado da internet. E embora mais normais tenham visitado a web em 1997 do que em todo seu histórico pregresso, eles o faziam para consumir passivamente o conteúdo do *The New York Times*, da *Salon* ou do recém-lançado *Drudge Report*; ou somente para consumir, via Amazon e eBay.

Em 1997, apenas 37% dos lares americanos tinha acesso à internet. Mas o número vinha crescendo à taxa aproximada de 5 milhões de lares por ano. Meros quatro anos depois, aliás, quase 60% dos lares americanos estavam cabeados. Neste período, o tráfego na web decolou e milhões de páginas foram acrescidas a fóruns e sites como a Wikipédia, lançada em 2001, enquanto o número e variedade de URLs totalmente dedicados a interesses e hobbies de nicho também decolou. De repente, um só clique do *mouse* podia render dicas de cervejaria artesanal, moldes de costura, estratégias de pôquer, pornografia, história agrária medieval, receitas de *focaccia*, pornografia, instruções para manter um aquário de água salgada e pornografia. As barreiras até então altamente proibitivas que restringiam áreas de interesse especializado, tais como a enologia e o Bat-cânone, começaram a cair, e os cães de guarda dos seus portões foram demitidos.

A CRUZADA MASCARADA

Agora e em questão de minutos, qualquer um podia informar-se sobre assuntos até então desconhecidos e, ao conectar-se com fóruns de ideias afins, atiçar as chamas de um interesse a ponto de criar o inferno fulgurante. A era do consumo cultural passivo chegara ao fim e, em seu lugar, surgia uma nova era na qual até a curiosidade mais fútil poderia (e seria) investigada por vários e infinitamente ramificados "buracos de coelho" da "verdade" e da opinião.

Com essas mudanças, veio outra transformação, muito maior, específica aos *fandoms* da cultura popular. Ao longo da história moderna, a faixa predominantemente masculina de nerds recebia os personagens e a trama de dada narrativa com deferência e tratava-os como algo sacrossanto, inviolável, fixo, permanentemente estático. O fluxo de informação ia de cima para baixo, de editor a leitor, de cineasta a cinéfilo, e quaisquer experimentos intelectuais ou disputas subsequentes que surgissem entre nerds advinham de interpretações restritas, mas concorrentes, em torno do texto em pauta. "Sabemos que Batman vence Wolverine numa luta", pode um fã dizer a outro, "porque em *LJA: Torre de Babel,* publicada em 2000, foi revelado que Batman tem fichas mega-abrangentes a respeito de todos os heróis e esses arquivos incluem informações sobre como neutralizar os poderes de cada um. *QED.*"[99]

O nerd obtinha um prazer de categoria muito específica ao fetichizar essa narrativa, que se prolongava igualmente ao objeto físico. Gibis e brinquedos passavam a ser preciosidades feitas não para se ler ou se brincar, mas para serem preservados intactos, imaculados pelas mãos humanas. Daí a obsessão em ensacar, colocar um papelão junto com o saquinho e fazer referências cruzadas cronológicas a cada edição de *Batman Family,* assim como em exibir — com orgulho — o Boba Fett intacto, ainda na caixa, em uma prateleira longe do alcance de crianças, de animais de estimação e da luz solar direta. Surgiu uma indústria artesanal na qual especialistas atribuíam às edições de gibis uma nota baseada na condição física e depois encerrava-os permanentemente em placas de acrílico para que não perdessem o valor — processo que, no auge do simbolismo, transformava-os eternamente de histórias amadas por crianças em quinquilharias friamente apreciadas por grupelhos adultos.

---

99. *Quod erat demonstrandum*: Como se queria demonstrar. [N.T.]

Mas a história não parava e nunca parou por aí. Nos fanzines dos anos 1960 e 1970, junto às disputas familiares de nerds, ao guia de preços e ao abrangente inventário de cada aparição do seu personagem predileto na Era de Ouro, alguns colaboradores haviam começado a oferecer algo de novo — o que demonstrava uma postura sutilmente distinta em relação aos personagens que amavam.

Em vez de apenas *receber* histórias sobre Capitão Kirk, ou dos Doutores, ou de Batman, esses colaboradores criavam as suas. Em questão de poucos anos, esse movimento dera luz a um gênero por si só com um nome suavemente descritivo: *fan fiction*.

Escrito predominantemente por e para públicos femininos, essas histórias tanto brincavam com as convenções do gênero quanto as recriava de maneira submissa, questionando novas possibilidades narrativas e desafiando as suposições implícitas e até então inquestionadas que se haviam codificado em torno das relações entre personagens, fossem sexuais ou outras. O resultado foi algo que o público nerd historicamente masculino nunca havia sentido: um diálogo interativo e contínuo com seus amados personagens ficcionais. "A cultura fala com as [autoras de *fan fiction*]", diria o romancista Lev Grossman em 2011, "e elas respondem à cultura na mesma língua."

Esses diálogos desconstrutivos haviam se dado antes nas editoras, com autores profissionais, tal como quando a revista *Mad* parodiava Superman ou James Bond. Mas *fan fiction* era obra de amadores sem remuneração, e sátira raramente era o objetivo. As autoras de *fan fiction*, na verdade, tratavam seu ofício com zelo e propósito genuíno, seríssimo, dolorosamente nerd. Elas ansiavam pôr as mãos nos personagens que amavam e misturar tudo, brincar e mexer, subverter com astúcia, rejeitar as taxonomias certinhas e as subcategorizações rígidas que os "nerds-homens" policiavam com tanto rigor. Fazer *bagunça*.

Ao longo de mais de três décadas, autoras e autores de *fan fiction* compartilharam seu trabalho em zines de publicação independente, comprados ou trocados via correio ou nas convenções. Nos primeiros dias da internet, prosperaram fóruns de *fanfic* dedicados a personagens e a franquias específicas. Em 1998 foi lançado o *FanFiction.net*, um site de hospedagem que possibilitava que autores de *fanfic* de *fandoms* diversos publicassem suas histórias em um só repositório, com motor de busca, que não exigia nenhuma perícia técnica ou de codificação.

A CRUZADA MASCARADA

Em 2002, o site havia se tornado a face pública da florescente comunidade da *fan fiction* e foco de extensos perfis na *Time* e no *USA Today* — cobertura que atraiu ainda mais colaboradores e leitores àquele site, assim como à comunidade crescente.

O primeiro *fanfic* de Batman devidamente postado no site em abril de 1999 seguia a linha da continuidade presente nos quadrinhos para recontar a origem de Batman. Outros se seguiram imediatamente, alguns dos quais jogavam com as dinâmicas da Bat-família, alguns recontando tramas clássicas do ponto de vista de um personagem menor, e muitos contrapondo Batman a inimigos incongruentes, como a Mulher-Maravilha, o Homem-Aranha e os pilotos de *Mobile Suit Gundam*.

Em 2002, o número de participantes da San Diego Comic-Con inflou de 53 mil para 63 mil — o que representou seu maior salto, de ano para ano, em vendas de ingressos. Conforme a participação aumentou, também cresceram o número e a variedade de participantes que andavam pelo local em trajes elaboradíssimos. O *cosplay* sempre fez parte das convenções, mas a cada ano via-se um novo influxo de fantasias fantásticas e rebuscadas.

Mais uma vez mesclavam-se duas tendências: um contingente de dominância masculina, que prezava a reprodução rigorosa e árdua de fantasias, de objetos cênicos e de personagens de franquias conhecidas, e uma comunidade *cosplay* mais estranha, mais esquisita, o que supunha uma abordagem de menos rigor e mais diversão. A segunda dessas comunidades, a dos *cosplayers*, por sua vez, vê os textos canônicos de cada *fandom* meramente como pontos de partida. Daí o Gangsta Vader, a Mulher-Trans-Maravilha e os Caça-Fantasmas Steampunk.

O que as duas abordagens tão distintas têm em comum é o desejo sincero do envolvimento participativo, a vontade de entrar na história e forjar uma conexão pessoal, íntima e emocional com o personagem. Muito mais pessoal, íntima e emotiva, acreditam esses *cosplayers*, do que a que se alcança consumindo a história de maneira passiva.

A discórdia entre o *cosplay* que valoriza a exatidão e o *cosplay* que valoriza a atitude também se prolonga a Gotham City. A maioria dos *cosplayers* de Batman historicamente buscou recriar, nos detalhes mais ínfimos, a sensação dos quadrinhos ou dos filmes. Mas sempre houve aqueles que fazem *cosplay* para desafiar esta ira nerd em prol da ordem, a ânsia normativa de reduzir o conceito amplo e infinitamente mutável de Batman a uma versão violenta, realista e "canônica".

Quanto mais inflexivelmente esses *nerds* — e a DC Comics, a propósito — foram em insistir que o Batman "lobo solitário" e "poderoso" seria o Batman "de verdade", mais garantiram que outras versões do personagem ganhassem espaço pelas bordas. É por isso que, ano após ano, o Batman sorumbático dos gibis e dos filmes ressentidamente compartilha a convenção com versões de si e de seus colegas que foram apagadas da continuidade quadrinística ou que foram repudiadas pelos fãs *hardcore*: um homem corpulento que se veste como o Rei Tut de Victor Buono, do programa de TV sessentista, posa para fotos; um bebê vestido de Bat-Mirim nos faz cara de assustado do estande da PlayStation.

Fanfic e *cosplay* são as válvulas de escape gêmeas do *fandom*: eles evidenciam e incentivam uma ludicidade inclusiva que outros aspectos da cultura nerd reprimem; eles provocam e interrogam o *fandom* de maneiras que o abrem e o tornam tanto mais envolvido quanto mais envolvente.

Nos últimos anos, a editora dos quadrinhos de Batman, a DC Comics, fez grandes investimentos para atrair novos públicos, oferecendo novas tramas e especiais que divulga como "um ponto de partida para você", e serialmente "reinicia" seu universo narrativo para livrar-se de históricos e continuidades que poderiam desencorajar novos leitores. O leitorado *hardcore* e predominantemente masculino está envelhecendo — um relatório da indústria divulgado em 2012 estima que a idade mediana seja de trinta e oito anos — e a DC Comics compreensivelmente busca uma base de consumo mais diversificada.

É esclarecedor conferir como a comunidade nerd mudou entre o 1997 de *Batman e Robin* e o 2005 de *Batman Begins*. Foi nessa época que *fanfic* e *cosplay* — e o espírito lúdico e astutamente subversivo que engendram — começaram a infiltrar-se de verdade na cultura nerd. A indignação homofóbica com os Bat-mamilos de Schumacher foi uma indicação de como os fãs online de Batman eram monolíticos à época. Mas em 2005 havia mais vozes, e vozes mais variadas, na receita. Se *Batman e Robin* tivesse saído oito anos depois, os nerds *hardcore* teriam-no odiado tanto quanto em 1997 — mas a reação deles seria uma entre muitas. O mundo havia mudado.

A Warner, contudo, não sabia disso tudo. E é por isso que, ainda sofrendo com a goleada crítica e comercial em *Batman e Robin,* eles aceitaram avidamente a proposta de Christopher Nolan de fazer um filme de Batman sombrio e realista e, tal como haviam feito em 1989,

A CRUZADA MASCARADA

passaram a vendê-lo diretamente ao *core* [núcleo] mais *hard* [duro] dos fãs *hardcore* de Batman.

BATMAN BEGINS 'BEGINS'

O cara da loja de gibis de David Goyer sabia que alguma coisa estava rolando.

O gerente da loja que Goyer frequentava em Los Angeles tinha amizade com o roteirista. De forma que, no verão de 2003, quando notou que Goyer comprara uma pilha grossa de revistas e *graphic novels* de Batman, ele resolveu cutucar. "Está escrevendo filme novo do Batman, *né?*", perguntou.

Goyer negou e saiu da loja com pressa.

Na verdade, ele vinha se reunindo com Christopher Nolan há semanas na garagem do diretor para discutir a história que iria reintroduzir Batman no cinema. Nolan havia vendido a Warner apenas sua percepção quanto ao filme de Batman — uma proposta, sem roteiro.

Vez por outra, os dois homens saíam para caminhar pelo Griffith Park até Bronson Canyon — onde ficava a entrada da caverna que era usada como acesso à Batcaverna na série dos anos 1960.

Essas anedotas muito repisadas, entre tantas outras, fizeram parte do esforço orquestrado da Warner Bros. para firmar as Bat-credenciais do filme entre os fãs *hardcore*. No material de divulgação, nas apresentações para licenciamento e nas coletivas de imprensa, todos os envolvidos na produção — Goyer, Nolan, produtores e elenco — reforçavam os mesmos pontos.

"Quero contar a origem com certo grau de imponência, e de maneira mais realista do que já se fez", Nolan dizia.

Exatamente como a DC Comics havia feito em 1970, no rastro do seriado de TV, a Warner agora partia em missão de correção de curso. A prioridade deles era renunciar em público à interpretação berrante, cartunesca — até meio gay — que Schumacher fizera do personagem e redirecionar o foco para os próprios gibis. Não foi coincidência, como reconta o acadêmico Will Brooker em *Hunting the Dark Knight: Twenty-First Century Batman* [Caçando o Cavaleiro das Trevas: Batman no Século XXI].

"Embora a indústria de quadrinhos seja o primo pobre do cinema em termos de status cultural e retorno financeiro", Brooker escreve, "produtores de cinema sabem que fãs de HQ possuem voz e poder desproporcional ao seu número. Talvez não sejam muitos, mas eles falam alto e têm olfato aguçado quando se faz porcaria... os fãs, como grupo de pressão pequeno, mas estridente, são respeitados e cortejados."

Os cineastas começaram aproveitando toda oportunidade que surgia para divulgar a conexão direta do novo roteiro com os quadrinhos. Burton e Schumacher haviam feito fama por desconsiderarem o material de base, mas Nolan e Goyer juraram fidelidade imortal à procedência quadrinística de Batman. E não só a qualquer HQ, mas exatamente àqueles gibis do Batman violento e realista que os fãs *hardcore* tanto estimavam.

O primeiro ato de *Batman Begins* praticamente acompanha o enredo de uma história de Denny O'Neil e Dick Giordano publicada em 1989. Essa história, "O Homem Que Cai",[100] foi, por sua vez, inspirada em uma cena de *O Cavaleiro das Trevas* de Frank Miller, na qual Bruce ainda criança cai num poço na propriedade dos Waynes e fica aterrorizado com o morcego que habita o local. O'Neil usa esse incidente como metáfora central do conto para explorar os anos que Bruce Wayne passou viajando pelo mundo, adquirindo seu treinamento forense e habilidades nas artes marciais. Os primeiros trinta minutos do filme também apresentam o vilão Ra's al Ghul, que estreou em outra história de O'Neil de 1971, "A Filha do Demônio",[101] com arte de Neal Adams.

O segundo ato, no qual Bruce está de volta a Gotham, tomou emprestado de *Batman: Ano Um* tanto o retrato lúgubre de uma Gotham City podre e corrupta quanto a representação da amizade nascente entre o jovem Jim Gordon e um Cavaleiro das Trevas ainda incipiente. Os mafiosos do filme e seus ornamentos *noir* saíram de cabo a rabo de *Batman: O Longo Halloween*.

Das várias Bat-tramas das quais podiam tirar inspiração, os cineastas escolheram meticulosamente quatro — cada uma das quais aparecia rotineiramente em listas na internet com curadoria amorosa dos fãs *hardcore*.

Todavia, o terceiro e confuso ato do filme — cujo suspense narrativo depende de um plano que envolve a "toxina do medo" do Espantalho, um emissor de micro-ondas roubado, um sequestro de trem e um monte de funcionários do departamento municipal de abastecimento de água sentados por ali com cara de preocupação — era todo de Goyer e Nolan.

---

100. Publicada pela última vez no Brasil em *Batman 70 Anos*, n. 2 (Panini, 2009). [N.T.]
101. Publicada pela última vez no Brasil em *Batman: O Nascimento do Demônio* (Eaglemoss, 2016). [N.T.]

A CRUZADA MASCARADA

Nolan visualizava *Batman Begins* (ou, como foi identificado durante a produção por questões de segurança, "O Jogo da Intimidação") como um drama policial realista à la *Operação França*. E apesar de pairar sobre duas décadas de gibis de Batman violentos e realistas como modelo, se ele tinha esperanças de transformar a história de um homem que se veste de morcego em *noir* urbano envolvente, ele tinha muita mão de obra conceitual pela frente.

Primeiro: o traje. O diretor achava que a decisão de Bruce Wayne de adotar o disfarce precisava de fundamentação mais firme que o trauma de infância. Os filmes anteriores de Batman haviam ignorado deliberadamente o raciocínio por trás de Wayne adotar um traje de morcego, embora o fervoroso *Batman Eternamente* houvesse chegado bastante perto com a cena na qual o jovem Bruce encontra a Batcaverna. Quanto à explicação frequentemente citada nos quadrinhos — Bruce, taciturno no escritório da Mansão Wayne, é interrompido por um morcego que entra pela janela aberta —, Nolan a achou muito leve, até mesmo meio sobrenatural, uma ponta solta que não dialogava com outros elementos da origem. Como cineasta, Nolan valoriza o enredo rigoroso, sem arestas, no qual cada elemento apresentado à narrativa tem que justificar sua existência e utilidade — e assim pegou a origem que melhor se encaixava no que queria.

Ao adicionar o "Brucinho-Caiu-no-Poço!" de *O Cavaleiro das Trevas*/"O Homem Que Cai" ao filme, Nolan definiu que o menino tinha cicatrizes psicológicas, com uma insistente fobia a morcegos. Foi o que possibilitou ao diretor apresentar o grande tema do filme — o poder e o propósito do medo — enquanto deu ao pai de Bruce, Thomas Wayne, tempo na tela para firmar-se entre o público como personagem.

A fobia de Bruce prontamente toma importância central no filme quando os Waynes vão a uma ópera na qual os atores em trajes de morcego deixam o garoto perturbado. Bruce convence os pais a sair mais cedo do teatro, quando, então, são assaltados e mortos. Nolan e Goyer injetam uma dose de culpa na origem; até a escolha do local aproxima o incidente incitante da visão mais sóbria que os dois têm. A maioria dos relatos nas HQs, afinal, mostrava os Waynes indo a uma exibição de Zorro naquela noite fatídica — um aceno às aventuras ousadas, fanfarronas, encarnadas pelo Batman de O'Neil e Adams. Mas o Cavaleiro das Trevas de Nolan não era de fanfarronices; era um personagem mais sombrio, mais ópera, mais sóbrio.

Diferente dos predecessores, Nolan começou a dar respostas claras em relação ao "como e porquê" de Batman: por que a roupa, por que a obsessão pela justiça, por que ele não mata e como ele consegue seu equipamento — todas as convenções basilares e incontestadas do gênero super-heroístico. Tim Burton — e Frank Miller, antes dele — havia respondido aos "porquês" com "porque ele é doido" e ambos dispensaram o "como" com "porque ele é rico". Mas Nolan e Goyer empreenderam esforços para processar o porquê da bat-persona, mostrando-nos Bruce trabalhando para superar sua fobia em seu período com Ra's Al Ghul,[102] e — na sequência que virou marca registrada do filme — posa triunfante quando enxames de morcego o cercam na Batcaverna que acabara de descobrir.

O filme também nos apresenta um Bruce Wayne jovem tentando buscar a vingança sobre o assassino de seus pais, mas sua chance é roubada pelo mafioso Carmine Falcone — que cumpre o papel da decadência moral de Gotham. Repreendido, Bruce recusa a trilha das armas, não cede à corrupção que corrói o coração de Gotham, e decide fazer o que ninguém mais consegue: buscar justiça.

Em relação ao como, Nolan fez Goyer destinar cada pedacinho de Bat-engenhoca uma passagem de diálogo que determina sua proveniência militar e plausível. Cada frase é proferida com cadência curta, hilariamente machona, desde a nova Bat-corda — descrita como "pneumática. Arpéu magnético. Monofilamento testado com 160 quilos" — ao traje — que nos informam ser de "Kevlar duplo. Articulações reforçadas" — e, acima de tudo, o Batmóvel.

Ou melhor, o Tumbler — pois até a palavra Batmóvel era considerada um vestígio do passado cinemático "*camp*", "ridículo" e "berrante grotesco" de Batman. O design do Tumbler foi a primeiríssima tarefa que Nolan atribuiu ao designer de produção do filme, pois achou que seria emblemático para a nova estética. "Toda nossa abordagem para contar a história de Batman podia ser vista na sensação daquele veículo", disse Nolan, conclamando a equipe de produção a mirar sempre na utilidade "funcional, prática" e nunca introduzir um elemento de design cujo propósito fosse "só ficar legal". O mundo que ele queria criar era "violento, sujo e realista".

---

102. No roteiro de *Batman Begins*, diferente dos quadrinhos, o "Al" tem maiúscula.

A CRUZADA MASCARADA

Ciente da tendência histórica de Bat-vilões roubarem o foco de um herói tão lacônico e taciturno, Goyer garantiu que cada uma das sete versões do roteiro passasse, com a ajuda do irmão de Nolan, Jonathan, um foco decidido no homem Bruce Wayne, dividindo com parcimônia o tempo em tela dos vilões. Ele também decidiu priorizar o aspecto arte marcial da constituição ideológica de Batman, o que exigiu um contrabalanço. Ao enfatizar o preparo físico de Bruce Wayne, o filme finalizado iria omitir o status de Bruce Wayne como mestre dos detetives.

Apesar de seu foco em táticas de combate, Nolan não economizou na hora de delinear com firmeza a imposição moral de Wayne contra tomar uma vida — algo que Burton havia ignorado e a que Schumacher havia só dado uma piscadela. O filme cumpre essa tarefa, armando um paralelo entre Bruce Wayne e Ra's Al Ghul. Depois de quase encerrar seu treinamento na Liga das Sombras de Ra's em um monastério budista, dizem a Bruce Wayne que ele tem que executar uma pessoa que cometeu assassinato e envolveu-se em um roubo — um homem tal como o ladrão que matou seus pais. É um momento importante — que possibilita aos cineastas mostrar algo de essencial em Batman. Aqui, ele finalmente defronta e rejeita por completo a vingança — assim como aqueles que a praticam, a própria Liga das Sombras. Nolan nos mostra o momento em que ele decide tomar a rota solo e percebe que precisa "tornar-se um símbolo" não apenas para lançar medo ao coração dos criminosos, mas para inspirar o povo de Gotham como uma figura imbatível, incorruptível, exuberante.

Oito atores fizeram testes para o papel de Bruce Wayne, incluindo Henry Cavill, Jake Gyllenhaal e Cillian Murphy. Ao fim, apesar de traços esguios e um queixo mais triangular que quadrado, o jovem e intenso ator Christian Bale garantiu o papel. Embora muitas melhorias tivessem sido feitas no Bat-traje desde os tempos de Burton e de Schumacher,[103] o ator comentou que o traje dava ao usuário "um pescoço gigante, tipo do Mike Tyson... parecendo uma pantera. Você fica com um visual de fera, como se fosse atacar uma pessoa a qualquer momento". O capuz era tão apertado que lhe causava dor de cabeça após vinte minutos de uso. Bale decidiu utilizar esses dois aspectos na sua performance, o que dá ao personagem um rosnado bem particular, furioso, que levaria a risinhos incrédulos das plateias e mais de um comentário perplexo da parte dos críticos.

---

103. Leia-se: vestido, Bale conseguia virar a cabeça.

Bale encontrou três papéis dentro do personagem e os delineou claramente ao longo de *Batman Begins* e suas continuações: o herói-titular de uniforme, pura intensidade selvagem e ira sufocada; o contido Bruce Wayne, sempre em busca de um caminho e um propósito; e a postura pública de Bruce Wayne, um diletante ostentoso e bajulador que costeia a vida numa nuvem de enfatuação e presunção.

Em 4 de março de 2004, Jeff Robinov, presidente da Warner Bros., anunciou que as filmagens haviam iniciado na Islândia. Numa atitude muito incomum para uma produção dessa envergadura, a filmagem seria feita sem diretor assistente e sem equipe de produção assistente: Nolan e seu diretor de fotografia cuidariam de tudo sozinhos.

Foi exatamente nesse mesmo dia que os cineastas receberam um aviso dolorido de que o mundo havia mudado e que a aurora da era da internet mudaria para sempre o modo como filmes, mas principalmente esse, seriam feitos.

O roteiro de *Batman Begins* havia vazado na internet.

A REAÇÃO PRÉ-"AÇÃO!"

Começou com uma crítica do roteiro no *IGN.com*. A coluna chamada "The Stax Report" fazia avaliação favorável do texto, humildemente jurando não estragar surpresas da trama: "Respeito demais os cineastas envolvidos para minar seus esforços. No mínimo, espero que essa resenha vá apenas amainar os temores que alguns fãs ainda possam ter em relação ao projeto e [*sic*] empolgá-los ainda mais quanto ao lançamento no verão do ano que vem." A seguir, o autor vai tratar com todo o júbilo de cada ponto da trama em detalhes, cena a cena, incluindo abordar os desvios e acréscimos que os cineastas faziam em relação ao que os nerds consideravam Bat-cânone.

Nolan, Goyer e produtores estavam plenamente cientes de que os fãs salivavam atrás de qualquer informação e haviam instituído medidas de segurança draconianas. Os executivos da Warner, por exemplo, nunca receberam cópias do roteiro — eram obrigados a arrastar o corpo até a garagem de Nolan para lê-lo aos olhos de Goyer e Nolan.

Ainda assim, nas semanas e meses que se seguiram, mais críticas do roteiro começaram a provir de uma série de sites, incluindo o *SuperHeroHype* e o *Ain't It Cool News*. E mais: no meio das seções de

A CRUZADA MASCARADA

comentários, abaixo das críticas, começaram a aparecer URLs. Clicar nesses links levava ao pior pesadelo do diretor famoso pela discrição: sites temporários que hospedavam *scans* do roteiro completo do filme, desde a cena de abertura até a imagem de fechamento.

Foi revelador, contudo, que apesar dos diversos ajustes que teriam provocado revolta e choro em um mundo que nunca houvesse conhecido Schumacher, os fãs *hardcore* o devoraram.

"Leiam só isto aqui", escreveu um participante nos fóruns do *Seriously!*: "Parece que este filme vai botar para quebrar."

Nem todos foram entusiásticos, é claro. Por exemplo: uma crítica mais impassível que apareceu nos fóruns do website sobre roteiros, *Done Deal Pro*, dizia: "O roteiro de David Goyer para Batman: *Begins* [sic] é uma coleção de momentos fortes, absolutamente INSPIRADOS, cercado por momentos de finalização não tão inspirados com a pipoca de sempre que todo mundo conhece."

Mas todos os nerds tomados de zelo suficiente para caçar uma crítica do roteiro e, depois, passar longos minutos debulhando o roteiro em si se entregaram. "Vai ser o melhor filme do 'Batman' de todos os tempos", declarou um participante no *Moviehole.net*, emendando com uma alfinetada anti-Schumacher gratuita, mas inevitável: "Desbundante, nos dois sentidos."

O segredo bateu asas de morcego. E os vazamentos prosseguiriam ao longo da produção. Enquanto filmavam uma cena de Batman olhando para a cidade do alto do tribunal de Gotham (na verdade, o Jewelers Building de Chicago), um assistente de produção percebeu um grupo de jovens assistindo à cena de uma garagem próxima. Os registros granulados que estes fizeram caíram na internet em questão de horas.

À parte as locações na Islândia, em Londres e em Chicago, a maior parte das filmagens ocorreu em um gigantesco hangar de dirigíveis nos arredores de Londres, onde a equipe de produção construiu quadras inteiras de uma Gotham City suja, encharcada de chuva, permeada por um brilho pardo. O resultado não era nada parecido com a *mise-en-scène* tão criticada da paisagem-urbana-barra-discoteca-com-pista-de-patins.

Depois de 128 dias de filmagem — um cronograma cinco vezes mais comprido do que Nolan já tivera — *Batman Begins* entrou em pós-produção. Em 28 de julho de 2004, a Warner lançou um *teaser* que dava apenas um vislumbre de Bale com o traje — mas o suficiente para gerar empolgação rancorosa na internet. "Não ficam horas focando nos Batmamilos", escreveu Harry Knowles. "Não tem trocadalhos do carrilho [*sic*]. Não tem vilão [*sic*] apatetado que domina o trailer... Não tem a gostosinha do momento de roupa de couro... cacete, deixa eu assistir! Agora. Tá, pode até colocar a sedutora do momento usando roupa de couro, mas meeeeeu, esse troço tá ficando interessante."

No começo de 2005, um novo trailer, mais comprido, e um pôster de Batman contra um céu amarelo-pálido deram início a uma campanha de marketing que levou cada integrante de elenco e de produção a manifestar seu amor pelos personagens e pelos quadrinhos.

Era um mundo novo, no qual um diretor respeitável de pequenos filmes *indie*, intelectualizados, agora contava com todo respeito a uma sucessão de entrevistadores nas *junkets* de imprensa que ele esperava que seu filme fosse "o equivalente cinematográfico a ler uma ótima *graphic novel*". Um mundo no qual Christian Bale ficou adepto a listar seus gibis favoritos de Batman diante de mesas de jornalistas especializados. Um mundo no qual relações-públicas adulavam a "obsessão à la Batman", a seriedade e o compromisso do ator.

O FIM DO PRINCÍPIO

Em 15 de junho de 2005 — uma quarta-feira — *Batman Begins* estreou nos cinemas dos EUA e chegou a US$ 73 milhões de arrecadação nos cinco primeiros dias, incluindo um fim de semana: uma amostragem impressionante, mas longe do "arrasa-quarteirão-quebra-recordes" que muitos previam. O crucial, contudo, foi que o acompanhamento do estúdio mostrou que o filme tivera sucesso em ampliar sua plateia, indo além dos homens entre 18 e 34 anos que haviam expressado o interesse mais ávido.

As críticas, no geral, foram positivas. Roger Ebert, Bat-fã, disse: "[É] o filme de Batman pelo qual eu tenho esperado." O *The New York Times* foi grandiloquente em declarar que o filme recebia Batman "no reino dos mitos do cinema".

A *Variety*, todavia, chamou-o de "escuro e falastrão" e "deficiente de diversão infantil". O *Wall Street Journal* achou "uma história pesada sobre um herói deprimido que é uma companhia meio insossa".

E os nerds? Nolan lhes dera exatamente o que tanto ansiavam. Não era só um Batman sério, *"poderoso"*, ainda que o filme certamente entregasse isso. Não, o que *Batman Begins* oferecia era algo que todo fã que já ficara preso no armário da escola ou fora rejeitado no refeitório anseia, em segredo, por mais que possa negar a plena voz: ser aceito e aprovado pelo *mainstream*.

Nolan e Goyer haviam produzido uma versão fiel e diligente do Batman que nerds *hardcore* tanto estimavam. E ainda assim os normais também adoraram — tanto que conversavam no cafezinho do escritório. E voltavam para assistir com os filhos.

E não era o Batman *"freak*-gótico-estilizado" do Tim Burton nem o Batman "macho-mas-nem-tanto" de Joel Schumacher. Era o Batman sinistro, o Batman que bota para quebrar dos sonhos de *fanboy*. Eles estavam, para dizer o mínimo, conquistados:

"BATMAN BEGINS é o melhor de todos os começos de franquia super-heroica que eu já vi", alardeou o *Ain't It Cool*. O *IGN* concordou: "É o filme do Batman pelo qual vocês tanto esperavam."

É claro que o "vocês" que se usa ali era dirigido aos nerds, mas o atrativo do filme provou-se significativamente mais amplo. Ao contrário da expectativa do mercado, quase metade da plateia (43%) era feminina, e mais da metade (54%) tinha mais de 25 anos. Outras evidências de que o filme de Nolan havia chegado a um público feminino maior que o esperado se manifestaram rapidamente no *FanFiction.net*, no qual o primeiro conto passado no universo de *Batman Begins* saiu junto com a estreia do filme. Nos meses que se seguiram, novos contos de *Batman Begins* foram gravados no site ao ritmo de dez a vinte por mês. Hoje, os contos de fã que se passam no universo de Nolan chegam aos milhares.

Críticos profissionais e participantes de fóruns igualmente elogiaram a abordagem sóbria e realista do filme, em particular diante das desventuras mais recentes do personagem no cinema. Uma crítica do website *JoBlo.com* segue o padrão. Depois de fazer uma crítica pós-estruturalista matizada no que diz respeito à contribuição de Katie Holmes ("belos peitinhos"), o roteirista não resiste a invocar o fantasma de Schumacher: "Meus cumprimentos também ao diretor Christopher Nolan, que conseguiu acabar com os desastres de Joel Schumacher com BATMAN e apresentar ao mundo uma coisa muito mais próxima do que temos lido nos quadrinhos há anos."

No momento em que escrevo, mais de uma década se passou desde que *Batman Begins* estreou nos cinemas, e o filme adentrou por completo o *Zeitgeist* da cultura popular — embora no consciente público tenha sido ofuscado pela continuação. Assistir a ele agora é uma oportunidade de ficar impressionado com o enredo implacavelmente detalhado, como Nolan é meticuloso e impassível em apresentar os conflitos que vão enredar-se ao longo da trilogia finalizada.

O filme não é perfeito — o *Wall Street Journal* e outros críticos que notaram a falta de humor na história tinham faro bom. O que muitos entenderam, em 2005, como uma compensação exagerada pelo excesso de trocadilhos da escrita de Akiva Goldsman, agora revela-se pelo que é de fato: a estética austera e gelada que tipifica a obra de Nolan.

A estrutura do filme serve-a bem, até que de repente não serve mais. Partir a narrativa em três gêneros de tons distintos — filme de artes marciais, thriller de máfia *pulp,* aventura boboca — é uma jogada intrigante para captar facetas discretas de Batman. Mas o último ato do filme é marcado por uma superfluidade banal de gás do medo, detentos fugitivos, um incêndio na Mansão Wayne, um trem descarrilhado e um emissor de micro-ondas/bomba, que só atola o suposto suspense.

É verdade que os diálogos do filme, densos de declarações solenes em relação à natureza da raiva e o poder do medo, quando não combinações mortais de ambos,[104] poderiam ficar notavelmente melhores se Nolan diminuísse bastante a quantidade de substantivos abstratos usados.

Mas isso são detalhes. Em *Batman Begins,* Nolan encontrou uma maneira de implantar cirurgicamente o Batman sombrio, taciturno e "poderoso" que os nerds amavam em um filme bonito e particularmente intelectual que deixou os normais curiosos e pedindo mais.

A ALVORADA DO CAVALEIRO DAS TREVAS

Não que Nolan soubesse de seu passo seguinte. Não exatamente.

"Foi só depois de *Batman Begins* estar totalmente encerrado e de tirar umas férias que a gente teve uma chance de sentar e pensar: OK, o que a gente vai fazer com isso?", ele declarou.

---

104. "Minha raiva supera meu medo!"

A CRUZADA MASCARADA

Nolan e Goyer haviam abordado o primeiro filme tendo em mente uma vaga história em três partes, embora não se permitissem pensar nela como trilogia. "Havíamos estabelecido em *Batman Begins* a ideia de que o plano de Bruce Wayne ao tornar-se Batman era fazer o que ele pudesse por um período finito. Ele teria tipo um plano quinquenal, um período fechado que ele dedicaria a colocar Gotham nos trilhos, e depois ia fazer outra coisa da vida..."

"Aí [no capítulo seguinte], veríamos Bruce entrando cada vez mais fundo no seu papel de Batman. De certa maneira, o próprio Batman provocaria o comportamento extremo em Gotham e faria nascer o Coringa." Por fim, no terceiro e último capítulo, eles tinham a ideia de encerrar a fase Batman na vida de Bruce.

Esse plano era muito mais que o leve ajuste que eles haviam feito em *Batman Begins* pelo bem do roteiro cinematográfico. Era uma reformulação geral nos elementos da lenda Batman.

A ideia de que o papel de Bruce Wayne como Batman era algo temporário, não mais que um "plano quinquenal"? Sacrilégio. Contradição direta ao juramento original que o personagem fizera em novembro de 1939: "E juro, pelos espíritos dos meus pais, vingar suas mortes, *dedicando o resto da minha vida* à guerra contra todos os criminosos." (Ênfase minha).

O processo de adaptação dos quadrinhos para o cinema envolve, por necessidade, escolhas e recortes drásticos. Ao introduzir a possibilidade de que Bruce Wayne perceba sua carreira de Cavaleiro das Trevas como algo que ele espera deixar para trás, Nolan e Goyer amarram o ideal super-heroico exuberante ao cotidiano. A motivação de Bruce Wayne é mais clara, mais palpável de imediato, mais fundada na psicologia humana identificável e, assim, mais aceitável para uma plateia de normais.

Mas, ao fazerem isso, Nolan e Goyer tiram de Bruce Wayne a noção ousada, grandiosa, idealista de seu juramento. Eles transformam a ideia poderosa e impossível que o motiva — sua cruzada — em algo mais crível, mas muito menor. Uma nomeação temporária. Um registro. Um "bico".

Eles fazem isso para elevar o nível, é claro, e ao longo de *O Cavaleiro das Trevas (The Dark Knight)* vão aprender que o plano original não dá conta da enormidade da tarefa. Mas esse mínimo aspecto do caráter de Batman, o ardor de Nolan pelo "hiper-realismo" e a credibilidade removem de seu protagonista uma medida significativa de seu poder puro, icônico.

GLEN WELDON

VIOLÊNCIA EM DOBRO, REALISMO EM DOBRO

De início, Nolan e sua equipe de produção estavam preocupados em como seria a recepção da estética despojada, antiornamental e utilitária no design de *Batman Begins*; os elogios quase universais que o filme recebeu incentivaram-nos a irem mais além no seguinte.

Enquanto *Batman Begins* havia fincado raízes no mundo natural de vastos panoramas árticos e cavernas sombrias, *O Cavaleiro das Trevas* seria um filme de paisagens urbanas, frias, lustrosas e modernas, filmadas numa Chicago inundada de iluminação fluorescente e luz solar.

Em relação aos pontos-chave dos personagens, eles decidiram que o próprio Batman não teria o seu. Pelo menos não no sentido conhecido de roteiro hollywoodiano da jornada emocional que deixa o protagonista profundamente transformado. Ele meramente daria mais um passo na trajetória de aceitação do manto.

O verdadeiro protagonista do filme, acreditavam Nolan e Goyer, seria o cavaleiro branco de Gotham: o vigoroso promotor público Harvey Dent. Seria o orgulho de Dent que o conduziria numa trajetória de tragédia e caos. A mente e a alma de Dent seriam corrompidas pela influência sinistra do Coringa. Batman e o Comissário Gordon tentariam loucamente preservar a reputação de Dent, lançando um acobertamento que começaria a supurar no coração de Gotham à conclusão do filme.

O diretor queria desviar seu Coringa do "exibicionismo-mão-pesada" da interpretação de Jack Nicholson e, no seu lugar, ter algo menor, porém mais aterrorizante. Ra's Al Ghul fora um oponente calculista, friamente intelectual. Era hora de Batman meter-se com um psicopata de verdade, um terrorista violento e imprevisível que agisse quase como uma força maligna, embora casual.

Nolan não estava nem aí com a proveniência do Coringa e o que o motivava — todos os elementos de explicação em que Burton e Schumacher haviam se demorado com tanto carinho para conceituar seus vilões. A origem do vilão era o clichê que ele se determinou a evitar. O que tornava o Coringa interessante para Nolan era o efeito que ele tinha sobre Batman — no caso, como ele servia para afinar e esclarecer por que Gotham precisava de Batman e da missão deste. Portanto, em vez de sugerir uma origem, o roteirista Jonathan Nolan lhe deu duas, declaradas em dois momentos, com o mesmo peso e com a mesma qualidade apócrifa — um jogo dos copos narrativo que a plateia nunca iria vencer.

A decisão de Nolan de dispensar a origem do Coringa gerou a indignação nerd que já havia virado reflexo condicionado, mas isso em nada se comparava às lamúrias jubilosamente homofóbicas que recebeu sua decisão de botar maquiagem de palhaço no belo e jovem ator Heath Ledger. "Acho que vai ser um Coringa bem gay", sugeriu um poeta-filósofo nos fóruns do *SuperHeroHype.com*, "[tipo] o gay que ele foi no filme de caubói." Outro disse: "O Heath é fodido em praticamente tudo (e essa não foi uma piada Broke Back [*sic*])."

PRÍNCIPE PALHAÇO

As filmagens de *O Cavaleiro das Trevas* (identificado como "O Primeiro Beijo de Rory" por questões de segurança) tiveram início em abril de 2007, em Chicago, e foram concluídas em novembro, em Hong Kong.

A produção continuou a utilizar o antigo hangar de dirigíveis em Cardington, próximo a Londres, mas dessa vez Nolan apoiou-se muito mais em locações na cidade e nos arredores de Chicago, além de criar acrobacias mais elaboradas. Muitas delas envolveriam um novo veículo, o Bat-Pod, uma motocicleta customizada saída dos sonhos de Nolan e que se provou de direção altamente periculosa até mesmo para motoristas com muita experiência.

A gravação ficou marcada pela morte do operador de câmera de efeitos especiais Conway Wickliffe, vitimado quando o veículo que estava dirigindo bateu contra uma árvore durante a filmagem de uma perseguição automobilística. Na pós-produção, mais um golpe pesado: Heath Ledger, cuja interpretação do Coringa já atraía atenção da indústria mesmo antes de sair da cabine de edição de Nolan, foi encontrado morto devido a uma overdose acidental em seu apartamento de Manhattan, em 22 de janeiro de 2008. Ele tinha 28 anos.

A campanha de divulgação de *O Cavaleiro das Trevas* havia iniciado enquanto o filme ainda era rodado. O website de campanha de Harvey Dent entrou no ar em maio de 2007, oferecendo aos visitantes a primeira foto de Heath Ledger como Coringa em troca do endereço de e-mail do visitante. Na San Diego Comic-Con, em julho, notas de dólar "Coringadas" — nas quais George Washington ganhava olhos negros e um sorriso vermelho — eram entregues aos participantes, divulgando o website *www.whysoserious.com*. Os visitantes do site eram convidados a tornarem-se capangas do Coringa seguindo pistas; centenas de fãs com a maquiagem manchada do Coringa bambolearam-se pelas ruas do Gaslamp District na caça ao tesouro. No Dia das Bruxas, o website *RorysDeathKiss.com* instruía visitantes a vestirem-se de Coringa e mandarem fotos de si visitando marcos históricos de suas cidades.

Nos meses que se seguiram, os marqueteiros criaram uma extensa rede de vinte websites falsos (*www.thegothamtimes.com*, *www.gothampolice.com* etc.), cada um deles forrado de pistas, jogos e instruções da caça ao tesouro que levariam o fã disposto a se envolver a encontrar mais informações. Em alguns casos, era informação altamente especializada — um site, uma galeria de tiro a patinhos, exigia que os visitantes atirassem nos patos numa ordem específica obtida ao se traduzir uma pista em código binário —, mas os fãs que encontraram as respostas obedientemente correram aos fóruns na internet para compartilhar as estratégias.

A empresa contratada pela Warner para criar esses exercícios de "*alternate reality gaming*" considera essas táticas tentativas de "chegar a pessoas tão saturadas com a mídia que bloqueiam qualquer iniciativa de a mídia chegar a elas". A abordagem, proposital e astuciosamente, explora a paixão do nerd *hardcore* pelo que é secreto — e também por saber de algo antes dos outros —, o que os torna participantes ativos na divulgação do produto entre os pares não tão obcecados. A empresa explica que o princípio de marketing por trás dessas campanhas [de marketing] virais era simples: "Ao invés de escancarar, esconda a mensagem."

Pouco após a morte de Ledger, a campanha viral que vinha enfocando o Coringa começou a girar em torno de Harvey Dent. A empresa de marketing enviou ônibus falsos da campanha de Dent a diversas cidades. Enquanto isso, a Warner despachou Goyer — o "cara dos quadrinhos" na cúpula do filme — para participar do circuito de convenções e atiçar os fãs devotos, aumentando o entusiasmo.

Em maio, foram inauguradas montanhas-russas de *O Cavaleiro das Trevas* em dois parques temáticos Six Flags. Um longa animado em DVD com o título *Batman: O Cavaleiro de Gotham* (*Batman: Gotham Knight*) reunia seis histórias de animadores japoneses passadas no universo Bat-Nolan e foi lançado dez dias antes de *O Cavaleiro das Trevas* chegar aos cinemas.

A CRUZADA MASCARADA

A estreia se deu à meia-noite de 18 de julho de 2008, ponta de lança de um fim de semana com bilheteria recorde, acima dos US$ 158 milhões. O filme acabou virando o segundo na história a bater US$ 500 milhões na América do Norte, e o fez em metade do tempo que *Titanic* levou para chegar na mesma marca. Sua arrecadação mundial total foi de pouco mais de US$ 1 bilhão — o que o deixou em companhia rarefeita, pois apenas três filmes haviam realizado esse feito até então: *Titanic, O Retorno do Rei* e *Piratas do Caribe: O Baú da Morte*.

Apesar da vigilância mais intensa da empresa — incluindo lanterninhas com óculos de visão noturna para patrulhar o uso câmeras nas salas de cinema —, a primeira cópia pirata completa do filme apareceu em um site de compartilhamento de arquivos no dia em que o filme estreou. Uma empresa de acompanhamento de audiência estima que mais de sete milhões de cópias ilegais do filme foram baixadas só em 2008.

A recepção crítica de *O Cavaleiro das Trevas* foi abundantemente positiva, até mesmo altiva: "Um épico criminal ambicioso e encorpado", disse a *Variety*, enquanto a *Rolling Stone* foi uma de várias publicações que elogiou a oposição de Nolan às certezas morais que histórias de super-heróis costumam incorporar: "*O Cavaleiro das Trevas* cria um lugar onde o bem e o mal — os quais se espera que entrem em batalha — decidem subir na pista e dançar."

Roger Ebert levou essa ideia ainda mais além, declarando: "Batman não é mais um gibi. *O Cavaleiro das Trevas* de Christopher Nolan é um filme assombrado que parte de suas origens e torna-se uma tragédia cativante... Nolan libertou [Batman] para ser uma tela na qual se vê um escopo mais ampliado das emoções humanas."

Críticos previram com grande ousadia que tanto o filme quando Nolan seriam indicados ao Oscar, e espalhou-se a convicção de que Ledger receberia o primeiro Oscar póstumo desde Peter Finch em 1977.

Era tudo que os fãs *hardcore* queriam. Se eles curtiram o sucesso crítico e popular de *Batman Begins,* o louvor sem precedentes e praticamente unânime por *O Cavaleiro das Trevas* mandou-os direto aos fóruns prediletos para arrulhar de pura satisfação:

"Soberbo em tudo... perfeição nos detalhes", escreveu o participante de um Bat-fórum. "Uau", disse outro. Nos comentários do *Ain't It Cool News*, um participante se entusiasmou: "Vi faz 6 horas e não paro de pensar no filme. Vou assistir de novo domingo e tentar manter o foco.

Acho que eu me empolguei demais com o que ia acontecer e não curti direito." Logo abaixo dessa postagem, outro habitante do fórum foi mais incisivo. "Melhor que o segundo advento de Cristo."

TÃO SÉRIO

Considerando a morte surpreendente e repentina de Heath Ledger, talvez seja inevitável que tanto da discussão da crítica tenha se dado em torno da performance do ator. Todavia, seu Coringa é uma criação cinematográfica singular e inesquecível, e é sua performance — as opções mínimas e altamente específicas de Ledger — a causa disso. No papel, o Coringa de Nolan é "um absoluto, um agente do caos e da anarquia", mas na tela esses traços gerais somem. O Coringa de Ledger não é uma força da natureza, e sim uma pessoa — uma pessoa que dá medo, é claro, mas com coração pulsante.

A maioria dos atores que viveram o papel antes de Heath Ledger via o Coringa como um personagem falastrão, desproporcional. Sabe-se bem que Cesar Romero se excedia em suas risadinhas de moça; o Coringa de Jack Nicholson era uma criatura do júbilo maníaco, canastrão; ao lhe dar voz na série animada, Mark Hamill aceitava por completo também os floreios e a teatralidade do papel. Mas Ledger, por sua vez, retrai-se — opção tão fascinante quanto inspirada. É improvável que quem já tenha lido o Coringa numa HQ tenha imaginado as vogais e os ditongos baixos, anasalados, vagamente caipiras que Ledger dá a seu personagem, como se o palhaço psicopata assassino fosse um mascate do interior. Tampouco o teriam imaginado fazendo uma pausa para lamber os beiços, distraído na sua própria presunção, enquanto ameaça sua última vítima. Em vez de um louco cacarejante, seu Coringa parece, mais do que tudo, entediado com a humanidade e impaciente para dar as cartas.

"Não sou planejadoorrrrrr", diz o Coringa a Harvey Dent quando visita o homem em seu leito hospitalar. "Eu só... faço." O roteiro dá a Ledger, nessa cena, um monólogo um pouquinho comprido no qual ele explica sua visão de mundo e seu papel como agente do caos, ao mesmo tempo em que tenta convencer Dent a abandonar seu código moral. Talvez seja o discurso mais importante do filme. Não porque com ele aprendemos algo sobre o Coringa, mas porque, naquele momento, enquanto o Coringa

A CRUZADA MASCARADA

explica que nunca faz planos, que ele não passa de "um cachorro correndo atrás do carro", Ledger nos mostra o que o roteiro não diz:

Ele mente.

É aí que nos damos conta: *tudo* que ele diz é mentira. Tudo faz parte do plano, e Dent, Gordon, Batman e toda a Gotham já foram pegos nesse plano e estão condenados. É o momento mais aterrorizante de um filme tomado de imagens inquietantes. Por fim temos um vislumbre momentâneo das profundezas da alma do personagem. E, lá, não encontramos nada.

A escritora de *fanfics* e acadêmica Leslie McMurtry observa que "o lançamento de *O Cavaleiro das Trevas* em 2008 resultou em uma avalanche quase instantânea de *fan fiction*... [a maior parte da qual] analisava o Coringa e, em muitos casos, lhe fazia louvor". O personagem continuaria fascinando e excitando autores de *fanfic* e de *fanart* anos após a trilogia de Nolan terminar; os confrontos[105] entre o Coringa e Batman que se passam no universo de Nolan, conforme escrevo, ainda são o oitavo tema mais popular no *FanFiction.net*.

Ledger viria a ganhar o Oscar póstumo pelo papel. Embora *O Cavaleiro das Trevas* tenha recebido outras sete indicações em categorias técnicas (e vencido por edição de som), nem o filme em si nem seu diretor foram reconhecidos pela Academia.

Poucos dias após a divulgação dos indicados, a comunidade de críticos uniu sua voz à dos nerds enfurecidos com a "afronta do Oscar" em relação a *O Cavaleiro das Trevas*. O *Guardian* foi o primeiro a se posicionar: "Permanece a desconfiança sorrateira de que muitos votantes [do Oscar] privaram-se de indicar *O Cavaleiro das Trevas* não porque não o considerassem um grande filme, mas porque não acreditavam que fosse o devido *tipo* de grande filme."

Nem é preciso dizer que os responsáveis pelo website *DarkCampaign. com* [Campanha das Trevas.com], "Uma Campanha de Base Não Oficial para Apoiar *O Cavaleiro das Trevas* no Oscar 2008", não entenderam nada. No dia das indicações, eles postaram citações de vários cineastas de Hollywood que haviam expressado perplexidade por não haver indicação a melhor filme. Os comentaristas no site foram às barricadas:

"Acabei de criar um grupo no Facebook chamado Boicote O Oscar por desprezar *O Cavaleiro das Trevas*... todo mundo devia entrar e

---

105. E/ou casos amorosos.

espalhar essa ideia... temos que fazer os oscars [*sic*] pagar por essa sacanagem...", escreveu um deles.

"Era o esperado, mas esse prêmio é irrelevante desde que *Cidadão Kane* perdeu. Mas é isso aí, esse prêmio que vá chupar *pica*", disse outro.

No ano seguinte, a Academia de Artes e Ciências Cinematográficas duplicou o tamanho da categoria de Melhor Filme, de cinco para dez filmes. A expansão ficou conhecida como "Regra *Cavaleiro das Trevas*".

"MAIOR E MAIS TREVAS"

Apesar do sucesso fenomenal de *O Cavaleiro das Trevas,* e das súplicas de executivos da Warner, Nolan e equipe não tinham certeza se teriam mais uma história de Batman para contar. Temiam que não tivessem como se superar.

E ainda assim, eles haviam encerrado *O Cavaleiro das Trevas* com um dilema insoluto: Batman e Gordon conspiram para que os crimes de Harvey Dent sejam impostos a Batman, assim preservando a reputação de Dent como cruzado incorruptível da justiça e garantindo que todos os processos em que tivera sucesso não fossem invalidados. Mas é uma mentira. O Coringa já havia corrompido a alma de Dent.

Nolan e Goyer há muito contemplavam uma maneira de levar seu mandato em Batman à conclusão definitiva: a imagem de fechamento de um jovem entrando na Batcaverna vazia, herdando o legado de heroísmo de Bruce Wayne. "Essa ideia nos surgiu há muitos anos", Nolan disse mais tarde, "e tudo vem se construindo rumo a essa conclusão."

Gradualmente, ao longo de várias discussões de volta à garagem de Nolan, onde tudo havia começado, eles decidiram que o terceiro e último filme trataria do que acontece quando o acobertamento de Batman e Gordon finalmente vem a público. Eles anteviam um filme "maior e com mais trevas" no qual Gotham City havia limpado a barra, inspirada pelo exemplo redentor de Dent, sem saber que "embora as coisas pareçam melhores, há algo de maligno sob a superfície e que vai borbulhar".

A Warner presumia que Nolan concluiria a trilogia com um ou mais dos vilões conhecidos — Charada, Pinguim —, mas Nolan e Goyer estavam decididos por outro rumo.

A CRUZADA MASCARADA

Os vilões que Batman havia encarado nos filmes anteriores de Nolan — Espantalho, Ra's Al Ghul, Coringa — eram sobretudo adversários intelectuais; agora, pensavam eles, era a vez de algo mais físico.

A escolha deixaria muitos espectadores nerds embasbacados. Os cineastas escolheram Bane, personagem fruto dos néscios anos 1990, cuja sacada[106] melodramática dos quadrinhos parece totalmente fora de sincronia com o pendor fetichista de Nolan pelos "pés no chão". Mas ele se encaixava na função: "Nunca tivemos um monstro físico como vilão", disse Nolan. "Bane é não só um vilão muscular muito bem concebido nos quadrinhos, mas também possui uma mente incrível. E enquanto a origem do Coringa era obscura, a de Bane é épica. Desta vez queríamos tomar o caminho inverso, usar um vilão com um histórico rico."

A origem passaria por adaptação significativa no filme finalizado, para armar melhor uma grande revelação do terceiro ato. Nolan e Goyer decidiram livrar-se do elemento mais extremado da proveniência quadrinística: seu vício na droga tonificante chamada Veneno. E, ao transformar sua máscara em um misterioso aparato de faixas de couro, motores e tubos de metal, os figurinistas do filme conseguiram diminuir o aspecto *luchador* e elevar o de mercenário paramilitar.

O corroteirista Jonathan Nolan, enquanto isso, defendia incansávelmente que o filme incluísse a Mulher-Gato. De início, Christopher Nolan e Goyer recusaram-se terminantemente, imaginando as Mulheres-Gato altamente sexualizadas e melodramáticas de tempos idos. Mas assim que imaginaram alguém que representasse a classe desprivilegiada de Gotham — uma mulher que é conduzida ao furto e que assume várias personalidades para infiltrar-se na vida dos ricos —, seu papel na trama ficou mais claro.

Para a trama do filme, Nolan e Goyer tomaram de empréstimo, com muita liberdade, dois enredos dos anos 1990: Bane tomando conta de uma Gotham isolada e desesperada era um aceno para a "Terra de Ninguém", de 1999, enquanto a virada do meio do filme — Bane quebrando a espinha de Batman — fora inspirada pela saga "A Queda do Morcego", de 1993-94. Foram adaptações decididamente flexíveis. Naquele momento, os filmes de Batman por Nolan constituíam seu próprio universo ficcional, totalmente à parte e fechado em si, que exigia sua própria resolução.

---

106. Um mestre do crime anabolizado que se veste como *luchador*.

É provavelmente por esse motivo que a ideia, até então herética, de um filme em que Batman desiste de vez da capa abalou poucas estruturas nerds. Nolan e Goyer haviam apresentado a ideia em *O Cavaleiro das Trevas* ao deixar Bruce Wayne periculosamente próximo de revelar seu segredo ao mundo, cedendo a Harvey Dent seu papel de defensor de Gotham.

Essa mecânica de trama era pura Hollywood, e os nerds a reconheciam como tal. Nolan não era o primeiro cineasta que tentava elevar a qualidade do filme, fazendo Bruce Wayne flertar com a possibilidade de desistir do papel de Batman — Tim Burton e Joel Schumacher haviam trilhado o mesmo caminho, afinal. Mas depois de dois filmes que haviam concedido a seu amado personagem a aceitação do *mainstream*, os fãs *hardcore* deviam achar que Nolan havia ganhado o direito de encerrar sua história como bem entendesse, mesmo que isso levasse o Batman dele a fazer algo que o Batman de verdade nunca faria.

As gravações de *O Cavaleiro das Trevas Ressurge* (*The Dark Knight Rises*; codinome de segurança: "Magnus Rex") iniciaram em maio de 2011 com uma cena filmada em localização remota, próxima à fronteira Índia-Paquistão. Embora o gigantesco hangar-estúdio de Cardington tenha sido usado mais uma vez para cenas internas, Nolan filmou em locações de Pittsburgh a maioria das cenas e externas — incluindo um dos momentos-chave do filme, no qual Bane faz um estádio de futebol inteiro desabar nas entranhas da terra.

Mais uma vez, a ascensão da internet trouxe um jogo novo e imprevisto de desafios à produção. Filmar em praça pública significava que os transeuntes poderiam alegremente usar seus celulares para fotografar — e, de fato, fotografaram — os objetos de cena, os sets e — sobretudo — os bat-veículos, incluindo um novíssimo veículo de assalto aéreo "nolanesco" chamado apenas de "Morcego". O produtor Jordan Goldberg ficou abismado: "Dado o imediatismo do Facebook e do Twitter, no instante que alguém tira uma foto, a foto está na internet... Por um lado, você fica contente que as pessoas estão empolgadas a ponto de querer filmar o troço; mas, por outro, elas estragam a ilusão."

Quando a produção se encerrou, em novembro, centenas de fotos de celular granuladas do Morcego — e muitas fotos da climática briga à luz do dia entre Batman e Bane, gravada na Wall Street, em Manhattan — eram encontradas até pelo fã mais casual com acesso ao Google.

A CRUZADA MASCARADA

Na semana antes de o filme estrear, o website *BoxOfficeMojo.com* pesou as chances de superar o recorde de fim de semana de abertura de US$ 207 milhões, definido no início daquele ano pelos *Vingadores* da Marvel. Até onde eles sabiam, as chances de *CTR* eram boas por três motivos:

1. A campanha de divulgação ("O Fim da Lenda") deixou claro que seria o último capítulo: "Considerando que os estúdios dariam preferência a explorar a galinha dos ovos de ouro até o último ovo, esse final definitivo é quase sem precedentes para uma franquia original. O que o torna ainda mais sedutor é que o público não tem a menor ideia de como a história vai acabar."

2. O conflito entre Batman e Bane. "O herói é tão forte quanto seu vilão e, nesse caso, a Warner Bros. fez um bom trabalho de elevar o vilão B a nível quase A."

3. A Mulher-Gato. "A violenta saga, até o momento, tem sido muito masculina... a campanha deu bastante espaço à personagem sexy e forte de Anne Hathaway, e deve fazer a diferença na hora de convencer o sexo frágil a dar uma chance ao filme".

PRIMEIRA CRÍTICA

Mas em 16 de julho — quatro dias antes da estreia oficial — a primeira crítica do filme (das mãos do crítico Marshall Fine) chegou à internet.

E... não era um delírio.

"Nolan investe tanto na criação de uma aventura épica que martela o "épico" e deixa de lado um componente crucial: a aventura... Há coisas a se admirar e a curtir em *O Cavaleiro das Trevas Ressurge,* mas elas acabam sendo varridas para o canto pelas ambições pretensiosas do filme... Eu diria que qualquer pessoa que prevê alguma consideração séria do Oscar com esse filme arrastadiço, tedioso, tem fumado muito daquela erva potente que liberam para fins medicinais na Califórnia. *O Cavaleiro das Trevas Ressurge* raramente sai do chão."

Em questão de seis horas após a críticaa chegar no site *Rotten Tomatoes*, ela recebera 460 comentários de fãs indignados — os quais ainda não haviam assistido ao filme. Um dos comentaristas imaginou levar Fine ao coma açoitando-o com uma mangueira de borracha. Outro mais incisivo instava-o a "morrer pegando fogo". Vários dos comentaristas juraram destruir o website de Fine e tiveram sucesso passageiro: o tráfego derrubou os servidores temporariamente.

AURORA

O Cavaleiro das Trevas Ressurge estreou à meia-noite de sexta-feira, 20 de julho de 2012. Em uma dessas exibições da madrugada, no multiplex Century Aurora 16 de Aurora, Colorado, um jovem chamado James Holmes sentou-se na fileira da frente. Com mais ou menos vinte minutos de filme, ele levantou-se, deixou a sala por uma saída de emergência cuja porta havia encostado, foi até o carro, vestiu um traje de proteção e máscara de gás e voltou ao cinema com granadas de gás lacrimogêneo, uma espingarda calibre 12, uma semiautomática e uma pistola. De início, muitos no cinema acharam que ele, assim como várias pessoas na plateia, estava fantasiado. Minutos depois, doze pessoas haviam morrido e havia várias feridas. Holmes foi preso na frente do cinema.

Logo após o tiroteio inacreditável e inexplicável, os nervos do país estavam à flor da pele. As primeiras notícias, que diziam que o jovem havia tingido o cabelo de vermelho e chamava-se de Coringa, viraram estímulo para críticos e políticos. A segurança de muitos cinemas foi reforçada para evitar imitadores, e houve relatos de vários incidentes repulsivos em cinemas de todos os EUA. Em San Jose, Califórnia, um desconhecido jogou um pacote na sala que exibia o filme e gritou que era uma bomba.

As telas e as páginas editoriais do país encheram-se de vozes preocupadas, censurando o papel do filme e da violência dos games sobre as psiques impressionáveis, e pais, professores e figuras do governo lutaram em vão para encontrar e elucidar os motivos que pudessem explicar um ato horripilante que ocorrera na ausência da razão.

Batman é um personagem que envolve nosso "eu" mais sombrio — o medo e a violência que carregamos conosco, o desejo repentino de vingança sanguinária que tão facilmente nos toma quando alguém nos corta no trânsito ou quando o SAC da TV a cabo nos coloca na espera. É por isso que tantas autoridades críticas estavam tão ávidas em

A CRUZADA MASCARADA

fazer conexões entre o personagem e o fato; seu status como mancha Rorschach na qual projetamos nossos ímpetos mais primitivos sempre facilitou que o confundíssemos com uma criatura do ódio, da escuridão.

Mas embora ele more *no* escuro, Batman não é *do* escuro. Ele é fruto de um ato de violência sem sentido, mas sua missão, a obra de sua vida, é impedir que tais atos aconteçam com outros. A abnegação é o motivo pelo qual ele é herói, e é por isso que ele sempre representou não o ódio, mas sim a esperança.

INDIGNAÇÃO S.A.

O filme rendeu US$ 161 milhões no fim de semana de estreia e acabou arrecadando quase US$ 1,1 bilhão mundo afora.

Os críticos no geral elogiaram a conclusão da trilogia de Nolan — a palavra "satisfatório" apareceu em muitas críticas, assim como, inevitavelmente, a palavra "melancólico", e mais uma vez o compromisso do diretor em sondar as ambiguidades éticas do Bat-mundo lhe valeu clamor.

Nem todo crítico se impressionou, contudo; o tom, mesmo das críticas mais positivas, foi notavelmente mais frio do que no caso de *O Cavaleiro das Trevas*. Surgiram os abertamente "do contra", reclamando que o que havia de bombástico no filme parecia "exagerado e ridiculamente sombrio" (*Chicago Tribune*), enquanto outros chamavam-no de "denso e muito longo" (*New Yorker*). Conforme mais e mais críticas apareceram, ameaças como aquelas dirigidas a Marshall Fine seguiram no mesmo ritmo.

"Prepare-se para levar uma bomba no traseiro", iniciava um e-mail ao crítico Eric Snider, que prosseguia assim: "Você morreu Snider, agora que eu sei onde você mora você vai ver." Uma crítica desfavorável de Christy Lemire, da Associated Press, inspirou um comentário que dizia por completo: "Sra. Lemire: Você é uma burra e espero que morra." O crítico Devin Faraci, do *Badass Digest,* ao comentar que um colega estava recebendo um dilúvio de comentários indignados por dar apenas três de quatro estrelas ao filme, expressou sua frustração:

"Essas pessoas ataram suas identidades e sua autoestima aos Bat-filmes de Nolan de maneira tão forte que a mínima desfeita parece um golpe profundo, pessoal. Essa gente triste, gente com problemas mentais, invectiva com fúria. É feio e triste e me deixa com vergonha de ser nerd, de compartilhar o espaço da cultura pop com essa gente."

Se o mundo mudou nos anos que se passaram entre as abordagens respectivas de Schumacher e Nolan quanto à lenda de Batman, os nerds mudaram junto, e de modo surpreendente. Em 1997, os fãs amontoavam-se nos fóruns eletrônicos e construíam websites com o único propósito de disparar ameaças a Joel Schumacher. Quinze anos depois, a peçonha deles era igualmente venenosa, mas agora se lançava na direção oposta: não contra Hollywood, mas *pró*-Hollywood, ou pelo menos em nome dela, como se considerassem nomeados pela instituição. O motivo da inversão: antes da primeiríssima reunião sobre o roteiro na garagem de Nolan em 2002, o departamento de marketing da Warner havia meticulosamente preparado os cineastas a respeito da genuflexão que deviam fazer ao altar do *nerd-dom*. Toda declaração que passava pelas relações públicas do estúdio era cuidadosamente posicionada com isso em mente, de forma a garantir que Christopher Nolan não fosse visto como o forasteiro dominador que Schumacher fora. E apesar dos muitos desvios heréticos que a trilogia fez do cânone, ela funcionou. Em 2012, Nolan foi adotado como acólito da Ordem Sagrada dos Bat-fãs.

Quando se tratava de críticas depreciativas de gente de sua própria fraternidade — como Harry Knowles do *Ain't It Cool News* — porém, não havia reação contrária e concomitante. Isto se dava provavelmente porque eles reconheciam algo de familiar no timbre e na especificidade das objeções de Knowles: "É o BATMAN, caralho. O BATMAN não fica choramingando pela mansão, sem vontade de ver o mundo, porra." A espumância-nerd de Knowles, e a de outros como ele, não sofreu ameaças de boicote — nem de mal-estar físico — de Bat-nerds *hardcore* por um motivo simples: malandro manja malandro.

Mas a boa vontade cuidadosamente (e profissionalmente) cultivada que os nerds tinham em relação ao empenho de Nolan não explica por si só por que suas reações a críticas negativas foram tão desvairadas na desproporcionalidade. Mesmo comentários levemente decepcionados de críticos profissionais eram recebidos com ataques estridentes, *ad hominem*, "fim do mundo". Os poucos malhos declarados levaram a ameaças de violência física e de morte.

Por causa de um *filme*.

Podemos aceitar, intelectualmente, que os entusiasmos nerds inclinam a pessoa ao absolutismo e à sensação de superioridade. Mas é impossível para o destinatário da amargura online performática (chamada de

A CRUZADA MASCARADA

trolling) medir se ela origina-se de um ponto de malícia mesquinha ou de perturbação mental séria. O dano causado — a atmosfera de inquietude e a perda da sensação de segurança — é real, tenha sido criada por um sociopata periculoso ou por um garoto de nove anos com atrofia emocional e sem mais o que fazer, que se apropria do anonimato da internet naqueles cinco minutinhos antes de sair para a escolinha de futebol.

Supondo que os nerds que ameaçaram ferir críticos de cinema — por estes ousarem pensar que *O Cavaleiro das Trevas Ressurge* não era tão empolgante — eram adultos e sinceros, mesmo que deploráveis, a veemência da reação às críticas sugere uma sensação penetrante de pânico, até mesmo medo. Veja a seguinte situação: o mundo finalmente havia levado Batman a sério. Não era modinha, não era a Batmania do *POW! ZAP!*, não era o Bat-símbolo na moda. No mais, era o Batman *deles,* o vingador sinistro e "*mito* das trevas". Eles não tinham que se sentir incomodados por ler gibis ou assistir a desenho animado de criança, e o amor que sentiam por Batman era compartilhado por bilhões de pessoas mundo afora, gente que levava o morcego — e, por extensão, eles, os nerds — a sério.

Batman finalmente era algo do que eles poderiam falar em público, com orgulho, com qualquer pessoa. Era uma língua comum. Era como falar de esportes.

Em breve, eles voltariam ao cinema mais uma vez, para deleitar-se no brilho especular e compartilhar seu amor tanto com nerds quanto com normais.

A não ser *que...*

Não é por acaso que a crítica de Marshall Fine, que saiu antes de o filme estrear nos cinemas, recebeu o grosso dos ataques mais perniciosos. Os nerds que se autodeclararam, preventivamente, defensores da reputação do filme — como aqueles que haviam tomado para si defender as chances de *O Cavaleiro das Trevas* no Oscar, quatro anos antes — estavam em estado de alta vigilância. A crítica de Fine foi vista como primeiro indício, uma coisa que podia fazer a balança crítica pender contra o filme, a não ser que se tomasse uma atitude. Foi assim que se acendeu o Bat-sinal e hordas de justiceiros do pensamento desceram sobre o malfeitor antes que ele pudesse envenenar o abastecimento de água de Gotham.

Isso não é motivo para sugerir que um punhado de comentaristas dementes represente o Bat-*fandom*, assim como o cara incoerente que fulmina tudo quando liga para a rádio não representa todos os fãs de futebol. Mas o terreno do Bat-*fandom* havia mudado aos pés dos nerds *hardcore*, e eles debateram-se até reconhecer a mudança.

Nos sete anos em que Nolan vinha ganhando os corações e mentes de Bat-nerds, a internet, antes santuário de colecionadores de gibi seme-lhantes em seu "antischumacherismo", havia se entupido dos fãs que os filmes de Nolan angarariam, incluindo muitos jovens que nunca haviam tocado em um gibi do Batman na vida. Esses nerds haviam começado a amar o personagem por meio dos filmes de Nolan, dos desenhos da *Liga da Justiça* e *Batman do Futuro,* das reprises de *Batman: A Série Animada,* dos videogames, dos DVDs velhos de *Batman: O Retorno,* de seus pais, ou mesmo, para o permanente horror e repulsa dos Bat-nerds *hardcore,* das três exibições por dia de *Batman e Robin* na TBS.

E eles não estavam sós. Ao lado dessas novas vozes havia os *cos-players,* os criadores de *fan art,* os autores de *fanfics.* A internet dava uma plataforma para uma espécie de leitor de HQ *hardcore* que era de número menor, mas que estava lá desde o princípio. Esses fãs podiam soltar Bat-questionários, citar capítulo e versículo, e discutir pormeno-res com os melhores dos melhores. Eram nerds tarimbados, desavergo-nhados. Também eram, não por acaso, mulheres.

O website *Sequential Tart* havia sido lançado em 1999 com uma de-claração de intento muito simples:

> É possível que outras mulheres estejam cansadas de ver as *bad girls* com peitões todas as vezes que entram em uma loja de gibis. É possível que elas não queiram que lhes digam que de-viam gostar disso ou daquilo, seja de terror ou de super-herói, de ficção científica ou de fantasia. É possível que elas queiram tomar suas próprias decisões, com base nos gostos que têm, em vez de alguma pré-concepção. É possível que façamos al-guma coisa para elas verem que não estão sós.

Em 2004, a ex-editora da DC Comics, Heidi MacDonald, lançou *The Beat,* um blogue que reúne notícias da indústria de quadrinhos. Ele ra-pidamente tornou-se o destino diário de milhares que passaram a valo-rizar sua abordagem mordaz, entendida e clínica dos quadrinhos, e da atmosfera "menina-não-entra" do mundo editorial quadrinístico.

A CRUZADA MASCARADA

É óbvio que mulheres e meninas sempre leram quadrinhos. Mas a internet deu a elas nova representatividade, nova visibilidade e um novo modo de conectar-se com outras. As fãs de Batman contribuíram com perspectivas variadas tanto sobre os personagens quanto sobre as personagens ao redor de Gotham. A roteirista Gail Simone era uma dessas fãs, que criou o website *Women in Refrigerators*[107] [Mulheres na Geladeira] para censurar a maneira como gibis de super-heróis tratavam personagens femininas como peças descartáveis. Ela viria a escrever a série *Aves de Rapina (Birds of Prey)*, com base em Gotham, na qual Bat-personagens relegadas por muito tempo às margens, como Barbara Gordon, tomavam um papel central e ativo.

É claro que os fãs da velha guarda, os convencidos de que o Batman real agora era e sempre fora o que existira entre as capas dos gibis, não haviam sumido. Mas mesmo antes de Nolan começar a trabalhar na sua trilogia de O Cavaleiro das Trevas, o Batman dos quadrinhos começou a passar por uma série de abalos que viria a desafiar as crenças mais arraigadas dos fãs *hardcore* e deixar o Batman lobo solitário e "poderoso" totalmente transformado.

Transformado e, além disso, meio que morto. Pelo menos por um tempinho.

---

107. O título refere-se a uma trama de Lanterna Verde na qual um supervilão pica a namorada do herói em pedacinhos e a enfia na geladeira para o namorado encontrá-la.

9
A Teoria Unificada (2004)

Trevas!
Órfão!
Mais trevas!
Trevas sem fim!
Entendeu?
Luz ao contrário!
— A MÚSICA DEATH METAL QUE BATMAN-LEGO COMPÔS PARA SI,
UMA AVENTURA LEGO (2014)

Em junho de 2004, *Batman Begins* ainda estava a um ano de distância. Mesmo quando nerds correram à internet para expressar sua insatisfação com a escolha de um galês de queixo pontudo para ser Bruce Wayne, nas prateleiras de quadrinhos da nação a tendência "violência e realismo" nas narrativas de super-heróis, iniciada dezoito anos antes, finalmente chegava ao triste ápice.

Em *Crise de Identidade* [*Identity Crisis*], minissérie em sete edições, Brad Meltzer e o desenhista Rags Morales realizaram um exercício de continuidade retroativa, ou "*retcon*".

O impulso básico por trás de *Crise de Identidade* era similar ao de Nolan: o desejo, da parte de Meltzer, de contar uma história "pé no chão", realista, sobre super-heróis — nesse caso, a Liga da Justiça da América. Nolan procurou trazer os superpoderes e armas dos heróis para o mundo real, preservando a essência maior e simbólica de Batman, *Crise de Identidade* manifestava um literalismo sofrido e reducionista. O método escolhido por Meltzer para tornar os super-heróis mais realistas foi retratar o assassinato brutal de Sue Dibny — mulher do casal de detetives bem-humorados da Liga da Justiça — e, subsequentemente, revelar que um inimigo clássico da *LJA* dos anos 1960 havia a estuprado. Era só o começo: quando *Crise de Identidade* chegou ao final, havia mais uma pilha de corpos, mais segredos sombrios haviam vindo à luz, e Meltzer havia tirado os heróis exuberantes do Universo DC do seu recanto ensolarado e os arrastou às trevas lúgubres do "livrinho-de-mistério-de-livraria-de-aeroporto".

A CRUZADA MASCARADA

Sendo um herói com raízes na ficção *pulp*, Batman não era estranho a histórias nas quais a *sugestão* de estupro servia como recurso narrativo preguiçoso. Mas agora a coisa era outra: era um estratagema para apropriar-se dos gibis ensolarados da *LJA* dos anos 1960 e início dos 1970 e transformá-los em crônicas risivelmente prolongadas sobre assassinos de colante e violência sexual explícita.

Os nerds contemporâneos começaram a arrematar a revista com toda a avidez. Ao longo de seus sete meses, *Crise de Identidade* pairou no alto das listas de vendas, nunca abaixo da terceira posição. A DC Comics notou e garantiu que as sinistras ramificações de *Crise de Identidade* iriam refluir por diversas tramas da DC durante anos. O suposto tema da série era de que gente de bem era obrigada a executar ações do mal em prol da justiça. Foi a tosca jogada de Meltzer para tratar do uso da tortura na Guerra ao Terror, e que lançaria uma mortalha sobre todo o gênero de super-heróis — que ainda perdura.

Mas foi uma HQ de Batman que estreou em julho de 2005 — um mês depois do *Batman Begins* de Nolan estrear nos cinemas — que virou um fenômeno de verdade.

BATMAN, CACETE

Grandes Astros Batman & Robin [*All-Star Batman & Robin, the Boy Wonder*] pareava dois gigantes da indústria — o desenhista , esteio da alta e da queda dos quadrinhos dos anos 1990, e Frank Miller. Miller retornara a Batman três vezes desde seu influente *O Cavaleiro das Trevas* em *Batman: Ano Um*, *Spawn/Batman* e *O Cavaleiro das Trevas 2*.

Os fatos relatados em *Grandes Astros Batman & Robin* situam-se na continuidade própria, à parte, de Miller e seu Cavaleiro das Trevas, não muito depois dos acontecimentos de *Ano Um*. Dessa vez, Miller trouxe para si a tarefa de contar a história de como Robin tornou-se parceiro de Batman.

O Batman que Miller dá aos leitores nas páginas de *Grandes Astros* não é o combatente do crime sem experiência que se viu em *Ano Um*. Tampouco é o veterano ríspido marcado pela guerra em *O Cavaleiro das Trevas* e na continuação. É Batman no auge de seu poder, uma criatura de arrogância desmesurada, hipermasculina. Que é também, como Miller deixa bem claro, absolutamente doido.

Ao longo das dez edições da série, Batman rapta Dick Grayson e começa a abusar verbal[108] e fisicamente[109] do garoto; lança o Batmóvel de propósito contra viaturas da polícia, mata os policiais lá dentro, ferindo criticamente sua namorada Vicki Vale, e agride Alfred por dar comida ao pequeno Grayson. Miller nos mostra o Cavaleiro das Trevas justificando essas ações, dizendo que o menino precisa ficar mais forte e que os tiras de Gotham são corruptos, mas a caracterização é propositalmente extremada: sua sintaxe normalmente casca-grossa vira totalmente Tonto[110] e ele ri como um maníaco enquanto quebra os ossos das vítimas.

O leitor consegue sentir que Miller está rindo — toda página deixa escoar o prazer de um menino de doze anos a quem deram passe livre para fazer arte. Miller demonstra o prazer em provocar aquilo a que se refere como "turma do politicamente correto": a série começa enfocada em Vicki Vale de lingerie de rendinha, paira sobre a Canário Negro seminua e retrata alegremente a Mulher-Maravilha como uma víbora estereotipada que odeia homens e que vem da "ilha de Lesbos". A capa do número 5 é apenas um close do traseiro da Mulher-Maravilha, desenhado por Miller. Personagens usam as palavras "retardado" e gay sem sequer pestanejar, e uma edição passou por *recall* quando o letreirista deixou de censurar os balões de fala cheios dos impropérios de Miller.

Miller não estava escrevendo para os normais, como fizera em 1986, mas para o público de nerds *hardcore* para quem o personagem de Batman representa um ideal masculino. Com *Grandes Astros: Batman & Robin,* ele deu a seu Cavaleiro das Trevas, já intumescido, um regime de anabolizante.

Se a série não tivesse sido assolada por atrasos e terminado depois de apenas dez edições, é possível que *Grandes Astros Batman & Robin* tivesse chegado a este ponto: de repente o que Miller queria mostrar era que o Batman que existia antes de Robin ganhar vida era pouco mais que um valentão, uma figura cruel, brutal e maníaca, e foi ao importar-se com o garoto que ele se tornou o herói que é. Pode ser que Miller tivesse pensado em pintar um retrato do que seu Batman de *Cavaleiro das Trevas* se parecia na época em que ele estava sob os domínios de sua ideação esquizofrênica. Mas, assim como em muita coisa de *Grandes Astros Batman &*

---

108. "Você é retardado ou o quê?... Eu sou o Batman, cacete!"

109. Segurando o garoto para fora do carro pelo pescoço e dando-lhe um tapa na cara.

110. "Dick Grayson. Acrobata. Doze anos. Corajoso. Forte. Pra caramba."

A CRUZADA MASCARADA

Robin, o propósito narrativo de Batman, seja ele qual for, nunca consegue superar o ruído de fundo das merdas de machão doido que ele diz.

A primeira edição vendeu mais de 261 mil exemplares — mais que o dobro da segunda revista mais vendida daquele mês — e acabou sendo a HQ mais vendida de 2005. Mas os atrasos prolongados[111] e o boca a boca negativo[112] causaram derrapagem nas vendas. Quando a série entrou em hiato indefinido após a décima edição, que saiu em agosto de 2008, poucos notaram e menos ainda deram bola.

RUMO À TEORIA UNIFICADA DE BATMAN

O que Miller estava parodiando, propositalmente ou não, era o Batman da era contemporânea dos quadrinhos. Desde os anos 1990, em tendência lançada pela *LJA* de Grant Morrison, os roteiristas de HQ haviam começado a enfatizar a ideia de Batman como pensador estratégico de longo prazo, um planejador-mestre cujo preparo lhe dava vantagens em relação ao submundo criminoso e seus colegas heróis. O "Jogos de Guerra", que cruzou as Bat-séries em 2004-05, enfoca um complexo plano de contingência que Batman havia preparado no caso de uma guerra de gangues em Gotham City. A grande saga de 2005-06 chamada *Crise Infinita* [*Infinite Crisis*] continha a revelação de um Batman com "pé atrás", que constrói um satélite-espião para reunir informações de todos os heróis e vilões da Terra.

O resultado líquido foi um Batman-quadrinho que ascendeu a uma espécie de divindade narrativa intocável. Gradualmente, roteiristas passaram a escrevê-lo, e os leitores a lê-lo, como o homem que está sempre seis passos à frente de todos os demais, um herói cujo superpoder é sempre estar certo, um defensor que não achava nenhum desafio desafiador.

Grant Morrison, que assumiu as funções roteirísticas do gibi mensal de *Batman* com o número 655 (setembro de 2006),[113] decidiu mudar o estado das coisas e restaurar a sensação de vulnerabilidade do personagem. Em vez de incrementar a história assassinando a família e os amigos de Bruce

---

111. Passou-se um ano inteiro entre os números 4 e 5, por exemplo.

112. "Eu sou o Batman, cacete" virou um meme muito ridicularizado e muito compartilhado na internet.

113. Publicada pela última vez no Brasil em *Batman e Filho* (DC Deluxe) (Panini, 2012). [N.T.]

260

em um banho de sangue meltzeriano, Morrison decidiu introduzir um vilão cuja meta seria destruir Batman emocionalmente, tal como Bane o havia destroçado fisicamente nos anos 1990. Ao lado do desenhista Andy Kubert, Morrison concluiu a primeiríssima edição — do que se provaria uma ambiciosa gestão de sete anos — com uma revelação chocante: Batman tinha um filho ilegítimo, já com dez anos de idade.

Para os fãs *hardcore* de boa memória, isso não era uma novidade. Ainda em 1987, o roteirista Mike W. Barr e o desenhista Jerry Bingham haviam produzido a *graphic novel* isolada *Batman: O Filho do Demônio* [*Batman: Son of the Devil*], que retratava Bruce Wayne pai de um filho com Talia, filha do inimigo Ra's al Ghul. Mas o álbum era uma história à parte, fora da continuidade dos gibis mensais, e que, eventualmente, seria considerada conto do Túnel do Tempo — o termo versátil da DC para versões de seus heróis em realidades alternativas.

O retorno do filho de Batman à continuidade dos quadrinhos foi a primeira pista do que Morrison havia planejado, que era nada menos que a total rejeição do Batman "de verdade" tão amado pelos Bat-fãs *hardcore*.

Morrison acreditava que a tendência dos fãs de destacar a versão "só-bria-*fodona*" de Batman estava irremediavelmente fora de compasso com a época. "Não acho que seja apropriado — particularmente em momentos difíceis — apresentar nossos heróis fictícios como máquinas de vingança que nunca dão um sorriso", ele disse ao site *Newsarama* assim que assumiu a série. "Eu preferia que Batman encarnasse o melhor que o humanismo secular tem a oferecer — [afinal de contas,] um Batman de cara azeda, reprimido sexualmente, sem senso de humor, fechadão, bravo e todo realista e violento provavelmente se alistaria no Talibã, não é mesmo?"

Não era só o foco reducionista do Batman violento e realista que ele queria mudar, mas a ideia do foco reducionista em si. Insistir que a versão predileta do Cruzado Mascarado era de algum modo mais verdadeira que outras era o auge da impertinência adolescente, do ponto de vista de Morrison, e era hora de amadurecer. Batman "O Personagem" podia ser um naco de propriedade intelectual cuja titularidade era motivo de proteção feroz da parte de uma empresa; mas Batman A Ideia Cultural transcendia a propriedade e continha multidões. "Quero ver um Batman que combine o cínico, o acadêmico, o desafiador, o empresário, o super-herói, o sábio, o pensador lateral, o aristocrata", ele disse.

A CRUZADA MASCARADA

E assim Morrison construiu sua "metameganarrativa", lentamente desvelada em torno de um simples conceito central: era tudo verdade. Cada história escrita sobre Batman desde 1939, até mesmo — e principalmente — aquelas que O'Neil e Adams haviam varrido para baixo do tapete em 1970, todas as histórias "bobinhas" de espaçonaves, magia e pragas interdimensionais, até o programa de TV sessentista, haviam acontecido.

Era tudo, *tudo mesmo,* Batman.

Kathy Kane, a Batwoman glamorosa de 1956? Ela voltou.

Aquela história de *Detective Comics* de 1956 em que o pai de Bruce Wayne usa uma roupa de morcego numa festa à fantasia? Ela voltou ao cânone, com reviravolta: um misterioso médico chamado Simon Hurt tomava a bat-fantasia para si e sugeria ser o pai de Bruce.

A "viajandona" "Robin Morre ao Amanhecer" da *Batman* de 1963, na qual Batman sujeitava-se a um experimento científico projetado para testar os efeitos de isolamento da mente humana, tornou-se a espinha dorsal em torno da qual Morrison construiu sua longa narrativa. Morrison combinou elementos dessa história com imagens que tomou de empréstimo de uma HQ de 1958 chamada "O Super-Batman do Planeta X!", na qual Batman é transportado para o planeta distante Zur-En-Arrh para enfrentar crimes espaciais.[114]

Com essa mistura alquímica-narrativa, Morrison passou a levar Batman mais fundo do que ele já havia chegado. Uma sequência prolongada retratava o Cavaleiro das Trevas com amnésia, emocionalmente destroçado, totalmente drogado e empurrando um carrinho de compras pelo submundo de Gotham. "Eu me diverti fazendo o Batman vulnerável", disse Morrison, "tropeçando pelas ruas, sem-teto, viciado em heroína, tresloucado, traído". Mas embora Morrison pudesse torcer as regras, ele sabia que, para Batman manter sua "Batmanice" essencial e constante, em algum momento ele teria que superar o inimigo e escapar da armadilha. Assim, com a pequena ajuda de um Bat-Mirim de alucinação, Bruce Wayne recorre à "personalidade reserva" que preparou para o caso de ataques mentais como esse, recupera a sanidade e derrota o vilão.

---

114. As duas histórias citadas no parágrafo foram publicadas pela última vez no Brasil em *Batman — Arquivo de Casos Inexplicáveis* (Panini, 2013).

Havia um enorme risco de que o plano ambicioso de Morrison não atingisse o alvo. Restrito a seus recursos esquisitos — por vezes psicotrópicos —, sua tendência autoral de rechear o pano de fundo com referências obscuras e ideias abstratas pode parecer autoindulgente, como aquele amigo que quer tanto compartilhar cada detalhe da viagem no peiote que abriu seus horizontes. Mas a narrativa com pretensões obstinadamente míticas de Morrison encontrou ressonância potente em Batman e fez o personagem, como conceito cultural, de repente parecer até maior, mais arquetípico, mais profundo. Morrison olhou para a mancha de Rorschach que é Batman e encontrou algo novo.

Mas tão logo ele realizou sua espantosa proeza de síntese narrativa, combinando sessenta e nove anos de Batmans em um conto só, denso de tantas camadas e heroísmo épico, ele matou Bruce Wayne.

Ou melhor: como se revelou posteriormente, ele fez Bruce Wayne viajar até o início dos tempos, a partir de então ele começou a batalhar sempre em frente, era por era, tomando as personas de xamã, de caçador de bruxas, de pirata, de caubói e de detetive particular; seus amigos e colegas no presente lamentaram sua perda e prosseguiram com a vida. Porque gibi é isso.

NOVA DUPLA PARA UMA NOVA ERA

Gotham podia estar com saudade de Batman, mas Robins, pelo menos, havia aos borbotões: Dick Grayson, o Menino Prodígio original, havia assumido a identidade super-heroica de Asa Noturna anos atrás. Jason Todd, o segundo Robin, repentinamente voltou dos mortos, em circunstâncias muito rocambolescas para se descrever aqui, e adotou a alcunha Capuz Vermelho para virar um violento justiceiro. Tim Drake ainda era o Robin do momento, mas o filho de Bruce Wayne, Damian — insolente, brutal, preparado desde o nascimento pela Liga dos Assassinos —, estava fervilhando à sua espera.

Em agosto de 2009, nas páginas de *Batman e Robin,* n. 1, Dick Grayson tomou a dianteira e assumiu o vácuo de poder no ápice da família Batman. Ele tomou o papel de Batman para si, e Damian Wayne entrou na túnica vermelha de Robin. Quanto ao pobre panaca Tim Drake, por algum motivo, ele optou pelo risco da confusão de marca, adotando o codinome heroico Robin Vermelho — alcunha inapropriada para inspirar

A CRUZADA MASCARADA

medo nos corações dos criminosos, a não ser que eles tivessem medo de cheeseburger.[115]

Apesar da preferência constante e bem declarada do fã nerd pelo Cavaleiro das Trevas sinistro e lobo solitário, Morrison preferiu servi-los com uma Dupla Dinâmica cruzada de capa. Mas o crucial mesmo foi que ele mudou sua dinâmica. O Batman de Dick Grayson era um mentor tranquilão, sereno, afeito a piadinhas, enquanto o Robin de Damian Wayne era taciturno e sem senso de humor.

Ao longo de sua passagem pela série, Morrison destacou as visões de mundo conflitantes da dupla com vistas a efeitos cômicos, embora mostrasse Damian progressivamente começando a respeitar Dick por sua compaixão e humor. O tom era mais radiante e muitas vezes cômico-descarado, e teve vendas saudáveis ao longo da gestão Morrison — apesar dos atrasos ocasionais.

Mas então, após dois anos de ausência, Bruce Wayne voltou de sua jornada no tempo, cheio de fervor renovado pelo empreendedorismo. Wayne armou uma coletiva de imprensa para anunciar que fundara a "Corporação Batman" — uma organização patrocinada pela Fundação Wayne dedicada a levar Batman a todo o planeta, franquiando a marca Batman mundo afora. "A partir de hoje", Wayne proclama em *Corporação Batman* [*Batman Incorporated*], n. 1 (janeiro de 2011), "enfrentamos ideias com ideias melhores. A ideia do crime com a ideia de Batman. De hoje em diante, Batman estará em todas as sombras. Não há como se esconder."[116]

E é por isso que, ao longo de 2011, dois Batmans distintos, mas igualmente Batman, rondaram as prateleiras de HQ. Em *Corporação Batman*,[117] Bruce Wayne saía a viajar globo afora recrutando novos Batmans para sua iniciativa global — e ainda achava tempo para assombrar os pináculos góticos de Gotham nas páginas de *Batman: Cavaleiro das Trevas (Batman: The Dark Knight)*. Em *Batman, Detective Comics* e *Batman e Robin*, enquanto isso, Dick Grayson vestia o manto.

Foi um experimento breve e ousado que efetivamente inverteu a grandiosa síntese metaficcional a que Morrison havia chegado; tal como luz atravessando um prisma, a ideia do Batman agora dividido em um

---

115. A alcunha de Tim Drake no original, Red Robin, é também o nome de uma rede de lanchonetes nos EUA. [N.T.]

116. Publicada no Brasil em *Corporação Batman*, n. 1 (Panini, 2012). [N.T.]

117. Roteiro de Morrison com desenhos de Cameron Stewart.

espectro de cores, focado em diferentes gostos. Ainda era Batman — o leitor ou a leitora só precisava escolher no bufê de saladas qual seção queria. Enquanto *Corporação Batman*, por exemplo, trazia atos de bravura internacional e um elenco cada vez maior, conforme mais Batmans estrangeiros entravam no rol, em *Detective Comics,* o roteirista Scott Snyder e o desenhista Jock contavam uma história concomitante, descaradamente sinistra e decididamente violenta, na qual o filho adulto do Comissário Gordon revelava-se um assassino sádico.

E assim foi, na maior parte do ano. Até setembro: o momento em que essa experiência deslumbrante e confusa foi encerrada de maneira abrupta por ditames editoriais.

O *SOFT REBOOT*: OS NOVOS 52

Em 1986, a DC Comics havia reiniciado do zero seus personagens e tramas com a saga *Crise nas Infinitas Terras*. Em 1994, a minissérie *Zero Hora: Crise no Tempo* mais uma vez fez um *reboot* na linha temporal de então, varrendo da existência muitos personagens e fatos. Em 2006, o Universo DC teve mais uma segunda chance metaficcional, quando a minissérie *Crise Infinita* restaurou a rede de Terras paralelas — conhecida coletivamente como Multiverso — na tentativa de apagar as contradições que surgiram no rastro da *Crise* anterior. Meros dois anos depois, a *Crise Final [Final Crisis],* com seu nome enganador, também ameaçou acabar com toda a criação, até que Superman, como é de seu hábito, salvou o dia. Agora, em 2011, a DC anunciava que ia começar tudo de novo — e não ia ser apenas uma minissérie. Pela primeira vez, as mudanças do Multiverso DC fictício seriam refletidas em mudanças reais nos quadrinhos que as registravam. O fim de 2011 traria o relançamento total da linha de publicações DC.

Todos os títulos foram cancelados, e cinquenta e duas revistas foram lançadas em novembro, com novas equipes criativas e nova numeração — todas elas começando simultaneamente do número 1. Nem mesmo *Detective Comics,* o porta-estandarte da editora e, após 883 edições, a revista em quadrinhos de maior duração ainda existente, foi poupada: em novembro ocorreu o lançamento de *Detective Comics,* n. 1 (volume 2).

O raciocínio por trás do último *reboot* era o mesmo do precedente: a convicção editorial de que os enredos dos gibis haviam ficado complica-

A CRUZADA MASCARADA

dos demais, confusos demais para atrair leitores que não o público nerd *hardcore* minguante. Uma iniciativa ousada como "Novos 52" dava novos pontos de entrada bonitinhos e embaladinhos para novos leitores.

Batman tinha longo histórico de emergir, mais ou menos intacto, de qualquer *reboot* da editora. Ele havia resistido à *Crise nas Infinitas Terras* original sem que as orelhas caíssem e, fora algumas mudancinhas efêmeras (agora ele era uma lenda urbana e, de repente, não era mais), conseguira ultrapassar, em larga medida, o ciclo tumultuoso de *restarts* e *retcons* que comumente tragava seus supercolegas.

Mas dessa vez, sua sorte acabou. Os Novos 52 varreram todos os metatons lúdicos e sínteses jungianas de Morrison e os substituíram por um Batman linhas gerais, conforme o *checklist*, que novos leitores iriam reconhecer.

Nas páginas dos quatro títulos principais — *Batman, Detective Comics, Batman: Cavaleiro das Trevas* e *Batman e Robin* — o *status quo* clássico reafirmou-se: Batman agora era, e sempre fora, Bruce Wayne. Dick Grayson era Asa Noturna. Barbara Gordon, que havia passado os últimos vinte e três anos em cadeira de rodas depois do ataque brutal do Coringa em *A Piada Mortal...*, se recuperou. E voltou a ser Batgirl.

No único aceno dos Novos 52 aos sete anos de gestão Morrison, o filho de Bruce, Damian, continuava sendo Robin — mas só por enquanto.

DE VOLTA À ESTACA ZERO

Os Novos 52 traziam versões "mais jovens, mais raivosas, mais impetuosas e mais modernas" de todos os heróis da DC, conforme o *press release*. E, no caso de Batman: mais violento, mais realista e mais taciturno. De novo.

O arquiteto-chefe do Batman Novos 52 foi o roteirista Scott Snyder, que passou da *Detective* para a série principal de *Batman* no relançamento e deu início a uma espécie de "gato por lebre" narrativo: *Batman*, n. 1, como esperado, trazia o Cavaleiro das Trevas engalfinhado com sua galeria de vilões familiares, os detentos do Arkham. Mas ao longo do processo seguinte, que logo se estenderia para todas as Bat-revistas, Batman toma conhecimento de um grupo sinistro chamado Corte das Corujas, que governa Gotham City em segredo há séculos.

O momento-chave do enredo traz Batman preso durante oito dias no gigantesco labirinto subterrâneo das Corujas, conduzido à beira da insanidade e espancado quase até a morte pelo brutamontes da corte. Os layouts inovadores do desenhista Greg Capullo, que deixava as páginas de ponta-cabeça, fazem o leitor captar no íntimo a Bat-mente destroçada. E Snyder ousa ainda mais do que Morrison, retratando não apenas um, mas dois momentos à parte em que Batman decide sucumbir e deixar que a morte o leve.

Da primeira vez, ele encontra a força para prosseguir no último momento possível e inexplicavelmente se refaz, como um Jason Voorhees com orelhinhas de morcego. O segundo acontece após ele conseguir escapar do labirinto da corte através do rio, mas se vê preso sob o gelo. O que acontece a seguir é algo que nunca se viu nos setenta e cinco anos de aventuras nos quadrinhos:

Batman para de se debater e simplesmente desiste, afundando até o leito do Rio Gotham.

Não é um estratagema astucioso, não é uma simulação proposital para despistar quem está em seu encalço. Tampouco ele finge a morte — como já fez em várias ocasiões, sendo a mais memorável em *O Cavaleiro das Trevas*. Não, era exatamente o que parecia: o mundo venceu e ele se entregou.

Era o Batman desprovido de seu ímpeto, que se entregava ao desalento e rendia-se ao destino. Foi uma medida arriscada da parte de Snyder — de certa forma, tão arriscada quanto a mitificação metaficcional de Morrison — escrever uma história na qual o personagem mais obstinado e famoso por sua astúcia em toda a cultura pop fica sem opções.

É claro que Batman sobrevive, mas o essencial é que isso não se dá por ação própria. Na edição seguinte, conhecemos o *deus ex machina* da vez e sua confiante *machina*: uma jovem com acesso muito conveniente a um desfibrilador de improviso.

Ainda assim, *Batman,* n. 6, fecha com uma série marcante de quadros nos quais assistimos a Batman sucumbir ao desespero. É aqui que Snyder, que falou abertamente de suas lutas contra a depressão em entrevistas, deixa seu nome no personagem.[118]

Super-heróis, afinal de contas, são ideias que existem no nível simbólico. Eles expressam a verdade essencial de nossas vidas emocionais mesmo ao refletir a tendência da época em que vivemos. Na Década

---

118. As edições a que o autor se refere nos últimos parágrafos foram publicadas pela última vez no Brasil em *Batman: A Corte das Corujas* (Panini, 2014). [N.T.]

A CRUZADA MASCARADA

"Eu-dos-anos-1970", Denny O'Neil reagiu à ascensão da psicologia pop com um Batman obcecado. Nos anos 1980 do anabolizante e dos filmes de ação, Frank Miller retratou Batman como sociopata e violento. O Batman da era Guerra ao Terror no *Crise de Identidade* de Brad Meltzer, e os quadrinhos que vieram com tudo no seu rastro, confiava em poucos, chegava a ser paranoico. Todas essas caracterizações foram tentativas de humanizá-lo e amarrá-lo a dado momento cultural, fazê-lo encontrar uma afinidade psicológica com seu leitorado e lembrar que, apesar de toda sua riqueza, de suas habilidades, músculos e mente, ele ainda não passava de um homem.

Snyder, com apenas seis edições de sua passagem pelos Novos 52, nos mostrou um Batman que havia encarado a derrota real e que, em seu momento mais sombrio, se rendeu à desesperança. Assim, seu Batman ganhou uma nova ressonância simbólica com o cinto de utilidades emocional do personagem — muito além da obstinação de O'Neil, da ira de Miller e da insegurança furiosa de Meltzer. Aqui se via um Batman que podia expressar um estado emotivo muito mais universal do que qualquer um dos outros — e que tocava, igualmente, nas vidas de nerds e normais com frequência inesperada: um Batman que representava a depressão.

Era algo que nunca se ouvira. Não tinha precedentes. E talvez tenha sido insalubre àqueles que acreditam que super-heróis existem para nos inspirar, para nos alçar, e que o Batman em específico funciona melhor como parábola do autorresgate. Mas não há como negar que era algo que poucos esperavam que se manifestasse nos setenta e cinco anos de existência do personagem: uma faceta emocional totalmente inédita, afinada com o *Zeitgeist* presente.

ÚLTIMO GRITO

Enquanto Snyder calcava sua marca da depressão em Batman, Grant Morrison visitou rapidamente o Universo DC Novos 52 durante uma passagem de treze edições pela *rebootada Corporação Batman*.[119] O segundo volume da série teve início em julho de 2012 — meio ano

---

119. Sendo que uma edição não foi escrita por Morrison, mas pelo desenhista da série, Chris Burnham.

após o lançamento das revistas Novos 52 forçar a descontinuação do primeiro volume.

Morrison adaptou-se obedientemente aos novos ditames da realidade DC Novos 52 — a série passou a ser estrelada por Bruce Wayne e seu filho, Damian, como Batman e Robin — e ele não perdeu tempo em sinalizar aos leitores que seu grandioso metaexperimento havia chegado ao fim, que tanto roteirista quanto revista iriam seguir a linha da editora. "Diga aos outros que acabou, Alfred", Bruce diz na primeira página. "Tudo isto. Essa loucura acabou."

Morrison, como sempre, está cruzando os dedos pelas costas. Na mesma edição, por exemplo, Robin adota uma novilha contaminada em um abatedouro e a batiza de Bat-Vaca.

As treze edições, nas quais se viu a Dupla Dinâmica encarando uma misteriosa organização chamada Leviatã, foram assoladas por atrasos que prejudicaram as vendas. Apesar da presença elevadora de Morrison, vendiam-se apenas cinquenta mil exemplares de *Corporação Batman* de mês em mês, mais ou menos um terço do título-estandarte *Batman*, que passava por sucesso imenso.

Em 27 de fevereiro de 2013, a edição n. 8 chegou às bancas. A capa retratava uma silhueta fantasmagórica da capa vazia de Robin, com a insígnia do "R" tomando o lugar do "R" na sigla "RIP".[120]

Sete anos após sua primeira aparição, na primeira edição da passagem de Morrison por *Batman,* Damian Wayne morria — assassinado por um agente do Leviatã que se revelava um de seus próprios clones. A edição teve alta promoção dos relações-públicas da DC, e a notícia da morte de Damian foi *spoiler* em uma matéria no *New York Post* dois dias antes do lançamento da revista.

Morrison explicou a morte de Robin como função da natureza cíclica da narrativa super-heroica — e uso eficiente da mobília da Batcaverna: "O negócio é 'reiniciar' o *status quo* de Batman", ele disse. "Faz tempo que Batman tem um Robin morto na caverna e sempre houve lá um mostruário de vidro com o uniforme... o Robin que Batman não conseguiu salvar... antes era Jason [Todd], mas [Jason já] voltou à vida — [e Batman] continua com o mostruário na caverna."

---

120. As edições da série aqui mencionadas foram publicadas pela última vez no Brasil em *Batman: Corporação Batman* (DC Deluxe) (Panini, 2015). [N.T.]
RIP: *Rest In Peace* — Descanse em Paz. [N.T.]

A CRUZADA MASCARADA

Toda a linha de Bat-séries da DC lamentou a morte de Damian — talvez de forma mais comovente em uma edição sem texto de *Detective Comics* com roteiro de Peter Tomasi e ilustrada com detalhes sóbrios, severos e frios por Patrick Gleason. A edição acompanha Batman quando ele sai em patrulha, encontrando lembranças da presença de Damian por onde passa.[121]

Morrison encerra sua gestão de Batman no número 13 de *Corporação Batman* (setembro de 2012). Na Batcaverna, Batman encara o líder do Leviatã — ninguém mais que Talia al Ghul, a mãe de Damian. No livro *The Anatomy of Zur-en-Arrh* ["A anatomia de Zur-en-Arrh"], uma decupagem do *Batman* de Morrison de edição em edição, Cody Walker descobre nesta confrontação final uma bênção mordaz, nem tão sutil assim, do próprio Morrison:

> Pouco antes da morte de Talia, Morrison usa as últimas palavras dela como comentário sobre a típica Bat-história à qual Batman vai voltar.
>
> "Você, com seus coringas, seus charadas, seus doutores do mal. Esses refugos do hospício com quem você resolve que vai brincar de 'mais esperto'. Você jamais vai superá-los. Vocês vão passar o resto da vida brincando na lama." Por um período breve, Batman esteve acima dos criminosos de Gotham City e ficou imerso em um mundo de espiões, terrorismo e heróis estrangeiros. Agora tudo acabou e o negócio é voltar ao de sempre.

Tudo em Batman estava voltando à maneira que era antes de Morrison. A DC Comics estava no mercado para vender Batman: um quarto das publicações da editora trazia o herói. Com as contas tão dependentes do morcegão, a era Morrison do Bat-Deus "hiper-mega-meta" estava encerrada, substituída por um Batman bem mais simples, bem mais familiar e bem mais acessível.

E menos gay.

Na edição de maio de 2012 da revista *Playboy*, bem quando ele estava encerrando suas tramas, Morrison deu sua invectiva final para os Bat-nerds *hardcore* que estavam mais do que dispostos a vê-lo debandar.

---

121. História publicada no Brasil em *A Sombra do Batman*, n. 18 (Panini, 2013). [N.T.]

"A gayzice", ele disse, "faz parte do Batman. Não uso gay no sentido pejorativo, mas Batman é muito, muito gay. Não há como negar. É óbvio que, sendo personagem fictício, é para você entender que ele é heterossexual. Mas a base do conceito, no geral, é totalmente gay. Acho que é por isso que o povo gosta. Há um monte de mulheres a sua volta, elas usam roupa de fetiche, pulam pelos telhados para chegar a ele. E ele 'nem aí' — o negócio do morcego é sair com o velhão e com o garoto."

Não haveria *trollagem* com os *fanboys* igual a essa na era pós-Morrison. Em vez disso, as revistas agora teriam uma dose de sanguinolência ampliada — o Coringa rasgando o próprio rosto, por exemplo — para incrementar. E embora a sensação de melancolia que voltava a se abater sobre as séries no rastro da saída de Morrison parecesse Bat-corriqueira, havia nela um outro aspecto. A morte de Damian Wayne, logo seguida pela morte "aparente-mas-nem-tanto" de Dick Grayson em mais uma saga, introduziu outra nota de tristeza na taciturnidade perpétua de Batman.

O clássico ciclo triangular de sua existência, o qual ele seguiu obedientemente por setenta e cinco anos — de lobo solitário a figura paterna a chefe de família, e de volta ao princípio —, agora havia desabado sobre si mesmo. Sim, no nome ele ainda era o patriarca de uma família de operativos, mas, em certo sentido, ele estava mais solitário que nunca: dois de seus filhos haviam morrido, e o resto da família ficou a distância.

Ainda assim deu certo, pelo menos a curto prazo: desde o relançamento Novos 52, o *Batman* de Snyder continuava sendo um dos gibis mais vendidos do mês. Enquanto escrevo, quase quatro anos após a estreia do Batman Novos 52, as vendas começaram a derrapar, mas ainda estão bem acima dos níveis pré-relançamento. Contudo, ainda não está claro se a iniciativa teve sucesso ou não em garantir os "novos leitores" que a editora tanto queria. A realidade Novos 52 prossegue, e as tramas inevitavelmente dão voltas e reviravoltas sobre si. Damian, por exemplo, voltou dos mortos em fins de 2014. É inevitável que a editora vá recorrer mais uma vez ao botão de *reset*; a única pergunta é quando.[122]

---

122. Em maio de 2016, a DC empreendeu mais uma reforma no seu universo de super-heróis, chamando a iniciativa de "DC Rebirth". Entre as implicações para Batman, o título-homônimo do personagem foi reiniciado, a série *Detective Comics* retomou a numeração antiga (a partir do número 934) e houve a estreia do título *All-Star Batman*. [N.T.]

A CRUZADA MASCARADA

Mas, por enquanto, o Batman dos quadrinhos — o Batman que a faixa de idade dos nerds *hardcore* clamam para si — está danado de parecido com o que era há dez anos, e dez anos antes desses dez anos, e nos dez anos antes desses outros dez.

Ao longo de sete anos profundamente estranhos, Grant Morrison havia construído uma Bat-ópera de vanguarda na qual os instrumentos dissonantes e as vozes atonais de todo o histórico do personagem mesclavam-se para criar algo estranho e novo. Agora, em seu lugar, Scott Snyder e seus colegas autores dos Novos 52 voltam a lançar a melodia familiar de Batman em tom atenuado. O resultado, embora menos ambicioso, é sólido, bem executado e demonstra entendimento profundo da história do personagem.

Fora dos quadrinhos, porém, e com um número de leitores cada vez mais velhos e cada vez menor, aconteceu — e continua acontecendo — algo de estranho com Batman.

"MANEIRA, FRANCIS"

Na comédia militar *Recrutas da Pesada*, de 1981, há uma cena inicial na qual os integrantes desajustados de um novo pelotão militar apresentam-se entre si e a seu instrutor, o Sargento Hulka. Um dos recrutas, um jovem enérgico com olhar penetrante, começa a falar.

LOUCÃO: Meu nome é Francis Soyer, mas todo mundo me chama de Loucão. Se alguém aqui me chamar de Francis, eu mato... E não gosto que toquem nas minhas coisas. Então podem guardar as garrinhas aí. Se eu pego um de vocês mexendo nas minhas coisas, eu mato. E outra: não gosto que toquem em mim. Se qualquer gay aí tocar em mim, eu mato.
SGT. HULKA: [*pausa*] Maneira, Francis.

Os Bat-nerds *hardcore* finalmente conseguiram o que queriam. O Batman dos quadrinhos voltou a ser o lobo solitário sinistro, e a cultura lá fora adotou o Batman sombrio, sério e hiper-realista de Nolan. Aliás, os trailers de *Batman vs. Superman: A Origem da Justiça* [*Batman vs. Superman: Dawn of Justice*], de Zack Snyder, nos mostram um Cavaleiro das Trevas sinistro, lacônico, ao modo Nolan[123]. E hoje, quando o *The New*

---

123. "Me diga: você sangra?", diz um Batman de armadura ao Superman quando um dá uma encarada mortal no outro, no meio da chuva.

York Times faz cobertura de quadrinhos em geral e de Batman em particular, os *"POW!"* e *"ZAP!"* tão odiados não aparecem tanto na manchete.

O mundo aceitou o argumento dos fãs *hardcore*. Batman, o personagem infantil que se veste de fantasia para efetuar a transformação que ele quer ver no mundo — aos murros — é *sério*.

E *urrú*.

E com certeza *não é* gay.

E, o mais importante é que, hoje e para sempre, ele é *fodão*.

Essa é a Bat-narrativa que permeia a cultura — a narrativa que não gosta que ninguém toque nas coisas dela e não quer que ninguém chegue perto.

Mas a narrativa contrária vem crescendo firme, alimentada pela internet e por sua obstinação em desafiar, provocar e — quando qualquer ideia se apresenta com a portentosidade de quem se leva a sério — ridicularizar.

É notável que esta ridicularização seja potencializada pelo *camp* do "Cuidado, colega! A segurança do pedestre em primeiro lugar!" do seriado dos anos 1960, que fez da quadradice do Batman virtuoso motivo de riso. Hoje, os alvos do riso são o Batman que se leva a sério, sua pomposidade, aspecto sinistro, sua intensidade performática. No mais, é essa contranarrativa que vem ganhando força, imiscuindo-se à cultura mais ampla por uma variedade de fontes distintas que conseguem dizer a mesma coisa com voz clara e inconfundível:

"Maneira, Francis."

A série animada *Krypto, o Supercão,* de 2005-06 — com a mira direta no público bem novo, diferente de outros projetos da DC para a telinha —, regularmente trazia participações de ninguém menos que Ás, o Bat-Cão. O pastor-alemão mascarado apropriava-se da postura sinistra e lacônica do dono, dizendo a Krypto: "Se eu precisar de você, vou latir. Mas é pouco provável."

A websérie *Hi, I'm a Marvel... and I'm a DC* [Olá, eu sou Marvel... e eu sou DC] parodiava os anúncios Apple vs. PC de meados dos anos 2000, colocando os personagens-estandartes das duas editoras de quadrinhos um contra o outro. Nela, Batman diz: "Você ganhou essa mordida de aranha radioativa de graça, nada mal. *Pam* e 'taí': poderes. Eu tive que conseguir meus poderes no... ah, opa! É mesmo! EU NÃO TENHO PODERES."

A série on-line *How It Should Have Ended* [Como Devia Ter Terminado] traz Batman e Superman animados tomando café em uma

A CRUZADA MASCARADA

lanchonete, saboreando seus sucessos no cinema. "Eu sou o herói que Gotham MERECE", diz Batman. "Mas não o que ela PRECISA... É que... É meio complicado, mas... é muito massa, se você parar *pra* pensar."

No Tumblr, no Facebook, no Twitter, no Instagram e em outras plataformas de mídia social, surgiu uma pequena indústria que tira quadros do contexto de gibis do Batman e os dispõe para a crítica. Pode-se fazer isso para sublinhar as entrelinhas gays do personagem, como em um quadro muito compartilhado de uma HQ de 1966 da *Liga da Justiça*, que foi reproduzido e compartilhado sem alterações e dá uma *master class* da comédia involuntária:

DR. BENDARION: Não apenas VOCÊS estão condenados... mas também todos que vocês tocaram!
ELÉKTRON: (Jean Loring! Assinei seu mandato de morte!)
FLASH: (Dei o beijo da morte em Iris West!)
LANTERNA VERDE: (Carol Ferris... em perigo mortal!)
BATMAN: (Robin! O que fiz com você?)

A internet também está farta de imagens que parodiam tanto a tragédia da origem de Batman quanto sua recusa obstinada em superá-la, como no quadro de uma edição de 1965 de *World's Finest* em que o Batman de uma realidade alternativa dá um tapa na cara de Robin. Em 2008, um participante do site *SWFChan* postou o quadro, mudando o texto dos balões de fala de Robin e Batman com o seguinte:

ROBIN: E aí, Batman, o que seus pais vão te dar de Nata--
BATMAN: MEUS PAIS MORRERAAAAAAAAM!

A imagem foi megacompartilhada. Em 2009, um programador-empreendedor construiu um gerador de macros com o propósito único de possibilitar que usuários trocassem o diálogo daquele quadro e o compartilhassem em suas redes. Em 2012, um talk show canadense colocou o vídeo chamado "Batman Sai Pra Noite" no YouTube, no qual um homem vestido de Batman caminha pelas ruas de Toronto gritando "MEUS PAIS MORRERAM" a quem passa. O vídeo foi assistido 2,5 milhões de vezes.

A série animada *Batman: Os Bravos e Destemidos (Batman: The Brave and the Bold)*, de 2008, marcou um grande avanço no progresso

GLEN WELDON

sub-reptício, mas firme, da contranarrativa Batman. Na essência, uma expressão ousada, colorida e altamente imaginativa da teoria unificada de Grant Morrison (mas sem o peiote), o programa dava aos espectadores uma versão do Cruzado Mascarado que era muito parecida com a maneira como Dick Sprang o desenhava nos anos 1950, com um traje simples e icônico e um queixo cartunescamente quadrado. Ao parear Batman a cada semana com um personagem distinto das turvas profundezas do banco de reservas da DC Comics, incluindo Anthro, Klarion o Menino Bruxo e Prez, a série alegremente abraçou a era até então desprezada da história do Cavaleiro das Trevas — com espaçonaves, viagens no tempo, magia e macacos.

Com a voz solene comicamente impassível de Diedrich Bader, o Batman do desenho animado ficava firme no centro das atividades loucamente fabulosas sem que elas o diminuíssem. Aliás, elas serviam para delinear melhor o personagem e depor a favor de seu atrativo essencial e constante. No final *tour-de-force* do desenho, as entrelinhas do produtor viraram linhas — Bat-Mirim visita uma convenção de Bat-*fanboys* truculentos e responde a uma pergunta da plateia:

FANBOY: Eu diria que o Batman funciona melhor no papel de detetive urbano violento. Mas agora vocês o colocam *pra* lutar com o Papai Noel? E o COELHINHO DA PÁSCOA? Qual é?! Esse não é o *meu* Batman!
BAT-MIRIM: (lendo de um cartão que lhe foi passado pelos produtores do programa) "A rica história de Batman possibilita que ele seja interpretado de inúmeras maneiras. De certo, essa é uma versão mais light, que de forma alguma é menos válida e menos fiel às raízes do personagem que [*sic*] o vingador atormentado que chora por Papai e Mamãe."

Dois meses antes de *Batman: Os Bravos e Destemidos* estrear no Cartoon Network, em 2008, a Warner lançou um videogame do Batman, sem envolvimento com a série, que adotava os mesmos aspectos suaves, fantasiosos, decididamente bobocas do personagem em que a série animada se deleitava. Em *Lego Batman: The Videogame* e suas continuações, jogadores manipulam um avatar Batman, cômico de tão fofinho, por um mundo de tijolos de plástico e sofisticados bat-apetrechos. A natureza infantil do design do jogo, seu *gameplay* inteligente baseado

A CRUZADA MASCARADA

na cooperação e o senso de humor brega dos criadores fizeram do jogo uma contribuição de sucesso para o legado do personagem.

Os jogos LEGO são pontos fora da curva no longo histórico de videogames do Cruzado Mascarado. Durante décadas, os games que deixaram os jogadores assumir a persona do Cavaleiro das Trevas traziam gráficos ruins, câmeras confusas e *gameplay* repetitivo. Esse legado ordinário chegou ao fim com *Batman: Arkham Asylum,* de 2009, que dava aos jogadores a capacidade de escolher como cumprir os objetivos de cada fase — eles podiam derrubar bandidos armados com apetrechos, usar a furtividade para vencer inimigos no silêncio, aproveitar-se de teatralidade para aterrorizar as presas ou lançar uma empreitada suicida brutal usando o motor de combate profundo e variado do game.

O tom do jogo era familiar no que tinha de sinistro, e a ambientação do Asilo Arkham era apropriadamente *über* gótica. Mas a possibilidade de baixar uma série de uniformes alternativos levava os jogadores a escolher o tipo de Batman que queriam ser — violento e realista, arrojado e feliz, ou qualquer variação nesse meio. As sequências de *Asylum* exportaram a excelente mecânica do jogo para o ambiente aberto da própria Gotham City, com missões secundárias, novos apetrechos, novos personagens e — o crucial — novos uniformes. Um desses uniformes, numa decisão que muitos acharam surpreendente, era o colante cinza com cetim azul de Adam West.

Em 15 de janeiro de 2014, saiu a notícia de que o seriado de TV de *Batman* de 1966-68 finalmente chegaria a *home video*. O anúncio não veio de um comunicado da Warner, mas de uma maneira que perfeitamente reflete a ascendência cultural da contranarrativa cômica de Batman: Conan O'Brien[124] tuitou.

Ao longo de quase cinquenta anos, vendedores mascateavam cópias piratas dos episódios em convenções, mas a série nunca havia sido lançada oficialmente em formato algum. A pendenga jurídica entre a 20th Century Fox e a DC Comics se desenrolara por anos, prejudicada por contratos originais que não tinham cláusula alguma em relação a lucros com *home video*. Os convidados especiais no programa — ou os administradores de seus espólios —, em toda sua abundância, também queriam compensação.

---

124. Comediante norte-americano que comanda diversos talk shows na TV desde 1993. [N.T.]

E, claro, como comentou o jornal britânico *Guardian:* "Também existia a incômoda sensação de que a DC Entertainment, que havia passado décadas reposicionando o *alter ego* de Bruce Wayne como um Cavaleiro das Trevas taciturno e ameaçador, processo que atingiu sua lúgubre apoteose com a trilogia *blockbuster* de Christopher Nolan, podia ficar levemente envergonhada pelo período agreste de Batman como escoteiro dançarino de Batusi com Bat-repelente de tubarão."

O Muro de Berlim que separava o Batman de Adam West do personagem cuja imagem e reputação a DC Entertainment protegeu de maneira tão implacável mostrou suas primeiras rachaduras em 2012, quando a DC licenciou à Mattel os direitos para fazer *action figures* baseadas nos rostos de Adam West como Batman e de Burt Ward como Robin. Em 2013, a fabricante de brinquedos deu sequência com uma réplica em escala do Batmóvel de 1966, uma das quais fica agora sobre uma pilha de gibis ao lado do computador no qual digito estas palavras — e que, a propósito, é linda *pra* cacete.

NESTE MESMO BAT-CANAL

E assim chegamos ao Cavaleiro das Trevas atual. O Batman declarado pela sua editora de quadrinhos, assim como por Nolan no cinema, é um vingador sinistro, sombrio, taciturno, infinitamente engenhoso, que ronda as sombras urbanas. Esse é Batman "O Personagem", que nasceu em 1939, mas não veio a si até 1970, quando foi criado de novo — por nerds, para os nerds — bem a tempo da Grande Virada Interna dos quadrinhos.

Mas Batman "A Ideia" é diferente — pois, para consternação dos advogados de propriedade intelectual, ideias como Batman não ficam na página nem na tela. Elas transcendem suas mídias e assumem residência no *éter* cultural, no *Zeitgeist* global. Esse processo as transforma, rompe-as, reitera-as e — o mais importante — humaniza-as. Os nerds dos anos 1970, por exemplo, viram algo de familiar na caracterização do Batman obcecado e foram por ela atraídos.

Os nerds de hoje são igualmente obcecados e veem as mesmas ressonâncias com Batman "O Personagem" que sempre viram. Mas a cultura a seu redor mudou; o muro entre nerd e normal agora é uma membrana fina e permeável através da qual ideias como Batman fluem livremente para lá e para cá.

A CRUZADA MASCARADA

O "lobo-solitário-obsessivo" pode ser o aspecto mais universalmente identificável de Batman "A Ideia", mas há outros milhares. Para o público que fez *Uma Aventura Lego* virar *blockbuster*, ele é um babaca fanfarrão, obcecado consigo mesmo a ponto de comédia, com a voz de Will Arnett. Para o artista Seamus Keane, que teve um casamento em Vegas com temática Batman, ele é referência de vida. Para o escritor Andrew Wheeler, editor do website *Comics Alliance*, ele é um ícone gay:

> O conceito de Batman pode estar aberto à reinvenção infinita, mas qualquer tentativa de deixá-lo menos gay só dá cada vez mais pinta. Se ele fica mais leve, você enfatiza o *camp;* se você o deixa sombrio, você enfatiza a repressão; se ele ganhar namorada ou parceira mirim, você reafirma a solteirice. Ele é tanto *camp* quanto machão; tanto reprimido quanto sexualizado; tanto fetichista-erótico quanto anti-feminino-homoerótico.

E para o quadrinista Dean Trippe, ele é um salvador. Em sua *webcomic Something Terrible* [Uma Coisa Horrível], de 2013, um sobrevivente do abuso sexual infantil conta, de maneira simples e comovente, como Batman foi importante para ele quando garoto e continua sendo agora que ele é pai. A dedicação de Bruce Wayne à justiça representa um ato de autorresgate que Trippe diz ter salvado sua vida. "Batman", escreve ele, "[é] o herói que me ensinou que até uma criança devastada pela tragédia e pelo trauma poderia recompor-se e ser alguém útil a outras pessoas."

Este é o Batman de hoje: uma ideia que foi liberada de suas amarras violentas e realistas para absorver uma série de significados e ressonâncias em todo o espectro emocional. E no cerne de cada versão, seja a "cômica-suave" ou a "séria-sombria", está aquele juramento infantil.

Não o uniforme, não os apetrechos, nem o carro, nem o dinheiro. Isso são enfeites. O juramento abnegado é o que interessa a Batman, e é o motivo pelo qual ele vai manter importância, em quaisquer formas que ele tomar nas décadas por vir. Pois Batman é a história que todos nós, tanto nerds quanto normais, contamos a nós mesmos quando as coisas parecem estar na pior. A história de alguém que sofreu um revés feio, esmagador, que devia ter-lhe arrancado a vida, mas não a arrancou. Porque ele decidiu que não seria assim.

E, em vez disso, decidiu seguir adiante. Erguer-se. Lutar.
Pow.
Zap.

A FOTO

Era sábado, meu último dia de San Diego Comic-Con. Meu voo de volta à D.C. era no início da manhã, e o pavilhão da convenção já ia fechar. Fiz minha ronda atrás de edições antigas de *Batman Family* com preço decente.

O concurso de fantasias da SDCC aconteceria um pouco mais tarde naquela noite, mas os *cosplayers* já estavam lá com toda força. Um batalhão de Cybermen marchava e desfazia suas fileiras para passar por mim.

Um "Batman-Christopher-Nolan" arrastava-se por lá, em neoprene escuro e armadura corporal massuda. Não parecia à vontade em seu capuz, que lembrava um capacete de futebol americano. Todos pareciam assim. Era no mínimo o trigésimo Batman que eu via abalando com o "visual Christian Bale" desde a abertura da convenção, três dias antes. Era fácil encontrá-los no pavilhão; a borracha preta absorvia a luz. Em meio à baderna de cores, eram formiguinhas operárias negras, intrometidas, corpulentas.

Sorri quando ele passou; ele grunhiu. Stanislavskiano. Que bom.

Então, eu me virei e vi Batman.

Outro Batman, no caso. Um Batman que não se parecia em nada com as hordas *nolanescas* de tropa de choque com orelhas pontudas que eu via há dias. Um Batman cuja total e absoluta *Batmanzice* fez uma onda de contentamento atravessar meu corpo como uma pré-adolescente diante do One Direction.

Não. Era o Batman de Adam West. E era *perfeito*.

Cada detalhe era perfeito. O lustre da cueca de cetim azul. O amarelo brilhante do cinto de utilidades, com os compartimentos quadradinhos, com tampas. Igualzinho. A minusculidade do Bat-símbolo no peito, o que o tornava estranhamente... *cortês,* será? As rugas das Bat-luvas. As sobrancelhas hilárias, totalmente supérfluas do Bat-capuz, aquelas filigranas gêmeas que pareciam mais que um pouco caprichosas, se não decididamente *drag queen.*[125] E a pança. Meu Deus, aquela pancinha.

---

125. "Batman também se monta", pensei.

A CRUZADA MASCARADA

Não era imensa, mas estava lá e era perfeita. Fiquei me perguntando se ele tinha se preparado, tal como os caras que se vestem como os espartanos de *300* tinham passado meses puxando ferro e tendo porres de Whey. Imaginei um regime rigoroso de Schlitz e bufê de massas.

"Uau", falei para ele. "Que... que perfeito."

Ele ergueu o olhar da caixinha de revistas antigas que perscrutava. Sorriu. "Obrigado, cidadão", respondeu. Perfeito.

"Tipo, tudo", falei. "Nos mínimos detalhes. Perfeito. Sensacional."

Ele ficou me olhando. "Quer tirar uma foto?"

Até aquele instante, não. Mas agora queria muito. "Claro", falei.

Ele saiu de perto das caixas de gibis, veio até o meio do corredor. Pesquei e ergui meu celular.

"Posso posar?", ele perguntou.

"Claro, ia ser ótimo", falei. "Como quiser. Você decide."

E foi aí que ele levou as mãos até o rosto, as palmas para a frente. Fez dois sinais da paz e me olhou através dos Vs entre os indicadores e os do meio: o Batusi. Mas claro.

"Que tal?", ele perguntou.

"Perfeito", eu falei. Porque era.

BIBLIOGRAFIA[126]

Beard, Jim (ed.). *Gotham City 14 Miles: 14 Essays on Why the 1960s Batman TV Series Matters*. Edwardsville, IL: Sequart Research & Literacy Organization, 2010.

> *Uma coletânea de perspectivas variadas e com vários níveis de diversão sobre o seriado de TV dos anos 1960. Depois de cancelado, o programa passou anos exilado da consciência pública e dos corações dos mesmos nerds que cresceram apaixonados por ele na telinha. Seu retorno recente ao status de "bons olhos" foi um percurso lento e comprido; este livro foi um marco importante nesse trajeto.*

Beatty, Scott. *Batman: The Ultimate Guide to the Dark Knight*. New York: DK Publishing, 2001.

> *Este livrão capa dura, bem apropriado para crianças, trata do Cavaleiro das Trevas dos quadrinhos e capta como ele era na virada do milênio. Ao relê-lo hoje, vê-se um personagem congelado no âmbar policromático, pairando entre os últimos dias dos "Tempos Schumacher" e o raiar da "Era Nolan".*

Bongco, Mila. *Reading Comics: Language, Culture, and the Concept of the Superhero in Comic Books*. New York: Routledge, 2000.

> *Uma abordagem carregada, reflexiva, acadêmica, sobre os super-heróis e as palavras que usamos para conversar sobre eles.*

Brooker, Will. *Batman Unmasked: Analyzing a Cultural Icon*. New York: Continuum, 2001.

> *Uma história cultural do Batman altamente perspicaz e bem argumentada, que disseca coisinhas consagradas, mas comprovadamente falsas, do senso comum a respeito do personagem e da história dos quadrinhos. A abordagem de Brooker é acadêmica e severa, o que vez por outra se imiscui no tom seco do livro. (Se você topar semiótica pós-estruturalista, aí tudo bem.) Mas ele é particularmente bom nas leituras gays de Batman — e no pânico gay entre os fãs de Batman.*

---

126. A respectiva edição brasileira de cada título, quando existente, é mencionada junto ao título original. [N.T.]

A CRUZADA MASCARADA

Brooker, Will. *Hunting the Dark Knight: Twenty-First Century Batman.* London: I.B. Tauris, 2012.

Mais uma rodada de análise intelectualmente rigorosa e de "gravata-borboleta" da parte de Brooker, desta vez enfocando os filmes de Nolan e seus temas sociopolíticos. Nesse, ele cai menos no jargão acadêmico do que em Unmasked, o que rende uma exploração mais esbelta e vigorosa do que o personagem veio a representar na entrada do século XXI.

Burke, Liam. *Fan Phenomena: Batman.* Bristol: Intellect Books, 2013.

Burke reúne ensaios sobre o fandom *de Batman, escritos tanto pelos superfãs (cosplayers, autores de* fanfic, *atendentes de lojas de quadrinhos) quanto por aqueles que estudam o* fandom *e publicam artigos. Um balaio de gatos, com textos excelentes sobre* fanfic, *sobre o marketing dos filmes de Nolan e como foram recebidos na internet.*

Collinson, Gary. *Holy Franchise, Batman!: Bringing the Caped Crusader to the Screen.* Londres: Robert Hale Limited, 2012.

Santa breguice esse título, hein?[127] Independentemente disso, é um guia útil para conhecer as diversas versões não quadrinhos de Batman. Não há muita informação que não se encontre em Scivally, logo abaixo, mas Collinson tem bom olho para anedotas ilustrativas e transforma o que podia ser detalhe de produção insosso em narrativa envolvente.

Coswil, Alan et al. *DC Comics Year by Year: A Visual Chronicle.* New York: DK Publishing, 2010.

Uma bela crônica, ano a ano, dos primeiros setenta e cinco da DC Comics. Útil para se ter uma visão lá dos dez mil quilômetros de altura, com resumos de uma olhada só nos avanços concomitantes de todas as revistas de super-herói da DC. É ótimo para ver o contexto, embora a prosa tenda a ser meio exagerada no louvor.

Couch, N. C. Christopher. *Jerry Robinson: Ambassador of Comics.* New York: Abrams Comics Arts, 2010.

Reconhecimento tardio a Robinson, com várias imagens e material de arquivo para que as várias contribuições que ele fez aos quadrinhos — e sua generosa luta em prol dos quadrinistas da velha guarda e mal-compensados — ganhem seu devido lugar na história.

---

127. Tradução literal do título: "Santa Franquia, Batman!: Como Se Levou o Cruzado Mascarado às Telas". [N.T.]

Daniels, Les. *Batman: The Complete History*. New York: DC Comics, 1999.
Guia definitivo para os primeiros sessenta anos do Cavaleiro das Trevas, o livro em capa dura com ilustrações exuberantes delineia os principais pontos na evolução de Batman e várias transformações, com estilo claro e bastante colorido.

Dini, Paul, and Chip Kidd. *Batman: Animated*. New York: HarperEntertainment, 1998.
Muitas informações sobre a concepção, o desenvolvimento e a execução da série animada, sendo que o design carinhoso das páginas é obra do Bat-fã Chip Kidd. A dedicação que ele teve fica evidente: o visual do livro é fantástico.

Eisner, Joel. *The Official Batman Batbook*. New York: Contemporary Books, 1986.
Um guia do seriado dos anos 1960, episódio por episódio, que é mais uma comemoração, um "nada-além-dos-fatos", e menos análise ou crítica. Muitas fotos (em preto e branco) e factoides aleatórios, incluindo uma lista exaustiva de todos os "Santo _____!" e "Santa _____!" que Robin proferiu durante o seriado. Eu amava esse livro quando era adolescente e não o largo desde então. E que bom, porque a qualidade gráfica da edição de 2008, revisada, é bem fraquinha.

Eury, Michael, and Michael Kronenberg. *The Batcave Companion*. Raleigh: TwoMorrows Publishing, 2009.
Mergulho profundo e muito proveitoso no Batman da Era de Bronze. Entrevistas com autores (cujas memórias diferem em vários pontos-chave) nos dão uma visão clara das personalidades por trás de grandes momentos e imagens daquela era. Neal Adams, em particular, aparece como o tipo de cara que minha mãe chamaria de "grande figura". Eury e Kronenberg entopem o livro com factoides de tudo que é tipo, textos auxiliares e análises que fornecem um entendimento exaustivo de como o Batman O'Neil/Adams mudou tudo.

Feiffer, Jules. *The Great Comic Book Heroes*. New York: Dial Press, 1965.
Feiffer, cartunista, estava com meros trinta e seis anos quando escreveu esse livro de memórias sobre os quadrinhos de sua juventude, hilário na sua extravagância — favas contadas, o cara já erguia o punho às nuvens quando ainda usava calça curta. Mas foi um dos primeiros escritores de importância a tratar de "quadrinho-como-literatura" (embora literatura "lixo", até onde concerne a Feiffer), e seu livro continua sendo um grito de indginação. Eu o

A CRUZADA MASCARADA

li pela primeira vez quando tinha sete anos, quando ele era prefácio de um volume de reedições de gibis de super-heróis da Era de Ouro, que comprei numa queima de estoque da B. Dalton do Shopping Exton Square, em 1975. A prosa durona de Feiffer, assim como aqueles gibis estranhamente sombrios, violentos, despertaram alguma coisa em mim. Ainda tenho o livro e o folheio pelo menos uma vez por mês, no mínimo, porque o Gavião Negro da Era de Ouro era, como dizemos nós, críticos, um pedaço de mau caminho.

Fleisher, Michael L. *The Encyclopedia of Comic Book Heroes, Volume I: Batman.* New York: Collier Books, 1976.

Uma realização assombrosa, e assombrosamente nerd, da pesquisa não-acadêmica: Fleischer catalogou cada personagem, enredo e Bat-apetrecho nos trinta primeiros anos de aventuras de quadrinhos de Batman e transformou tudo nessa pesada enciclopédia. Mas ele trouxe à tarefa mais que sua obsessão no limiar do autismo: seus verbetes sobre a vida romântica e a motivação de Batman, por exemplo, evidenciam reflexão profunda e elástica. Eu o li de cabo a rabo quando era criança, achei que ficava meio repetitivo (praticamente todo verbete diz que Batman derrota o inimigo "valendo-se de um complexo subterfúgio", o que... tá, OK, pode ser), mas toda Bat-pesquisa que se fez depois desse tomo baseia-se nele.

Gabilliet, Jean-Paul. *Of Comics and Men: A Cultural History of American Comic Books.* Jackson, MS: University Press of Mississippi, 2005.

A prosa fica meio empoeirada, mas Gabilliet dá contextualização cultural importante para muitos dos avanços sobre os quais escrevi nos capítulos 2 e 3.

Greenberger, Robert. *The Essential Batman Encyclopedia.* New York: Del Rey Books, 2008.

Uma atualização e expansão extenuante da Bat-enciclopédia que Fleischer fez em 1976 (ver acima).

Hajdu, David. *The Ten-Cent Plague: The Great Comic Book Scare and How It Changed America.* New York: Picador, 2008.

Uma análise minuciosa, exaustiva, com prosa vigorosa, da era Wertham e suas extensas repercussões.

Hughes, David. *Tales from Development Hell: The Greatest Movies Never Made?* London: Titan Books, 2012.

A principal fonte de informações sobre o Bat-filme de Aronofsky do qual eu trato no capítulo 7.

Jacobs, Will, and Gerard Jones. *The Comic Book Heroes: From the Silver Age to the Present.* New York: Crown Publishers, 1985.

Uma excursão jovial e cheia de paradas a respeito da(s) mudança(s) de maré que os gibis de super-herói atravessaram nos anos 1960 e 1970. É mais Marvel que DC, mas há muita informação de qualidade sobre o envelhecimento do leitor de HQ durante essa era turbulenta.

Jesser, Jody Duncan, and Janine Pourroy. *The Art and Making of the Dark Knight Trilogy.* New York: Abrams, 2012.

Livrão capa dura com design belíssimo (o Bat-fã Chip Kidd ataca mais uma vez), cheio de fotos, perfis e detalhes de produção dos Bat-filmes de Nolan. Abrangente, imponente e, embora o texto fique meio reverente e solene vez por outra, bom... olha só o qual é o tema.

Jones, Gerard. *Men of Tomorrow: Geeks, Gangsters and the Birth of the Comic Book.* New York: Basic Books, 2005. [Edição brasileira: *Homens do amanhã: geeks, gângsters e o nascimento dos gibis.* Trad. Beth Vieira e Guilherme da Silva Braga. São Paulo: Conrad, 2006.]

Relato excelente e muito bem pesquisado dos primeiros e malandríssimos tempos das editoras de quadrinhos.

Kane, Bob, and Tom Andrae. *Batman and Me.* Forestville, CA: Eclipse Books, 1990.

Auto-hagiografia de Kane. O empenho determinado em apagar a contribuição de Bill Finger da história rende leitura nervosa.

Kidd, Chip, and Geoff Spear. *Batman: Collected.* New York: Watson-Guptill Publications, 2001.

Compêndio luxuoso e com fotos belíssimas de tudo que é tipo de Bat-traquitrana que se vendeu ao longo das décadas.

A CRUZADA MASCARADA

Legman, Gershon. *Love and Death*. New York: Hacker Art Books, 1963.
Um tratado fervoroso de desprezo à censura sexual, incluindo um capítulo que ataca as imagens violentas dos gibis com o prazer que é a marca registrada de Legman.

Levitz, Paul. *75 Years of DC Comics: The Art of Modern Mythmaking*. Los Angeles: Taschen, 2010.
Com mais de sete quilos, é daqueles livrões de arte que serviria de mesa. Definitivamente, um livro que deveria ficar apoiado sobre um púlpito robusto no meio da sala e ali devorado. Levitz conduz o leitor pela história da DC Comics com o apoio de muita arte belíssima, reproduzida com todo o requinte. Vem com seu próprio estojo para você carregar, inclusive com alça. Olha, é um livrão. É grande, muito grande. Só queria dizer isso.

Morrison, Grant. *Supergods*. New York: Spiegel & Grau, 2011.
[Edição brasileira: *Superdeuses*. Trad. Érico Assis. São Paulo: Seoman, 2012.]
Morrison compartilha o raciocínio por trás da sua maneira de abordar Batman e outros heróis — e conta várias histórias bem doidas! As primeiras trazem ideias fascinantes; as segundas são histórias bem doidas.

Nobleman, Marc Tyler. *Bill the Boy Wonder: The Secret Co-Creator of Batman*. Watertown, MA: Charlesbridge, 2012.
Nobleman está do lado do bem, direcionando o holofote tão necessário ao papel de Bill Finger na criação de Batman, e falando com o público infantil. Prazeroso, bem pesquisado e relevante.

O'Neil, Dennis (ed.). *Batman Unauthorized: Vigilantes, Jokers, and Heroes in Gotham City*. Dallas, TX: Benbella Books, 2008.
O'Neil, de editor, reúne um grupo diversificado de vozes para ponderar aspectos diversos de Batman. Como princípio organizador de uma série de ensaios, "Batman" é um tema meio amplo, mas a coletânea se sustenta.

Pearson, Roberta E., and William Uricchio (eds.). *The Many Lives of the Batman*. New York: Routledge, 1991.
Uma ótima coletânea de ensaios sobre Batman, incluindo um que trata dos números ao longo dos anos — não só de vendas, mas sobre como mudou o perfil demográfico do leitor de quadrinhos — e que eu consultei ao longo da minha escrita. Mas aquela capa é uma pena. Eca!

Rosenberg, Robin S. *What's the Matter with Batman?* Lexington: Robin S. Rosenberg, 2012.

Rosenberg, psiquiatra, bota o Cruzado Mascarado no divã, citando muitas fontes psiquiátricas e conclui (spoiler) que Batman não sofre de transtorno mental algum. Ah, tá.

Rovin, Jeff. *The Encyclopedia of Superheroes.* New York: Facts on File, 1985.

Mais uma obra de pesquisa nerd à qual fui muito grato quando adolescente. Ela me levou a muitos heróis de que eu nunca tinha ouvido falar — meu amor eterno pelo Cenoura Flamejante é total culpa de Rovin — e serviu de exemplo inspirador de escrita que destila ideias grandiosas e apatetadas como as dos super-heróis em prosa clara e incisiva.

Salkowitz, Rob. *Comic-Con and the Business of Pop Culture.* New York: McGraw-Hill, 2012.

Salkowitz é um nerd que escreve sobre o mercado, e nesse livro faz as grandes perguntas sobre o futuro da cultura nerd — tratando-as com rigor, perspicácia e humor. Ele delineia o que se passa agora e o que ele espera que os anos por vir trarão, com um know-how *tarimbado do mercado e dentro da realidade.*

Schwartz, Julius, and Brian M. Thomsen. *Man of Two Worlds: My Life in Science Fiction and Comics.* Jefferson, NC: McFarland, 2008.

Autobiografia do editor/ur-nerd Schwartz, que na Era de Prata recuperou os super-heróis da beira do esquecimento e cujo amor por capas com macacos é lendário.

Scivally, Bruce. *Billion Dollar Batman: A History of the Caped Crusader on Film, Radio and Television, from Ten-Cent Comic Book to Global Icon.* Wilmette, IL: Henry Gray Publishing, 2011.

Eu já conhecia a obra de Scivally — sobretudo sua abrangência e sua capacidade de localizar o mínimo detalhe de produção — desde seu livro sobre as desventuras multimídia do Homem de Aço, que foi meu companheiro do peito quando escrevi meu livro sobre Superman. Foi como voltar para casa — a mesma abordagem abrangente, dessa vez direcionada às aventuras do Cruzado Mascarado fora da página de HQ. Tudo que você tem que saber. Aliás, mais, bem mais.

A CRUZADA MASCARADA

Simon, Joe, and Jim Simon. *The Comic Book Makers*. Lebanon, NJ: The Comic Book Makers, 2003.

Joe Simon estava na linha de frente na Era de Ouro e, nesse livro (escrito junto com o filho), ele combina memórias com análise da indústria.

Van Hise, James. *Batmania II*. Las Vegas: Pioneer Books, 1992.

Festejo jubiloso do Batman POW! ZAP!, que inclui entrevistas com produtores, roteiristas e atores.

Vaz, Mark Cotta. *Tales of the Dark Knight: Batman's First Fifty Years, 1939–1989*. New York: Ballantine Books, 1989.

Um panorama bem-ilustrado do primeiro meio século de Batman, claramente escrito quando a primeira onda de quadrinhos realistas e violentos estava encrespando. Vaz parece ter vergonha do Batman da Era de Prata, odeia mesmo o seriado dos anos 1960 e trata como "ridícula" qualquer leitura gays do personagem. Não concordei com a abordagem de Vaz quando li o livro aos vinte e um, e ainda não concordo, mas é uma documentação fascinante da época e da natureza do Bat-fandom pós-Cavaleiro das Trevas.

Walker, Cody. *The Anatomy of Zur-En-Arrh: Understanding Grant Morrison's Batman*. Edwardsville, IL: Sequart Organization, 2014.

Uma análise envolvente e informativa da passagem de Morrison por Batman, que nunca cai no "academiquês" mofado. É evidente que foi feito por um fã reflexivo, bem envolvido, mas, ainda assim, crítico.

Wertham, Fredric. *Seduction of the Innocent*. Port Washington, NY: Kennikat Press, 1972. [Edição brasileira (no prelo): *A sedução do inocente*. Trad. Érico Assis. Nova Iguaçu: Marsupial, 2017.]

E aí está: o "Livro Que Matou os Quadrinhos", em toda sua glória e terror. É uma leitura incrivelmente rápida, que vale o tempo de qualquer interessado pelos quadrinhos e pela cultura dos quadrinhos. Sempre fiquei impressionado pela disjunção entre o que Wertham diz de fato e o que os intelectuais dos quadrinhos dizem que ele diz.

Wright, Bradford W. *Comic Book Nation: The Transformation of Youth Culture in America*. Baltimore: Johns Hopkins University Press, 2001.

Wright trata dos mesmos temas que Hajdu e Jones acima, com uma abordagem de escopo um pouco mais "Cultura Americana/Sociocultura".

York, Chris, and Rafiel York (eds.). *Comic Books and the Cold War, 1946 – 1962: Essays on Graphic Treatment of Communism, the Code and Social Concerns*. Jefferson, NC: McFarland & Company, Inc., 2012.

Análise excelente do tom dominante do país a que Wertham se fixou/explorou com toda a astúcia.

GIBIS

Todas as citações encontram-se no texto do livro.

COLETÂNEAS E GRAPHIC NOVELS

Johns, Geoff. *Batman: Earth One*. New York: DC Comics, 2012. [Edição brasileira: *Batman: Terra Um*. Trad. Dorival Vitor Lopes e Caio Lopes. São Paulo: Panini, 2013.]

Miller, Frank. *Batman: The Dark Knight Returns*. New York: DC Comics, 1997. [Última edição brasileira: *Batman: O Cavaleiro das Trevas — Edição Definitiva*. 4. ed. Trad. Jotapê Martins e Helcio de Carvalho. São Paulo: Panini, 2015.]

_____. *Batman: The Dark Knight Strikes Again*. New York: DC Comics, 2004. [Última edição brasileira: *Batman: O Cavaleiro das Trevas — Edição Definitiva*. 4. ed. Trad. Helcio de Carvalho. São Paulo: Panini, 2015.]

Moore, Alan. *Batman: The Killing Joke*. New York: DC Comics, 1988. [Última edição brasileira: *Batman: A Piada Mortal*. 3. ed. Trad. Estúdio Art & Comics. São Paulo: Panini, 2015.]

Morrison, Grant. *Arkham Asylum: A Serious House on Serious Earth*. New York: DC Comics, 1989. [Edição brasileira: *Batman: Asilo Arkham — Edição Definitiva*. Trad. Jotapê Martins, Helcio de Carvalho e Bernardo Santana. São Paulo: Panini, 2013.]

_____. *Batman Incorporated: Demon Star*. New York: DC Comics, 2013. [Última edição brasileira: *Batman: Corporação Batman — Os Novos 52 (DC Deluxe)*. Trad. Paulo França e Bernardo Santana. São Paulo: Panini, 2015.]

_____. *Batman Incorporated: Gotham's Most Wanted.* New York: DC Comics, 2013. [Última edição brasileira: *Batman: Corporação Batman — Os Novos 52 (DC Deluxe).* Trad. Paulo França e Bernardo Santana. São Paulo: Panini, 2015.]

Slott, Dan. *Arkham Asylum: Living Hell.* New York: DC Comics, 2003. [Edição brasileira: *Asilo Arkham: Inferno na Terra.* Trad. Marco Lazzeri e Fernando Bertacchini. São Paulo: Mythos, 2007.]

Snyder, Scott. *Batman: The Black Mirror.* New York: DC Comics, 2011. [Edição brasileira: *A Sombra do Batman,* n. 18-23. Trad. Levi Trindade e Bernardo Santana. São Paulo: Panini, 2011-2012.]

_____. *Batman: The Court of Owls.* New York: DC Comics, 2012. [Última edição brasileira: *Batman: A Corte das Corujas.* Trad. Levi Trindade e Bernardo Santana. São Paulo: Panini, 2014.]

_____. *Batman: The City of Owls.* New York: DC Comics, 2013. [Última edição brasileira: *Batman: A Noite das Corujas.* Trad. Levi Trindade, Bernardo Santana e Alexandre Callari. São Paulo: Panini, 2015.]

_____. *Batman: Death of the Family.* New York: DC Comics, 2013. [Última edição brasileira: *Batman: A Morte da Família.* Trad. Levi Trindade, Bernardo Santana e Alexandre Callari. São Paulo: Panini, 2016.]

_____. *Batman: Zero Year — Secret City.* New York: DC Comics, 2014. [Edição brasileira: *Batman,* n. 21-23 e 25. Trad. Levi Trindade e Bernardo Santana. São Paulo: Panini, 2014.]

Snyder, Scott et al. *Batman: Night of the Owls.* New York: DC Comics, 2013. [Edição brasileira: *Aves de Rapina,* n. 0, *Batman,* n. 8-11, *A Sombra do Batman,* n. 8-9 e *Grandes Astros do Faroeste,* n. 2. Trad. Vários. São Paulo: Panini, 2013.]

Starlin, Jim. *Batman: A Death in the Family.* New York: DC Comics, 1988. [Última edição brasileira: *Batman: Morte em Família (DC Comics*

— *Coleção de Graphic Novels,* n. 11). Trad. Eduardo Tanaka et al. São Paulo: Eaglemoss, 2016.]

_____. *Batman: The Cult.* New York: DC Comics, 1988. [Última edição brasileira: *Batman: O Messias (Grandes Clássicos DC,* n. 11). Trad. Dorival Vitor Lopes, Jotapê Martins e Helcio de Carvalho. São Paulo: Panini, 2007.]

Tomasi, Peter J. *Batman and Robin: Born to Kill.* New York: DC Comics, 2012. [Edição brasileira: *Batman & Robin: Nascido para Matar.* Trad. Levi Trindade e Bernardo Santana. São Paulo: Panini, 2015.]

_____. *Batman and Robin: Pearl.* New York: DC Comics, 2013. [Edição brasileira: *Batman & Robin: Nascido para Matar.* Trad. Levi Trindade e Bernardo Santana. São Paulo: Panini, 2015.]

_____. *Batman and Robin: Death of the Family.* New York: DC Comics, 2013. [Edição brasileira: *A Sombra do Batman,* n. 15-18, *Batman,* n. 17. Trad. Levi Trindade, Bernardo Santana e Alexandre Callari. São Paulo: Panini, 2013.]

_____. *Batman and Robin: Requiem for Damian.* New York: DC Comics, 2014. [Edição brasileira: *A Sombra do Batman,* n. 18-23. Trad. Levi Trindade, Bernardo Santana, Alexandre Callari e Mario Luiz C. Barroso. São Paulo: Panini, 2013-2014.]

Waid, Mark. *Kingdom Come.* New York: DC Comics, 1997. [Última edição brasileira: *Reino do Amanhã — Edição Definitiva.* Trad. Eduardo Tanaka, Fernando Lopes, Estúdo Art & Comics. São Paulo: Panini, 2013.]

Wolfman, Marv et al. *Batman: A Lonely Place of Dying.* New York: DC Comics, 1990. [Última edição brasileira: *Batman: Morte em Família (Clássicos DC Comics).* Trad. Edu Tanaka e Dorival Vitor Lopes. São Paulo: Panini, 2009.]

A CRUZADA MASCARADA

REVISTAS

Alter Ego: Um dos principais fanzines de super-herói dos anos 1960, ressuscitado em 1999. Fonte de muitas das entrevistas de autores que citei neste livro.

Amazing Heroes: Revista que está entre minhas preferidas da juventude, publicada pela Fantagraphics entre 1981 e 1992. Focada em gibis de super-heróis: entrevistas, perfis e fofocas da indústria. Um acompanhamento fascinante, ao estilo "a-história-enquanto-acontecia", dos altos e baixos dos quadrinhos.

Amazing World of DC Comics: Publicada pela própria DC Comics entre 1974-78, este periódico esquizofrênico assumia tom de fanzine, mas era claramente escrito pelo departamento de marketing da DC.

Batmania: O Bat-fanzine essencial editado por Biljo White nos anos 1960. Há vinte e uma edições arquivadas na internet em: <comicbookplus. com/?cid=746>.

Comics Buyer's Guide: Revista muito influente e altamente informativa; foi lançada em 1971 e encerrou a publicação em 2013, o que a torna o periódico voltado às HQs de maior duração na língua inglesa. Editada durante anos por Don e Maggie Thompson, e apenas por Maggie após a morte de Don em 1994, o CBG ajudou a lançar a carreira de muitos escritores de excelência, ajudando a acabar com a ideia do *"POW! ZAP!* QUADRINHOS NÃO SÃO MAIS SÓ COISA DE CRIANÇA!"

The Comics Journal: No auge, trouxe o melhor que havia da crítica sobre quadrinhos; hoje é uma publicação on-line complementada por edições impressas semianuais tão deslumbrantes quanto descomunais.

Comics Scene: Revista de notícias sobre HQ publicada de forma intermitente que bombou nos anos 1980, publicada pela Starlog. Trouxe muitas cartas enfurecidas e divertidas de leitores indignados com a Bat-seleção de Michael Keaton.

292

Life: A edição de 11 de março de 1966 trazia o Batman de Adam West na capa e um perfil aprofundado (bom, aprofundado para os padrões da *Life*) do fenômeno nascente que viria a ser chamado de Batmania.

REEDIÇÕES/ANTOLOGIAS

Batman: A Celebration of 75 Years. New York: DC Comics, 2014.

The Batman Chronicles. Vols. 1–6. New York: DC Comics, 2005, 2006, 2007. [Edição brasileira (parcial): *Batman Crônicas,* vol. 1-3. Trad. Eduardo Tanaka, Dorival Vitor Lopes, Rodrigo Barros. São Paulo: Panini: 2007, 2009, 2014.]

Batman in the Eighties. New York: DC Comics, 2004.

Batman in the Fifties. New York: DC Comics, 2002.

Batman in the Forties. New York: DC Comics, 2004.

Batman in the Seventies. New York: DC Comics, 1999.

Batman in the Sixties. New York: DC Comics, 1999.

The Greatest Batman Stories Ever Told. Vols. 1 and 2. New York: DC Comics, 1988, 1992.

The Joker: A Celebration of 75 Years. New York: DC Comics, 2014.

The Joker: The Greatest Stories Ever Told. New York: DC Comics, 2008.

Superman/Batman: The Greatest Stories Ever Told. New York: DC Comics, 2007.

A CRUZADA MASCARADA

WEBSITES

Ain't It Cool News, *www.aintitcool.com*: Website e fórum do *übergeek* Harry Knowles, fervoroso demais para revisar texto, cujo histórico está interligado à Bat-franquia. O desprezo resoluto de Knowles pela forma como Schumacher abordou o personagem deixou os executivos da WB de cabelo em pé. E o roteiro de *Batman Begins* vazou na internet pelo fórum do AICN, entre outros lugares.

The Beat, *www.comicsbeat.com*: Check-in diário essencial para notícias e análise das HQs.

Comic Book Resources, *www.comicbookresources.com*: Site de notícias de quadrinhos focado em super-heróis; inclui a coluna "Comics Should Be Good" e a atração periódica "Comic Book Legends Revealed", ambas de Brian Cronin. Excelente fonte que me levou a excelentes fontes.

ComicsAlliance, *www.comicsalliance.com*: De todos os sites com notícias de HQ por aí, o CA trata a indústria de quadrinhos e seus fãs com uma abordagem muito esclarecida — o que é um achado — em questões de sexo, raça e sexualidade. Textos espertos e ardentes.

Comics Chronicles, *www.comichron.com*: Arquivo absolutamente indispensável de gráficos de vendas de HQ ao longo das décadas, acompanhado de análise profunda e envolvente da parte do proprietário do site, John Jackson Miller. De longe o site que eu mais consultei. Altamente útil.

The Comics Journal, *www.tcj.com*: Lar na internet do *Comics Journal,* uma fonte com críticas e perfis excelentes que tratam de toda a mídia dos quadrinhos.

The Comics Reporter, *www.comicsreporter.com*: Notícias, entrevistas e críticas perspicazes escritas por Tom Spurgeon.

Dial B for Blog, *www.dialbforblog.com*: Os quadrinhos da Era de Prata da DC ganham perfis apaixonados e irreverentes do autor "Robby Reed".

Estou em grande dívida com ele pelo seu registro diligente dos vários plágios de Bob Kane de diversas fontes.

Internet Archive Wayback Machine, *archive.org/web/*: O melhor amigo do Bat-historiador. Embora as URLs em si estejam extintas há muito tempo, toda *"nerdgnação"* espumante que se via em sites como *Mantle of the Bat*: *The Bat-Boards*, *Bring Me the Head of Joel Schumacher*, o Anti-Schumacher Batman Website e outros tantos, pode ser revivida das profundezas nebulosas (e perdigotadas) da internet a mínimos toques no teclado.

Newsarama, *www.newsarama.com*: Site de notícias de HQ em geral.

News From ME, *www.newsfromme.com*: O roteirista e historiador dos quadrinhos Mark Evanier é o proprietário deste blogue verborrágico, divertido e altamente informativo.

Sequential Tart, *www.sequentialtart.com*: Site feito *por* e *para* mulheres que amam quadrinhos — e também para quem quiser ler ótimos textos sobre HQ sem o lodo venenoso da misoginia e da homofobia casual que ainda se apegam à maior parte do *fandom*.

Women in Refrigerators, *lby3.com/wir/*: A escritora Gail Simone registrou os violentos e realistas anos 1990 em tempo real. Ela lançou o site listando as várias e várias personagens femininas que foram usadas como objeto de cena por roteiristas (homens) — vítimas de violência, estupro ou assassinato, simplesmente para radicalizar as aventuras de super-homens. O grande problema é que o que ela diz ainda é relevante.

AGRADECIMENTOS

Conversei com muitos fãs e autores para fazer este livro, mas sou mais desorganizado e tosco para tomar notas do que alguém na minha posição tem o direito de ser. E é por isso que, vergonhosamente, vou deixar de lado muitos que me ajudaram.

O maior Batmanólogo do mundo, Chris Sims, conversou comigo demoradamente, o que foi bom — pois eu não teria escrito este livro sem aquelas conversas. Delas eu extraí apenas dois "Glen,-olha-só-por-que-você-está-errado". Isso eu conto como vitória. Dean Trippe é uma autoridade, tão vivaz quanto encantadora, em tudo o que tem a ver com Batman — e você tinha que ler o *Something Terrible* dele, tipo, ontem. Encurralei muita gente em convenções e na internet para Bat-conversas, e todos ajudaram a formatar o que eu penso: John Jackson Miller, Mark Evanier, Batton Lash, Lea Hernandez, Graeme McMillan, Scott Aukerman, Ali Arikan, Scott Snyder, Steve Rebarcak, Alan Scherstuhl, Rob Salkowitz, Brad Ricca, Tim Beyers, Alexander Chee, Mark Protosevich, John Suintres e, bom, muita, mas muita gente esperta, inteligente e maravilhosa de quem não me lembro mais; como disse acima: sou uma pessoa horrível.

Jeff Reid ajudou demais, caçando incansavelmente as fontes e as informações e sendo um interlocutor reflexivo e agradável ao longo do processo de escrita. Marc Tyler Nobleman é um autor e historiador excelente, autoridade em Bill Finger; tenho gratidão profunda por ele ter lido o primeiro capítulo e compartilhado o que achou. O parceiro-para-a-vida odiosamente heterossexual Chris Klimek leu esse troço todo e disse o que achou; ele é o que meu pai chamava de "grande chapa".

Quer que alguém ache pelo em ovo? Já conhece a grande e grandiosa Maggie Thompson, autoridade incansável dos quadrinhos, da gramática e da vida em geral? Pois devia. Maggie leu a primeira versão e passou dias me mandando uma sequência de correções por SMS entusiasmadas em sua repreensão. Quaisquer erros que você encontrar neste livro só estão aqui porque eu fui arrogante em ignorar algum conselho de Maggie, cabeçudo que sou.

Eric Nelson fez este livro sair do chão, Sydelle Kramer manteve-o no ar e minhas editoras tão obstinadas quanto argutas, Brit Hvide e

A CRUZADA MASCARADA

Julianna Haubner, botaram tudo no lugar com a devida segurança, o que me deixa profundamente grato. Aja Pollock e Jonathan Evans revisaram o troço inteiro com viço e sagacidade nerd, muito ligados em tudo. O primeiro esboço da introdução foi o que me rendeu a Residência Amtrak para Escritores, e revisei este livro no Empire Builder and Coast Starlight, uma experiência inesquecível que vou levar para toda a vida. Amigos e familiares me deram apoio emocional e vinho tinto ao longo do processo e fizeram um monte de piadas do tipo "Depois vem qual? O Aquaman?". Mas não guardo rancor. Após quinze anos, Faustino Nunez tornou-se meu marido ao longo da vida deste livro; ele continua a fazer de mim um homem melhor simplesmente por estar ao meu lado — mas agora o faz dentro da lei.

CRÉDITOS DAS IMAGENS

1. De *Detective Comics* volume 1, n. 27 (maio de 1939). Desenhos: Bob Kane. Roteiro: Bill Finger.

2. De *Detective Comics* volume 1, n. 33 (novembro de 1939). Desenhos: Bob Kane. Roteiro: Bill Finger.

3. De *Batman* volume 1, n. 1 (junho de 1940). Desenhos: Jerry Robinson, Bob Kane. Roteiro: Bill Finger.

4. De *Detective Comics* volume 1, n. 475 (fevereiro de 1978). Desenhos: Marshall Rogers, Terry Austin. Roteiro: Steve Englehart.

5 e 6. De *Detective Comics* volume 1, n. 38 (abril de 1940). Desenhos: Jerry Robinson, Bob Kane. Argumento: Bill Finger.

7. De *World's Finest Comics* volume 1, n. 30 (setembro-outubro de 1947). Desenhos: Bob Kane, Jack Burnley. Roteiro: Bill Finger.

8. De *Batman* volume 1, n. 92 (junho de 1955). Desenhos: Sheldon Moldoff, Stan Kaye. Roteiro: Bill Finger.

9. De *Detective Comics* volume 1, n. 233 (julho de 1956). Desenhos: Sheldon Moldoff, Stan Kaye. Roteiro: Edmond Hamilton.

10. De *Detective Comics* volume 1, n. 341 (julho de 1965). Desenhos: Carmine Infantino, Joe Giella. Roteiro: John Broome.

11. De *Detective Comics* volume 1, n. 395 (janeiro de 1970). Desenhos: Neal Adams, Dick Giordano. Roteiro: Denny O'Neil.

12 e 13. De *Batman: The Dark Knight Returns,* n. 1 (fevereiro de 1986). Desenhos: Frank Miller, Klaus Janson. Roteiro: Frank Miller.

A CRUZADA MASCARADA

14. De *Batman* volume 1, n. 405 (março de 1987). Desenhos: David Mazzuchelli. Roteiro: Frank Miller.

15. De *Batman: The Killing Joke* (maio de 1988). Desenhos: Brian Bolland. Roteiro: Alan Moore.

16. De *Batman* volume 1, n. 427 (dezembro de 1988).

17. De *Planetary/Batman: Night on Earth* (agosto de 2003). Desenhos: John Cassaday. Roteiro: Warren Ellis.

18. De *Batman* volume 2, n. 7 (maio de 2012). Desenhos: Greg Capullo, Jonathan Glapion. Roteiro: Scott Snyder.

SOBRE O AUTOR

GLEN WELDON já foi crítico de teatro, jornalista científico, historiador oral, professor de redação, atendente de livraria, lanterninha de cinema, guia de excursão em vinícola, marqueteiro, biólogo marinho absurdamente inepto e nadador competitivo só um pouquinho acima do inepto. Seus textos já saíram no *The New York Times*, no *Washington Post*, na *New Republic*, na *Slate*, na *Atlantic*, no *Village Voice*, no *Philadelphia Inquirer* e em diversas publicações. Ele faz parte da mesa do *Pop Culture Happy Hour* da NPR e escreve críticas de livros e de quadrinhos para a NPR.org. Também autor de *Superman: Uma Biografia Não Autorizada*, ele reside em Washington.

Título original: *The Caped Crusade*

ISBN da edição impressa: 978.855.546.095-1

Publicado originalmente pela Simon & Schuster, 1230 Avenue of the Americas, New York, NY 10020.

Primeira edição: Dezembro 2017

Copyright © 2016 by Glen Weldon
Copyright da tradução © 2017 Ediouro Publicações Ltda.
Todos os direitos reservados. Nenhuma parte desta obra pode ser reproduzida ou transmitida por qualquer forma e/ou quaisquer meios (eletrônico ou mecânico, incluindo fotocópia ou gravação) ou arquivada em qualquer sistema ou banco de dados sem autorização dos detentores dos direitos autorais.

Editora Nova Fronteira Participações S.A.
Rua Candelária, 60 — 7º andar — Centro - CEP 20091-020
Rio de Janeiro - RJ - Brasil
Tel.: (21) 3882-8200
www.coquetel.com.br
sac@coquetel.com.br

COORDENAÇÃO EDITORIAL
Eliana Rinaldi

REVISÃO
Maria Flavia dos Reis, Perla Serafim, Ricardo Pinheiro de Almeida e Thiago Lins

DIREÇÃO DE ARTE
Télio Navega

CAPA
Design de Jefferson Gomes
Foto de Caters News Agency

PRODUÇÃO GRÁFICA
Jorge Luiz Silva

Este livro foi impresso em 2017, para a Ediouro.
O papel do miolo é pólen soft $80g/m^2$ e o da capa é cartão $250g/m^2$.

Detective Comics, n. 27: Primeira vez que a gente vê o cara e ele já está de cara amarrada.

A primeira vez que vemos a origem de Batman. E, ahm, digamos assim: não será a última. Mas as versões mais modernas geralmente descartam essa parte do juramento à luz de velas, provavelmente por achar meio cafona. E, no caso: é. Mas pular o juramento causa um prejuízo seriíssimo: Batman é esse juramento.

O Coringa ataca pela primeiríssima vez.

Trinta e oito anos depois daquele primeiro assassinato, a equipe Englehart/Rogers/Austin faria sua homenagem ao Coringa — e a muito mais histórias de Batman — durante sua famosa passagem pelas revistas do homem-morcego.

É ele: o pré-adolescente de botinhas! Embarcando nos gibis apenas um ano após o surgimento de Batman para dar uma aliviada no clima pesadão, Robin fez as vendas dobrarem e lançou a moda dos parceiros-mirins. Porém...

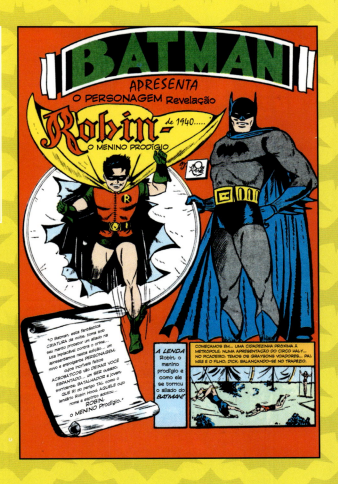

(Detalhe da página acima na versão original.) Durante décadas, o coleguismo firme entre Robin e Batman foi convidativo a piadas depreciativas e muita insinuação. Talvez fosse inevitável, quem sabe até o destino. O kerning infeliz no pergaminho que o introduziu ("...takes under his protecting mantle — PESSOAL CADÊ O ESPAÇO ENTRE 'AN' E 'ALLY'?! Ah, MEU DEUS! PAREM AS ROTATIVAS!") não ajudou.

A presença jovial de Robin rendeu um Batman mais ensolarado. Sua galeria de vilões também sentiu: de repente assassinato em massa virou coisa do passado e míseros furtos ficaram somente na lembrança. Veja o seguinte caso: Joe Coyne, o Ladrão do Tostão, e seu "símbolo do crime". No submundo de Gotham, você tem que ter seu maneirismo.

Nos anos 1950, o elenco de coadjuvantes de Batman inflou com penduricalhos de máscara. O primeiro foi Ás, o Bat-Cão...

Après le chien, le déluge: A seguir vieram Batwoman (que aqui vemos guardando suas algemas com berloques, seu telescópio-batom e seu perfume de gás lacrimogêneo na prática Bat-bolsa), Batgirl, Bat-Mirim e — talvez o mais sensacional de todos — Mogo, o Bat-Macaco.

O visual de Batman ganhou reformas no início dos anos 1960, mas ele continuou sendo o benfeitor devidamente sancionado que agia à luz do dia. São os gibis que os criadores do seriado de TV usaram de referência para sua vibe Pop Art, "maneira". Agora compare com...

E este era Batman, cinco anos depois. O que aconteceu neste meio-tempo? O que aconteceu foi Adam West. Denny O'Neil e Neal Adams livraram-se de tudo que lembrasse os fãs do seriado de TV e transformaram Batman de cifra super-heroica em lobo solitário, furioso e obcecado.

Batman: O Cavaleiro das Trevas: Na saga anabolizada de Frank Miller, décadas de Bat-cânone são amplificadas: Seu Cruzado Mascarado destroçava fêmures, seu Batmóvel era um tanque — e o morcego que atravessa a janela aberta de Bruce Wayne, inspirando a identidade de Batman? Dessa vez ele vinha causando prejuízo patrimonial.

(Da mesma edição.) A primeira imagem que Miller nos dá de Batman, em pose icônica, mesmo que anabolizada, com o azul e cinza já familiares. O uso que Miller faz de splash pages como esta, tal como tudo mais em O Cavaleiro das Trevas, influenciou o modo como se fez gibis de super-heróis ao longo das décadas seguintes.

Em *Batman: Ano Um*, Miller lembrou aos leitores que Batman era mais que bolso cheio, orelha pontuda e ar desafiador. Ele tem que inspirar medo — e, para tanto, precisava de talentos dramáticos.

O ano de 1988 foi complicado para Batman. A ânsia dos fãs por super-heróis violentos e realistas, aguçada por *O Cavaleiro das Trevas*, ficou voraz. Em sequências de violência pavorosa, explícita, surpreendente, a Bat-família encolheu. Primeiro, Barbara (Batgirl) Gordon, foi paralisada por uma bala do Coringa.

Pouco depois, os leitores foram convidados a decidir se o jovem Jason Todd (Robin II) sobreviveria a um espancamento brutal nas mãos do Coringa. Por margem de apenas setenta e dois votos, o imbecil bateu as botas, lançando mais sombras sobre o Cavaleiro das Trevas.

Planetary/Batman: Noite sobre a Terra: Um grupo de investigadores super-humanos encontra versões de Batman em realidades alternativas. Tem a turma toda: o Batman Fórmula Original; o Cruzado de Capa, de O'Neil/Adams; o Cavaleiro das Trevas, de Frank Miller; e — em decisão tão surpreendente quanto comovente — o Batman, de Adam West.

"Já morri, não foi?" Em uma cena angustiante e inédita, o Batman "Novos 52" se vê superado e literalmente afunda no desespero.